Hans von Rotenhan

Allsberg
1985
Der Duft der Veränderung

Roman

MAXIMUM

Wir haben alle Wunden der Vergangenheit

„Ich liebe dieses Haus fast so sehr wie ich dich liebe. Aber du hast recht, irgendwo tief in meinem Inneren denke ich, dass es uns kein Glück bringt.“

1985: Es ist ein wunderschöner Abend auf dem Anwesen von Schloss Allsberg, doch Katja und ihr Mann Enzio können ihn nicht genießen. Katja, die vor fünf Jahren in den Besitz des Anwesens gelangt ist, hat gerade ihre dritte Fehlgeburt in zwei Jahren erlitten und spürt nichts als Verzweiflung.

Da erhält Enzio plötzlich einen Anruf, der ihn erstarren lässt. Sein Vater ist bei einem rätselhaften Autounfall in Südtirol tödlich verunglückt und mit ihm seine junge Geliebte, die ihm gerade erst eine Tochter geschenkt hat. Katja sieht es bei aller Bestürzung als Zeichen des Himmels. Sie adoptieren die kleine Anna, die fortan in Allsberg aufwächst.

Als bei Enzio ein Gehirntumor diagnostiziert wird, bittet Katja ihre Schwägerin Giovanna mit deren Sohn Carlitos, den letzten Tröger, nach Allsberg zu ziehen, um sie bei ihren zahlreichen Aufgaben zu unterstützen. Anna und Carlitos wachsen gemeinsam auf und übernehmen nach und nach die Familiengeschäfte. Werden sie die Zukunft von Schloss Allsberg sichern können?

Ein Familienroman über Mutterglück, zwei starke Frauen, die Verbindung über Generationen hinweg, um Versöhnung und den Kampf um ein Leben, dem die Zukunft gehört.

HANS
VON ROTENHAN

ALLSBERG

-1985-

Der Duft der Veränderung

ROMAN

MAXIMUM

Hauptstraße 33
27299 Langwedel
www.maximum-verlag.de

1. Auflage 2024

Lektorat: Silvia Kuttny-Walser
Korrektorat: Angelika Wiedmaier
Satz/Layout: Alin Mattfeldt
Umschlaggestaltung: Alin Mattfeldt
Umschlagmotiv: © Kamenetskiy Konstantin / Shutterstock, Creative Family / Shutterstock, RudiErnst / Shutterstock
E-Book: Mirjam Hecht

Druck: Booksfactory
Made in Germany
ISBN: 978-3-98679-003-5

Für meine Enkeltochter Nell,
die vorhat, Schriftstellerin zu werden.

Erster Teil

1. Kapitel

Allsberg, später Eppan, im Herbst 1985

Es war ein wunderbarer Abend im unterfränkischen Allsberg. Wieder schien es, als ließe die untergehende Sonne die Westfassade des Schlosses in Flammen aufgehen.

Katja und Enzio waren zu einem Spaziergang im Park aufgebrochen, doch heute war ihnen die Schönheit des Hauses, in dem sie wohnten, unwichtig. Ihre Gedanken weilten anderswo.

Am Morgen hatte Enzio Graf von Altspaur seine Ehefrau Katja aus der Frauenklinik in Würzburg abgeholt, wo sie wegen einer Fehlgeburt einige Tage zuvor eingeliefert worden war. Seit sie im Frühsommer 1983 geheiratet hatten, war es schon die dritte gewesen.

„Weißt du was, Enzio? Ich denke manchmal, dass sich das Schicksal daran gewöhnt hat, bei uns alles unnormal laufen zu lassen. Seit wir hier so plötzlich, so vollkommen ohne Vorbereitung alles übernommen haben, läuft so manches schief."

„Du übertreibst, hier passiert nichts Unnormales. Du tust ja gerade so, als ob eine Schuld auf uns laste, weil wir jetzt hier leben. Das einzig Unnormale ist, dass es uns bisher nicht gelungen ist, Kinder zu bekommen."

Aufgrund unerwarteter und dramatischer Ereignisse waren sie vor knappen fünf Jahren in den Besitz des

Schlosses mit seiner Landwirtschaft, seinen Weinbergen, seinem Wald und vielem mehr gekommen. Katja war die nichteheliche Tochter des Bruders vom letzten Baron von Tröger auf Allsberg. Dessen beide Söhne, Karl und Anton, hatten kurz hintereinander durch tragische Unfälle ihr Leben verloren und bald schon folgte der vollkommen verzweifelte Vater seinen Söhnen, indem er sich das Leben nahm.

Die Familie von Tröger war damit im Mannesstamm erloschen und es hatte Katja oblegen, diese Tatsache für alle Welt sichtbar zu machen, als sie über dem offenen Grab ihres geliebten Onkels das Familienwappen zerbrach.

Katja und Enzio bewohnten das riesige Schloss allerdings nicht allein, denn Groma, die Mutter des letzten Barons, und dessen drei Schwestern, Donata, Huberta und Philippa, wohnten dort im Erdgeschoss.

Das Zusammenleben mit den vier Damen war nicht immer ganz leicht, denn nur Groma hatte verstanden, warum ihr Sohn testamentarisch die bürgerliche Katja Riedmüller als seine Erbin eingesetzt hatte. Deren Vater, Magnus Freiherr von Tröger war es nicht gelungen, Therese Riedmüller, die gefeierte Schauspielerin, dazu zu bringen, ihn zu heiraten.

Groma kommentierte das immer so: „Von ihrer Mutter hat sie die Schönheit und den Nachnamen bekommen, von meinem Sohn nur die roten Haare."

Katja und Enzio hatten sich auf eine Bank gesetzt und beobachteten nun das Spiel der Abendsonne auf der Fassade von Schloss Allsberg. Den Kopf an die Schulter ihres Mannes gelehnt, flüsterte sie:

„Ich liebe dieses Haus fast so sehr wie ich dich liebe. Aber tief in meinem Inneren denke ich, dass es uns kein Glück bringt. Fühle ich mich als unrechte Besitzerin, weil, um es zu werden, meine beiden Vettern und mein Onkel sterben mussten? Es war mir doch nicht an der Wiege gesungen, hier zu wohnen und all das verwalten zu müssen."

„Weißt du was, Katja? Wenn du so denkst, dann ist es womöglich am gescheitesten, wenn wir uns eine Auszeit nehmen."

Erschreckt richtete sich Katja auf und schaute ihrem Mann zornig in die Augen.

„Spinnst du? Wieso sollte ich mich von dir trennen? Hast du etwa eine andere?"

„Du verstehst mich falsch. Komm, lass dich fest umarmen und küssen. Nicht wir sollten uns trennen, sondern wir sollten einmal Abstand finden von diesem Moloch, der uns alle Aufmerksamkeit und zu viel Zeit abfordert. Ich habe dir schon oft gesagt, wie sehr ich dich dafür bewundere, wie du den vernachlässigten Wald in der Rhön wieder in die Gewinnzone bringst, ohne ihn gleich abzuholzen. Bald wird der Wald dort schöner und gepflegter sein denn je."

„Glücklicherweise hilft mir mein Vetter Percy Zott, der Enkel von Gromas Bruder. Du weißt ja, ich verstehe von Forstwirtschaft nichts."

„Mag sein, aber du hast die Fähigkeit, Menschen zu führen und zu begeistern, manchmal geht das an die Grenzen deiner Kräfte, und das ist nicht gut für dich und auch nicht für unsere Ehe."

„Du musst reden! Seit Jahren beschäftigst du dich ausschließlich mit dem Weinbau."

„Das ist ja schließlich mein erlernter Beruf."

„Okay, der Umzug des Kellereibetriebes von Fahr drunten am Main nach Allsberg hier oben, das war kein Pappenstiel. Zuvor musste der alte Hof im Dorf mit all seinen Stallungen abgerissen werden und Keller, Lager und Abfüllanlagen nach dem neuesten Stand der Technik eingebaut werden. Das hat dich vollkommen absorbiert, manchmal dachte ich, dass dein Kopf auch noch nachts im Weinkeller herumschweift."

„Das erinnert mich an ein Lied, das wir im Französischunterricht gelernt haben. Da wünscht sich einer, im Weinkeller begraben zu werden."

„Na, das kenn ich doch auch!"

Und so sangen die beiden:

Si je meure je veux qu'on m'enterre dans la cave où il y a du bon vin …

Hand in Hand liefen sie so auf das Schloss zu. Nur mehr die Spitzen der beiden Türme wurden von der Sonne umspielt.

Vor dem Hauptportal blieb Enzio stehen und drehte seine Frau etwas zur Seite, sodass sie sich nun gegenüberstanden, und dann sagte er mit eindringlicher Stimme:

„Wir sollten uns wirklich überlegen, mal ein paar Wochen wegzufahren, die letzten Jahre waren sehr anstrengend."

Der darauffolgende Tag war ein Donnerstag, Tag des *jour fixe*, an dem sich alle Bewohner des Schlosses nach dem Mittagessen bei Katja und Enzio zum „Käffchen" trafen. Die beiden hatten diese Treffen eingeführt, um der Schlossgemeinschaft einen Rahmen zu geben, sich zu treffen und miteinander zu reden. Wie sich herausgestellt hatte, war dieses wöchentliche Treffen auch ein wunderbarer Gerüchteverhinderer.

Heute waren nicht nur Groma und die Tanten gekommen, Tante Phips hatte auch ihren geschiedenen Ehemann Peer mitgebracht.

Zu Beginn berichtete Katja von ihrer bedauerlichen Fehlgeburt und sie merkte, dass ihr eine wohltuende Welle des Mitgefühls entgegenschlug. Die Tanten und Groma mochten ihre berechtigten Eigentümlichkeiten haben und zum Tratschen neigen, aber sie hatten alle das Herz auf dem rechten Fleck.

Es wurden noch die Tagesereignisse besprochen, und als es eigentlich schon Zeit war, zu gehen, sagte Tante Phips, sie müsse Katja noch was fragen. Statt dies zu tun, druckste sie herum, was dazu führte, dass alle dachten, nun komme etwas ganz besonders Wichtiges. Schließlich war es Peer, ihr Ex, der mit der Sprache herausrückte:

„Ich bin jetzt pensioniert worden und da habe ich mir überlegt, dass ich gerne nach Allsberg ziehen würde."

Nach einer etwas verlängerten Schrecksekunde brach homerisches Gelächter über den beiden los:

„Weshalb habt ihr euch denn dann scheiden lassen? Zweiter Frühling und so?"

Als schließlich Tante Donata auch noch sang: „In der Nacht ist der Mensch nicht gern alleine ...", klatschte Groma in die Hände:

„Schluss jetzt! Erstmal erklärt ihr bitte, was das Ganze soll."

Tatsächlich war die Sache einfach und gut durchdacht. Die Ehe war über dem Tod ihres Sohnes Sven zerbrochen und solange Peer noch auf Botschafterposten im Ausland lebte, war es einfach gewesen, dass jeder seiner Wege ging. Aber jetzt, als Diplomat im Ruhestand, sollte er da in Bonn oder Bad Godesberg mit all den anderen Ehemaligen vergangene Heldentaten besingen?

„Nein, die Scheidung bleibt bestehen, aber Philippa und ich denken, dass wir nicht zu weit voneinander entfernt leben sollten. Wir sind uns ja nicht zuwider."

In diesem Moment beobachtete Katja, wie ihre Tante errötete, als wäre sie ein Schulmädchen. Das rührte sie derart, dass sie spontan beschloss, Ja zu sagen. Sie kam aber nicht mehr dazu, denn das Telefon klingelte.

Enzio nahm den Hörer ab und es dauerte nur Sekunden, bis er erbleichte, sich auf den nächsten Stuhl setzte und gebannt dem zuhörte, was ihm da vermittelt wurde.

Als er auflegte, berichtete er, sein Vater sei am Morgen in Eppan nach einem starken Unwetter mit dem Auto in seinen Weinbergen unterwegs gewesen. Er habe nach dem Rechten sehen wollen, als unerwartet eine Mure abging, die das Fahrzeug mit seinen beiden Insassen mitgerissen habe. Sie hätten keine Chance gehabt.

Katja sprang von ihrem Stuhl auf und umarmte ihren Mann, um ihn zu trösten. Danach aber rief sie ihrem Onkel zu: „Ja, Peer. Das „Wie“ besprechen wir, wenn wir von der Beerdigung zurückkommen. Aber jetzt müssen wir weg.“

Es dauerte nicht lange, bis der Cutaway mit schwarzer Weste und Katjas Trauerkleid samt verschleiertem Hut eingepackt waren.

Katja chauffierte, wofür ihr Mann dankbar war. Es war immer noch der grüne Mercedes, den vor Jahren ihr Onkel Schorsch angeschafft hatte. Die unerwartete Nachricht hatte Enzio schwer getroffen. Seit den ereignisreichen Tagen um Weihnachten 1980 war der Kontakt zu seinem Vater fast eingeschlafen. Es war kurz nach seinem Abschluss an der Weinbauschule in Laimburg, als ihm sein Vater eröffnete, nach dem Studium zahle er nun nichts mehr für den Lebensunterhalt des Sohnes. Für Enzio war es nur folgerichtig gewesen, daraufhin vorzuschlagen, dann solle der Vater ihm das Weingut übergeben. Der alte Graf lehnte das vehement ab. Enzio musste damals unter sehr schwierigen und zum Teil erniedrigenden Bedingungen einen Job suchen. Erst eine von Groma geschickt eingefädelte kleine Intrige ermöglichte es, dass er den Weinbau, den seine damals noch Verlobte gerade geerbt hatte, übernehmen konnte. Leider hatte über all diesen Schwierigkeiten sein bis dahin gutes Verhältnis zu seinem Vater erheblichen Schaden genommen. Enzio war seither nicht mehr auf Burg Altspaur gewesen, nur sporadische Anrufe hatte es gegeben, das war alles. Nun setzte ihm der abschiedslose Tod seines Vaters schwer zu. Er saß versunken auf dem Beifahrersitz und grübelte. Plötzlich ging ein Ruck durch ihn und er rief:

„Oh Gott, auch das noch!"

Erschrocken verlangsamte Katja ihre ansonsten rasante Fahrt und fragte, was denn nun los sei.

„Das habe ich in all den Jahren offenbar verdrängt, denn jetzt bin ich ja Eigentümer der Weinberge, der Burg und der Kellerei in Eppan. Die Eigentumslage wird in unserer Ehe immer verzwickter."

Und das war sie auch bisher wirklich schon gewesen, denn der verstorbene Baron Tröger hatte den „Nasciturus" das Kind, das die Freundin seines verstorbenen Sohnes Karl damals erwartete, neben Katja zur Hälfte als seinen Erben eingesetzt. Nachdem Giovanna im Sommer 1981 ihren Sohn auf Ibiza geboren hatte und dieser auch noch rote Haare hatte, war an Karls Vaterschaft nicht mehr zu rütteln. Dass Katja einen Miteigentümer hatte, war nicht das Problem. Schwierig war, dass das Familiengericht andauernd dazwischenredete und Katja ständig im Verdacht stand, den kleinen Carlitos übervorteilen zu wollen.

Erschwerend kam hinzu, dass zu dem Erbe auch noch die

sogenannten Uta-Betriebe gehörten, die Onkel Schorschs Stiefschwester Uta von ihrem Nazi-Ehemann geerbt hatte. Unter anderem gehörten dazu Kunstgegenstände, die jüdischen Familien abgepresst worden waren, aber auch ganze Betriebe. Die Bemühungen, alles das an die rechtmäßigen Eigentümer zurückzuführen, waren noch längst nicht abgeschlossen und kosteten Katja Zeit und Nerven.

„Wenn du jetzt immer auf deinem Weinberg in Südtirol sitzt, kriegen wir ganz bestimmt kein Kind“, platzte es spontan aus ihr heraus. Beide lachten und das verscheuchte glücklicherweise die gedrückte Stimmung.

Es war schon Nacht, als sie auf den Hof der Burg der Grafen Altspaur fuhren. Im Licht ihrer Dienstwohnung im Nebengebäude erkannte Enzio die Frau des Kellermeisters Gasser. Mit großen Schritten lief er auf sie zu, um ihr zu kondolieren. Er war wie selbstverständlich davon ausgegangen, dass die zweite verunglückte Person der Kellermeister gewesen sei, der den Grafen bei der Inspizierung der Weinberge begleitet hatte. Noch ehe er die Hand der Frau ergreifen konnte, erkannte er im Halbschatten neben ihr den Kellermeister Josef Gasser.

Wie angewurzelt blieb er stehen und fragte weder sehr höflich noch sehr überlegt:

„Ja, wer ist denn dann der andere Verunglückte?“

Die beiden bemerkten den faux pas, aber sie lachten nur und antworteten:

„Nein, von uns hat’s noch keinen erwischt.“

Nun stellte Enzio den beiden seine Frau vor. Dies geschah allerdings nur sehr kurz, denn plötzlich hörte man aus der Wohnung das Weinen eines Säuglings.

„Wie schön, hat euer Sohn, der Andres, geheiratet und schon ein Kind bekommen?"

Darauf bekam Enzio erstmal keine Antwort. Vielmehr kneteten die Gassers verlegen ihre Hände.

Nach einigem Zögern nahm sich der Kellermeister ein Herz und sagte mit stockender Stimme:

„Nein, das ist, wie soll ich sagen, das ist sozusagen dem jungen Herrn Grafen seine Halbschwester."

Katja bemerkte, wie ihr Mann schwankte, deshalb griff sie ihm unter den Arm und sagte mit aufgesetzter Fröhlichkeit:

„Dann lasst uns doch hineingehen und das Kind anschauen."

In der Stube der Gassers stand ein Körbchen und darin lag ein etwa zwei Wochen altes Baby.

„Es hat Hunger, das arme Kinderl, ich mach das Flascherl fertig."

Damit verschwand Frau Gasser in Richtung Küche, was ihrem Mann sichtlich unangenehm war, denn nun sah er sich den Fragen der beiden allein ausgesetzt.

„Ein Mädchen also?"

„Ja, ein Mädchen."

„Und warum ist es meine Halbschwester?"

„Noja, weil halt der Herr Papa sozusagen der Kindsvater ist."

„Was heißt da „sozusagen? Issers oder issers nicht?"

„Er hat g'sagt, dassers is."

„Und wer ist die Mutter?"

„Die Bianca Esposito, die Lehrerin aus dem Dorf."

„Und wo ist die jetzt?"

„Des isses ja, sie ist mit dem Herrn Grafen verunglückt. Das arme Wurm hat keine Eltern mehr."

Das Weinen aus dem Korb wurde lauter und dringlicher, deshalb nahm Katja das Baby hoch und wiegte es auf dem Arm. Gleichzeitig streichelte sie mit dem kleinen Finger die Lippen des Kindes. Sofort begann es daran zu saugen, öffnete die Augen und sah Katja, wie es ihr schien, dankbar an.

Später erzählte Katja immer, das sei der Moment gewesen, zu dem sie, ohne sich mit Enzio abgesprochen zu haben, beschloss, komme was da wolle, dieses Kind anzunehmen und großzuziehen.

„Was? Mein Vater hatte eine Geliebte?"

„G'heirat hätt sie ihn schon wolln, aber der Herr Graf, noja, Sie kennen ihn ja, Ihren Vater, wenn man ihn wohin hat treiben wolln, ist er stur g'worden."

Enzio musste grinsen, denn da hatte der alte Kellermeister ins Schwarze getroffen.

„Ja und heut früh, wie das Gewitter schon vorüber war, hat sie ihn begleitet in die Weinberge. Sie hat sich immer sehr für den Betrieb interessiert. Vielleicht dass sie ihm so hat zeigen wollen, dass sie die Richtige für ihn ist. Ich weiß nix Näheres, nur, dass er mir vor ein paar Wochen g'sagt hat, also, des war noch vor der Geburt, dass das Kinderl abgesichert ist. Aber wegen der Heiraterei, da hat's Streit geben, man hat's ja bis in den Burghof hinunter hören können."

Während die beiden Frauen das Baby versorgten, bat Enzio den Kellermeister, ihn zu begleiten. Er wollte einen Zeugen haben, wenn er das Arbeitszimmer seines Vaters durchsuchte.

Auf der Treppe im Wohnturm fragte er:

„Wie hat denn mein Vater diese Dame überhaupt kennengelernt?"

„Ja, des war so: Einmal hat das Fräulein Lehrerin ihren Bruder Massimo mit nach hier heroben begleitet. Der Massimo Esposito ist Weinhändler und hat mit dem Herrn Vater schon lange Geschäfte gemacht. Aber diesmal hat er mir das Verhandeln überlassen. Vom ersten Augenblick war er hin und weg von der Bianca. Sie war ja auch eine Schönheit. Die Familie stammt aus dem Mezzogiorno. Der Mussolini hat damals haufenweise arme Süditaliener in sein neu erworbenes Alto Adige gebracht. Wir sollten halt mehrheitlich Italiener werden, alles unter dem Motto der Italianità. Ja, die Bianca, der sah man Süditalien an. Das war eine Frau, so schön und sinnlich, dass die Männer es mit der Angst zu tun bekommen haben. Nur der Herr Graf nicht. Na ja, Sie werden es ja auch mitbekommen haben, dass er nach dem Tod Ihrer Frau Mutter kein mönchisches Leben geführt hat. Nix hat er anbrennen lassen, wie man so sagt."

Enzio war froh, dass sie unterdessen die Tür zum Arbeitszimmer erreicht hatten, so genau wollte er über die Einzelheiten des Liebeslebens seines Vaters auch nicht Bescheid wissen.

„So, jetzt schauen wir mal, ob wir etwas finden. Mein Vater hat sicher nicht umsonst gesagt, das Kind sei abgesichert."

Es war nicht schwer, in einer der Schubladen des alten Renaissance-Sekretärs fanden sie einen Umschlag, auf dem die Adresse eines Notars in Bozen aufgedruckt war.

„Herr Gasser, Sie sind mein Zeuge, dass ich diesen Umschlag geöffnet habe und das sicherlich darin vorhandene Dokument gelesen habe, ohne es in irgendeiner Weise verändert zu haben."

Mit diesen Worten öffnete er den Umschlag und entnahm ein maschinengeschriebenes Dokument mit wichtig aussehenden Stempeln und Unterschriften. Nachdem er es überflogen hatte, setzte er sich auf den nächstbesten Stuhl und las das Wichtige laut vor:

„Ich bestätige, der leibliche Vater des Kindes zu sein, das Bianca Esposito erwartet. Feststellbar wird das erst nach der Geburt sein. Dessen ungeachtet setze ich dieses Kind zur Hälfte zum Erben ein. Frau Bianca Esposito wird nach meinem Tod und bis zur Erreichung des achtzehnten Lebensjahrs des genannten hälftigen Erben den Nießbrauch über diesen Teil haben. Die andere Hälfte erbt Enzio, mein Sohn aus erster Ehe."

Enzio saß unbeweglich auf dem Stuhl und sah in eine im Arbeitszimmer nicht vorhandene Ferne. Dann murmelte er:

„Dessen ungeachtet ... Das bedeutet, dass das Kind auch dann Erbe geworden wäre, wenn sich herausstellen sollte, dass es nicht von meinem Vater stammt. Diese beiden Worte waren offenbar der Preis, den mein Vater zu zahlen bereit war, um der Eheschließung zu entgehen."

Nach einer langen Pause fügte er noch hinzu:

„Da hat er sich's aber einfach gemacht, denn diesen Preis hat ja nicht er bezahlt. Ich bin's, der's zahlen muss, Herrgott noch mal!"

Als Katja spät abends ihren Kopf in Enzios Armbeuge kuschelte, flüsterte sie:

„Ich finde das alles nicht so schlimm. Es wird sich nicht viel ändern. Außer, dass wir jetzt ein Kind haben. Es wird uns nichts anderes übrigbleiben, als das Kind zu adoptieren."

Sie schlief danach sofort ruhig ein. Auf Enzio hatte der Satz alles andere als beruhigend gewirkt.

2. Kapitel

Eppan, Freitag, 10. Oktober 1985

War es der Sonnenstrahl auf seinem Gesicht? Enzio erwachte und fühlte sich wohl. Es dauerte eine Weile, bis er begriff, dass dieses Gefühl auch daher rührte, dass eine zarte Hand sein Glied mit ganz kleinen Bewegungen liebkoste. Er öffnete die Augen und sah in Katjas lächelndes Gesicht.

„Guten Morgen, mein Liebster. Ich habe mir überlegt, dass es womöglich keine schlechte Idee ist, den genius loci zu bemühen. Vielleicht ist Südtirol ja gut fürs Kinderkriegen. Deine Halbschwester braucht unbestreitbar ein Miterziehungskind. Los, die Pflicht ruft!"

„Früher hast du aber nicht so viele Worte gebraucht, um mich zu verführen. Und ein bisserl Spaß sollte es ja auch noch machen! Von wegen: die Pflicht ruft, wenn schon, dann die Kür!"

Katja sagte darauf nichts mehr, verstärkte aber den Druck ihrer Hand, was genau dazu führte, was sie vorher wortreich eingefordert hatte.

Später trafen sie in der Küche Maria Gasser, die Frau des Kellermeisters. Sie hatte ihnen ein schmackhaftes Frühstück bereitet und setzte sich zu ihnen an den Tisch.

„Die jungen Herrschaften werden verzeihen, aber wir müssen uns um die Beerdigung kümmern. Wenn wir das nicht tun, macht das der Dorfpfarrer von Sankt Michael und der ist ein 150-prozentiger Italiener. Wenn's nach dem ginge, hätten wir es hier bald nur noch mit Pater Pio und den Flagellanten zu tun."

„Flage-was?", fuhr Katja entsetzt dazwischen. „Was ist das denn?"

„Mein Schatz, das sind Menschen, die sich ihrer eigenen Sünden bewusst, zumeist mit Peitschenhieben auf den Rücken bestrafen. Mach dir keine Sorgen, du bist nicht der Typ für so was."

„Mich zu geißeln?"

„Nein, dich deiner Sünden bewusst zu werden."

Lachend fing Enzio den Boxhieb ab und Frau Gasser grinste, bevor sie wieder zum Thema überging:

„Beim Schreiner hab ich schon einen ganz schlichten Sarg bestellt. Ich denk, den stellen wir heute am Abend vor der Beerdigung unten in die Eingangshalle und dann soll sich der Pfarrer herbequemen, um den Herrn Grafen, Gott hab ihn selig, auszusegnen. Er wird alles auf Italienisch runterleiern, aber das macht nix. Wir verstehen Italienisch, die aber verstehen immer noch kein Deutsch. Der Pfarrer lässt sich Don Rocco nennen. Den mag hier keiner. Sei's drum! Den Sarg ins Dorf runtertragen, das machen die Schützen aus Eppan morgen. Gleich nach dem Unglück ham die meinen Mann angeläutet und g'sagt, dass sie ihrem Ehrenmitglied das nicht versagen können und wollen. Und wenn er dann druntn im Dorf im Familiengrab beigesetzt ist, dann kommen alle wieder auf die Burg zu einer Merende."

„Und eine Merende ist was?", fragte Katja.

„Danke, Frau Gasser. Das ist alles im Sinne meines Vaters. Da bleibt mir ja nichts mehr zu tun, außer meiner Frau zu erklären, dass man in Südtirol zu einer Brotzeit Merende sagt."

Er küsste seine Frau zärtlich und wandte sich dann noch einmal der Frau des Kellermeisters zu:

„Ach, ich vergaß noch zu fragen: Auf wann haben Sie die Beerdigung angesetzt?“

„Morgen um zwei Uhr mittags.“

Frau Gasser hatte wirklich an alles gedacht: Kurz vor 18 Uhr brachte der Wagen des Bestatters den Verstorbenen auf den Burghof. Mit Enzios und des Kellermeisters Hilfe trug man den Sarg in die Eingangshalle und bahrte ihn dort auf.

„Herr Graf, soll der Sarg geschlossen bleiben?“

„Enzio wollte auf jeden Fall seinen Vater noch einmal sehen, so bat er die Männer aus dem Beerdigungsinstitut, den Deckel abzunehmen. Es war ein Moment besonderer Anspannung und Enzio war froh, dass in diesem Moment auch Katja in die Eingangshalle kam und nach seiner Hand suchte.

Als die Schrauben gelöst waren und der Sarg sich öffnete, lag plötzlich schutzlos der so geliebte, der so komplizierte und der so oft beschimpfte Vater vor ihm. Er hatte seine Tracht an. Der alte Graf sah zufrieden aus, als wolle er sagen:

„Ja, so kann ich vor meinen Schöpfer treten.“

„Fesch sieht er aus“, flüsterte Katja ihrem Mann ins Ohr.

Die Entscheidung, ob die Aussegnung bei offenem oder geschlossenem Sarg stattfinden solle, wurde den Angehörigen abgenommen. Ehe man den Deckel wieder aufsetzen konnte, war der Pfarrer in vollem Ornat mit seinen Messdienern, den Nachbarn, Freunden und einigen Verwandten angekommen.

Der Pfarrer, der es offenbar eilig hatte, wollte sogleich mit der Zeremonie beginnen. Daran wurde er vom ebenfalls erschienenen Bürgermeister gehindert.

„Wir müssen noch auf die Abordnung der Bürgerkapelle Sankt Michael warten, die haben dem Grafen zu Lebzeiten immer versprochen, bei der Aussegnung und der Beerdigung aufzuspielen."

Was der Bürgermeister nicht sagte, war, dass er dem Kapellmeister angeordnet hatte, nicht um sechs Uhr zu kommen, sondern erst um sieben. Er kannte doch die Eile des Gemeindepfarrers.

Und so saßen alle eine knappe Stunde am offenen Sarg und beteten den Rosenkranz, während Don Rocco, der Pfarrer, mühsam um Haltung rang.

Schließlich hörte die Gemeinde zunächst leise von weit her die bekannten Klänge aus Chopins Trauermarsch. Immer näher kam die tragende Melodie, immer fordernder holte sie die Anwesenden aus der Versunkenheit des Rosenkranzes heraus. Als die Musikanten auf den Burghof einbogen, war allen mit einem Schlag wieder gegenwärtig geworden: Hier hatte der Tod unbarmherzig und wahllos zugegriffen. Enzio spürte, wie ihm die Tränen kamen, deren er sich nicht schämte.

Er wischte sie mit einem großen weißen Taschentuch aus den Augen. Er hatte nichts dagegen, dass alle sahen, dass er trauerte.

Nun war der Pfarrer dran, der seinen aufgestauten Unmut auch in Worte zu fassen wusste:

„Bene, finalmente! Ora possiamo iniziare la benedizione del defunto."

Nach den vorgesehenen Worten der Liturgie, die, wie die Gemeinde fand, der Priester ohne großes Engagement ablas, war die Zeremonie beendet. Als der Geistliche mit seinen Ministranten schon im Aufbruch war, spielte die Kapelle die italienische Hymne. Da musste der 150-prozentige Italiener natürlich innehalten und Haltung annehmen. Sofort anschließend spielte nun die Kapelle „Wohl ist die Welt so groß und rein …“, die Hymne Südtirols. Und da blieb dem heiligen und ungeliebten Mann nun auch nichts weiter übrig, als stehen zu bleiben.

Der Bürgermeister schaute zufrieden drein. Er hatte es dem Walschen mal wieder gezeigt.

Der letzte Ton war verklungen. Der Pfarrer setzte sich unmittelbar in Bewegung, dicht gefolgt von der Abordnung der Bürgerkapelle, die nun einen fröhlichen Landler spielte.

3. Kapitel

Eppan, Samstag, 11. Oktober 1985

Gegen Mittag kamen die ersten Nachbarn und Verwandten. Man versammelte sich um den nunmehr geschlossenen Sarg und jeder sprach ein stilles Gebet. Danach legte sich eine schwere Hand auf Enzios Schulter. Als er sich umdrehte, schaute er in das Gesicht seines Patenonkels Albert. Er trug prächtige Südtiroler Tracht und plötzlich kam sich Enzio in seinem Cut deplatziert vor. Alberto gehörte die benachbarte Burg, die einen ebenso auffallenden Wohnturm hatte wie die der Grafen Altspaur. Sie waren verwandt, Enzio wusste aber nicht wie. Onkel Albert war einer der engsten Freunde seines Vaters gewesen.

Der schaute seinem unterdessen erwachsenen Patensohn in die Augen und sagte mit Donnerstimme:

„Weißt schon, jetzt bist der letzte Altspaur. Streng dich an!“ Und dann umarmte er ihn herzlich und sagte erheblich leiser:

„Schad ist's um den Toni und schad ist's, dass ihr euch nimmer versöhnen habt's können.“

Die Totenmesse wurde in der Sankt Michaels Kirche gelesen, wohin alle dem Wagen, der den Sarg hinunterbrachte, nachgefahren waren. Die Bürgerkapelle war vollständig anwesend und füllte die Orgelempore restlos aus.

Zur Überraschung aller spielte sie zum ersten Mal eine Bläserfassung des „Lacrimosa“ aus Mozarts Requiem. Anschließend wurde der Verstorbene im großen Familiengrab auf dem Friedhof beigesetzt.

Während all dieser Zeremonien richtete sich die Neugierde aller auf Katja. Niemand hatte Enzios Frau bisher kennenlernen können. Sie sah prachtvoll aus. Das Oberteil des Kleides war bis zum Hals mit schwarzer Spitze besetzt und unter dem Hut mit ebenfalls schwarzem Schleier leuchtete ihre rote Haarpracht. Enzio bemerkte mit Stolz, dass alle Augen auf seine Frau gerichtet waren. Sie quittierte die Aufmerksamkeit mit einem feinen Lächeln.

4. Kapitel

Ibiza, Sommer und Herbst 1985

Im Sommer war Carlitos vier Jahre alt geworden. Er lebte mit seiner Mutter, Giovanna, in einer renovierten Finca oberhalb des Torrent de Buscastell gegenüber vom Puig d'en Socarrat.

Er war der Sohn des bei einem Unfall umgekommenen Karl von Tröger, des ältesten Sohnes des ebenfalls verstorbenen Barons Schorsch. Carlitos war zusammen mit Katja der Erbe des riesigen Besitzes der Familie Tröger geworden. Dennoch hatte es seine Mutter vorgezogen, vor seiner Geburt wieder nach Ibiza zurückzukehren. Dort hatte sie zuvor mit Karl wunderbare, wenn auch entbehrungsreiche Jahre verbracht. Von Not war nun keine Rede mehr. Giovanna war von Katja mit genügend Geld ausgestattet worden, um sich ein Haus kaufen zu können: Für Carlitos schickte sie monatlich den Betrag von 5.000 DM auf die Insel. Das war für die Verhältnisse junger Menschen, die auf der Insel lebten, ein mittleres Vermögen. Früher hatte Giovanna Geld verdient, indem sie freizügige Strickmode kreierte, jetzt ging sie ganz in der Erziehung ihres Sohnes auf. Zumindest dachte sie das. Tatsächlich kümmerte sich um den Buben Xisco, der Nachbar, dem unten am Torrent Felder und Gärten gehörten, die er sehr gewissenhaft bewirtschaftete. Es war vor einem knappen Jahr gewesen. Carlitos hatte eine Ziege im Buschwald verfolgt. Als er sie nicht einfangen konnte, landete er schließlich auf dem Acker, auf dem Xisco gerade Kichererbsen aussäte. In regelmäßigen Abständen steckte er eine Erbse in den Boden und scharrte mit dem Fuß Erde darüber. Er lachte, als er beobachtete, wie der kleine Bub der Ziege hinterherrannte. Carlitos blieb stehen und genierte sich. Der lachende Mann winkte ihn zu sich heran und gab ihm einen Schluck Wasser aus einem Tonkrug. Was er sagte, verstand Carlitos nicht und was der Bub sagte, verstand der Mann nicht. Mit dem Zeigefinger deutete er auf sich und sagte „Xisco". Das verstand Carlitos und zeigte mit seinem kleinen Finger auf sich und sagte „Carlitos". Später setzte Xisco seinen neuen Freund auf seinen Esel. Sicher ist der Bub das Kind von der Italienerin, die da droben vor einiger Zeit eingezogen war, dachte Xisco. Sie fanden sie am Rand des Swimmingpools in Meditationshaltung. Vorsichtig räusperte er sich und fragte, ob der auf dem Esel sitzende Carlitos hier wohne. Er verschwieg ihr, wo ihr Sohn den ganzen Tag gewesen war. Am nächsten Tag freute sich Xisco, als Carlitos in aller Frühe wieder zu ihm auf den Acker kam. An diesem Tag lernte er die ersten Worte auf ibicenco und wie man Garbanzos aussät. Im Laufe des Tages erzählte ihm Xisco die Geschichte vom Winzling „Garbancito", der nur so groß wie eine Kichererbse war. Er verstand nicht alles, aber da er mit seiner Mutter immer italienisch sprach, konnte er sich ausdenken, um was es ging. Beide lachten darüber, wie Garbancito mit einem Pups aus dem Bauch der Kuh flog, die ihn zuvor gefressen hatte. Sie hatte das winzige Kerlchen nicht im Kohlkopf gesehen, der ihr zum Mittagessen geschmeckt hatte. Abends erzählte Carlitos seiner

Mutter die Geschichte und sagte ihr so entschieden, dass sie nicht widersprach, dass er jetzt jeden Tag zu Xisco gehen werde. Als er später ins Bett ging, erklärte er ihr auch noch, dass er Bauer werden wolle.

Tatsächlich lernte Carlitos bei Xisco alles, was man als „pagès" beherrschen muss. Bald wusste er die Hähne zu bedienen, die das Wasser auf die Felder leiteten, Kopfsalat ernten war auch nicht weiter schwierig, nachdem er sich ein paar Mal mit dem scharfen Messer geschnitten hatte. Xisco erzählte seinem kleinen Freund, dass seine Frau gestorben war und Fina, die Tochter, die habe unbedingt studieren wollen und jetzt wohne sie in Madrid.

„Sie arbeitet in einem Krankenhaus und um sie herum fahren stinkende Autos. Sie hat vergessen, wie schön es ist, unter einem Feigenbaum zu sitzen."

Carlitos gab dem alten Mann recht: Es gibt nichts Schöneres als im Schatten eines Feigenbaumes zu sitzen. Man konnte die Eidechsen und Käfer beobachten. Manchmal erzählte Xisco eine Geschichte und oft knurrte Brac, der Hund, der im Schlaf all die Abenteuer erlebte, auf die er jetzt auf seine alten Tage verzichten musste.

Wenn es Zeit war, breiteten sie Netze unter den Bäumen aus und schlugen mit langen Bambusstangen Johannisbrot oder Mandeln von den Bäumen. Sie packten alles in Säcke und dann durfte Carlitos mitfahren in Xiscos uraltem Deux Chevaux Kastenwagen, dessen hintere Türen mit einer Kordel zusammengehalten werden mussten. In San Antonio Abad wurden die Säcke in der Cooperativa Agrícola abgewogen und Xisco bekam Geld ausbezahlt. Carlitos gab er davon 100 Peseten ab, was den Buben in seinem Entschluss, Bauer zu werden, bestärkte. Damit konnte man richtig Geld verdienen.

Giovanna war nicht unglücklich, ihren Sohn tagsüber abgeben zu können. Sie hatte die beiden aus der Ferne immer wieder beobachtet und wusste ihren Sohn beim Nachbarn in guten Händen. Insgeheim aber wunderte sie sich über Carlitos, denn sein Großvater war Musiker in Mailand und Carlos, der verstorbene Vater, war eine Größe in der Musikszene der Insel gewesen. Der Kleine hätte doch eigentlich Interesse an der Musik zeigen müssen!

„Zwei Mal Musiker macht ein Mal Bauer?“ murmelte sie, wenn ihr Sohn abends von oben bis unten dreckig, aber glücklich nach Hause kam.

Ihre eigenen Interessen richteten sich schon bald nach anderen Sphären aus. Das lag an Umberto, einem baumlangen Römer. Er war ihr Yogalehrer. Eines Tages erzählte er wie nebenbei, er habe in Italien auch eine Ausbildung als Geburtshelfer gemacht, er sei eine männliche Hebamme. Leider sei ihm der berufliche Erfolg in der Heimat versagt geblieben. Er selbst sei einfach zu groß, ganz zu schweigen von seinen Händen. Da hätten die jungen Römerinnen Angst bekommen und mit einem Lächeln fügte er hinzu, dass die jungen Väter ihn mit äußerstem Argwohn, ja mit Eifersucht, betrachtet hätten.

Da hatte Giovanna eine Idee …

5. Kapitel

Eppan, Sonntag, 12. Oktober 1985

Katja hatte Glück, sie erreichte Robert Wagner in seiner Kanzlei in Würzburg. Er war der Rechtsanwalt der Familie. Sein Vater war früher Onkel Schorschs rechte Hand gewesen. In Zeiten, als sie und Robert in Schweinfurt aufs Gymnasium gingen, waren sie ein Paar geworden.

„Robert, verzeih, dass ich dich am Sonntag störe."

„Wie du siehst, bin ich sowieso im Büro. An solchen Tagen kann man so schön ungestört arbeiten, es sei denn, die liebe, liebe Katja ruft an."

„Mach du nur deine Witze, aber so richtig lustig ist es nicht, weshalb ich dich anrufe. Sicher hast du gehört, dass Enzios Vater gestorben ist. Er wurde bei einem Murenabgang verschüttet."

„Oh Gott, das ist ja grauenhaft. Bitte richte ihm mein Beileid aus."

„Mach ich, aber jetzt pass auf: Der Onkel Toni, Enzios Vater, hatte ein Gspusi, eine junge Italienerin."

„Na, das wollen wir dem alten Herrn doch von Herzen gönnen, oder?"

„Robert, darum geht es überhaupt nicht, vor zwei Wochen hat die Frau ein Kind bekommen."

Robert lachte am anderen Ende der Leitung lange und laut, dann prustete er los: „Sag bloß, das Kind hat auch noch rote Haare, das hatten wir doch schon mal."

„Robert, reiß dich am Riemen, das ist alles nur scheinbar lustig. Die Mutter des kleinen Mädchens ist mit Enzios Vater zusammen verunglückt. Vorher hat er die Vaterschaft anerkannt und das Mädchen neben Enzio zur Hälfte als Erbin des Besitzes der Familie eingesetzt. Enzio und ich haben uns überlegt, das Kind zu adoptieren. Mit dem Kinderkriegen klappt es bei uns ja nicht. Allerdings wollen wir vorher wissen, was du davon hältst."

Der Anwalt überlegte kurz und dann begann er langsam schneller werdend zu sprechen: „Ihr würdet euch dem Verdacht aussetzen, das Erbe des Kindes zu schmälern. Jetzt erbt sie die eine Hälfte, als Enzios Adoptivtochter erbt sie dessen Hälfte, wenn er stirbt. Dann würde sie mit den Kindern, die ihr hoffentlich noch bekommt, teilen müssen, also jedes Mal, wenn du ein Kind bekommst, würde sie weniger erben. Um diesem Verdacht aus dem Weg zu gehen, müsst ihr den italienischen Behörden klarmachen, dass durch eine mögliche Adoption durch euch die vermögensrechtliche Situation des Kindes nicht betroffen sein kann."

„Okay, das habe ich verstanden, an was müssen wir sonst noch denken?"

„Als deine Adoptivtochter wird sie natürlich auch deine Erbin in Allsberg, da sie aber vorab schon Eigentümerin der Hälfte des altspaurschen Erbes geworden ist, wird sie immer mehr haben als ihre nachgeborenen Geschwister. Das kann zu Unfrieden führen."

„Na, das werden wir schon meistern. Fällt meinem juristischen Genie sonst noch was ein?"

„Erst mal nicht."

„Robert, hab vielen Dank für deinen Rat. Ich halte dich auf dem Laufenden."

Sie traf Enzio im Weinkeller unter der Burg. Er lief durch die schier endlosen Gänge und verschaffte sich einen Überblick über den Zustand des Betriebes. Als er Katjas Schritte hörte, rief er ihr zu:

„Jetzt zahlt sich aus, dass ich in den vergangenen Jahren in Allsberg eine komplett neue und moderne Weinkellerei eingerichtet habe. Diese Erfahrung zeigt mir, wie vollkommen überaltert das hier alles ist. Hier muss dringend was passieren."

„Das mag sein, aber jetzt setz dich erstmal irgendwo hin, ich will dir erklären, was Robert Wagner gesagt hat."

„Einige Minuten später schüttelte Enzio den Kopf und dann murmelte er:

„Seit klar war, dass Mama keine Kinder mehr bekommen konnte, wurde ich dazu erzogen, wurde mir dauernd vorgebetet, dass ich einmal Herr auf der Burg Altspaur sein werde. Es sei meine Pflicht, mich darauf vorzubereiten. Plötzlich, wie aus dem Nichts, taucht da ein kleines Mädchen auf und schwupp, schon gehört mir nur noch die Hälfte. Die materielle Frage ist mir egal, nur befürchte ich, dass ich jetzt hier ähnliche Schwierigkeiten mit den Jugendämtern bekomme, wie du sie wegen Carlitos in Deutschland mit dem Familiengericht hast. Ich würde auch gern mal wissen, wie das alles so gekommen ist."

„Weißt du was, ruf Onkel Albert an und sag ihm, wir kämen zu ihm zum Mittagessen."

Den Weg zur Burg der Grafen Khofler legten die beiden zu Fuß zurück. Enzio nutzte die Zeit, alles zu erklären, was man von Onkel Albert wissen musste.

„Ich glaube, seine Großmutter und die meines Vaters waren Geschwister. Onkel Albert hat keine Kinder, er war nie verheiratet. Ich war oft drüben bei ihm. Er hat mich mit all dem verwöhnt, von dem er wusste, dass es zu Hause verboten war. Zunächst war das Schokolade und Bonbons, später durfte ich die Playboy-Hefte lesen, die er sammelte. Viel gelesen hab ich nicht, mehr geschaut. Immerhin hab ich etwas Englisch gelernt, weil die Bildunterschriften, die wollte ich schon verstehen. Als ich noch kleiner war, hab ich ihn gefragt, weshalb er nicht verheiratet sei. Er antwortete, er habe nie Zeit gefunden, zu heiraten. Als ich ihm Jahre später noch einmal diese Frage stellte, lachte er und sagte nur:

„Warum soll ich das Menu nehmen, wenn ich à la carte essen kann?“

„Ich hab das damals nicht sofort verstanden, später schon. Knuff mich nicht, das war vor dir! Um es kurz zu machen, Onkel Albert ist und war ein Bonvivant von hohen Graden. Er liebt die Frauen und das Geld, beides möglichst im Plural. Er hat für die italienische Industrie in aller Herren Länder den Türöffner gemacht und hat dabei kräftig verdient. Dass er dabei von beiden Seiten Geld nahm, war bekannt und akzeptiert. Ich habe einmal mitbekommen, wie er zu meinem Vater sagte:

„Dem Agnelli war es doch wurscht, dass ich von den Saudis kassierte. Dem Avvocato aus Turin ging es darum, dass ich denen seine Flieger verkaufe und dafür hat er mich liebend gerne noch mal bezahlt.“

„Dennoch hat er immer wieder Geld gebraucht, und so hat er seine Weinberge peu à peu an meinen Vater verkauft. Die Burg hat er in eine Kulturstiftung eingebracht. Er darf dort bis zum Lebensende wohnen. Eines hat er damit erreicht: Weder er noch seine Neffen und Nichten haben Ärger mit dem „Zeuch“, wie ihr in Franken immer sagt.“

„Es hätte also Erben gegeben?“

„Ja, die Eva, den Daniele und den Tino. Das sind die Kinder seiner Schwester, einer, wie er sagt, bigotten Betschwester. Sie ist in Rom mit einem dieser Vatikan-Adeligen verheiratet. Es stimmt sicher nicht, aber Onkel Albert behauptet, sein Schwager dürfe dabei helfen, wenn der Papst die Schuhe wechselt.“

Von Weitem schon sahen sie Onkel Albert im Burgtor stehen. Er winkte. Neben ihm stand eine Frau, die sich beim Näherkommen als eine junge Schönheit entpuppte.

„Das ist Gabriela, ich habe sie in Rio kennengelernt. Meinen Freunden von der Modebranche in Mailand hat sie auch gleich gefallen und jetzt versüßt sie mir das Leben, wenn sie nicht vor der Kamera steht. Zur Beerdigung hab ich sie nicht mitgenommen, weil sie hat einfach keine schwarzen Kleider im Koffer g'habt, und sie schwarz anmalen? Ich weiß nicht …“

„Hi, I am Gabriela,“ stellte sich nun die junge Frau selbst vor. Sie hatte offenbar nicht mitbekommen, was ihr Gönner zuvor erzählt hatte.

Mit großer Geste lud nun der Burgherr ein. Heute trug er nicht Tracht, sondern beige Chinos, weißes Polohemd und darüber einen leichten hellblauen Pullover mit V-Ausschnitt. Seine Füße steckten ohne Socken in rosa Segelschuhen. Katja fand die Farbzusammenstellung gewagt, war aber dessen ungeachtet beindruckt von der lässigen Eleganz dieses älteren Herrn.

Im Burghof stand eine Statue von Giacometti.

„Femme, épaule cassée“, murmelte Katja hingerissen.

„Verstehst du was davon? Ich hatte Glück, Giacometti hat nur wenige Abgüsse autorisiert und einen davon hat er mir überlassen. Ich hatte damals viel Geld und er brauchte welches. Er hat mich dann auf die Idee gebracht, immer ein Drittel meiner Einkünfte in Kunst anzulegen. Der Rat war gut, von heute aus gesehen. Jetzt verkaufe ich ab und zu ein Werk und kann davon ausgezeichnet leben. Damals führte der Rat zu wiederkehrenden finanziellen Engpässen, die ich dank meines Freundes Toni überbrücken konnte, weil ich ihm stückerlweis meine Weinberge verhökern konnte. Aber mach dir keine Sorgen. Die Dame dort auf ihrem Sockel ist ein Nachguss. Das Original steht etwas sicherer bei mir im Schlafzimmer."

Im Treppenhaus hing ein Paul Klee und eines der seltenen Ölbilder Giacomettis.

„Ein bisschen was versteh ich schon davon, Onkel Albert, ich habe Kunstgeschichte studiert, aber nicht abgeschlossen."

„Typisch höhere Tochter!"

„Ja ja, du hast natürlich Recht. Aber darum ging es mir vorhin nicht. Ich wollte dir erzählen, wie es kam, dass ich von moderner Kunst etwas verstehe. Als ich das Schloss Allsberg von meinem Onkel Schorsch geerbt hatte, erfuhr ich, dass die Nazis zum Ende des Krieges mehrere Kisten und Pakete in einem Teil des Kellers eingelagert hatten und dann den Zugang vermauerten. Es war ziemlich abenteuerlich, wie wir da reingegangen sind, der Enzio, ich und, du wirst es nicht glauben, der Dorfklempner hat uns geholfen. Mit dessen Abflussrohrgucker konnten wir feststellen über die Kellerfenster, ob durch das Einbrechen der Mauer, etwa durch Frischluft Schäden entstehen könnten. Das war natürlich Blödsinn, damals waren wir ja noch blutige Laien. Was wir fanden, war haufenweise den Juden geraubte Kunst und einige ausgelagerte Gegenstände aus der Würzburger Residenz."

„Ich erinnere mich, ich habe damals davon in der New York Times gelesen. Ich war grad für die Benettons drüben. Muss ein riesiges Ereignis gewesen sein, als die Raubkunst in deinem Schloss ausgestellt wurde."

„Stell dir vor, mit der Rückgabe bin ich noch heute beschäftigt. Es ist gar nicht so einfach, die rechtmäßigen Eigentümer geklauter Bilder zu finden."

Damit waren sie im Saal angekommen. Ein elegantes Kreuzgewölbe, das sich auf eine Säule in der Mitte des Raumes stützte, hielt die hohe Decke und ermöglichte so durch große Fenster einen wunderbaren Lichteinfall.

Auch hier Kunst allerorten. Katja beschloss, sich erst später damit zu beschäftigen.

„Ich kann nicht kochen und Gabriela übrigens auch nicht. Es gibt halt nur die paar Kleinigkeiten, die ich im Haus hatte."

Wenn man Parmaschinken, Parmesanbrocken, Mailänder Salami, Oliven, reife und getrocknete Tomaten sowie Mozzarella Kleinigkeiten nennen will, dann hatte er recht.

Sie setzten sich zusammen an das obere Ende des riesigen Tisches. Gabriela hatte sich auf eine Chaiselongue im Erker zurückgezogen und hörte über Kopfhörer Pink Floyd.

„Onkel Albert", begann Enzio, „wir brauchen deinen Rat wegen, wie soll ich mich ausdrücken, tja, wegen meiner Halbschwester."

„Ich habe schon davon gehört. Nenn es, wie du willst, es ist und bleibt ein Bangert, una bastarda."

„Das arme Kind kann doch nichts dafür! Wir müssen die Fakten ohne Vorurteile angehen!"

„Natürlich, immer diese fortschrittlichen Deutschen. Hier in Italien heißt so ein Wurm eben bastarda. Ist doch so, Enzio?"

Kurz darauf verzog der Angesprochene vor Schmerz und Schrecken sein Gesicht.

„So, so, Donna Catarina pflegen ihren Mann unter dem Tisch zu treten."

Onkel Albert lachte schallend und als er sich die Tränen aus den Augen gewischt hatte, stupste er Enzio an.

„Ich hab dich immer vor der Ehe gewarnt, mein lieber Patensohn. Aber Katja hat ja recht, wir müssen die Fakten betrachten. Ich gesteh, dass ich die Gesetzeslage nicht kenne. Ich bin zu oft im Ausland und kann nicht jede Gesetzesänderung verfolgen, insbesondere nicht bezüglich des Erbrechts von unehelichen Kindern."

„Das ist geklärt, sie bekommt die Hälfte."

„Und damit hast du bis zur Volljährigkeit des Kindes stets die italienischen Jugendbehörden an der Backe."

„Genau das ist meine Sorge. Ich hab's vorhin schon zu Katja gesagt: Da werde ich ein ganzes Leben dafür erzogen, ja sogar konditioniert, die Güter der Familie Altspaur zu erben. Vielleicht wäre ich viel lieber Lokomotivführer geworden? Aber nein, mir wurde eingebläut, meine Aufgabe und Verantwortung sei Altspaur! Plötzlich und unerwartet schrumpfen Aufgabe und Verantwortung auf die Hälfte zusammen, nur weil mein Vater auf seine alten Tage nochmal aus der Hose musste! Hätte er damals an mich übergeben, wäre das nicht passiert!"

„Also Enzio, ohne da ins Detail gehen zu wollen, aber da kenne ich deinen Vater besser als du. Der hatte immer nebenher was am Laufen, allerdings hat er früher besser aufgepasst. Und an dem Zerwürfnis, das du angesprochen hast, warst du ja nicht minder schuld.“

„Wieso?“

„Na, verzeih, das ist jetzt fast fünf Jahre her. Hätt’st ja mal anrufen können, vorbeikommen wär auch nicht schlecht gewesen.“

„Ich hab ihn an Weihnachten, seinem Geburtstag und zum Todestag meiner Mutter immer angerufen. Er hat das Gespräch stets sehr kurz, fast protokollarisch, gehalten. Was hätt ich denn tun sollen?“

„Ich hätte sogar barfuß im Schnee mit einem härenen Gewand über den Schultern vor dem Burgtor gewartet bis der alte Sturkopf sich meiner erbarmt! Herr Gott noch mal du warst doch der Jüngere und du wolltest was von ihm! Ich gebe zu, auch ich habe versagt. Ich wusste von der Misere und hab nicht Kontakt zu dir aufgenommen. Und, das muss ich zugeben, mit seinem „idillio senile“ hat er mich dann doch a bisserl überrascht.“

Stille trat ein und man hörte nur schwach aus Gabrielas Kopfhörern David Gilmores Stimme: „Shine on you crazy diamond“.

Enzio schaute zur jungen Brasilianerin hinüber und ließ ein lapidares „Und du?“ im Raum stehen.

Onkel Albert schaute etwas verdattert drein. Es war zu sehen, wie er überlegte, ob er zornig oder belustigt reagieren sollte. Es dauerte etwas, aber dann lachte der alte Herr und sagte.

„Enzio, mein Lieber, bei mir ist es etwas anderes. Vergiss nicht, ich bin jünger als dein Vater. Ich war nie verheiratet, ich war nicht einmal länger liiert. Dass ich immer wieder eine neue und meist jüngere Freundin hatte und habe, ist bei mir der Normalzustand. Bei deinem Vater kam diese Liebe zu der doch sehr viel jüngeren Bianca halt etwas unvorhergesehen."

„Gut, dass wir auf die Dame Bianca zu sprechen kommen. Onkel Albert, ich darf doch so sagen? Onkel Albert, ich sehe, dass uns nichts anderes übrigbleibt, als das Kind zu adoptieren, wenn wir verhindern wollen, dass es in einer Umgebung aufwächst, in der es kein Verhältnis zu dem bekommen kann, was immerhin zur Hälfte ihr gehört. Als zukünftige Mutter dieser, wie du sagst bastarda, möchte ich so viel wie nur möglich über die biologische Mutter erfahren. Zuvor aber noch eines: Nach eurer Definition bin ich auch eine bastarda. Meine Eltern haben nie geheiratet. Seht her, was dabei herausgekommen ist. Der, wenn ihr so wollt, Makel der unehelichen Geburt vergeht mit der Zeit. Nun aber zu Bianca. Wie war sie?"

„Beginnen wir damit, was sie war. Sie war eine Schönheit. Nein, ich untertreibe, sie war eine bellezza. Sie war groß, für eine Süditalienerin sogar sehr groß, ich würde sagen eins fünfundsiebzig. Sie und Toni, das war ein schönes Paar. Sie hatte den dunklen Teint des Südens und fast schon ein griechisches Profil. Haare natürlich schwarz, aber die Augen auch, allerdings hatte ich immer den Eindruck, dass sie trotz ihrer Dunkelheit sprühten. Und noch etwas war sie, nämlich Lehrerin an der Grundschule in Eppan. Die Burschen haben sie schon umschwärmt, aber keiner hat sich herangetraut. Schön und gescheit, damit kannst du als Frau womöglich in der Stadt punkten, aber auf dem Land niemals. Bianca hatte auch Sinn für Humor. Sie erzählte wunderbare Geschichten von ihrer Familie drunten im Mezzogiorno. Sie war zwar gebürtige Südtirolerin, aber die alten Geschichten kannte sie. Da war zum Beispiel Onkel

Vito. Der war der Kohlebeauftragte der Familie. Im Winter, wenn es kalt war, musste er beim Bahnhof Heizmaterial organisieren. Die Zeiten waren schlecht und das wusste auch der Bahnhofsvorstand und heuerte deshalb zwei Aufpasser mit Hund an. Paolo und Ugo waren zufällig Vitos Vettern und Nero freute sich über die nächtlichen Ausflüge, denn tagsüber hing er auf dem kleinen Hof, auf dem alle lebten, an der Kette. Also, wenn du mich fragst, ich denke nicht, dass die Familie Esposito nur aus Ehrenmännern bestand, aber sie wussten sich zu helfen. Bianca war sehr belesen. Das unterschied sie von unserem guten Toni, er sich eigentlich nur für Wein, Weib und die Jagd begeistern konnte. Sie hat sich immer mit mir über das unterhalten, was sie gerade gelesen hatte. Ich bin beileibe kein Intellektueller und auch kein Bücherwurm. Aber während meiner vielen langen Flüge habe ich halt angefangen zu lesen, und so konnte ich annähernd mithalten. Wir drei haben uns sicher alle vierzehn Tage ein Mal getroffen und ich gestehe es, manchmal war ich neidisch auf den Toni."

„Hätte denn eine Ehe Aussicht auf Bestand gehabt?"

„Katja, das ist eine sehr weibliche Frage. Die Mexikaner haben da eine weise Formel. Sie sagen, el matrimonio dura mientras dura dura. Ohne ins Detail gehen zu wollen, sie meinen, das hänge davon ab, wie lange alles schön hart bleibt. Zwar habe ich das Licht nicht gehalten, aber als Bianca schwanger wurde, ging es ihr, ganz Löwenmutter, ausschließlich darum, die Zukunft ihres Kindes abzusichern. Sie drang auf Ehe, und Toni wehrte sich nach Kräften. Die Gassers haben mir berichtet, sie seien als direkte Nachbarn oft Zeugen wilder Auseinandersetzungen gewesen. Ob die Ehe Bestand gehabt hätte? Ich glaube eher nicht. Ich denke,

Bianca hat auch mit der Biologie gerechnet, schau, Toni ist im Mai siebzig geworden. Bianca war es wahrscheinlich egal, ob sie sich in der Ehe mit Toni würde langweilen müssen oder ob sie eine frühe Witwe geworden wäre. Es ging ihr um das Kind. Sie war noch jung. Ihren Dreißigsten haben wir im Juni gefeiert."

„Also, ein durchtriebenes Stück", stellte Katja fest.

„Nein, gar nicht, meine Liebe. Sie war eine Frau, die genau wusste, was sie wollte. Sie war gescheit, sie war lustig, sie war schön. Ein Schadchen hätte daraus drei Ehen gemacht."

„Was ist denn ein Schadchen?" schaltete sich nun Enzio ins Gespräch ein.

„Ha, das weiß diesmal ich! Das ist der jiddische Ausdruck für den Heiratsvermittler."

„Ja, Bianca hätte für drei Ehen gereicht. Lass es mich mit den Worten eines alten Mannes sagen, der die Frauen liebt: Bianca war ein Klasseweib!"

„Gut und schön, ich will es meinem Vater ja auch gönnen. In seinem Alter war er doch sicher nicht der Heldentenor, der der jungen Sofia Loren den Kopf verdreht! Wie kam das denn zu dieser Verbindung?

„Das kann ich dir sagen, denn genau das hab ich sie auch gefragt. Sie hat damals geantwortet, sie sei es leid gewesen, von den Junggesellen des Dorfes immer nur angehimmelt zu werden. Sie habe ihn zum ersten Mal gesehen, als sie ihren Bruder, einen Weinhändler, auf die Burg begleitete. Sofort habe der Graf mit ihr geflirtet. Und dann sei er zu einem Fest drunten im Dorf gewesen. Zum Tanz hat er sie aufgefordert und nicht mehr losgelassen. Dein Vater war ein bekannt guter Tänzer. Sie sagte, diese Entschlossenheit habe ihr imponiert."

„Ach da fällt mir ein, wann wird die Bianca denn beerdigt? Katja und ich sollten uns davor nicht drücken."

„Das ist zu spät, Massimo, Biancas Bruder, hat den Sarg sofort nach Palizzi, dem Dorf der Familie in Kalabrien schaffen lassen. Dieser Massimo ist ein eher unangenehmer Kerl. Er verdient sein Geld wie gesagt als Weinhändler. Mit dem Toni hat er schon seit vielen Jahren Geschäfte gemacht. Als er merkte, was da mit seiner Schwester und dem Herrn Graf los war, hat er ein Riesentamtam veranstaltet. Aber Bianca hat ihm offenbar schnell klargemacht, dass er sich da gefälligst rauszuhalten habe."

„Nun zurück zur Eingangsfrage: Sollen wir das Kind adoptieren?"

Albert schwieg, dann schaute er Katja in die Augen und ehe er antwortete, umspielte ein amüsiertes Lächeln seinen Mund.

„Du weißt es nicht? Schau, meine Mutter hat hier auf der Burg Hunde gezüchtet. Ich habe diese ewige Kläfferei gehasst. Meine Mutter hat immer alles nur unter dem Gesichtspunkt der Weitergabe guter Gene gesehen, und sie hätte gesagt: „Aus züchterischen Gründen müsst ihr es tun!"

Alle lachten.

Die Anspannung war damit von allen gewichen und Onkel Albert rief erleichtert: „Gut, dann können wir ja jetzt endlich zum Champagner übergehen! Da lass ich mich heute nicht lumpen. Ich hatte schon mit eurem Besuch gerechnet und ein paar Fläschchen vom Dom Pérignon in den Eisschrank gelegt."

6. Kapitel

Rückblende, Frankfurt, Januar 1982

Es war eine blöde Fahrerei. In der Nacht hatte es stark geschneit und im Spessart war es dem Winterdienst bisher lediglich gelungen, eine Fahrspur zu räumen. Robert Wagner, Katjas Rechtsanwalt, hatte ihr gesagt, die Fahrt könne sie sich sparen. Das Bundesentschädigungsgesetz sähe vor, dass die Ansprüche auf Restitution von geraubtem jüdischem Eigentum schon seit Jahren verjährt seien. Wenn sie das Büro des Jewish Claims Council besuchen wolle, werde sie niemand daran hindern, aber sie werde nichts erreichen.

„Ich will den Uta-Scheiß aber loswerden!"

Diese Überzeugung hatte sich immer fester in ihrer Gedankenwelt verbissen, all die Kunstschätze, die Tante Utas Nazi-Ehemann im Keller von Schloss Allsberg versteckt hatte, all die Immobilien in Würzburg, die Ziegelei und der Weingroßhandel, das lastete auf ihrem Gewissen. Enzio hatte sie am Ende davon überzeugen können, den Weingroßhandel zu behalten, aber sie wollte wenigstens dafür bezahlen können. Und deshalb war ihr der Kontakt zum Claims Council wichtig.

Die Straßenverhältnisse wurden auch nach Aschaffenburg nicht besser und Katja merkte, dass sie nicht pünktlich um neun Uhr ankommen würde. Unterdessen gab es Angeber, die mit kiloschweren Koffern durch die Gegend liefen, um immer erreichbar zu sein und in aller Öffentlichkeit zu telefonieren. So signalisierten sie ihren Mitmenschen wie wichtig, wie schrecklich wichtig sie doch seien. In diesem Moment hätte sie gerne ein solches Ding zur Verfügung gehabt. Sie hasste Unpünktlichkeit. Sie erreichte das Gebäude des Claims Councils gut eine Stunde später als gedacht. Polizisten standen davor und verlangten ihren Ausweis. An der Pforte schaute sie ein alter Mann freundlich an und sagte:

„Sie müssen die Gräfin sein. Wir erwarten heute sonst niemanden. Ich rufe schnell an und dann wird man Sie abholen."

Wenig später öffnete sich die Tür des Aufzugs und ein hochgewachsener Mann in ihrem Alter kam auf sie zu. Plötzlich stutzte er und zeigte mit dem Finger auf den eigenen Kopf. Unter der Kippa, die er trug, quoll dichtes gelocktes rotes Haar hervor. Beide grinsten und statt einer Begrüßung fragte Katja ihr Gegenüber:

„Hat man Sie als Kind auch wegen Ihrer Haare gehänselt?"

„Nein, im Marais gab es viele Rothaarige, das war normal. Sogar unser Rabbi hatte rote Haare. Da wagte es niemand, andere deshalb lächerlich zu machen."

Katja hörte den französischen Akzent heraus und als sie seine Visitenkarte in der Hand hielt, erklärte sich alles:

Dr. Samuel Finkelsztajn.

Katja schaute ihn verblüfft an.

„Sagen Sie bloß, Sie haben mit der Pâtisserie Finkelsztajn, der Boutique Jaune in der Rue des Rosiers in Paris zu tun?"

„Ja, das sind entfernte Verwandte von mir, aber jetzt lassen Sie uns erst einmal nach oben gehen."

Im Aufzug schwärmte Katja von den Mohnstriezeln, die sie „chez Finkelsztajn" gegessen hatte. Wenig später waren sie in einem kleinen Konferenzraum angekommen, wo bereits eine junge Dame auf sie wartete. Auch sie überreichte ihre Visitenkarte:

Dr. Ruth Stern.

Katja entschuldigte sich dafür, dass sie keine Visitenkarte habe. Sie war noch nie auf die Idee gekommen, sich so etwas drucken zu lassen. Dort, wo sie normalerweise hinging, kannte man sie.

Unterdessen hatte Dr. Finkelsztajn ihr den Mantel abgenommen, bat sie, Platz zu nehmen, und bot Kaffee an. Dann legte er beide Hände vor sich auf den Tisch und sagte:

„Sie hatten es am Telefon meinem Kollegen bereits angedeutet, dennoch wäre ich Ihnen dankbar, wenn Sie uns erneut erklären würden, was Sie zu uns führt.“

Katja hatte sich auf dieses Gespräch vorbereitet, dennoch kamen ihr die Worte zunächst nur zögerlich über die Lippen. Sie berichtete vom Mann ihrer Tante Uta, der als stellvertretender Gauleiter sein Unwesen in Würzburg getrieben habe, davon, wie ihr Onkel Schorsch ziemlich skrupellos dafür gesorgt hatte, dass Immobilien, Ziegelei und der Weingroßhandel im Besitz der Familie blieben und wie nach dessen Tod im Keller der Kunstschatz gefunden wurde.

„Ich will das alles nicht haben. Das gehört uns nicht. Es muss doch möglich sein, die rechtmäßigen Erben der Gemälde, der Grundstücke in Würzburg und der übrigen Dinge zu finden. Können Sie mir dabei helfen?

Es war Dr. Stern, die das Wort ergriff:

„Sie kommen zu spät. Das Bundesentschädigungsgesetz sieht vor, dass nach dem 31. Dezember 1969 keine Anträge auf Einsetzung in den früheren Stand mehr angenommen werden können. Wir sind nicht zuständig.“

„Wissen Sie, mir ist es ziemlich gleichgültig, wer zuständig ist. Ich will das geraubte Gut den rechtmäßigen jüdischen Eigentümern zurückgeben. Das muss doch möglich sein, oder?“

Nun mischte sich Dr. Finkelsztajn ins Gespräch ein und sagte mit tonloser, fast eisiger Stimme:

„Sie müssen nicht glauben, Sie seien die Erste, die hier mit diesem Anliegen erscheint. Was Sie bewegt, nennen wir intern BBCS, Belated

Bad Conscience Syndrome, das Syndrom des verspätet einsetzenden schlechten Gewissens. Plötzlich und unerwartet überkommt es die neue Generation, manchmal die Alten auch kurz vor dem Tod. Da hat man jahrzehntelang auf ungeahnten Schätzen gesessen, und urplötzlich geht denen ein Licht auf: Das gehört ja den armen Juden! Nach dem Krieg achtete man nicht so sehr darauf und dann gewöhnte sich die deutsche Bevölkerung an das Raubgut, so wie sie sich Jahrzehnte zuvor daran gewöhnt hatte, dass jüdische Nachbarn plötzlich nicht mehr da waren. Man gewöhnt sich hierzulande schnell à n'importe quoi, an was auch immer, sagt man wohl. Das schöne Wort von der Wiedergutmachung wurde gefunden. Glauben Sie mir, wir verabscheuen diesen Ausdruck! Wie kann man nur auf die Idee kommen, Millionen ausgelöschte Leben, unvorstellbares Leid, Vertreibung, Entrechtung und Demütigung „wieder gut" zu machen? Ich bin Franzose, aber mich interessiert die deutsche Sprache. Ich bin dem Wort nachgegangen. Ursprünglich machte man etwas wieder gut, wenn man von der Nachbarin einen Gefallen erfahren hatte oder ein Stück Kuchen bekam. Etwas wiedergutzumachen, entspringt dem zutiefst spießigen Gefühl, niemandem etwas schuldig zu bleiben. Wenn über den Gartenzaun ein Glas Marmelade verschenkt wurde, dann gab man am Tag darauf ein paar Kartoffeln in die andere Richtung. So etwas Banales wagen Sie verbal mit dem Schicksal meines Volkes in Verbindung zu bringen? Da ist nichts wiedergutzumachen, das wird niemals wieder gut werden. Allein die Vorstellung, das könne so gehen, ist eine Verhöhnung der Millionen Toten, ist der Versuch, sich von etwas reinzuwaschen, was immer und ewig mit dem Wort ‚Deutsch' assoziiert werden wird."

Frau Dr. Stern hob die Hand, aber Katja war schneller:

„Es war nicht meine Absicht, Sie zu verärgern, es war auch nicht meine Absicht, mich von irgendetwas reinzuwaschen."

Sie machte eine kleine Pause und fuhr dann mit erhobener Stimme fort:

„Aber ich bin auch nicht hierhergekommen, um mich von Ihnen beschimpfen zu lassen. Dafür gibt es öffentliche Foren in Hülle und Fülle. Ich bin hierhergekommen, um ein vermögensrechtliches Problem zu lösen. Ich bin allein gekommen. Ich bin mit gutem Willen gekommen. Sehen Sie einen Rechtsbeistand an meiner Seite? Nur weil ich allein bin und eine Frau bin, glauben Sie, Ihr Mütchen an mir kühlen zu können. Da haben Sie sich getäuscht! Ich will sofort Ihren Vorgesetzten sprechen!"

In diesem Moment ging die Tür auf und die Stimme eines alten Mannes war zu hören:

„Hier ist er schon, der Vorgesetzte, den Aoyfshtand hat man ja bis in mein Büro gehört. Ich bin Roman Orenstein und habe die Ehre, den Council hier zu leiten. Und mit wem habe ich die Ehre?

„Das ist die Gräfin Altspaur, die uns jüdisches Raubgut anbietet."

„Und dabei ist unsrem guten Samuel mal wieder der Kragen geplatzt, sehe ich das recht? Sehen Sie, mein Lieber, ich bin in Rumänien geboren, Sie in Frankreich. Dennoch habe ich den Eindruck, dass ich besser weiß, was „Contenance" ist. Meine Schwester und ich hatten in Bukarest eine deutsche Hauslehrerin, Fräulein Schwarzer. Oft und oft hat sie uns diesen Satz vorgebetet: „Haltung und Harmonie im äußeren Betragen, Gleichmütigkeit, Vermeidung alles Ungestüms, aller leidenschaftlichen Ausbrüche und Übereilungen, dessen sollte sich ein Mensch mit lebhaftem Temperamente befleißigen." Das stammt vom Baron Knigge und diesen Satz zu befolgen, hat mich in meinem Leben weit gebracht und vor vielem bewahrt, denn auch ich habe eigentlich ein aufbrausendes Temperament."

Seine Stimme wurde lauter:

„Ich weiß schon, was Sie wieder einmal gesagt haben, Dr. Finkelsztajn. Alle wissen, dass wir genau das alle im Kopf haben, aber ich sage es Ihnen auf Jiddisch: Du zalst nish shpringen in emetser s pnim mit deyn toches naket. Die Übersetzung erspar ich mir, weil

Damen anwesend sind. Wie gesagt, ich streite in keiner Weise ab, dass Sie recht haben, ich kenne ja Ihre so oft geäußerte Meinung. Aber Sie müssen sie nicht bei jeder sich bietenden Gelegenheit wiederholen. Es ist weder die Politik noch die Aufgabe des Jewish Claims Council, anzuklagen. Wir wollen dazu beitragen, einen modus vivendi zu finden, auch wenn es schwerfällt."

Dann wandte er sich an Katja:

„Tja, meine verehrte junge Gräfin, ich glaube, da können wir Ihnen schlecht helfen. Die Fristen sind abgelaufen. Sie können die Sachen nicht dem Claims Council einfach so übergeben. Das wäre unter Umständen gar eine Schenkung zu Lasten Dritter, ich erinnere mich da an mein Studium. Womöglich würde da auch noch Schenkungssteuer anfallen, ich habe das noch gar nicht zu Ende überlegt. Aber was ich Ihnen jetzt sage, wird Sie womöglich verwundern: Mein Sinnen und Trachten ist darauf gerichtet, dass die Bundesrepublik Deutschland, der Rechtsnachfolger des deutschen Reichs nicht einen Pfennig aus dem Raubgut bekommt, nicht als Sachgabe, nicht als Steuer oder was auch sonst. Wissen Sie warum? Stellen Sie sich die Perversität vor, wenn der Rechtsnachfolger des Staates, in dessen Namen die Gräuel, von denen unser lieber Dr. Finkelsztajn sicherlich gesprochen hat, begangen wurden, durch die Einnahme von Steuern oder Gebühren Nutznießer würde. Das haben die Alliierten sehr bald erkannt und im Besatzungsrecht festgeschrieben, dass für den Fall, dass kein rechtmäßiger Erbe gefunden werden kann, nicht wie sonst das Erbgut an den deutschen Staat geht, sondern an eine damals noch zu gründende jüdische Charity-Einrichtung zu fließen hat. In Westdeutschland sind die Fälle abgeschlossen und, wie ich sagte, die Fristen sind abgelaufen. In der DDR mauern sie. Kann man verstehen, denn stellen sie sich vor, ein Großteil der Innenstädte von Leipzig, Dresden oder Berlin befände sich in einem kommunistisch regierten Land plötzlich in der Hand von ausländischen Privatleuten! Aber vielleicht verschwindet irgend-

wann die Mauer. Dann haben wir dort zu tun. So, und nun lasse ich Sie wieder allein. Dr. Stern und Dr. Finkelsztajn, bringen Sie unsere Gräfin nach unten und behandeln Sie sie nett und höflich."

Als sie im Foyer den Aufzug verlassen hatten, reichte Katja beiden die Hand zum Abschied. Als sie die von Dr. Finkelsztajn in der ihren hielt, kam ihr plötzlich der Gedanke, mit ihm noch reden zu müssen.

„Können wir beide hier in der Nähe einen Kaffee trinken?", fragte sie ihn geradeheraus.

„Mein Boss hat gesagt, ich soll nett und höflich zu Ihnen sein. Wie könnte ich die Einladung ausschlagen?"

Nachdem sie in der Nähe eine etwas plüschige Konditorei gefunden hatten, saßen sie sich zunächst unschlüssig gegenüber.

„Qui commence? Wer fängt an?"

„Ich!"

Und dann schaute Katja ihrem Gegenüber in die Augen und begann zu sprechen:

„Ihr Boss hatte recht, so benimmt man sich nicht einer Dame gegenüber. Aber Sie werden lachen, ich verstehe Sie. Natürlich sind mir die historischen Hintergründe bewusst, allzu bewusst. Allerdings habe ich mir nie klargemacht, was es bedeutet, zum Kollektiv der Opfer zu gehören. Ich habe immer zum Kollektiv der Täter gehört. Dort hatte man schnell die Parole ausgegeben, dass das Leben weitergehen müsse. Abgesehen vom diesem Nazi-Onkel, der wahrscheinlich zu seinem eigenen Glück in der Würzburger Bombennacht umgekommen ist, hatte ich in der Familie und im Kreis der Bekannten einige Täter, schlimmere und weniger schlimme. Teile des deutschen Adels haben sich mit den Nazis nicht eingelassen, weil sie sie für dahergelaufene Proleten hielten. Andere hatten da weniger Berührungsängste. Egal, in den vornehmen Salons deutscher Burgen und Schlösser sprach man darüber nach 1945 nicht. Manchmal hatte ich den Verdacht, dass der Konsens auf dem Gedanken beruhte, das alles sei notwendig gewesen, der Hitler habe nur

übertrieben. Ich habe das immer verabscheut, aber aufgebäumt habe ich mich auch wieder nicht. Ich bin jung und ich wollte immer mein Jetzt leben. Nach dem, was Ihr Chef gerade gesagt hat, ist das nun anders. Ich sehe das, was ich vorher als „historische Hintergründe" bezeichnet habe, nun erstmals aus der Perspektive der Betroffenen. Und ich schäme mich. Verstehen Sie mich richtig, ich schäme mich für das, was vorgefallen ist, aber ich schäme mich auch, weil niemand je von Bundesentschädigungsgesetz gesprochen hat, sondern immer nur von Wiedergutmachung. Wir waren sogar irgendwie stolz, dass wir den armen Juden da drunten im heißen Israel helfen konnten in ihren Kibuzzen, bedroht von bewaffneten Beduinen."

„Kibbuzim", wurde sie verbessert.

„Okay, Kibbuzim, ist doch jetzt wurscht, also wir fühlten uns als Wohltäter, denn ein Wiedergutmacher ist besser als ein Entschädiger. Hinter dem Wort Wiedergutmachung kann man die ganze Beschönigungstaktik erkennen, die aufgebaut wurde, damit die Bevölkerung Deutschlands nicht dauernd in Sack und Asche kriechen musste. Institutionalisierter Selbstbetrug. Es wurde so getan, als sei der Verzehr jeder Jaffa-Orange eine gute Tat."

„Danke, dass Sie mir nicht böse sind. Ich schieße da leicht übers Ziel hinaus, weil es mich umtreibt, wie man in Ihrem Land sagt. Durch eingespielte Verhaltensweisen will man so tun, als sei Geschehenes vergessen, oder eben einfach nicht so schlimm. Der Jewish Claims Council ist keine Tonne, in die man jüdisches Eigentum schmeißen kann und erkauft sich damit, nicht mehr behelligt zu werden. In der deutschen Geschichte gab es so etwas bereits einmal. Erinnern Sie sich an den Ablasshandel? Lief im Prinzip genau gleich! Man kaufte einen Ablassbrief. Damit waren zwar die begangenen Sünden nicht ungeschehen gemacht, aber die Strafe, das Fegefeuer, entfiel. Ersetzen Sie Fegefeuer durch internationale Ächtung und schon wissen Sie, wie Wiedergutmachung funktioniert. Ich finde das widerwärtig."

Auf der Fahrt nach Hause merkte Katja, dass ihre Gedanken bei Samuel waren. Sie stellte sich vor, mit ihm im Bett zu liegen. Sie hatte lange nicht mehr einen so begehrenswerten Mann kennengelernt. Sie nahm sich vor, nach ihrer Ankunft in Allsberg sofort ihre Liebe zu Enzio und ihr Begehren nach seinem Körper gegen das zu stellen, was sich da auf plüschigen Sesseln, bei einer Tasse Kaffee und einem Stück Frankfurter Kranz in ihre Seele geschlichen hatte.

7. Kapitel

Eppan, Freitag 16. Oktober 1985

Es war dann plötzlich doch erheblich schneller gegangen als erwartet. Wem hätten die italienischen Behörden denn auch sonst das Kind übergeben sollen? Die nächsten Verwandten hatten ihren Willen zur Adoption bekundet, waren gut beleumundet und lebten in geordneten Verhältnissen. Deshalb gab man Katja und Enzio zunächst die vorläufige Obhut, die Dokumente die Adoption betreffend würden auf dem Postwege nachfolgen, und wenn der Herr Graf mit Gemahlin noch einmal persönlich vorsprechen müssten, werde man sie davon in Kenntnis setzen.

Katja hatte den Eindruck, dass die örtlichen Beamten froh waren, den Fall vom Tisch zu haben.

Allerdings war es verwunderlich, dass die Familie der Mutter sich so gar nicht um das Kind bemühte. Katja fragte Frau Gasser, ob sie dafür eine Erklärung hätte. Ihre Antwort kam wie aus der Pistole geschossen:

„Nach der Geburt ist der Bruder von der Bianca auf die Burg gekommen. Sie haben sich auf dem Burghof angeschrien. Soviel ich verstanden habe, hat sich die Bianca verbeten, dass ihr Bruder sich andauernd in ihr Leben einmischen gewollt hat. Dann ist er abgehauen und hat immer wieder „puttana“ gerufen. Ich denk, die haben sich um das

Kinderl nicht gekümmert, damit kein Flecken der Schande auf das Andenken der Bianca fällt. Wer versteht schon die Ehre der Leute aus dem Mezzogiorno?"

Eine Woche nach der Beerdigung des Kindsvaters, und nachdem Katja am Tag zuvor die Babyausstatter in Bozen durch eine Kauforgie erfreut hatte, verließen die drei in aller Herrgottsfrühe die Burg Altspaur. Zuvor hatte Enzio die Leitung des Betriebes in die Hände des Kellermeisters Gasser gelegt, der mit Hinweis auf sein Alter klarstellte, dass er das mehr als fünf Jahre nicht werde machen können.

Als sie an der Brennerautobahn angekommen waren, bemerkte Katja plötzlich Erleichterung. Die vergangenen Tage waren nicht leicht gewesen, zumal sie von Anfang an die Obhut und Pflege des Kindes übernommen hatte. Zwar war sie vollkommen unerfahren, aber offenbar machte es ihr der Pflegling leicht. Von Durchschlafen konnte keine Rede sein, aber Komplikationen blieben zum Glück aus. Die gefüllten Windeln waren ebenso regelmäßig wie die Hungerschreie des Babys.

Als sie in der vergangenen Nacht das Fläschchen gab, murmelte Enzio verschlafen aus den Tiefen des warmen Bettes:

„Wie wollen wir das Kind eigentlich nennen?"

„Es ist deine Halbschwester, du hast das erste Vorschlagsrecht."

„Gut, dann nennen wir es im Angedenken an meine Mutter Agathe."

Katja schluckte einige Male trocken durch, bevor sie antworten konnte:

„Hast du sie noch alle?" Du kannst doch den Bankert deines Vaters nicht nach dessen Ehefrau nennen. Das ist absolut geschmacklos."

„Genauso geschmacklos ist es, die Diktion von Onkel Albert zu übernehmen. Du selber hast doch gesagt, dass das Kind nichts dafürkönne."

„Enzio, mein Liebster, ich benutze diese Diktion, wie du sagst, doch nur, um dir zu zeigen, wie sehr dein Vorschlag daneben ist. Jetzt bin aber ich dran, und ich bin für Anna, das geht in Deutschland, und wenn sie einmal nach Italien ziehen sollte, dann geht das dort auch."

Dem war nichts hinzuzufügen, zumal Enzio schon wieder eingeschlafen war.

„Das wird er noch bereuen", dachte Katja. „Es gibt keinen Grund, weshalb er schlafen kann und ich die Flasche geben muss. Das kann er nämlich auch."

Es waren aber auch andere Ereignisse der letzten Tage, die ihr durch den Kopf gingen, während das Auto auf der Autobahn schneller wurde. Die Burg Altspaur war alles andere als ein Rokoko-Lustschlösschen und der Sarg in der Halle unten war nicht wirklich förderlich beim Einschlafen. Der plötzliche Familienzuwachs und die damit einhergehenden notwendigen Entscheidungen, das war zwar alles folgerichtig abgelaufen, aber hatten sie richtig entschieden? Hinzu kam eine latente Wut, die sie bei Enzio entdeckte. Immer wieder von Neuem sprach er davon, dass sein Leben durch das Altspaur Erbe konditioniert worden sei. Er habe keine andere Wahl gehabt als Weinbau zu studieren und deshalb habe er sich auch nie überlegt, ob er etwas anderes hätte machen können oder wollen. Nicht grad Lokomotivführer, aber vielleicht Arzt oder Filmemacher, wer weiß? Hinzu kam, dass er so plötzlich auch nicht wusste, was eigentlich aus dem Betrieb und der Burg in Eppan werden sollte. Diese Ungewissheit in sich selbst machte ihn zuweilen unwirsch und abweisend.

Nun aber waren sie auf der Autobahn, Anna schlief ruhig in ihrem Körbchen auf der Rückbank. Katja streichelte Enzios Hand, die auf dem Schalthebel ruhte und murmelte:

„Ich freu mich auf daheim."

„Ich erst! Was glaubst du, was das für ein Wirbel wird, wenn wir mit Kitz aus der Dickung treten."

„Du, immer mit deinen Jägerausdrücken! Jedenfalls war es gut, dass wir nichts gesagt haben. Die Gerüchte wären sonst ins Unendliche gewachsen.

Nach zwei Wickel- und Fläschchenpausen kamen sie am Nachmittag in Allsberg an. Auf dem Schlosshof saß Onkel Peer in der Sonne und spielte Tuba. Es war eine fremde, aber doch irgendwie bekannte Melodie.

„Was spielst du da?" rief ihm Enzio noch aus dem Auto zu.

„Es ist die linke Hand des Präludiums Nr. 1 von Bach."

„Kannst du auch die Version von Jacques Loussier?" Onkel Peer kam nicht mehr dazu, auch dies zu spielen, denn unterdessen hatte Katja den Babykorb aus dem Auto geholt und stellte ihn vor dem Musiker hin. Der brach fast verschreckt ab, schaute sich das Kind an. Dann sagte er:

„Ich nehme an, das war keine Jungfrauengeburt, aber war das nicht etwas überstürzt?"

Sie wurden unterbrochen, denn Enzio hatte drei Mal gehupt, das familieninterne Signal des Ankommens. Nach und nach kamen die Tanten auf den Schlosshof und im Mittelstock schaute die Soffi, die Schlossköchin, aus dem Fenster. Sie eilte sofort hinunter, als sie sah, was „ihr Mädla" da mitgebracht hatte.

Nun umstanden alle Katja, die das Kind in ihren Armen wiegte.

„Das ist Anna, alles andere erzählen wir euch nach dem Abendessen in der unteren Bibliothek.“

Etwas widerwillig gingen alle ihrer Wege, nur die Soffi blieb. Seit der Hochzeit mit Enzio sprach sie Katja immer mit „Frau Gräfin“ an, aber jetzt fiel sie in ihre frühere Ausdrucksweise zurück:

„Edserd had mei Mädla a Mädla.”

Es war klar, dass sie Anna von diesem Moment an genauso allumfassend lieben würde, wie sie Katja immer geliebt hatte, seit sie auf Schloss Allsberg ebenso unerwartet erschienen war, wie jetzt dieses kleine Menschenkind.

8. Kapitel

Allsberg, im Frühjahr 1987

Anna war jetzt schon 18 Monate alt, lief auf wackeligen Beinen herum und sagte auch schon manchmal etwas, was man verstehen konnte. Als sie ein Jahr alt geworden war, kamen endlich die Papiere aus Italien, die die Adoption bestätigten, allerdings mit dem erwartbaren Zusatz, dass der vermögensrechtliche Status durch die Annahme an Kindes statt nicht verändert oder geschmälert werden dürfe. Enzio nahm es gelassen, er hatte unterdessen genügend Zeit gehabt, sich daran zu gewöhnen, nur die Hälfte dessen zu erben, was ihm ein Leben lang zugesagt worden war.

Onkel Peer war bald nach Annas Ankunft in die ehemalige Schlossküche im Erdgeschoss des Nordturmes gezogen. Der Ausbau zur Wohnung wäre nicht teuer geworden, wenn es nicht notwendig geworden wäre, einen Anschluss ans Heizungssystem des Schlosses zu verlegen. Ein Teil der Speisekammer wurde sein Schlafzimmer, der Rest sein Bad. Prachtvoll aber war der Wohnbereich, mit einen sieben Fenstern nach Süden, Westen und Norden. Bei der Einweihung waren Groma und die Tanten ganz neidisch gewesen, weil seine Wohnung unbestreitbar schöner war als das, was ihnen vor langer Zeit zugewiesen worden war. Onkel Peer ließ die Missgunst stoisch an sich abprallen winkte den Neid mit der Bemerkung vor die Tür, im Gegensatz zu den Damen habe er die Renovierung selbst berappt und zahle darüber hinaus auch noch Miete. Damit war das Thema gegessen.

„Diplomat müsste man sein", kommentierte Enzio den Vorgang.

Später legte sich der alte Herr einen Hund zu, einen Labrador-Rüden. Beim Käffchen am obligaten Donnerstag meinte er mit sardonischem Unterton, zu einem Weibchen habe ihm der Mut gefehlt, denn er und Enzio wären ja sowieso in der Minderzahl.

Es stellte sich allerdings sehr schnell heraus, dass der Hund nicht an seinem Herrchen hing, sondern viel lieber mit Anna balgte. Die beiden waren unzertrennlich.

„Sollte ich eifersüchtig sein? Schließlich ist es mein Hund!" Doch dann war er damit zufrieden, wenn Bonzo wenigstens abends bei ihm war, wenn er las oder einen Krimi im Fernsehen anschaute. Zudem war der Hund eine Hilfe, nicht den ganzen Vormittag zu verschlafen. Kurz nach sieben Uhr wurde er zuverlässig geweckt. Wenn Anna und Bonzo beschäftigt waren, setzte er sich auf den Schlosshof und spielte auf seiner Tuba. In der neuen Bibliothek hatte er Klavierauszüge aller möglichen Opern und geistlicher Werke gefunden. Die stammten noch aus der Zeit, als Agnes, die Ehefrau seines Schwagers Schorsch, auf dem Bösendorfer Flügel spielte. Nun intonierte er solo das jeweilige Continuo oder folgte den Männerstimmen italienischer Opern. Dann bekam er Applaus aus der Küche, wo unterdessen Ilaria waltete.

Vor etwa einem Jahr hatte die Soffi, die seit Menschengedenken Schlossköchin gewesen war, unter Tränen mitgeteilt, dass sie nicht mehr könne. Die Hüften schmerzten, die Steherei täte ihrem Rücken nicht gut, sie sei halt jetzt alt und müsse aufhören. Nur um einen Gefallen würde sie aber doch bitten:

„Mei glanns Mädla, gell, des derf ich fei scho weider säh, weil wenn ned, nacher koch ich do herohm bis ich umfall."

Katja war gerührt und umarmte die Frau, die sie vom ersten Moment, den sie auf Schloss Allsberg gelebt hatte, geliebt, gestützt und wenn es sein musste auch aufgefangen hatte.

„Ach meine Soffi, natürlich kannst du jederzeit kommen. Du bist für unsere Anna die beste Großmutter der Welt."

„Naa," widersprach die Soffi, „für die Anna bin ich die Omma. Großmutter, des is a Word für die wo in Schloss drinna wohna dun."

Als Katja später am Tag ihrem Mann davon erzählte, dass sie eine neue Schlossköchin bräuchten, sah er die lang erwartete Chance, dem von ihm verachteten Speiseplan der fränkischen Küche ein Ende zu setzen.

„Lass mich das mal machen."

Am kommenden Vormittag fuhr er nach Würzburg. In der Sanderau, dort wo früher der Weingroßhandel seine Geschäftsräume gehabt hatte, gab es ganz in der Nähe eine Trattoria, in die er sich immer dann geflüchtet hatte, wenn ihm Kartoffelklöße, Bratwürste, Handkäs und Gemüse in Mehlschwitze zum Hals heraushingen. Salva, der Wirt verstand etwas von gutem Wein und hatte, wie Enzio, bei der italienischen Marine seinen Wehrdienst absolviert. Seine Frau, Giulia, war eine begnadete Köchin, alles zusammen die Basis für eine wahre Freundschaft. Enzio wusste, dass Giulia eine jüngere Schwester hatte, die sich in Deutschland schwertat. Dass sie geschlafen hatte, und deshalb vergessen wurde, als die Schönheit verteilt wurde, wäre nicht so schlimm gewesen, aber Ilaria, so hieß die Schwester, war vollkommen unbegabt, was Sprachen anbelangte. Sie war nun schon fast fünf Jahre in Deutschland und konnte mehr oder weniger kein Wort Deutsch. Enzio wurde mit ihr schnell handelseinig. Der Titel „Cuoca del Castello“ gefiel ihr, dass sie italienisch kochen sollte, noch mehr und dass sie im Schloss eine kleine Wohnung erhalten würde, machte sie glücklich. Schon lange litt sie darunter, dass sie bei Salva und ihrer Schwester immer im Hintergrund gehalten wurde. Eine Bedingung habe sie aber schon: In der Küche brauche sie einem holzbefeuerten Pizzaofen. Ohne das seien gewisse Fleischrezepte, geschweige denn Pizze nicht vorstellbar. Als Enzio ihr das zusicherte, packte sie ihre Siebensachen und zog noch am Abend dort ein, wo bis zu seinem Unfalltod der Sohn des alten Barons, Anton, gewohnt hatte. Soffi zeigte ihr in den kommenden Tagen das, was sie für wichtig hielt, und Ilaria hörte nicht wirklich zu, weil sie kaum ein Wort verstand und ohnehin fest entschlossen war, alles anders zu machen. Katja amüsierte sich köstlich, über das dabei praktizierte fränkisch-italienische Kauderwelsch.

In den darauffolgenden Wochen entstand mitten in Unterfranken eine kleine italienische Sprachinsel, denn der Graf redete mit seiner Köchin nur in beider Landessprache. Auch mit Anna sprachen beide nur auf Italienisch, die sich über Zuwendung freute, ob auf Italienisch, Deutsch oder Fränkisch. Für Letzteres sorgte die Soffi, die fast täglich kam, das Kind wickelte und fütterte und dabei ständig redete.

„La bambina non ti capisce”, rief Ilaria aus der Küche und die Soffi antwortete:

„Solang gablauderd wird, is die Weld nuch in Ordnung." Irgendwie verstanden sie sich doch.

Enzio war überglücklich. Jeden Tag gab es eine vorzügliche Vorspeise und danach einen Hauptgang, der ihn und Katja gedanklich an die Gestade einer felsenumstandenen Meeresbucht mit viel Sonne versetzte.

Das Leben war schön. Durch Anna war die Last des Schwangerwerdens wie von Geisterhand von ihnen genommen. Sie liebten sich wie früher immer wann und wo es ihnen in den Sinn kam.

„Es ist wie in Studentenzeiten," murmelte Katja, als sie sich in Enzios Armen verkroch.

„Es ist einfach toll. Verhütung ist uns wurscht und das mit dem Schwangerwerden auch."

„Anstrengen könntest du dich dennoch, zwei Kinder sind besser als eines."

Damals waren beide durch ihre Arbeit sehr angespannt. Enzio war es gelungen, neben der Weinkellerei den Weingroßhandel derart zu expandieren, dass er in seiner Bedeutung weit über das Anbaugebiet am Main hinauswuchs, was durchaus auch seiner zentralen Lage in Europa zu verdanken war.

Wein aus Spanien, Portugal, Frankreich, Italien und Griechenland kam in riesigen Sattelschleppern. Zunehmend wurde der Wein auch in Großtankwagen angeliefert und erst in Allsberg für die großen Supermarktketten abgefüllt. Plötzlich war es wie früher: Die Allsberger mussten nicht mehr nach Schweinfurt fahren, um gut bezahlte Arbeit zu finden.

Katja bemerkte mit einigem Erstaunen, wie sehr sie die Forstwirtschaft faszinierte. Das lag auch daran, dass sich ihr

Vetter Percy Zott aus Oberfranken einmal im Monat Zeit nahm, um mit ihr den Wald in der Rhön zu begehen. Dort brachte er ihr das bei, was er in seinem Wald praktizierte: Naturgemäße Forstwirtschaft. Percy ließ sich das gut bezahlen und Katja fand, es sei gut angelegtes Geld, zumal der Vetter ein äußerst amüsanter Zeitgenosse war.

„Als Erstes musst du wissen, dass Forstwirtschaft mit Landwirtschaft nichts zu tun hat. Hierzulade denken die Forstleute noch immer, Wald müsse gepflanzt werden. Das ist ein von den Baumschulen wohlgepflegtes Missverständnis. Wald wächst von allein. Wenn wir alle Menschen aus Deutschland verbannen würden, gäbe es in fünfzig Jahren hier nur noch Wald. Spar dir das Geld für Pflanzungen und halte das Rot- und Rehwild klein. Dann musst du nur aufpassen, dass die richtigen Bäume wachsen. Gnörds und Leierböhr raus, und das Zeug da auch."

„Halt, was sind denn Gnörds und Leierböhr?"

„Ganz einfach das eine ist ein Knorz, ein verkrüppelt gewachsener Baum und das andere sieht aus wie ein Handdrehbohrer, an dem man leiern muss. Beides keine Zukunftsbäume."

„Und das andere, was auch raus muss?"

„Ich meine das."

Er zeigte auf bogenförmig gewachsene junge Buchen, die sich an den benachbarten Stämmen rieben.

„Dazu gibt es eine nicht ganz stubenreine Geschichte, die ich dir aber aus forsttechnischen Gründen nicht vorenthalten darf. Diese gebogenen jungen Buchen heißen hierzulande Schwänz. Als ich von vielen Jahren den Wald bei uns zu Hause von meinem Vater übernahm, bin ich mit dem alten Förster durch den Wald gelaufen und als wir an eine Stelle kamen, wo diese Schwänz offenbar überhandgenommen haben, sagte mein Begleiter:

„Do müss mer amal Lauderbach mach."

Als ich ihn verständnislos anschaute, lachte er und erzählte mir diese Geschichte:

„Nach'n Griech, wie die Zeidn schlechd warn, is Ihne Ihra Dande in Lauderbach auf die Idee kumma in Summer Schweden in ihrn Schloss aufzunehma. Die ham gud bezöhld und ham alles gadriehm, was unner Herrgodd verbodn had. Un wie ich amol mid Ihrn Herrn Vadder durchn Wold galoffn bin, had er gsechd, dass da amol die Schwänz raus müssn. Un do hab ich gsechd, des is wie in Lauderbach."

Als Katja den Clou nicht gleich begriff, meinte Percy, ihre Begriffsstutzigkeit ehre sie, und dann lachten beide laut los. „Und seither heißt Buchenbögen raushacken, Lauterbach machen", schloss Percy noch immer prustend.

Später standen sie vor einem Wald, der erst einer werden sollte.

„Schau Katja, hier hat der Onkel Schorsch in all seiner Unwissenheit einen Kahlschlag verbrochen. Alle Bäume umholzen und in einem Schwung an ein Sägewerk verkaufen. Da macht man sich die Sache einfach. Gleich nach dem Krieg hat der Onkel Schorsch noch eine andere Politik gehabt, da ist er mit den Holzhändlern in den Wald gegangen und hat sie gefragt, welchen Baum sie denn haben wollen. Den haben dann die Holzfäller vor den Augen der Käufer gefällt und einige Tage später wurde der Stamm abgeholt. So hat er fast seinen ganzen Bestand an Wertholz vor der Zeit verkauft. Erinnere dich, diesen Kahlschlag wollte der Förster Wagner ursprünglich aufforsten. Ich habe ihn daran gehindert, um zu beweisen, dass man die Natur machen lassen muss. Zunächst fliegt der Samen von Birken, Espen und Salweiden an, den sogenannten Pionierhölzern. Als sich zwischen und auf den kleinen Bäumen die ersten Vogelarten wohlfühlten, brachten diese Samen von solchen Bäumen mit, die der Wind nicht trägt. Schau, hier wachsen schon Buchen, aber bezeichnenderweise siehst du keinen Nadelbaum. Der gehört auch nicht nach Franken, obwohl du gerade um Bamberg und Nürnberg herum fast nichts anderes siehst. Bitte nimm das für heute mit: Nur im Notfall pflanzen, aber nie, niemals Nadelbäume pflanzen."

Auf diese Weise lernte Katja Schrittchen für Schrittchen, wie man mit Wald umgeht und konnte so, ohne ständig präsent zu sein, die Arbeit des Försters, den sie später dann doch einstellen musste, überwachen.

Als sie wieder einmal von so einem Forstlehrtag aus der Rhön zurückkam, bat sie ihre Großmutter, die Groma, zu sich. Sie hatte für beide Tee gemacht und als Katja ihr von ihren waldbaulichen Fortschritten erzählt hatte, nahm Groma das Wort:

„Du weißt, ich bin ja eine geborene Zott und Percy ist mein Patensohn. Deshalb freut es mich, dass du so vif warst, dir einen Verwandten zum Berater zu holen, der von der Forstwirtschaft wirklich was versteht. Der arme Schorsch hat den Wald nie als Einnahmequelle begriffen, sondern wie schon sein Vater als Spielwiese. Der Wald diente dazu, prachtvolle Jagden zu geben oder während der Brunftzeit wochenlang dem Hirsch nachzustellen. Der Förster Wagner hat mir einmal erzählt, dass er jahrelang nicht viel mehr gemacht habe, als Sichtschneisen freizuhauen, damit mein Sohn von seinem Anstand aus eine ungehinderte Sicht haben könnte.

Aber darüber wollte ich nicht mit dir reden. Ich habe

heute Nacht an Karls Sohn auf Ibiza gedacht. Ich nehme an, dass er dort wie Tristan geschützt vor den Fährnissen der Welt aufwächst. Da ist ja auch a priori nichts dagegen einzuwenden. Aber er wird im Sommer sechs Jahre alt und kommt dann in die Schule. Ich denke, bevor das passiert, sollte er wissen, wer und was er ist. Immerhin stammt sein Vater aus Allsberg und wir sollten auch nie vergessen, dass ihm die Hälfte von all dem Zeug gehört. Wenn er das an seinem achtzehnten Geburtstag erfährt, während er an Ibizas Stränden hoffentlich nur halbnackt Korallenschmuck verkauft, ist es zu spät.“

Katja musste lachen über Gromas Vorstellung, wie es auf Ibiza zuging. Aber so ganz unrecht hatte sie nicht. Carlitos musste an Allsberg gewöhnt werden. Als sie das dachte, begann Groma weiterzureden:

„Ich habe versucht, es mir nicht anmerken zu lassen, zumal du und Enzio das hier alles ganz fabelhaft macht. Das Haus und die Betriebe waren schon lange nicht mehr in so gutem Schuss. Aber natürlich schmerzt es mich, dass das alles nichtmehr von meinen eigenen Nachkommen geschaffen wird. Ich rede im Plural, aber es ist allein Karls Sohn, der hier wirtschaften wird. Diesen Urenkel möchte ich jetzt endlich kennenlernen. Als Urgroßmutter hat man selten einen engen Kontakt zu seinen Nachkommen, aber sehen möchte ich den meinen schon gern einmal. Schau, dass er im Sommer nach Allsberg kommen kann.“

9. Kapitel

Eppan, im Frühsommer 1987

Wie jedes Jahr hatte Massimo Esposito seinen Besuch angesagt. Josef Gasser sah dem mit gemischten Gefühlen entgegen, denn eigentlich war es dem Kellermeister sehr recht, dass der Weinhändler alles aufkaufte, was vor der beginnenden Weinlese noch in den Fässern war. Viel zahlte er nicht, aber er zahlte bar und mit halbvollen Fässern in die neue Ernte zu gehen, war nun wirklich kein Spaß. Die Geschäftsbeziehung war flüssig und zuverlässig, dennoch war ihm nicht wohl dabei. Massimo Esposito strahlte eine latente, eine zurückgehaltene Aggressivität aus. Er hatte diese seltsame rötliche Gesichtsfarbe, die all denen zu eigen schien, die ihre Freizeit in der Muskelbude verbrachten. Massimo brauchte seine beachtlichen Muskeln nicht, um etwa Kleinwüchsigkeit auszugleichen. Er war ein muskelbepackter Koloss. Die Botschaft war: Leg dich bloß nicht mit mir an!

Diesmal kam der Weinhändler in Begleitung.

„Das ist Niccolò Esposito, mein Vetter. Er hat auch einen Weinhandel, drunten in unserer alten Heimat, im Mezzogiorno."

Gasser schaute seine Gäste zweifelnd an:

„Na ja, so arg viel Wein wird da drunten aber nicht angebaut."

„Ach wissen Sie, ein Weinhändler braucht einen guten Eisenbahnanschluss, einen mittelgroßen Hafen und gute Beziehungen. In Villa San Giovanni habe ich ideale Bedingungen. Das ist etwas nördlich von Reggio di Calabria. Und, mein Herr, Sie haben recht: An der Stiefelspitze wird zwar Wein angebaut, aber nicht sehr viel. Deshalb muss ich dazukaufen, sehr viel dazukaufen. Wie viel können Sie mir anbieten?"

Es stellte sich heraus, dass Massimos Vetter erheblich mehr brauchte als das Weingut der Grafen Altspaur hergab, geschweige denn auf Lager hatte.

„Reden wir im Büro weiter, da sind wir ungestörter", schlug Massimo vor.

Dort erläuterten die beiden den Plan:

„Wir werden in Zukunft im Voraus zahlen. Gleichzeitig machen wir einen Preis pro Hektoliter aus, und Sie, Signore Gasser, werden uns entsprechend der Zahlung Wein besorgen. Es müssen keine Spitzenweine sein, Tafelwein ist vollkommen in Ordnung. Wir werden Sie nicht überfordern, aber wir werden die Mengen jährlich steigern, und das bedeutet, dass auch die Zahlungen ansteigen werden."

„Und das bedeutet auch" mischte sich Massimo ins Gespräch, Ihre persönliche Kommission, die wir Ihnen natürlich direkt in bar ausschütten werden, wird auch jährlich steigen. Das hat dann auch den Vorteil, dass Sie Ihren Chef nicht weiter hintergehen müssen. Was Sie von uns bekommen, ist ein Mehrfaches dessen, was Sie sich bisher hier heimlich in die Tasche gesteckt haben."

„Ach, ja noch etwas", Niccolò erwähnte es beiläufig, „den Preis für den Wein werden wir überweisen. Ganz offiziell. Machen Sie sich keine Gedanken darüber, wo das Geld herkommt. Es wird aus Spanien oder Gibraltar überwiesen werden, und Sie schicken uns dann nach Villa San Giovanni eine Rechnung mit allem Pipapo."

Josef Gasser rutschte unruhig auf seinem Stuhl herum. Eine Sache war, dem Chef, der ja eh kaum kontrollierte, ab und zu in die Tasche zu greifen und eine sehr viel andere war es, mit Leuten, die er nur wenig kannte, Riesengeschäfte zu machen, deren Legalität er nicht überprüfen konnte. Alles, was er über das organisierte Verbrechen gehört und gelesen hatte, wirbelte in seinem Kopf herum.

„Und wenn ich da nicht mitmache?"

„Das möchte ich Ihnen nicht raten."

„Sie wollen doch Ihren Job behalten?"

Sie hatten das gleichzeitig gesagt und Josef Gasser verstand sofort: Er hatte sich erpressbar gemacht. Seine Ausflüge in die Casinos von Saint Vicent und Campione d'Italia waren leider kostspieliger ausgefallen als gedacht, und das hatte Massimo offenbar herausgefunden. Er wehrte sich noch ein wenig, aber nachdem Niccolò Esposito wie nebenbei die Höhe der zu erwartenden Kommission erwähnt hatte, willigte der Kellermeister des Gräflich Altpaurschen Weinguts ein.

Doch dann kam ihm noch ein entscheidender Einwand in den Sinn:

„Und wenn die Guardia di Finanza unsere Firmenkonten kontrolliert?"

„Das lassen Sie mal unsere Sorge sein. Das haben wir im Griff."

10. Kapitel

Ibiza, im Juli 1987

„Wenn dieser Sommer vorüber ist, wirst du in Buscastell zur Schule gehen. Du kennst ja den Weg, weit ist es nicht. Ich werde dich nicht immer hinbringen und abholen können. Deshalb hat mich Umberto auf die Idee gebracht, dir dieses kleine Fahrrädchen zu schenken. Auf dem Weg bis zur Kreuzung ist sowieso nie was los, nur wenn du die Straße nach Santa Inés überquerst, musst du aufpassen."

Carlitos wusste, dass er sich eigentlich über das Fahrrad freuen sollte. Jedoch die Vorstellung, dass es Umbertos Idee gewesen war, nahm ihm die Freude. Es war halt wieder einmal typisch für ihn, den Freund seiner Mutter. Er versuchte alles, um Distanz zwischen ihn und seine Mutter zu bringen. Zunächst verwandelte er mit Giovannas Einverständnis die Finca in ein Yoga-Zentrum. Dabei war das Anwesen gekauft worden, um Mutter und Sohn eine sichere Bleibe, eine Heimat zu geben. Ständig kamen fremde Menschen, die auf dem Boden der Terrasse saßen, komische Stellungen einnahmen, komische Laute von sich gaben und manchmal sogar hörbar pupsten.

Obwohl Giovanna monatlich Geld von seiner Tante in Deutschland bekam, hatte sie nun zusammen mit Umberto begonnen, Schwangeren durch die Zeit bis zur Geburt zu helfen. Wenn es so weit war, dann brachte Umberto das Kind zur Welt. Dass das alles ohne Zulassung und ohne Versicherung ablief, störte die spanischen Behörden nicht, denn es waren ja ausschließlich Ausländer, die da in ihren Hippie-Fincas Kinder zur Welt brachten. Die ausländischen Frauen wiederum konnten sich keine Versicherung leisten. Das Geld, dass Giovanna und Umberto verdienten, kam stets von alarmierten Müttern und Großmüttern aus Eindhoven, Wolverhampton oder Grevenbroich, deren Geldbeutel sich stets weit öffnete, wenn sie erfuhren, dass die Tochter auf Ibiza ohne Zugang zum öffentlichen Gesundheitssystem ein Kind zur Welt zu bringen gedachte.

Für Carlitos hatte das zur Folge, dass er auf seine Mutter nicht mehr wirklich zählen konnte, denn so ein Kind kam ja nicht nach Stundenplan.

Xisco, der benachbarte Bauer und Freund wurde in dieser Zeit für Carlitos immer wichtiger. Er verbrachte möglichst den ganzen Tag bei ihm auf der Finca, half im „huerto", wo Gemüse, Kartoffeln, Zwiebeln und Salat das ganze Jahr lang wuchsen und geerntet werden mussten. Nur zum Schlafen kam der Bub nach Hause. Seine wahre Familie waren Xisco und dessen Hund Brac.

An diesem Morgen kam er mit Sorgen zu seinen beiden Freunden. Ein Brief aus Deutschland war angekommen und darüber musste er nun mit Xisco reden.

„Du weißt ja, dass mein Vater Deutscher war."

„Ibicenco war er jedenfalls nicht, dann hättest du nicht solche Karottenhaare."

Xisco war der Einzige, dem es erlaubt war, sich über Carlitos rote Haare lustig zu machen. Unternahmen dies andere, fuhr er sofort aus der Haut und weitere Versuche unterblieben.

„Und wenn er Ibicenco gewesen wäre, hätte ich kurze Beine, bekäme später eine Glatze und dafür Haare auf der Brust."

Xisco lachte gutmütig, denn er wusste, dass sein kleiner Freund gerade ihn selbst beschrieben hatte.

„Los, rück raus mit der Sprache, was ist los, dich bedrückt doch etwas!"

„Naja, es ist halt so, dass es in Deutschland noch Verwandte gibt. Die Tante schickt jeden Monat Geld und die Großmutter meines Vaters will mich sehen. Sie wollen, dass ich den Sommer in Deutschland verbringe. Und jetzt frage ich mich, ob du die viele Arbeit auf der Finca ohne mich schaffst."

Xisco schaute lange in Carlitos Augen. Hätte der Bub es schon vermocht, er hätte große Zuneigung und Liebe in diesem Blick erkannt. Nach einer Weile lachte Xisco und sagte:

„Leicht wird es nicht werden, aber irgendwie werde ich es schaffen. Weißt du, auf der Welt gibt es nichts Wichtigeres als die Familie, und wenn die ruft, musst du folgen."

Carlitos hatte gehofft, Xisco würde sagen, dass er die Arbeit ohne ihn ganz bestimmt nicht schaffen würde, denn er hatte überhaupt keine Lust, allein nach Deutschland zu fliegen, um dort wildfremde Menschen zu besuchen. Hinzu kam, dass er den Verdacht nicht loswurde, seine Mutter fände es ganz wunderbar, den ganzen langen Sommer ohne ihn aber mit Umberto verbringen zu können.

Auch die Hoffnung, dass man ihn allein nicht werde reisen lassen, zerschlug sich, als der freundliche Lufthansa-Mann auf dem Flugplatz sagte, jeden Sonntag gäbe es einen Direktflug nach Frankfurt und man werde dem jungen Mann als UM natürlich ganz besondere Aufmerksamkeit widmen.

„Was ist denn ein UM?"

„Das ist Englisch, die Sprache der Flieger, und heißt unaccompanied minor, also ein Kind, das von keinem Erwachsenen begleitet wird. Da bekommst du ein Schild um den Hals, da steht UM drauf und eine nette Stewardess bringt dich zum Flugzeug. In Frankfurt bringt dich dann eine andere zu deinen Abholern. Man wird dich wie einen VIP behandeln."

„Und was ist ein VIP?"

„Das, was du bist, eine besonders wichtige Person."

Das machte Carlitos schon irgendwie ganz stolz, als er aber am Tag vor dem Abflug zu Xisco hinunterging, war ihm das Herz schwer.

„Gut, dass du kommst, ich wollte sowieso gerade eine Pause machen. Komm wir setzen uns da drüben in den Schatten und trinken Wasser."

„Und du rauchst eine von deinen stinkenden Celtas-Zigaretten."

Brac legte sich vor den Stuhl, von dem er wusste, dass sich Carlitos gleich daraufsetzen würde, und nachdem Xisco sich seine Zigarette angezündet hatte, fragte ihn Carlitos nachdenklich:

„Xisco, heißt du so, oder anders?"

Als Antwort bekam Carlitos ein schallendes Lachen.

„Wie kommst du denn da drauf?"

„Na ja, gestern hat mir Mama das da gegeben und gesagt, ich soll gut darauf aufpassen. Sie sagte, das sei mein Pass und da stünde mein Name drin und der, hat sie gesagt, ist nicht Carlitos, sondern Carlos Freiherr von Tröger Neri."

„Pérez wäre leichter", meinte Xisco lachend. „Da hast du dir wirklich einen komplizierten Namen ausgesucht, das Ding kann ja kein Mensch aussprechen!"

„Ja, und ich hatte immer gedacht, dass ich Carlitos heiße und fertig."

„Weißt du, das mit den Namen ist schwierig. Ich heiße auch nicht nur Xisco, sondern Francisco Javier Prats Colomar. Wir hier auf der Insel haben alle Vornamen nach den verschiedensten Heiligen. Meiner, San Francisco Javier, hat die Chinesen missioniert. Seh ich aus wie ein „chinito"? Natürlich nicht. Trotzdem bin ich nach ihm getauft worden. Den Javier lassen wir weg, und alle, die Francisco heißen, werden auf Ibiza Xisco genannt, auf dem Festland heißen sie manchmal Paco oder Xesc und stell dir vor, in Andalusien nennt man uns Curro."

„Und warum hast du zwei Nachnamen?"

„Du musst reden!" Er zählte an seinen Fingern ab. „Du hast ja sogar vier davon. Also bei mir ist es so, Prats hieß mein Vater und Colomar meine Mutter. Ich nehme an, das lange Ding mit dem Frei kommt von deinem Vater, und Neri, das klingt nach Italien, kommt also von deiner Mutter."

Xisco schaute erneut auf das Foto im Kinderpass und fragte dann:

„Was soll das bedeuten, Freiherr? Die anderen Deutschen heißen Herr ohne Frei."

„Xisco, ich hab keine Ahnung. Vielleicht kann ich es dir erklären, wenn ich aus Deutschland zurückkomme."

Sie gaben sich zum Abschied die Hand, dann strich Xisco mit seiner harten Bauernhand über den Kopf des kleinen Freundes.

11. Kapitel

Allsberg, Frühjahr/Sommer 1987

Viel passiert nicht in einem Dorf wie Allsberg. Manchmal kommt es den Anwohnern so vor, als spiele sich das Leben in Schweinfurt, Würzburg oder auf der nahen A 3 ab. Und dennoch geschah etwas, was den Ort, auch mit Hilfe der Presse, in dem Fall der Franken-Post, zumindest regional bekannt machte. Niemand erinnert sich mehr daran, wann es geschah, es muss wohl einer dieser Nachmittage gewesen sein, an der der Frühling angab und so tat, als hieße er Sommer. Onkel Peer saß auf dem Schlosshof und versuchte sich auf seiner Tuba am Continuo des Chorals „Jauchzet frohlocket“ aus Bachs Weihnachtsoratorium. Bonzo und Anna bildeten ein sich andauernd veränderndes Knäuel auf dem Rasen und quietschten und bellten vor Vergnügen. Nichts störte den Frieden und die Beschaulichkeit des Moments, nicht einmal das Knirschen näherkommender Schritte. Onkel Peer bemerkte den Mann erst, als dessen Schatten ihn traf. Abrupt unterbrach er sein Spiel, setzte die Tuba ab und sagte etwas schärfer als ursprünglich gedacht:

„Ich nehme nicht an, dass Sie Alexander der Große sind und ich weiß, dass ich nicht Diogenes bin. Dennoch wäre ich Ihnen dankbar, wenn Sie mir aus der Sonne gingen.“

Der Mann lachte und machte einen Schritt zur Seite.

„Professor Siegel, Piet Siegel“, stellte er sich vor.

„Dr. Peer Brunnmeister", erwiderte der Musikant und erhob sich. Man reichte sich die Hand.

„Professor, was führt Sie zu uns?"

„Ach, es ist immer das Gleiche. Ich habe unten im Dorf das alte Schäferhäuschen gemietet. Die Gräfin hat mich ja gewarnt, es sei alles sehr alt und würde nicht immer richtig funktionieren. Jetzt scheint die Warmwasserversorgung zusammengebrochen zu sein. Ich kann von Glück sagen, dass das nach der Heizperiode passiert ist."

„Und jetzt wollen Sie sich bei meiner Nichte beschweren?"

„Ursprünglich ja, aber jetzt möchte ich mit Ihnen reden. Ich lehre am Musik-Konservatorium in Würzburg und am Sonntag spiele ich hier im Ort die sehr gut restaurierte Silbermann-Orgel. Kurz, ich bin Musiker. Als solcher ist mir immer wieder die Schönheit der Bassstimmen im Orchester von Opern und Oratorien aufgefallen. Niemand hört sie wirklich, obwohl die Musik ohne sie sich so anhört, wie ein Rührei ohne Salz schmeckt."

„Haha, ein gewagter Vergleich. Aber Sie haben recht. Das Continuo trägt die übrige Musik, die da in den höheren Tonlagen Kapriolen schlägt. Das ist übrigens auch bei nicht europäischer Musik so, das habe ich gelernt, als ich in Afrika oder Asien auf Posten war."

„Sie sind Diplomat?"

„Nun, ich war es. Jetzt bin ich in Rente und versuche den Kopf in Bewegung zu halten, indem ich mir die Partituren erarbeite, die ich hier im Schloss gefunden habe. Als Student habe ich in den verschiedensten Bands mitgespielt und auf allem rumgepustet, was so ein Mundstück hatte. Seltsamerweise war mir die Tuba immer schon am liebsten."

„Verzeihung, aber gibt es hier noch einen zweiten Stuhl? Mein Gespräch mit der Gräfin mag warten."

Und so wurde auf dem sonnigen Schlosshof von Allsberg ein Projekt aus der Taufe gehoben, das zur Freude des Ortspfarrers von weit her die Menschen in seine Kirche trieb. Sie übten in den kommenden Tagen am Bösendorfer in der neuen Bibliothek und überraschten die Gemeinde am darauffolgenden Sonntag mit einem Präludium für Orgel und Tuba.

Meist noch verschlafen oder mit den Gedanken woanders hatte sich die Gemeinde langsam in der Dorfkirche versammelt. Ungewöhnlich war nur, dass die Gräfin und der Graf gekommen waren. Die waren ja katholisch und gingen nach Volkach zur Messe. Als die Glocken, die zum Kirchgang gerufen hatten, schwiegen, begann mit feinem Ton die Orgel zu spielen. Kurz darauf setzte ein ungewohnter Ton ein. Da in der Allsberger Kirche die Orgelempore nicht von überall einsehbar ist, rätselten viele, was das denn für ein Instrument sei. Plötzlich erkannten einige der Jüngeren, dass dort oben „Norwegian Wood" von den Beatles gespielt wurde. Man stieß sich gegenseitig an und flüsterte amüsiert. Doch dann kam der Pfarrer und begann, als sei nichts geschehen mit den Worten:

„Wir feiern diesen Gottesdienst im Namen des Vaters und des Sohnes und des Heiligen Geistes."

Nachdem er etwa 45 Minuten später den Ausgangssegen gesprochen hatte, war die Gemeinde mucksmäuschenstill sitzen geblieben.

Ganz zart begann die Orgel die Melodie zu spielen, deren Text fast allen bekannt war:

„When I find myself in times of trouble, Mother Mary comes to me."

Bei "And in my hour of darkness" kam der tiefe Ton der Tuba hinzu und beim Refrain von „let it be" schien die Orgel in höhere Sphären zu schweben, während die Tuba für Bodenhaftung sorgte. Unbeschreiblicher Jubel brach aus, als beim nicht enden wollenden Schluss auch noch der Zimbelstern sich drehte und mit seinen Glöckchen dem Ganzen eine fröhliche Feierlichkeit verlieh, wie sonst nur beim „O du fröhliche …" an Weihnachten zu spüren war. Man applaudierte und rief Zugabe. Stattdessen erschienen an der Brüstung der Orgelempore der allen bekannte Professor Siegel und der Neue aus dem Schloss, der seine Tuba hochhielt.

Auf dem Platz vor der Kirche musste die Soffi Auskunft über Person und Werdegang des Tubaspielers geben und in der darauffolgenden Woche war Onkel Peer gerührt, wie ihn alle grüßten, wenn er mit seiner Tuba auf dem Rücken zur Kirche ging, wo man nun offiziell probte.

„Herr Dogder, des ham Sa fei schö gamachd. Mer sechd ja nix, aber a wengerla langweilich war des hald scho in die Kerng. A Pfarrer is ja ach ka Enderdäiner."

Die Dorfgemeinschaft, die vorher keine Notiz vom pensionierten Diplomaten genommen hatte, hatte ihn aufgenommen.

Nachdem sich die Vor- und Nachspiele eingebürgert hatten, man spielte natürlich nicht nur die Gassenhauer der Beatles, aber immer nur solche Musik, die sich in den Charts so lange halten konnte, dass sie auch auf dem platten Land Unterfrankens bekannt geworden war.

Nachdem die Franken-Post berichtet hatte, war die Kirche jeden Sonntag gesteckt voll, und die beiden Gasthäuser des Ortes auch. Das gefiel nicht nur den Wirten, sondern zwang diese darüber hinaus dazu, ihre Speisekarte aufzupeppen, was wiederum den restlichen Dorfbewohnern gefiel.

Beim Donnerstags-Käffchen bemerkte Groma zu ihrem Schwiegersohn gewandt:

„Peer, ich habe von deiner unerhörten Popularität im Dorf gehört, wie ist dir das nur gelungen?"

„Ach weißt du, das ist ein altes Rezept. Wie glaubst du, dass ich deine Tochter damals rumgekriegt habe, als ich in München in der Occamstraße Jazz, Swing oder Blues gespielt habe? Show allein genügte nicht, ich musste auch musikalisch was draufhaben, und das hat deine niedliche Tochter gleich gemerkt. Sie hat damals Musik auf Lehramt studiert. Natürlich hat sie was von der Materie verstanden, aber auch offenbar von attraktiven Männern."

Dabei schaute er seine Ex-Frau an, die leicht errötete.

Die übrigen Tanten tuschelten so heftig, dass Phips aufstand und drohte, hinauszugehen, wenn die Sensationshascherei nicht augenblicklich aufhörte.

An diesem Abend klopfte es an Onkel Peers Tür. Als er aufmachte, stand seine geschiedene Frau vor ihm.

„Ich hab uns einen Bocksbeutel mitgebracht. Kann ich reinkommen?"

Mit einer galanten Bewegung ließ er sie eintreten und begleitete sie zu seiner Sitzecke. Nachdem er die Gläser gebracht und den Korken gezogen hatte, setzte er sich ihr gegenüber und sagte:

„Phips, was führt dich zu mir?"

„Wir müssen reden. Wir haben nie über unsere Scheidung geredet, wir haben uns einfach scheiden lassen."

„Ja, wir haben das mit Sven nicht ausgehalten. Statt über den Unfall unseres Sohnes zu reden, haben wir uns – ohne dies auszudrücken – gegenseitig die Schuld an seinem Tod gegeben."

„Dabei ging es überhaupt nicht um Schuld. Als ich mir einredete, du seist verantwortlich, weil deine Strenge unseren Sohn zum Ausbrechen gezwungen hat, war für mich der Verlust erträglicher."

„Und ich habe in meiner Wut und Verzweiflung immer nur gedacht, dass es dir recht geschieht, warum hast du ihm auch alles erlaubt. Meine Wut war so groß, dass ich nicht dazu gekommen bin, zu trauern. Das kam erst, als ich so einsam in Malta auf Posten war. Malta, was für ein mediokrer Abschluss meiner Karriere! Nach Auckland hätte mir einer der besten Botschafterposten zugestanden, den das AA zu vergeben hat. Aber als dann die Scheidung durch war, spürte ich den Abgrund, in den ich bald abstürzen würde und wollte den Dienst quittieren. Es war Genscher, der mich überredete zu bleiben und mich bei vollen Bezügen nach Malta schickte. In meinen Augen ein Druckposten. Aber dort hatte ich Muße und merkte mit der Zeit, dass mein Seelchen gar nicht soo wichtig war. Natürlich war ich überall eingeladen, Exzellenz hinten und Exzellenz vorne, aber bei einem Staat, der nur ein Drittel so groß ist wie die Ostseeinsel Rügen, merkst du schnell, was wirkliche Bedeutung ist, und was Puppentheater."

Er hielt inne und schaute zu Phips hinüber.

„Verzeih, es ist wie immer, ich rede von mir und meiner Befindlichkeit."

Er erntete ein zustimmendes Lächeln und dann schwiegen beide eine lange Weile.

„Weißt du, ich dachte, wenn ich hier nach Allsberg zurückkehre, würde ich meine Ruhe finden. Ich hatte meinen

Sohn und meinen Mann verloren. Von Ruhe konnte aber keine Rede sein. Die Ereignisse überschlugen sich. Ich spürte, dass Schorsch mich brauchte, er hatte niemanden, mit dem er reden konnte, Katja hatte in dieser tragischen Zeit sehr bald in Enzio eine raumgreifende Beschäftigung gefunden. Schorsch und ich kamen uns wieder ziemlich nahe, ich war für ihn halt immer die kleine Schwester. Übrigens kam per Zufall bei unseren Gesprächen heraus, dass er, Svens Patenonkel, es war, der ihm die Reise nach Südamerika finanziert hat. Er hat damals einen Wutausbruch bekommen. Er schrie im Salon herum, die Scheiß Uta-Betriebe hätten nur Unglück gebracht, denn ohne das viele Geld hätte er doch gar nicht die Mittel gehabt, dem Sven so einen Batzen zu geben."

„Ich habe so was schon geahnt, denn du hattest doch gar kein eigenes Geld mehr und auf unserem gemeinsamen Konto hat nie was gefehlt."

„Gut, dass uns keiner zuhört, aber Peer, mal ehrlich, wir haben uns ziemlich unreif benommen."

„Ich glaube, wir hatten uns mit unseren Leben abgefunden: Ich, der bedeutende Diplomat, dem alle schmeichelten, und du seine brave Gattin, die in erster Linie aufpassen musste, nicht dem Alkohol zu verfallen."

„Peer, hör auf damit, einerseits hast du ja recht, andererseits widert mich deine Überheblichkeit an."

„Verzeih, Phips, aber immerhin habe ich in der Vergangenheitsform gesprochen."

„Nennst du das etwa einen Fortschritt? Hast du dich wirklich verändert, in der Zeit?"

„Ich hab's versucht. Und du siehst ja, am Ende habe ich keinen anderen Ausweg gefunden, als in deine Nähe zu ziehen."

„Damit hast du mich auch gehörig erschreckt, aber jetzt merke ich, dass es gut war, wie du dich entschieden hast. Das hat Katja offenbar eher bemerkt als ich."

„Weißt du was, Phips, ich denke, es ist an der Zeit, mich bei dir zu entschuldigen. Auf Malta habe ich gemerkt, dass ich dich immer als Krückstock benutzt habe. Du warst aber viel mehr, du warst meine Stütze. Du schaust mich fragend an. Eine Stütze ist immer da und ein Krückstock wird genommen, wenn er gebraucht wird. Das ist ein riesiger Unterschied. Bitte verzeih mir meinen Egoismus. Es ist mir ernst damit, mich zu ändern. Und weißt du noch was? Ich würde mich freuen, wenn du heute Nacht hierbliebest."

Es wurde dann nicht mehr geredet. Vielmehr haben sie das getan, was sie aus ihren Zeiten auf Posten in den heißen Ländern Asiens und Afrikas gelernt hatten, sie duschten gemeinsam. Sich gegenseitig einzuseifen, erregte sie ebenso wie dies eine Ahnung auf folgende Freuden war. Im Bett erkundeten sie ihre so bekannten Körper von Neuem und liebten sich dann innig und zunehmend fordernder, bis sie beide fast gleichzeitig den Höhepunkt der Lust erreichten.

Lange lagen sie sich noch schwer atmend in den Armen, dann flüsterte sie:

„Peer, du riechst anders."

„Ich weiß, das liegt daran, dass ich jetzt meine Seife im Tante-Emma-Laden drunten im Dorf kaufe."

Als sie am Morgen aufwachten, hatte Phips zwei Fragen:

„Bist du eigentlich mit unserem Ehebett mit dem Hintergedanken hierhergezogen, mich da wieder hineinzubekommen? Und zweitens: Du erwartest doch nicht etwa, dass wir jetzt wieder heiraten?"

Peer lachte fröhlich und dann antwortete er:

„Also, wenn ich ganz ehrlich bin, dann ist mir der Hintergedanke, von dem du sprichst, erst mit der Zeit gekommen. Ich wusste ja nicht, ob du in den Jahren schrullig geworden bist und ich wusste auch nicht, dass du nach wie vor so wunderbar aussiehst. Und was die zweite Frage angeht, so werden wir das entscheiden, nachdem wir mit dem Rentenberater beim Auswärtigen Amt gesprochen haben."

Und dann kam der Tag, an dem Carlitos auf dem Flughafen in Frankfurt landen sollte. Katja war schrecklich neugierig, sie hatte ihren Neffen zum letzten Mal als Baby auf Ibiza gesehen. Nun würde er in wenigen Tagen sechs Jahre alt werden. Plötzlich wurde ihr bewusst, dass der Bub wahrscheinlich kein Wort deutsch sprechen würde.

„Enzio, du musst mit zum Flughafen, Carlitos spricht ja nur italienisch und spanisch, von beidem kann ich zu wenig. Ich kann mich schließlich nicht mit ihm auf der Basis dessen unterhalten, was du mir im Liebesrausch zuflüsterst und manchmal sogar schreist. Ich kann nur hoffen, dass er das eh nicht verstehen würde, weil ich annehme, dass es Schweinkram ist, was ich da immer wieder höre."

„Überhaupt nicht, das sind nur Zärtlichkeiten."

Sie umarmten sich und als sie sich nach einigen Minuten wieder voneinander lösten, stellte sie lapidar fest:

„Das waren aber ziemlich unanständige Zärtlichkeiten, mein Lieber."

„Katja, meine Allerallerliebste, das weißt du doch, das passiert, wenn du mir zu nahekommst. Aber nun lass uns losfahren, wir dürfen den Buben doch nicht auf uns warten lassen."

Genau das aber passierte. Die Autobahn war gesteckt

voll, erster Stau bereits bei Würzburg Kist, dann ein hängen gebliebenes Wohnwagengespann und um Frankfurt herum das baustellenbedingte ständige Chaos.

Als sie rennend am Terminal ankamen, das von der Lufthansa genutzt wurde, erkannten sie auf den Anzeigetafeln, dass der Flug aus Ibiza bereits vor 25 Minuten angekommen war. Und da hörten sie auch schon eine Durchsage:

„Die Abholer des unbegleiteten Minderjährigen Carlos Freiherr von Tröger werden gebeten, sich beim Lufthansa-Informationsschalter einzufinden."

Katja und Enzio blieben stehen, wie von einem Blitzschlag getroffen. Was hatten sie da gehört? Carlos Freiherr von Tröger? Aber der Name war doch mit dem Tod von Onkel Schorsch erloschen! Noch etwas benommen meldeten sie sich am Lufthansa-Schalter und wurden von einer freundlichen Stewardess in einen nahen Raum geführt, wo ein rothaariger Bub friedlich mit den Cowboy- und Indianerfiguren spielte, die er dort vorgefunden hatte.

„Carlitos!", riefen beide wie aus einem Munde und knieten sich dann nieder, um den Ankömmling zu umarmen. Der wehrte sich zunächst etwas, als er aber die italienischen Worte hörte, die der Mann zu ihm sagte, verlor er sein Misstrauen und fragte, ob er Zio Enzio sei. Als er bejahte, ergriff er seine Hand und sagte:

„Andiamo. Mostrami la tua macchina."

Der grüne Mercedes machte natürlich Punkte. Auf Ibiza fuhr fast niemand ein so dickes Auto, ein Renault 6 galt da schon als Ausdruck der Angeberei.

Carlitos durfte sich vorn neben seinen Onkel setzen und los ging die Fahrt, während Katja auf dem Rücksitz diskret die Tasche durchsuchte, die Lufthansa allen unbegleiteten

Minderjährigen umhängte, um darin Tickets und Ausweis sicher aufzubewahren. Es dauerte nicht lange und sie hatte den spanischen grünen Pass gefunden. Unter dem Foto, auf dem Carlitos offenbar von seiner Mutter vor die Kamera gehalten wurde, stand der Name des Kindes. Katja zögerte etwas, bevor sie las: Carlos Freiherr von Tröger-Neri. Wie mag das denn zugegangen sein? Karl war doch mit Giovanna gar nicht verheiratet gewesen und bei Carlitos Geburt bereits verstorben.

Nur mit halbem Ohr folgte sie dem, was vorne gesprochen wurde, es ging um Hunde, Kartoffeln und die Möglichkeit sich in den Finger zu schneiden, wenn man Salat erntet. Katja verfiel in einen leichten Zustand des Dösens, als sie bemerkte, dass die Fahrt an Geschwindigkeit verlor. Sie öffnete die Augen und sah, dass Enzio in die Einfahrt der Raststätte Gasthaus im Spessart eingebogen war. Er parkte bei der erstbesten Gelegenheit und blieb dann mit dem Kopf auf das Lenkrad gestützt sitzen. Er stöhnte.

„Katja, du musst weiterfahren. Ich habe plötzlich einen wahnsinnigen stechenden Schmerz im Kopf."

Mühsam stieg er aus und legte sich auf die Rückbank. Bevor er die Augen schloss, sah er noch zwei riesige besorgte Augenpaare unter je einem roten Haarschopf, die über die Lehne nach hinten schauten.

Katja und Carlitos fanden dann während des Restes der Fahrt einen „modus parlandi". Sie erzählte ihm, dass sie eine Tochter hätten, Anna.

„Sie ist ein paar Jahre jünger als du und spricht italienisch."

„Meno male" war alles, was er dazu sagte.

„Und Ilaria, die Köchin spricht auch italienisch."

Da grinste er und berichtete, seine Mutter habe ihm gesagt, in Deutschland gäbe es nur schlechtes Essen.

„Und Xisco hat das auch gesagt, er hat mir eine Sobrasada mitgeben. Das ist eine rote Wurst, die wir aus Xiscos Schwein gemacht haben. Ich habe den Fleischwolf gedreht. Ganz schön anstrengend!"

„Und, hast du die Wurst dabei?"

„Nein, obwohl ich sie ganz unten in die Tasche gepackt habe, hat Mamma sie entdeckt und wieder ausgepackt. Sie hält nichts von Würsten und so."

Als sie sich Schloss Allsberg näherten, wurde Carlitos Staunen über den Mercedes noch übertroffen.

„Das ist ja größer als die Kathedrale von Ibiza", brach es aus ihm heraus, während Katja begann zu hupen, das familieninterne Zeichen, dass sie bald ankommen würden. Und so fuhren sie auf den Schlosshof, auf dem sich ein nicht gekanntes Gewimmel gebildet hatte. Alle waren da, sogar die Soffi war extra aus dem Dorf heraufgekommen. Dass Katja ihren Mann ins Haus stützte, ging in dem Trubel unter. Alle umarmten Carlitos und sprachen in unverständlicher Sprache auf ihn ein. Nur das kleine Mädchen und eine Frau in Schürze sprachen italienisch. Der alte Mann mit der Tuba in der Hand sprach spanisch. Und der Hund mochte ihn auch gleich, aber dazu brauchte es keine Sprache. Dass er Bonzo hieß, das sagte ihm Anna.

In eine kleine Pause hinein verkündete die Soffi:

„Sei anner Vadder!"

„Que cosa?", fragte Ilaria.

Onkel Peer antwortete: „È la foto di suo padre."

Während Anna, Carlitos und Bonzo in den Schlosspark stürmten, kehrten die anderen ins Haus zurück. Groma hatte ein feines Lächeln auf den Lippen.

Später kam der Arzt und untersuchte Enzio. Da war dieser

aber bereits beschwerdefrei. Es wurde ihm Ruhe verordnet, die er nicht einhielt, weil er an dem Familienrat teilnehmen wollte. Ohne dass man ihn hätte einberufen müssen, versammelten sich alle auf dem Schlosshof, nachdem die beiden Kinder ins Bett gebracht worden waren.

„Katja, du könntest mal ein paar Gartenmöbel anschaffen, wir sind jetzt zu alt, als dass wir immer unseren eigenen Stuhl mit nach draußen schleppen können."

„Es ist schon schlimm genug, dass wir unseren eigenen Wein und ein Glas mitnehmen müssen", sekundierte Donata ihrer Schwester Huberta.

„Onkel Schorsch würde sich im Grabe umdrehen. Für ihn war es ein unumstößliches Credo, dass Gartenmöbel auf dem Schlosshof nichts verloren haben. Gartenmöbel gehören in den Park, hat er immer gesagt."

In das entstehende Murren hinein sagte Katja etwas, was alle sofort verstummen ließ:

„Carlitos heißt Tröger!"

„Was? Das kann doch gar nicht wahr sein! Wie ging das denn?" Groma war wie elektrisiert und hing Katja an den Lippen.

„Stellt euch vor, als Enzio und ich das Flughafengebäude betraten, wurde lautstark nach den Abholern des Kindes Carlos Freiherr von Tröger gerufen. Wir waren wie erstarrt, und dann habe ich im Auto in Carlitos Unterlagen gesehen, dass er einen spanischen Pass hat, in dem tatsächlich drinsteht, dass er Freiherr von Tröger-Neri heißt. Ich hab dann vorhin die Giovanna angerufen und die hat bestätigt, dass auf dem Zivilregister in Ibiza damals ein alter, unterdessen pensionierter Beamter gesessen habe, der darauf bestanden habe, dass der Nachname des Vaters und der der Mutter in die Geburtsurkunde kommen. Sie habe das schon wieder ganz vergessen, weil Carlitos ja noch nie gereist sei und auch sonst nie jemand nach seinen Papieren gefragt hätte."

„Na, dann wollen wir doch mal auf die Wiederauferstehung des Familiennamens anstoßen." Es war Onkel Peer, der als Erster aus dem Erstaunen herausgefunden hatte.

„Jetzt müssen wir nur noch die Anna mit dem Carlitos verheiraten, und alles bleibt beim Alten", stellte Enzio fest, bevor er sich ins Bett verabschiedete.

Katja folgte ihm schnell nach und schlüpfte zu ihm unter die Decke

„Liebster, ich mache mir Sorgen. Was war das heute Nachmittag an der Autobahnraststätte? Hattest du das schon öfter?"

„Ach, es ist nichts, ab und zu Kopfweh hat ein jeder. Lass uns schlafen, morgen ist auch noch ein Tag."

Katja verzichtete an dem Abend auf Zärtlichkeiten. Sie machte sich einfach nur Sorgen.

12. Kapitel

Rückblende: Allsberg, im Januar 1982

Nach ihrem erfolglosen Besuch in Frankfurt beim Jewish-Claims Council drückte Katja der Gedanke an die Zukunft der Uta Betriebe und der Kunst noch mehr als zuvor. Was sollte nur damit geschehen? Die Gemälde und Grafiken waren unterdessen fein säuberlich verpackt wieder im Keller gelagert worden, wo man sie gefunden hatte. Dieser Raum hatte sich über die Jahre vor der Entdeckung als tauglich erwiesen. Natürlich hatte man eine schwere Tür angebracht und die Kellerfenster mit einer Armierung versehen. Aber war das eine Lösung? Die Ziegelei, die Wohnhäuser in Würzburg und die Weingroßhandlung spülten noch immer guten Gewinn auf die Konten. Aber auch Katja scheute sich, ebenso wie ihr verstorbener Onkel, dieses Geld anzufassen. Nur Giovannas Haus auf Ibiza war aus diesem Topf bezahlt worden, und nach erneutem gutem Zureden durch den Steuerberater, Dr. Bendeler, und natürlich durch Enzio hatte sie schließlich zugestimmt, dass die Verlegung des Weinkellers aus dem Maintal nach Allsberg mit diesen Mitteln bezahlt würden. Enzio hatte erstaunliche Pläne, zu denen der Abriss des alten Gutshofs im Dorf gehörte. Ein riesiger Keller war ausgehoben worden, über dem sich eine ebenso große Halle wölbte, in der die Stahltanks und die Abfüllanlage untergebracht waren.

Der alte Weingroßhandel in der Sanderau in Würzburg lief noch unter der Firmierung „Hershel Stein & Söhne, Weingroßhandel."

Nach dem Krieg hatte Onkel Schorsch dafür gesorgt, dass der von den Nazis „arisierte" Firmenname wieder abgeschafft wurde. Er unternahm zwar nichts, um die Erben zu suchen, offenbar glaubte er mit dieser Geste der Gerechtigkeit Genüge getan zu haben.

Enzio gefiel der Firmenname nicht, er war ihm zu wenig international.

„Wenn man mit Wein en gros handelt, dann ist ein Eigenname nur hinderlich." Er brachte den ganzen Betrieb in eine neue Gesellschaft ein, die „BODEGA DEL MEDIO, GmbH+Co. ‚KG".

Zur Gesellschaftsform hatte Robert Wagner, der Anwalt, geraten, aber der Name war auf Enzios Mist gewachsen:

„Jeder, der an einem der Bücher von Hemingway auch nur vorbeigelaufen ist, versteht das."

„Aber die Bar in Havanna heißt doch „Bodeghita del Medio", wendete Katja ein, worauf Enzio lachend erwiderte:

„Willst du kleine Brötchen backen? Außerdem ersparen wir uns so namensrechtliche Streitereien. Unterhalb des Firmennamens setzen wir noch ‚Vins en gros' hinzu, dann weiß jeder, was los ist."

Wenige Tage später saß Katja in der Kanzlei des Rechtsanwalts Wagner in Würzburg. Sie wollte wissen, was möglich war, um die Uta-Betriebe und die Kunstwerke endlich in berechtigte Hände legen zu können.

Sie hatte die leise Vorahnung, dass sie nichts werde unternehmen können.

Nachdem sie von der eher frustrierenden Erfahrung mit dem Jewish Claims Council berichtet hatte, fragte der Anwalt, wo denn ihre Interessen lägen.

„Ich will das Zeug loswerden. Also gut, der Steuerberater Dr. Bendeler und mein Mann haben mich dazu überredet, den Weingroßhandel zu behalten. Letzteres ist noch die leichteste Übung, denn dieser Betrieb ist nur so viel Wert, wie der, der den Handel betreibt. Die Ziegelei aber und die Wohnhäuser bringen viel Geld und sind als Immobilien richtig viel

wert. Was die Kunst wert ist, weiß keiner so ganz genau, wahrscheinlich mehr, als wir uns vorstellen. Mein Interesse ist es, die rechtmäßigen Erben zu finden. Ich muss mich von dieser Last befreien. Das eine drückt mir aufs Gewissen und das andere raubt mir Zeit.“

„Du vergisst allerdings dabei, dass all das, von dem du gerade redest, nicht dir gehört, nicht allein gehört, die Hälfte gehört dem kleinen Carlos auf Ibiza. Ich nehme nicht an, dass das Familiengericht zustimmen wird, dass du eine Gelddruckmaschine einfach so weggibst. Da kannst du mit jüdischem Raubgut argumentieren, solange du willst, die Fristen sind abgelaufen. Du musst die Erben der beraubten Juden finden und sie dann dazu bringen, dich und den kleinen Carlos auf Herausgabe zu verklagen. Dann nimmst du dir noch einen wirklich schlechten Rechtsanwalt und wenn das Urteil rechtskräftig ist, sagst du zum Familiengericht, dass du zwar nicht willst, aber dass du musst. Allerdings wird das teuer, denn es funktioniert ja nur, wenn du die Prozesse verlierst. In dem Fall trägst du die Kosten deines Anwalts und die der Gegenseite. Bei den Streitwerten kannst du dich da auf was gefasst machen!“

„Mit einem Wort: Das klappt auch nicht.“

„Womöglich klappt es in 12 Jahren, wenn dein Miteigentümer volljährig ist.“

„Sehr witzig! Aber da fällt mir was ein: Wir geben all das, was mich so belastet in eine Stiftung, deren Zweck es ist, Carlitos, mich und unsere Nachfahren wirtschaftlich zu unterstützen. Das lassen wir ein paar Jahre so laufen, und wenn niemand mehr hinschaut, ändern wir den Stiftungszweck dahingehend, dass mit den Geldern jüdische Alters- oder Kinderheime unterstützt werden.“

„Jetzt bist du witzig! Du glaubst doch nicht im Ernst, dass du damit durchkommst? Wenn du das machst, musst du dir einen wirklich guten Anwalt suchen, um nicht jahrelang im Gefängnis zu verschwinden.“

13. Kapitel

Allsberg, im Sommer 1987

Katja dachte an das Gespräch mit ihrem Anwalt, als sie am Vormittag nach Carlitos Ankunft Anna und ihn beim Frühstück beobachtete. Dieser fröhliche Bub mit den dunklen Augen seiner Mutter ähnelte seinem Vater tatsächlich sehr. Was bei diesem allerdings gereifte Männlichkeit gewesen war, sah bei seinem Sohn noch sehr nach verspielter Zartheit aus. Das war also ihr Miteigentümer. Sie hoffte, dass er in einigen Jahren verstehen werde, von dem ihr Anwalt sagte, das Familiengericht werde es nicht verstehen. Wenn sie ehrlich war, musste sie zugeben, dass kein Mensch in der Bundesrepublik auf die Idee kommen würde, freiwillig Kunstschätze und florierende Geldquellen abzugeben. Neulich hatte Enzio zu ihr gesagt, wenn sie sich zu sehr in dieses Thema festbeißen sollte, liefe sie Gefahr, für unzurechnungsfähig erklärt zu werden. Sie hatte ihm das damals sehr übelgenommen und fand auch heute noch, dass das übertrieben war. Und wenn doch ein Körnchen Wahrheit dahintersteckte? Sie vertrieb die finsteren Gedanken, denn die beiden Kinder versuchten gerade sich gegenseitig das Brötchen mit Pflaumenmus zu schmieren. Das konnte nicht gutgehen.

Später gingen die Kinder zu Onkel Peer, um Bonzo zum Morgenspaziergang abzuholen. Obwohl der Hund ungeduldig war und raus wollte, spielte sein Herrchen den beiden noch das Frankenlied auf der Tuba vor.

„Den Text lernen wir in den kommenden Tagen, es geht nicht, dass ihr Kinder Scheffels Wanderlied nicht kennt. Und jetzt raus mit euch dreien."

Bonzo lief kläffend voraus, es war immer er, der Anna zeigte, wohin er laufen wollte. Heute ging es ins Dorf.

Soffi hatte beide eingeladen, bei ihr vorbeizukommen.

„Der Bonzo waas, wo ich wohna du. Der kummt öfter vorbei und hold sich sei Stüggla Fläschwurschd ab."

Und tatsächlich, der Hund führte sie direkt zum Haus der ehemaligen Schlossköchin. Hinter Soffis Haus fanden die Kinder Hühner, Stallhasen und ein Schwein.

Carlitos verstand kein Wort von dem, was die beiden brabbelten. War das eine geheime Kindersprache, auf die sich die beiden geeinigt hatten?

Beim Mittagessen fragte er Enzio danach, was das wohl sei, was Soffi und Anna redeten und erfuhr, dass das der örtliche Dialekt sei, eine Abart des Deutschen. „Man nennt es fränkisch", beendete Enzio seine Auskunft.

„Ach, so was kenn ich. Auf Ibiza nennt man das ibicenco."

Auch wenn er nichts verstand, begleitete Carlitos den Hund und das Mädchen an späteren Tagen gern zur Soffi, denn sie zeigte ihm schnell, dass sie ihn ebenso bedingungslos liebte, wie sie auch Anna liebte. Allerdings war es für ihn eine neue Erfahrung, von ihren kräftigen Armen an ihren warmen Busen gedrückt zu werden. So richtig angenehm war ihm das nicht, aber er nahm es in Kauf, denn bei der Soffi gab es unbekannte Köstlichkeiten wie Blädsla, Wörschd und Zieberleskäs mid Honich. Carlitos hatte keine Ahnung, wie man das alles übersetzen konnte, aber das war ihm ziemlich egal.

An jenem ersten Vormittag konnten sie nicht lange bei der Soffi bleiben, denn bald schon kam Katja, um sie abzuholen.

„Groma möchte dich sehen."

Er hatte keine Lust, die alte Dame zu treffen. Gestern hatte ihm gereicht: Alt, dünn und streng. Es waren überhaupt komische Leute, die da im Schloss wohnten. Sogar Anna enttäuschte ihn. Xisco hatte ihm gesagt, alle „alemanas" seien blond und hätten blaue Augen.

„Tráeme una", bring mir eine mit, hatte er ihm noch nachgerufen.

Anna war viel kleiner als er selbst, von blonden Haaren keine Spur und von blauen Augen auch nicht. Wenn man genau hinschaute, unterschied sie sich kein bisschen von den spanischen Mädchen, die er auf Ibiza kennengelernt hatte: Dunkler Teint, schwarze Haare, nur ihre Augen, die waren anders, sie strahlten in tiefem Grün. Er trottete mit Bonzo hinter ihr her, wie sie da an der Seite ihrer Mamma unentwegt quasselnd umherhüpfte. Carlitos wurde klar, dass Anna eigentlich die falsche Spielgefährtin für ihn war, denn sie war ja viel jünger als er und noch dazu ein Mädchen. Immerhin konnte sie italienisch. Deshalb bat er sie, ihn zu Groma zu begleiten, er hatte Angst, kein Wort von dem zu verstehen, was ihm seine Urgroßmutter sagen würde.

Carlitos fühlte sich nicht wohl in Gromas Wohnzimmer. Die Fenster gingen nach Norden, hier kam nie ein Strahl Sonne herein. Die Bewohnerin war ebenso dunkel, eine schmale hoch aufgeschossene Frau in schwarz. Sie schaute ihren Besucher lange an und dieser bemerkte, wie sich ihre Züge entspannten und ein Lächeln um ihren Mund zu spielen begann.

„Benvenuto, Carlos, piacere."

Zweifelnd sah er seine Urgroßmutter an, war das Italienisch?

„Ich weiß, meine Aussprache lässt zu wünschen übrig, mehr italienisch kann ich auch nicht, Anna, willst du uns helfen? Kommt, setzt euch her mit mir an diesen Tisch."

Mit dem Übersetzen klappte es bei Anna noch nicht so richtig, dennoch verstand Carlitos ein wenig von dem, was die Groma sagte: wie sehr sie sich freue, endlich ihren Urenkel kennenzulernen und noch mehr freue sie sich, dass er seinem Vater so ähnlich sähe.

„Schau her, auf dem Foto das ist dein Vater, als er so groß war wie du jetzt bist. Er hat kurze Lederhosen an, wie damals alle Buben. Er hatte immer ein kleines Klappmesser dabei und manchmal fand seine Mutter in seinen Hosentaschen einen toten Salamander, leere Schneckenhäuser, aber nie ein Taschentuch. Er war ein rechter Lausbub, dein Vater. Alle mochten ihn, sogar die, denen er seine frechen Streiche spielte."

Sie schob den beiden Kindern einen kleinen Teller mit Schokoladentalern zu und stand auf, um etwas von ihrem Schreibtisch zu holen. Als sie sich wieder setzte, hielt sie eine kleine Schatulle in der Hand, schaute Carlitos tief in die Augen und sagte:

„Ich habe damit bei deiner Tante Katja schon gute Erfahrungen gemacht: Zuallererst habe ich ihr meinen Siegelring mit dem Wappen der Familie Tröger geschenkt. Sie hat ihn lange nicht getragen, aber jetzt steckt er an ihrer Hand. So will ich es bei dir auch machen. Ich schenke dir den Siegelring, den ich für deinen Vater habe anfertigen lassen. Er hat ihn von mir zu seiner Konfirmation bekommen und ihn auch ein paar Jahre getragen. Bevor er nach Ibiza ging, kam er zu mir, verabschiedete sich und bat mich, diesen Ring für ihn aufzuheben."

Bei diesen Worten öffnete sie die Schatulle. Ein goldgefasster Stein glitzerte im Licht von Gromas Kronleuchter.

„Das ist ein dunkler Citrin, ich fand, das passte zu deines Vaters Sommersprossen. Schau ihn dir genau an. Vielleicht passt er ja über deinen Daumen."

„Schon eher über seinen großen Zeh!" Anna quietschte vor Vergnügen, während Carlitos den Ring in die Hand nahm und von allen Seiten betrachtete.

„Ich möchte mehr von meinem Vater erfahren, bitte erzähl mir, Groma." Mit diesen Worten legte er den Ring zurück in die Schatulle.

„Natürlich werde ich dir erzählen. Vielleicht lernst du dabei sogar etwas deutsch. Den Ring aber, den hebe ich hier für dich auf, bis du groß genug bist, ihn zu tragen. Und weil man bei so alten Menschen wie mir ja nie weiß, ob sie bald sterben, legen wir einen Zettel dazu, auf den ich schreibe: ‚Dieser Ring gehört Carlos, meinem lieben Urenkel.' Einverstanden?"

„Vale."

„Heißt vale einverstanden"?

„Si."

Carlitos hatte nun einen vollen Terminkalender. Nach dem Frühstück musste er mit Anna zur Soffi. Er hatte es übernommen, die Stallhasen zu füttern. Das konnte er, weil Xisco auch Stallhasen hatte, nur hießen sie bei ihm „conejos".

An späten Vormittag war dann ein Besuch bei Groma dran. Unterdessen ging er schon allein hin. Er verstand immer besser, was ihm diese zunächst so fremde alte Dame von Allsberg und von der Familie seines Vaters erzählte. Die beiden sprachen unterdessen miteinander in einem Kauderwelsch aus den verschiedensten Sprachen, das nur sie zu verstehen schienen.

Als Katja diese täglichen Besuche bemerkte, bat sie Groma eindringlich, nichts davon zu erzählen, dass ihm die Hälfte von allem, was ihn in Allsberg umgab, gehörte.

„Weißt du, ich will ihm das auf Dauer natürlich nicht verheimlichen, aber ich glaube, jetzt würde es ihn überfordern."

Nachmittags spielte er mit Anna im Park oder begleitete seinen Onkel Enzio in die Weinkellerei. In riesigen Holzfässern im Keller lagerte die Ernte eines Jahres und in einer speziellen Ecke reiften die Weine heran, die mit der Zeit nur noch besser werden würden.

„Die Kunst ist es, genau entscheiden zu können, welche Weine ausgebaut werden können und bei welchen es besser ist, sie so schnell wie möglich auf Flaschen zu ziehen und zu verkaufen. Wir brauchen vor jeder Weinlese wieder neuen Platz in den Fässern."

Carlitos war beeindruckt von der Stille im Keller. Hier wurde der Zeit Zeit gegeben.

„Onkel Enzio, kann man Stille messen?"

„An sich schon, aber was du hier unten fühlst, ist nicht nur Stille, es ist auch Sorgfalt, uraltes Wissen und Geduld."

Oben, im Erdgeschoss, klapperte und klirrte fast ununterbrochen die moderne Abfüllanlage.

„Wir füllen ja nicht nur eigenen Wein ab. Wir kaufen überall in Europa Wein. Der kommt in Tank-LKWs hierher. Schau, diese meterhohen Stahlbehälter, die dort hinten stehen. Dorthinein kommt der gekaufte Wein und dann füllen wir ihn in Flaschen, ziehen wir ihn auf Flaschen sagt man dazu. Für die Supermarktkette A heißt der dann ‚Sonne des Südens', für eine andere ‚Il Capitano' und für wieder eine andere ‚Herzhafter Abendtrunk'. Drin ist mehr oder weniger das Gleiche. Bei solchen Massenweinen wird die soeben beschriebene Sorgfalt nicht so arg großgeschrieben. In Europa wird zu viel Wein angebaut und deshalb wird er verramscht. Wenn selbst das nicht funktioniert, dann wird Essig daraus gemacht, und wenn auch das nicht mehr geht, dann wird der Wein zu Schnaps gebrannt."

„Drunten hat es mir besser gefallen. Das hier oben ist wie eine Fabrik."

„Da hast du vollkommen recht. Meine Passion ist auch der gute Wein, der im Keller reift. Aber indem wir das ganze Jahr Massenware abfüllen, kommt stetig Geld herein. Es bringt ja nichts, wenn wir nur vor Weihnachten und in den Sommermonaten viel verkaufen. Unsere Mitarbeiter brauchen an jedem Monatsende ihren Lohn, sie haben zu Hause Frau und Kinder."

Für Carlitos war das irgendwie neu, denn auf Ibiza konnte er nicht den Eindruck gewinnen, dass Geld in irgendeiner Weise wichtig sei. Bei seiner Mutter kam jeden Monat genügend Geld aufs Konto, Geld war überhaupt kein Thema, man sprach nicht darüber, denn es war da. Die Sache mit den Yogastunden und der Geburtshilfe ging derart nebenher, dass Carlitos immer glaubte, das sei ein Hobby. Und Xisco? Der hatte alles, was er brauchte und was er zu viel hatte, verkaufte er in der Cooperativa. Mit dem so verdienten Geld kaufte er sich Zigaretten.

An einem Nachmittag schon gegen Ende des Monats August, die Abreise zurück nach Ibiza rückte näher, stromerten Anna, Carlitos und Bonzo durch den Park, als sie auf der Bank, von der das Gerücht ging, man könne bei klarem Wetter die Festung Marienberg sehen, zwei Personen in inniger Umarmung fanden. Leise schlichen sie sich an und als sie vor den beiden standen, erkannten sie Tante Phips und Onkel Peer.

„Habt ihr euch lie-ieb?“, fragte Anna.

„Sehr sogar“, antwortete Tante Phips.

„Aber ihr seid doch nicht verheiratet …“

„Wir waren es einmal, dann haben wir uns eine Zeit lang nur gestritten und uns getrennt. Aber jetzt haben wir uns wieder lieb.“

„Dann müsstet ihr euch aber wenigstens verloben, einfach so sich lieb zu haben, das geht nicht, hat mir die Soffi gesagt.“

„Ja, wenn die Soffi das sagt, dann müssen wir was unternehmen. Phips, ich schlage vor, am nächsten Samstag feiern wir Verlobung.“

Es wurde ein tolles Fest. Die Soffi brachte einen riesigen Zwetschgenkuchen und Ilaria hatte sogar mehrere gelati zubereitet. Auch der Posaunenchor kam, der unter der neuen Leitung von Onkel Peer durchaus in der Lage war, anderes zu spielen als „Großer Gott wir loben dich“.

Etwas entfernt briet der Metzger Vorndran auf Kiefernzapfen seine über die Region hinaus berühmten Bratwürste Und gleich daneben wurde Bier ausgeschenkt. Nach und nach kam das halbe Dorf in den Schlosspark, obwohl an niemanden eine Einladung ergangen war. Alle brachten irgendetwas mit.

Dann erbat der Bürgermeister einen Tusch und ergriff das Wort:

„Verehrte Baronin, liebe Gräfin, lieber Graf Altspaur und

nicht zuletzt, liebes Verlobungspaar. Niemand hat uns hergebeten. Dass heute hier heroben im Schlosspark eine Verlobung gefeiert wird, hat sich aber im Dorf wie ein Lauffeuer herumgesprochen. Da erging plötzlich der Ruf durch die Gemeinde: „Do mach mer mid!“ Wir alle, die wir in Allsberg leben, haben noch Erinnerungen an die grauenhaften Tage um die Jahreswende 1980 und 1981. Eine Tragödie folgte der anderen, man hatte den Eindruck, wir träfen uns öfter auf dem Friedhof als im Wirtshaus. Die Familie von unserem Baron wurde vom Schicksal gebeutelt und am Ende starb sie noch im Mannesstamm aus. Dies ist heute das erste fröhliche Fest, das auf Schloss Allsberg gefeiert wird, seit diesen Tagen, die ich soeben erwähnt habe. Da wollte das Dorf ebenso mitfeiern, wie es damals mitgetrauert hat. Viele haben mich gefragt, ob sie denn heute ohne Einladung hierherkommen dürften, und ich habe ihnen geantwortet, dass sie damals auch keine Einladung auf den Friedhof bekommen hätten und dennoch alle hingegangen seien. Mit großer Freude feiern wir heute die Verlobung unserer Freunde Phips und Peer. Lasst uns das Glas oder den Krug erheben und auf das Brautpaar anstoßen. Sie leben hoch, hoch, hoch.“

Nachdem sich der Tumult gelegt hatte, ergriff der Bürgermeister erneut das Wort:

„Lieber Graf Enzio, nicht dass wir etwas gegen Sie hätten, aber wir mussten uns an Sie gewöhnen. Ich habe nachgerechnet: Seit 728 Jahren, seit 1259 sind die Freiherrn von Tröger hier ansässig und nachweisbar. Wir waren daran gewöhnt, dass im Schloss ein Baron wohnt. Oft einer, der wenig beliebt war, aber genauso oft haben ihn die Leut im Dorf gemocht. Dass plötzlich ein Graf im Schloss wohnt, das ist für uns noch neu. Und dann landete vor einigen

Wochen auf dem Frankfurter Flughafen ein Bub und als man in seinen Pass schaute, stellte man fest, dass er Freiherr von Tröger heißt. Die Familie war doch nicht ausgestorben. Unsere Soffi hat das im ganzen Dorf herumerzählt und alle freuen sich darüber sehr. Und drum ist uns eine Idee gekommen, dem kleinen Carlos ein Andenken an Allsberg zu geben. Hier, das ist der Ehrenteller der Gemeinde. Schau her, Carlitos, das ist das Wappen der Gemeinde, oben der fränkische Rechen. Darunter findest du das Wappen deiner Familie, das gelbe Joch auf grünem Grund. Kannst du denn verstehen, was ich gesagt habe?"

„Ja, scho. Dange für den Dellä. Edserd fahr ich erschdamol wieder nunder zu meiner Muddä, aber wenn ich ka Schul hab, kumm ich redour."

Alle lachten, einige klatschten begeistert in die Hände.

14. Kapitel

Allsberg, im Sommer und Herbst 1987

In der Zeit der Weinlese war Enzio wie immer voll eingespannt. Natürlich lief alles nach einer gewissen Routine ab, das änderte jedoch nichts daran, dass das, was schiefgehen konnte, auch tatsächlich schiefging. Banale Dinge, wie ein klemmendes Tor zum Weinberg, verstauchte Knöchel, verspätetes Eintreffen der Brotzeit, undichte Schläuche und natürlich das Wetter brachten die scheinbar eingeschmierte Maschinerie durcheinander. Das verursachte Ärger und zusätzliche Arbeit. Abends kam noch das tägliche lange Telefonat mit dem Kellermeister Gasser in Eppan hinzu. Wenn die Weinlese begann, das wusste Katja schon aus Erfahrung, war mit Enzio nicht zu rechnen. Seine Gedanken kreisten nur um den Wein, er interessierte sich für sonst nichts und Katja musste alle ihre Reize und Tricks ausspielen, damit abends oder morgens die Liebe nicht vergessen wurde.

„Stell dir vor, meine Brust ist eine große Weinbeere mit mindestens 85 Grad Oechsle drin."

Enzio lachte und meinte, jetzt überspanne seine geliebte Frau denn doch den Bogen ihrer Verführungskünste. Gewirkt hat es dennoch.

In diesem Jahr war alles anders. Zum ersten Mal machte Enzio den Eindruck, die Last überfordere ihn. Einmal hörte

Katja, wie er am Telefon sagte, Gasser solle alles machen, wie er das wolle, er habe keine Kraft, sich auch noch um das Weingut in Südtirol zu kümmern. Wenn Anna auf seinem Schoß sitzen wollte, um mit ihm zu schmusen, hielt er das nur für kurze Zeit aus. Er klagte über ständige Kopfschmerzen. Katja machte sich Sorgen und schließlich gelang es ihr, ihn unter einem Vorwand nach Würzburg zu locken, wo sie einen Termin in der Neurologie der Uniklinik gemacht hatte. Dort erwartete sie Prof. Dr. Nüsslein. Nach eingehender Untersuchung meinte er, er wolle sich nicht festlegen, schließlich gäbe es Migräne auch bei Männern und anstrengende Zeiten könnten zu Kopfschmerzen führen. Er bat den weiteren Verlauf zu beobachten.

„Es kann sein, dass es im Verlauf der Beschwerden zu Veränderungen des Verhaltens, ja sogar des Charakters kommen kann. Man hat auch aggressive Verhaltensweisen beobachtet. Gerade wenn Letzteres eintrifft, muss eine stationäre Behandlung beginnen. Ein Tumor im Kopf ist dann nicht mehr auszuschließen."

Nun war auch Enzio besorgt und in den kommenden Tagen war ihm anzumerken, dass er sehr bemüht war. Er absolvierte seine Arbeit, ging liebevoll mit seiner Tochter um und kümmerte sich auch um Angelegenheiten, die nichts mit der Weinlese zu tun hatten. Am 27. Oktober kam Enzio vollkommen erschöpft abends nach Hause.

„Wir sind mit allem in den Weinbergen fertig. Ich habe Kopfweh. Ich geh gleich ins Bett."

Eine Stunde später hörte Katja aus dem ehelichen Schlafzimmer ein dumpfes Dröhnen. Beim Eintreten sah sie, wie ihr Mann immer wieder seinen Kopf an die Wand schlug.

„Hör damit auf, das ist ja schrecklich!", schrie sie. Enzio

schaute sie wütend an, ging auf sie zu und verprügelte sie nach Strich und Faden. Wie lange diese Orgie aus Gewalt und Verzweiflung gedauert hat, wusste später keiner von beiden mehr zu sagen. Während Katja im Badezimmer prüfte, wo sie am Körper Abschürfungen und schwere Hämatome abbekommen hatte, lag Enzio schwer atmend auf dem Bett. Er war wohl etwas eingenickt, denn als er die Augen öffnete stand Katja vollständig angezogen vor ihm und sagte:

„Es wird höchste Zeit, dich in die Neurologie zu bringen. Zieh dich an, wir fahren gleich los."

Zwar akzeptierte sie die Versuche Enzios, sein Verhalten zu erklären und sich zu entschuldigen, aber was die Klinik anbetraf, da blieb sie hart.

„Soll ich den Krankenwagen bestellen? Dann wirst du mit Tatütata und Blaulicht abtransportiert und das ganze Haus und das ganze Dorf bekommt alles mit."

Das wirkte. In Würzburg zeigte sie dem Pförtner der Neurologie ihr Gesicht. Der öffnete darauf die Schranke, wies ihr einen Parkplatz an und sagte:

„Ach Goodla, des sichd fei schlimm aus, wenns ernsd wird, schlong sa alla zu."

Was als Trost gemeint war, alarmierte Katja umso mehr, denn sie dachte, wenn schon der Pförtner merkt, dass es ernst ist, was wird dann erst der Professor sagen?

Sie blieb die Nacht bei Enzio, der vom diensthabenden Arzt sediert worden war.

In aller Herrgottsfrühe stürmte Professor Nüsslein ins Krankenzimmer. Zunächst begrüßte er Katja und schaute sich ihre Verwundungen an.

„Verzeihen Sie, gnädige Frau. Ich muss ehrlich mit Ihnen sein, Ihnen sehe ich es an, dass Ihr Mann wahrscheinlich einen Tumor hat. Irgendwann wird der Schmerz im Kopf so groß, dass der Patient aggressiv wird. Es beginnt mit autoaggressiven Handlungen."

Katja nickte.

„Und dann greift er die Person oder die Personen an, die ihm am nächsten stehen. Das, gnädige Frau, ist Ihnen heute Nacht offenbar passiert."

Dann erst wandte er sich Enzio zu, untersuchte ihn kurz und stellte auch gleich seine Diagnose:

„Ich bin sicher, dass es ein Tumor ist, ich weiß noch nicht welcher. Wir könnten Sie einer Magnetresonanztomographie unterziehen. Das sind riesige Apparate, unserer wiegt mehr als 20 Tonnen und musste deshalb im Keller eingebaut werden. Wenn wir Sie da durchschicken, müssen Sie eine ganze Weile vollkommen bewegungslos daliegen und einen unerträglichen Krach über sich ergehen lassen. Danach wissen wir aber auch nur, ob Sie einen Tumor haben, welchen, sagt uns die MRT nicht. Ich schlage daher vor, dass wir operativ eine Gewebeentnahme vornehmen, dann ersparen wir Ihnen die Qual des Monsters im Keller und wissen gleich, woran wir sind. Das machen wir gleich heute Morgen. Ihnen, gnädige Frau, schlage ich vor, dass Sie irgendwo ein kräftiges Frühstück zu sich nehmen und dann gegen Mittag wieder herkommen."

In der vorgegebenen Zeit hätte sie auch nach Allsberg und zurück fahren können, aber sie wollte jetzt allein sein, und sie wollte sich auf keinen Fall den Fragen von Groma und den Tanten aussetzen. Bevor sie Antworten geben konnte, musste sie erst selbst welche finden.

Sie setzte sich ins Marktcafé Brandstetter in der Marktgasse. Hierher hatte sie Groma bei ihren Einkaufstouren nach Würzburg immer mitgenommen. Ob es dort ein Frühstück geben würde, wusste Katja nicht, aber sie wusste, dass die vertraute Umgebung sie beruhigen würde.

Als sie das Café betrat, umhüllte sie diese wunderbare Mischung aus dem Duft frisch gebackener Brötchen, gemahlener Kaffeebohnen und Marmorkuchen. Es roch wie immer und das war genau das, was sie jetzt brauchte.

Tatsächlich bekam sie ein riesiges Frühstück. Katja wusste gleich, dass sie all das nie und nimmer würde aufessen können, allerdings gab es ihr die Möglichkeit, lange davor zu sitzen und so zu tun, als ob sie noch nicht fertig sei, während sie ihre Gedanken ordnen konnte.

Tumor! Sie wusste, dass es gutartige und bösartige gibt. Ohne zu wissen warum, liefen ihre Gedanken sofort auf der Schiene der schlechtesten Variante. Sie konnte sich einfach nicht vorstellen, dass ihr heißgeliebter Enzio etwas Gutartiges im Kopf haben könnte, das ihn dazu brachte, sie zu verprügeln. Sind bösartige Tumore heilbar? Sie wusste es nicht. Immerhin war ihr klar, dass der Tumor entfernt werden musste und dass bei diesem Eingriff die Gefahr bestand, dass wichtige Funktionen im Hirn beeinträchtigt werden könnten. Wie würde sie es schaffen, den Betrieb zu führen, wenn Enzio nur noch teilweise einsatzfähig wäre? Wie könnte sie es ertragen, wenn ihr geliebter Mann sich zu einem jahrelangen Pflegefall entwickeln würde? Und wie würde er es ertragen? Warum musste ihr das alles passieren? Seit Weihnachten 1981 hatten sie zusammen sechs wunderbare Jahre gehabt. Ihre Liebe war immer nur gewachsen, das gegenseitige Verstehen war zur Grundlage ihrer beider Leben geworden. Mit der Zeit hatte Katja immer seltener daran gedacht, dass ihr Glück womöglich auf dem Unglück ihrer Vettern Karl und Anton Tröger gewachsen sein könnte. Beide waren einem Unfalltod zum Opfer gefallen und beider Vater, ihr geliebter Onkel Schorsch, hatte sich erschossen. Kann so etwas Basis eines vollendeten Glücks sein? Glück, das durch das Hinzukommen von Anna eine unerwartete und wunderbare Krone bekommen hatte. Warum war dieses Glück auf einmal gefährdet? Plötzlich sah sie sich wieder als Mädchen. Die kleine Katja Riedmüller, die nach der Beerdigung ihrer Mutter von ihrem Onkel Schorsch mit nach Allsberg genommen worden war. War das der Moment des Beginns allen Übels, allen Unglücks? Zog sie es an? Immerhin war sie es, die immer im Zentrum der Katastrophen stand. Oder bildete sie sich das bloß ein?

Fast hätte sie das Geschirr von ihrem kleinen Kaffeehaustischchen gestoßen, als sie plötzlich ruckartig aufstand. Sie bezahlte und nahm ein Taxi, das sie in die Sieboldstraße brachte, wo Robert in der Nähe des Landgerichts seine Kanzlei hatte.

Er sei noch bei Gericht, müsse aber bald kommen, die Gräfin könne aber gerne warten. Das Wartezimmer war extrem ungemütlich eingerichtet. Statt illustrierter Zeitungen lag nur die Neue Juristische Wochenschrift aus. Robert hatte ihr einmal lachend gestanden, das sei Absicht, denn der größte Störfaktor einer Kanzlei sei der Mandant, der andauernd vorbeikomme, um zu erfahren, wie seine Sache stünde. Glücklicherweise kam der Anwalt Wagner schon nach einer kurzen Wartezeit und bat sie sofort in sein Zimmer.

„Was ist los? Du siehst ja schrecklich aus! Hat Enzio dich verprügelt? Ich sag dir gleich, vom Scheidungsrecht verstehe ich nur wenig.“

Katja hob abwehrend die Hände und Roberts Redeschwall erstarb. Nachdem sie ihm erklärt hatte, was vorgefallen war, dachte er einen langen Moment nach und dann sagte er:

„Nur gut, dass ihr euch gegenseitig Generalvollmacht gegeben habt. Und gut auch, dass ihr einen gegenseitigen Erbverzicht unterschrieben habt.

„Kannst du einmal kurz wie ein Mensch denken und nicht andauernd als gottverdammter Jurist?"

Katja hatte das geschrien und als die Sekretärin besorgt hereinschaute, machte ihr Chef ein Zeichen, dass alles in Ordnung sei.

„Genauso gut könnte ich von dir verlangen, die Situation einmal nicht als liebende Ehefrau zu sehen! Sei froh, dass bei dir die natürlichen Reflexe noch funktionieren und bei mir die professionellen. Deine Aufgabe ist es jetzt, deinem Mann beizustehen und mir obliegt es, aufzupassen, dass nichts Falsches unternommen wird."

„Verzeih, ich hatte von meinem alten Freund Robert etwas Tröstliches erwartet, aber du hast ja recht. Wenigstens du musst die Situation emotionslos erfassen."

„Katja, ist schon verziehen. Glaube nicht, dass ich das alles ohne Emotionen aufgenommen habe. Schließlich ist mit den Jahren auch Enzio zu meinem Freund geworden. Was ich vorhin sagen wollte, ist, dass du und Enzio euch selbst in einem – wie sagt man doch so schön? - Worst-Case-Szenario juristisch keine Sorgen machen müsst. That's what bloody lawyers are for."

„Und, was soll ich jetzt machen?"

„Nicht du, aber ihr müsst euch jetzt überlegen, wie es weitergehen soll. Es ist ebenso legitim, so viele lebenserhaltende Maßnahmen zu ergreifen, wie es nur irgend geht.

Es kann aber auch richtig sein, zu sagen, ich bevorzuge ein Ende mit Schrecken als einen Schrecken ohne Ende. Da kann euch niemand helfen. Das Einzige, was hilfreich sein kann bei euren Überlegungen ist, dass ihr den Arzt mal danach befragt, wie der Ablauf sein wird. Nicht jeder Tumor verläuft gleich."

Den Weg zur Uni-Klinik legte Katja zu Fuß zurück. Sie wollte versuchen, beim Laufen das zu ordnen, was Robert gesagt hatte. Der Weg führte sie über den Residenzplatz. Mitten in den dort geparkten Autos blieb sie stehen und schaute sich zum ungezählten Mal das großartige Bauwerk an, das Balthasar Neumann da mitten in die Stadt gestellt hatte. Großartige Architektur hatte Katja schon immer begeistert, womöglich deshalb, weil das Schloss in Allsberg sich nun wirklich nicht verstecken musste. Antonio Petrini, einer der Vorgänger Neumanns hatte es geplant. Katja spürte, wie ihr die Nähe der Residenz wohltat. Vertraute Schönheit führt nicht zum Erstaunen. Vertraute Schönheit bewirkt ein Gefühl von Heimat und Dazugehörigkeit. Man darf denken: das gehört auch ein bisschen mir. Katja beschloss, um die Residenz herumzugehen, um den Bau auch von der Hofgartenseite anzuschauen. Noch im vergangenen Sommer hatte sie hier zusammen mit Enzio ein wunderbares Konzert besucht. Sie setzte sich auf eine Bank und ließ ihre Gedanken auf Wanderschaft gehen. Sie hätte später nicht mehr sagen können, an was sie damals gedacht hatte. Sie erinnerte sich nur an Ruhe und Harmonie, ein Gefühl, das sie von nun an für lange Monate würde vermissen müssen.

Sie schreckte hoch und sah auf ihre Uhr. Es war schon fast Mittag. Schnell fand sie ein Taxi, sie wollte den Arzt nicht warten lassen.

In der Klinik wurde sie sofort ins Zimmer des Professors geführt, der hinter seinem Schreibtisch aufstand und sie zu einer Sitzecke in seinem geräumigen Chefzimmer führte. Das war Katja noch nie passiert. Sie dachte, das sei ein besorgniserregendes Vorzeichen, womit sie recht behalten sollte.

„Gnädige Frau, ich habe keine guten Nachrichten. Kann ich offen mit Ihnen sprechen?“

Professor Nüsslein sah ihr über den Rand seiner Lesebrille direkt in die Augen.

„Ich bitte Sie darum.“

„Nun, wie Sie wissen, haben wir bei Ihrem Mann eine Gewebeprobe aus dem Gehirn entnommen. Die Untersuchung hat ergeben, dass wir es mit einem Glioblastom zu tun haben. Sie schauen mich fragend an und Sie haben recht. Ich versuche es in Normalsprache zu erklären: Ihr Mann leidet an einem bösartigen Hirntumor. Man kann sein Wachstum aufhalten, aber man kann ihn nicht heilen. Ich bedauere, keine bessere Nachricht für Sie zu haben. Der Tumor wird in nicht vorhersehbarer Geschwindigkeit langsam aber eben leider sicher die körperlichen Funktionen bei Ihrem Mann beeinträchtigen und irgendwann ausschalten. Der Tumor liegt wahrscheinlich im vorderen Bereich der Hirnschale. Das führt in der Regel zu temporären Veränderungen des Verhaltens. Heute Nacht haben Sie bedauerlicherweise eine Kostprobe davon erhalten.“

Katja war wie vom Schlag gerührt. Ohne etwas sagen zu können, schaute sie Professor Nüsslein fassungslos an. In ihrem Kopf rumorte es und später erinnerte sie sich daran, dass sie sich über den Schreck gewundert habe, wo sie doch schon seit Stunden geahnt hatte, was auf sie zukommen würde.

Als sie wieder einen klaren Gedanken fassen konnte,

begann sie zu weinen. Das Papiertaschentuch, das ihr der Professor reichte, war bald durchgeweicht.

„Es ist gut, dass Sie jetzt weinen. In Anwesenheit Ihres Mannes sollten Sie zumindest heute versuchen, sich nichts anmerken zu lassen. Ich weiß, dieser Rat klingt hart und herzlos, es ist auch kein emotioneller Rat, vielmehr der eines Arztes, der ähnliche Situationen bedauerlicherweise schon häufig erlebt hat."

Katja nickte, streckte die Hand aus und bekam ein frisches Papiertaschentuch.

„Wissen Sie, ich weine auch deshalb, weil ich die Reaktion meines Mannes bereits ahne. In schwierigen Situationen kommt bei ihm immer der Militär durch."

„Wie soll ich das verstehen? Ich dachte, Ihr Mann ist Winzer."

„Das ist er auch, und ein verdammt guter noch dazu! Aber er ist auch Kapitän zur See der italienischen Marine."

„Respekt! Wir haben die italienischen Kameraden immer beneidet. Sie waren in ihren weißen Sommeruniformen einfach sehr viel schicker als wir und unsere Gorch Fock konnte deren Amerigo Vespucci nun wirklich nicht das Wasser reichen. Na, da hab ich ja was mit ihm zu reden. Ich bin Kapitänleutnant der Bundesmarine, werde aber jetzt, wenn ich Reserveübungen mache, als Oberstabsarzt eingesetzt. Ich kann verstehen, dass man mir lieber Hautabschürfungen anvertraut als zum Beispiel ein ganzes Minensuchboot. Verzeihen Sie, ich komme ins Quatschen, was immerhin das Gute hat, dass Ihre Augen schon nicht mehr so verweint aussehen. Gehen wir zu ihm, aber zuvor muss ich Sie fragen, ob wir Ihren Mann mit der ganzen Schwere seines Falles werden konfrontieren können?"

„Können? Sie müssen! Er merkt sofort, wenn Sie ihm etwas vorgaukeln, und dann verliert er jegliches Vertrauen."

Sie gingen hinüber zu dem Zimmer, in das man Enzio nach dem kurzen Eingriff verlegt hatte. Er war etwas eingenickt, bemerkte aber gleich die Anwesenheit seiner Besucher. Als er die Augen öffnete, lächelte er zuerst seine Frau an und dann fragte er den Professor:

„Sagen Sie mir, wie steht es?"

Der Arzt sah zunächst zu Katja hinüber. Die nickte ihm zu. Dann sah er Enzio direkt an und sagte:

„Wir haben bei Ihnen ein Glioblastom entdeckt."

„Und was bedeutet das? Bitte sagen Sie mir die Wahrheit."

Katja aber war schneller:

„Mein Liebster, es handelt sich um einen bösartigen Tumor in deinem Hirn. Weiß du, das ist schlimm, aber es zeigt, dass dein Verhalten in letzter Zeit und dein Ausbruch gestern nicht du warst. Der Tumor hat das mit dir gemacht. Du hast die anstrengende Zeit der Weinlese mit Bravour und äußerster Selbstdisziplin durchgehalten und gestern war halt Schluss, du konntest nicht mehr."

Enzio schaute seine Frau dankbar an:

„Und dennoch bitte ich dich um Verzeihung. Ein Mann, der seine Frau verprügelt, ist das Allerletzte. Tiefer kann man nicht sinken. Wir reden nachher noch darüber. Jetzt muss ich den Arzt befragen."

„Gut, ich habe also ein Gliobadingsda. Verzeihen Sie, ich bin ein einfacher Winzer, solche Namen kann ich mir nicht merken."

„Wie ich hörte, sind Sie aber auch ebenso wie ich Marineoffizier."

Enzio lächelte erneut und sagte sodann etwas, was irgendwie erleichtert klang.

„Gut, dann ziehen wir das militärisch knapp durch. Ist das Glioding heilbar?"

„Man kann die Entwicklung hinauszögern."

„Das heißt unheilbar, stimmt's?"

„Ja."

„Und wie lange kann man den Tod hinauszögern?"

„In der Fachpresse spricht man von bis zu drei Jahren."

„Und wie sind diese drei Jahre?"

„Sie dürfen nicht vergessen, Sie sind ein Kranker."

„Das weiß ich, aber kann ich diese drei Jahre normal leben und dann tut es einen dumpfen Schlag und ich bin tot?"

„Lassen Sie mich einen altmodischen Begriff verwenden: Es ist ein ständiges Siechtum. Ein normales Leben ist unmöglich, denn der Tumor wird Sie peu à peu Ihrer gewohnten Körperfunktionen berauben. Erst können Sie vielleicht nicht mehr gehen, dann nicht mehr schmecken, dann nicht mehr reden und so weiter."

„Wird all das von Schmerzen begleitet?"

„Es ist vorauszusehen, dass es immer wieder Perioden erheblicher Schmerzen geben wird."

„Gut, dann steht meine Entscheidung fest. Katja, du kennst sie bereits, bist du damit einverstanden?"

„Enzio, es ist dein Leben, es ist deine Krankheit, es ist deine Entscheidung und ich bin deine Frau. Wie könnte ich nicht einverstanden sein, mit dem, was du willst?"

„Herr Professor, ich mache es erneut militärisch knapp: Keine lebensverlängernden Maßnahmen, keine operativen oder medikamentösen Eingriffe, es sei denn, sie dienen der Linderung des Schmerzes, und, sehr wichtig, ich werde nicht im Krankenhaus behandelt, meine Frau wird mich noch heute nach Allsberg fahren und dort werde ich hoffentlich sterben können."

„Aber, Graf Altspaur, wie stellen Sie sich das vor?"

„Ganz einfach, Platz haben wir. Sie sagten, ohne Behandlung ginge es schnell. Für diese Zeit werden wir auch eine adäquate Krankenversorgung finden. Ihnen wäre ich dankbar, wenn Sie alle acht oder zehn Tage vorbeikämen. Bitte, und das geht nicht auf die landwirtschaftliche Krankenkasse Unterfranken. Das geht selbstverständlich auf Privatrechnung. Ich danke Ihnen für Ihre klaren Worte, und jetzt, liebste Katja, fahr mich nach Hause."

Nachdem Katja ihren Mann erstmal provisorisch im Ehebett untergebracht hatte, wo er sofort einschlief, ging sie hinunter, denn sie hatte Onkel Peers Tuba gehört. Der saß im Park in der milden Sonne eines klaren Herbstnachmittags und setzte seine Tuba ab, als er bemerkte, dass sich mit einem Gartenstuhl in der Hand Katja näherte.

„Setz dich her, du siehst angespannt aus."

„Angespannt ist gar kein Ausdruck! Ich bin verzweifelt, ich bin am Boden zerstört. Man hat bei Enzio einen bösartigen Tumor diagnostiziert. Man kann den Krankheitsverlauf nur hinauszögern, heilbar ist es nicht."

„Wie lange?"

„Enzio will keine lebensverlängernden Maßnahmen, also wohl eher nur noch ein halbes Jahr. Spiel was, vielleicht kannst du damit mein Gemüt aufhellen."

„Ich spielte gerade eine der wenigen Solopartien für Tuba in der klassischen Musik. Es ist „Bydło" aus Mussorgskys Bilder einer Ausstellung. In der deutschen Version ist es wenig treffend mit ‚Der Ochsenkarren‘ übersetzt worden. Eigentlich müsste es ‚Das Zugtier‘ heißen. Hör zu, du wirst das träge, widerwillige Ziehen hören können. Aber ob es will oder nicht, der Ochse ist und wird gezwungen, weiter zu trotten. Hör zu.“

Und dann spielte Onkel Peer das drängende, stampfende Solothema für Tuba. Katja ahnte den schweren Lastenkarren, wie er sich nur mühsam bewegt durch den Morast unbefestigter Wege im polnischen regnerischen Herbst.

Plötzlich setzte Onkel Peer ab.

„Ich will dir dazu eine Geschichte erzählen: Gerade mal zwanzigjährig war ich dem Schrecken des zweiten Weltkriegs entronnen, ich befehligte eine kleine Flakbatterie westlich von Schweinfurt. Wir waren alles noch Kinder, ich das älteste davon. Als der Krieg aus war, stand ich vor dem Nichts. Meine Familie stammt aus Schlesien, wo sollte ich hin? Da hörte ich, dass in Mariaburghausen einem der Universität Würzburg gehörenden Gut bei Haßfurt, Leute gesucht würden, die zupacken können. Das Gut wird seit Menschengedenken von Vater auf Sohn von derselben Familie gepachtet. Mir hat man sofort ein Ochsengespann anvertraut, um bei der Heuernte zu helfen. Dem alten Herrn, dem Chef, sagte ich, ich hätte keine Ahnung, wie ich mit Ochsen umzugehen hätte, und der antwortete nur lapidar, das müsse ich auch nicht, denn die Ochsen würden mit mir umgehen. Ich müsse ihnen allerdings am ersten Tag klarmachen, wer der Chef ist. Man zeigte mir, wie man die Ochsen einspannt und ich zockelte hinaus zu den Mainwiesen, wo das Heu geerntet wurde. Solange die Ochsen sich noch in der Nähe des Gutshofes befanden, trotteten sie vor sich hin. Aber kaum waren die Gutsgebäude außer

Sicht, legten sich die Biester auf den Weg und taten keinen Schritt mehr. Der Chef, der das geahnt hatte, kam nach etwa fünf Minuten auf dem Pferd sitzend nach. Mit der Peitsche, mit gutem Zureden und Zerren am Hebegeschirr hatte ich versucht, die Tiere zum Aufstehen zu bringen. Er lachte und sagte mir dann:

„Du musst den Ochsen zwinga. Freiwillich dud der nix. Und wenn er sich hielechd, dann schürst a Feurla under sein Orsch."

Verstanden habe ich damals noch nicht alles, aber das mit dem Feuer schon. Und so habe ich ganz dicht an den beiden Hinterteilen meiner Ochsen aus trockenem Laub und Heuresten, die ich auf dem Leiterwagen fand, ein kleines Feuer entfacht und siehe da, bald standen sie auf und folgten mir fortan aufs Wort.

Ich habe dir diese Geschichte aus zwei Gründen erzählt: Erstens um dich zu erheitern. Ich sehe an deinem Lächeln, dass mir das gelungen ist. Aber auch deshalb, weil euer gemeinsamer Weg nun beschwerlich sein wird wie der der Zugtiere, die den Lastwagen ziehen. Aufzuhören mit dem Ziehen hat keinen Sinn und wenn ihr nicht mehr wollt oder könnt, dann holt euch die Realität ein und macht euch Feuer unter dem Arsch. Ihr seid jetzt in einer Tretmühle, die sich so anhört:"

Er spielte das Bydłothema erneut.

Er war gerade fertig, als Anna mit Bonzo um die Hausecke kam. Es war für sie ungewöhnlich, ihre aktive Mutter mitten am Nachmittag neben Onkel Peer sitzen zu sehen. Als sie ihr in die Augen schaute, merkte sie sofort, dass etwas vorgefallen war.

„Mamma, bist du traurig?"

„Ja, meine Anna, es ist etwas passiert. Der Arzt hat festgestellt, dass dein Vater krank ist."

„Krank?"

„Ja, leider."

„Schlimm?"

„Ja."

„Ilaria sagt, wenn etwas schlimm ist, muss man beten."

„Das ist immer gut."

„Dann lasst uns damit jetzt beginnen", sagte Onkel Peer und setzte seine Tuba ab.

„Vater unser im Himmel, geheiligt werde dein Name …"

Nach dem Amen umarmten sich die drei und das flößte allen wohl noch mehr Trost ein als das gemeinsame Gebet.

Anna blieb noch etwas bei Onkel Peer, um mit Bonzo zu spielen, während Katja ins Büro ging und in der Metzgerei Vorndran anrief. Edith Vorndran war Krankenschwester im Juliusspital. Katja brauchte ihren Rat und wollte ihre Telefonnummer erfragen. Sie erfuhr, dass die Edith grad auf Urlaub im Dorf sei und in einer halben Stunde nach oben zum Schloss kommen könne.

Um die Zeit zu überbrücken, lief Katja noch schnell hinüber zu Gromas Wohnung. Sie fand sie in ihrem Lesesessel eingeschlafen. Sie hielt die heutige Ausgabe der Franken-Post noch in Händen. Leise bereitete sie Tee für zwei und weckte sodann ihre Großmutter behutsam auf.

Erfreut und doch erstaunt über den unerwarteten Besuch richtete sich die alte Dame in ihrem Sessel auf und schaute Katja fragend an.

„Gell, du nimmst nur Milch in den Tee?"

„Ja, aber um das zu fragen, bist du sicherlich nicht gekommen, mein Liebes."

„Stimmt. Es ist sonst nicht meine Art, um den heißen Brei herumzureden. Aber diesmal ist es so schrecklich …“

Katja begann hemmungslos zu schluchzen und kniete neben ihrer Großmutter nieder, um ihren Kopf an deren Schulter lehnen zu können. Sie spürte eine Hand über ihre Haare streichen und das beruhigte sie ein wenig.

„Groma, die Aussetzer, die Enzio in letzter Zeit hatte, haben ihren Grund darin, dass er einen bösartigen Hirntumor hat. Mehr als ein halbes Jahr hat er nicht mehr zu leben.“

Die Baronin drückte ihre Enkeltochter fester an sich und nach einer langen Weile flüsterte sie fast:

„Hört das denn nie auf? Das ist wie ein Fluch!“

Katja fühlte, wie sich Groma einen Ruck gab.

„Steh auf, ich will dir etwas Wichtiges sagen.“

Wie zierlich war ihre Großmutter geworden, dachte Katja, als sie vor ihr stand. Dünn war sie schon immer gewesen, aber jetzt schien sie zerbrechlich und verletzlich. Umso erstaunlicher war es nun, ihre feste und klare Stimme zu hören:

„Wenn das so ist, liebste Katja, dann ist es jetzt deine Aufgabe, die letzten Tage deines Mannes so schön wie nur irgend möglich zu gestalten, so wie es umgekehrt seine Pflicht wäre, ebensolches zu tun, wärest du die Kranke. Ich hoffe, du wirst die notwendige Kraft haben, um Gottes Beistand werden wir Übrigen im Haus bitten. Lass dich umarmen und nun geh, du hast viel zu tun.“

Auf dem Schlosshof wartete bereits Schwester Edith Vorndran neben ihrem kleinen VW Polo, den Katja in den kommenden Monaten immer wieder hier parken sehen würde.

Sie bat ihren Gast ins Büro und erklärte ihr die Situation.

„Das ist schlimm. Bei der Diagnose kann man wenig machen, und wenn sich Ihr Mann nur zu Hause pflegen lassen möchte, was ich verstehe, dann bedeutet das einen erheblichen Aufwand."

„Das, liebe Schwester Edith, weiß ich. Aber Platz haben wir und was das Geld angeht, so bin ich froh, es endlich einmal für etwas ausgeben zu können, was wohltut, zumindest meinem armen Mann wohl tun wird."

„Sie wollen also wirklich hier heroben eine Krankenstation aufmachen?"

„Ja, und dazu benötige ich Ihren Rat und womöglich auch Ihre Hilfe."

Lange saß Schwester Edith schweigend da. Ab und zu umspielte ein Lächeln ihre Lippen. Nach einer schier endlosen Zeit hob sie den Kopf und sah Katja fest an:

„Das ist jetzt für mich eine vielleicht etwas peinliche Situation, weil es so aussehen könnte, als würde ich Ihre Notlage ausnützen. Lassen Sie es mich bitte erklären: Sie haben doch sicher in der Zeitung von der Pflegeversicherung gelesen. Mehr als ein Dutzend der privaten Versicherungen bieten sie bereits an. Die Pflegeversicherung über die gesetzliche Krankenversicherung wird kommen. Die Menschen werden immer älter und damit pflegebedürftiger. Wie Sie wissen, ist vor einigen Wochen die Tante, die Schwester meines Vaters, gestorben. Von ihr habe ich das Haus neben der Metzgerei geerbt. Gerade mache ich hier Urlaub, um zu prüfen, ob ich nach Allsberg zurückkommen kann, ob ich hier leben kann. Wissen Sie, der tägliche Dienst im Krankenhaus ist für jemanden in meinem Alter schon schwer genug. Aber das Karrieregerangel, die Intrigen und der ganze Rationierungsdruck, ich halte es nur noch schwer aus. Deshalb ist mir der Gedanke gekommen, hier in Allsberg eine ambulante Pflegestation aufzumachen, ambulant in dem Sinn, dass die Patienten zu mir kommen, aber auch ich zu ihnen nach Hause gehen kann, wenn das notwendig würde. Das Problem ist, dass das Haus renovierungsbedürftig ist und die Einrichtung der Pflegestation das übersteigt, was eine Stationsschwester ansparen kann. Ihr Mann wäre mein erster Patient. Wir müssten wahrscheinlich sogar eine ständige Pflegerin hier im Schloss stationieren, Platz haben Sie ja, wie Sie sagten."

„Ich habe verstanden", unterbrach Katja Schwester Ediths immer wieder durch Verlegenheitspausen unterbrochene Erklärung. „Sie brauchen eine Finanzierung. Ich möchte Ihnen nicht persönlich einen Kredit geben, das brächte Sie in Abhängigkeit von mir. Das ist ungut. Aber ich werde für Sie bürgen. Wir fahren morgen gemeinsam zur Castell-Bank in Würzburg. Das ist die Hausbank der Familie und der Betriebe. Die wissen, wie es finanziell um mich steht, ich hoffe, dass das deshalb schnell geht. Im Gegenzug erwarte ich von Ihnen, dass Sie so lange das irgend geht, meinen Mann hier oben pflegen, allein oder mit Hilfe von Angestellten. Sie kennen doch Robert Wagner, der wird einen entsprechenden Vertrag aufsetzen, in dem auch die Entlohnung festgelegt wird. Einverstanden?"

„Einverstanden."

„Gut, aber jetzt kommen Sie bitte mit hinüber, ich will Ihnen zeigen, wie und wo mein Mann untergebracht ist. Sie müssen sich überlegen, was angeschafft werden muss und wie Sie sich organisieren. Damit wir uns recht verstehen: Ihr Dienst beginnt morgen, nachdem wir aus Würzburg zurück sind."

„Freilich."

Nach dem Termin bei der Castell-Bank rief Katja den Kellermeister Gasser in Eppan an und informierte ihn über die eingetretene Situation.

„Sie werden jetzt noch selbstständiger handeln müssen. Ich habe auf absehbare Zeit keine Möglichkeit, mich um den Betrieb zu kümmern, zumal ich für den hiesigen Weinbau nun einen neuen Leiter suchen muss, denn der bisherige, mein Mann, fällt ja nun erstmal aus."

„Wenn Frau Gräfin es erlauben, ich hätte da einen Vorschlag. Unser Andres hat gerade die Weinbauschule in Laimburg mit guten Noten abgeschlossen. Sie wissen ja selbst, wie komplex und gut die dortige Ausbildung ist. Vielleicht würde er passen."

„Ja, schicken Sie ihn sofort her. Es wäre ein Glücksfall, wenn mit ihm ein problemloser Übergang gelänge."

15. Kapitel

Eppan, im Sommer 1987

Tatsächlich kam im Frühsommer ein beachtlicher Betrag auf dem Konto des Weingutes Graf Altspaur in Eppan an. Auftraggeber war eine Etnomorp, S.A. Holding in Gibraltar. Nun machte sich Josef Gasser daran, bei den Weinbauern an der Südtiroler Weinstraße deren Restbestände aufzukaufen. Das ging erstaunlich reibungslos, zumal sich bald herumgesprochen hatte, dass der Gasser Josef nicht nur pünktlich zahlte, sondern, was fast ebenso wichtig war, den Wein auch sofort abholen ließ. Große Tanklaster fuhren bei den zum Teil kleinen Weinbauern vor, und pumpten den Wein aus den Kellern. Gasser legte lediglich Wert darauf, dass die Rebsorten nicht vermischt wurden. Waren die Tanklaster voll, ging die Reise los an die Fußspitze des Stiefels.

Es gab nur ein Problem, mit dem niemand gerechnet hatte: Gassers Sohn Andres hatte die Weinbauschule in Laimburg mit Erfolg beendet und wohnte nun wieder bei seinen Eltern in der Hoffnung, bald schon eine Anstellung zu finden. Ihm blieb natürlich nicht verborgen, dass der Vater neben dem ihm anvertrauten Weingut noch andere Geschäfte betrieb. Irgendwann sprach er seinen Vater darauf an, der nach einigem Herumdrucksen erklärte, er kaufe für den Weingroßhändler Massimo Esposito bei den Weinbauern deren Restbestände auf. Für den Betrieb bliebe da zwar nicht viel hängen, aber er bekäme eine hübsche Provision, und wenn der Andres wolle, könne er ihm ja helfen und dann würde er die Provision teilen. Die Geschichte mit dem Spielcasino verschwieg er seinem Sohn.

Andres war es bei der ganzen Sache nicht wohl. Er kannte Massimo Esposito und noch besser kannte er dessen schlechten Ruf. Sein Vater wischte die Bedenken beiseite mit der Begründung, schließlich ginge alles auf Rechnung. Dem Weingut Altspaur entstünde kein Schaden.

„Aber du hintergehst deinen Arbeitgeber." Andres ließ nicht locker.

„Was heißt hier hintergehen. Der Graf Enzio kümmert sich einen Dreck um sein Weingut. Er hängt am Rockzipfel von diesem rothaarigen Weib. Was wir hier tun, ist ihm absolut powidl. Er kommt ein bis zwei Mal im Jahr her und will nur wissen, dass wir keinen Verlust machen. Mir sagt er immer, den Gewinn soll ich in den Keller stecken. Wer sich so wenig um sein Eigentum kümmert, der kann noch froh sein, wenn seine Angestellten Nebengeschäfte machen und ihm nicht direkt in die Tasche greifen."

„Beim alten Grafen hättest du das aber nicht gemacht."

„Da hast du recht. Der alte Graf hat sich um seine Angestellten gekümmert. Er hätte uns nie allein gelassen. Und außerdem, ich hätte all das in der Zeit vom alten Grafen gar nicht machen können, denn er war ja da und hat alles gesehen."

„Ich seh's schon: Das Auge des Herrn macht die Kühe fett."

„Genauso ist es, mein Sohn."

Einige Tage später erschien Massimo Esposito auf der Burg und hinterließ ein sehr dickes Couvert. Es war voller Lira-Scheine. Das hat den Andres besänftigt.

16. Kapitel

Allsberg, Herbst 1987

Sehr zu Enzios Verdruss hatte Schwester Edith schon bald das eheliche Schlafzimmer in eine Krankenstation verwandelt. Er protestierte:

„Katja, ihr übertreibt! Die Attacken kommen nur sporadisch, ich kann laufen, sprechen, sehen. Es langt, wenn du und Schwester Edith mir erst dann vor Augen führt, dass ich krank bin, wenn es schlimmer wird."

Aber Katja blieb hart:

„Das bleibt jetzt so, wenn es mit dir schlimmer wird, ist womöglich keine Zeit und dann passiert genau das, was du vermeiden willst, nämlich dass wir dich in die neurologische Uni-Klinik in Würzburg einliefern müssen. Immerhin, schau hin, da steht unser Ehebett, ich lass dich nicht allein."

Enzio überlegte eine Weile und dann fragte er:

„Katja, hast du heute Morgen Zeit?"

„Natürlich, ich habe jetzt immer für dich Zeit."

„Gut, ich würde gern mit dir nach Volkach fahren. Du weißt, wie sehr ich in der kleinen Wallfahrtskirche Riemenschneiders Maria im Rosenkranz liebe. Ich denke, das ist ein geeigneter Ort, um mit der Mutter Gottes als Zeugin über das zu sprechen, was auf uns zukommt."

Katja sah ihren Mann verwundert an, denn das christliche Element hatte bisher in ihrer Ehe keine große Rolle gespielt.

Enzio verstand diese Verwunderung sehr wohl und erklärte sich.

„Weißt du, meine Mutter hat mich ganz in der Tradition der katholischen Kirche erzogen. Sie war ja eine geborene Gräfin Alcaini. Trotz des italienischen Namens ist das österreichisches Urgestein. Bei so einer Familie haben Glaubenszweifel einfach keinen Platz. Ich erinnere mich an eine Wallfahrt nach Mariazell. Die Sternkreuzordensdamen hatten das Ganze organisiert und vorneweg marschierte Regina von Habsburg, die kaiserliche Hoheit. Man war damals nicht nur erzkatholisch, man war auch dem Erzhaus sehr verbunden. Da macht es auf einen Buben schon Eindruck, wenn diejenige, die Kaiserin wäre, wenn es die Monarchie noch gäbe, diesen an der Hand nimmt, um ihm die letzten paar hundert Meter bis zur Wallfahrtskirche zu helfen. Als wir die Kirche betraten, hat sie mich nur kurz losgelassen, um sich zu bekreuzigen und dann hat sie mich bis vor zum Gnadenbild mitgenommen Wir haben uns in eine Bank gekniet und sie hat mit mir zusammen den Rosenkranz gebetet. Das kannte ich ja schon, aber als wir beide fertig waren, hat die Regina Habsburg sich zu mir gebeugt und gesagt: „Zur heiligen Mutter Gottes kannst du immer beten, egal wo du bist, egal wie lange du sie vergessen hast, egal was dich bedrückt. Ich verspreche dir, sie wird dir immer zuhören. Vielleicht kann sie nicht immer helfen, aber zuhören wird sie bestimmt. Glaub mir, das ist oft eine große Hilfe." Du weißt, ich bin kein praktizierender Katholik. Aber noch immer ist für mich die höchste weibliche Autorität das Gnadenbild der Magna Mater Austriae und gleich danach die kaiserliche Hoheit Regina Habsburg. Wenn sie dir etwas zusagt, das vergisst du nie. Mir ist das neulich wieder in den Sinn gekommen, als ich im Krankenhaus auf den sogenannten kleinen Eingriff gewartet habe. Je länger ich darüber nachdenke, desto mehr verspüre ich das Bedürfnis, mit dir vor der Mutter Gottes nicht nur zu beten, sondern auch über die Zukunft zu sprechen."

Als die beiden an der Marienkapelle ankamen, baten sie den Mesner, der im Haus direkt vor dem Eingang wohnt, um den Schlüssel zur Kapelle.

„Na freilich, gehd ner nei. Ich kenn euch zwaa doch, ihr werd mir die Maria in Rosengranz scho ned glaua. Schliesd ner schö hinder euch zu, weil ich mach edserd erschadmol Middoch."

Besser hätte es nicht kommen können, sie hatten die Kapelle für mindestens eine dreiviertel Stunde für sich allein. Sie setzten sich in eine der mittleren Bänke, so hatten sie einen guten Blick auf Riemenschneiders Madonna, ohne sich den Hals verrenken zu müssen. Katja hatte eines der Gebetbücher mitgenommen, die sie im Eingang gefunden hatte. Sie fand ein irisches Gebet und las es vor: „Vergiss die Träume nicht, wenn die Nacht wieder über dich hereinbricht und die Dunkelheit dich wieder gefangen zu nehmen droht. Noch ist nicht alles verloren …" Dann beteten sie ein „Gegrüßet seist du Maria" und schließlich das Vaterunser.

Lange blieben sie in der Betrachtung und Bewunderung der so schönen Mariendarstellung versunken. Enzio brach das Schweigen:

„Ich weiß, dass ich diese Krankheit nicht überleben werde und ich weiß auch, dass ich womöglich nurmehr ein halbes Jahr habe. Bitte begleite mich bis zum Schluss. Du bist das Zentrum meines Lebens geworden. Niemanden habe ich so geliebt wie dich und niemandem habe ich so vertraut wie dir.

Ich bin froh, dass wir, wenn auch auf unüblichem Wege eine Tochter bekommen haben. Bitte erziehe sie zur Bescheidenheit. Sie wird ein riesiges Vermögen erben. Ich bin traurig, dass ich nicht erleben werde, wie sie heranwächst, wie sich ihre Interessen entwickeln. Jetzt verliert sie zum zweiten Mal ihren Vater. Ach Katja, es sind nun sechs Jahre vergangen, seit wir unsere Liebe erkannt und gelebt haben. Ich kann mir nichts Schöneres vorstellen. Aber bitte, wenn ich tot bin, bin ich tot. Mach mir nicht die ewige trauernde Witwe. Ich erscheine dir sonst als Geist, pass nur auf!"

Katja lehnte sich an ihren geliebten Mann und beide schwiegen eine lange Zeit.

„Enzio, ich wusste, wie deine Entscheidung ausfallen würde, keine lebensverlängernden Maßnahmen. Mich hat nur verwundert, mit welcher Vehemenz und welcher Sofortigkeit du diese Entscheidung getroffen hast. Du hattest doch eigentlich keine Zeit, dir das vorher zu überlegen. Oder wusstest du das schon immer?"

Enzio schaute weiter hinauf zu Riemenschneiders Meisterwerk. Plötzlich lachte er.

„Es liegt am Toni-Schuster in Eppan. Er war der Vater von unserem Josef Gasser und wohnte bei seinem ältesten Sohn unten im Dorf, der war Schuster, wie er es auch gewesen war bis zu seinem Schlaganfall. Dann saß er wohl an die zehn Jahre bei Sonne, Wind und Regen unter dem Vordach des Gasser-Hauses in seinem Rollstuhl, bewegte sich nicht und sagte kein Wort. Nur wenn eine Frau vorbeikam, sagte er „cazzo" und wenn ein Mann vorbeilief, sagte er „merda". Bei uns Kindern sagte er nichts und so machten wir uns einen Spaß daraus, in Verkleidung vorbeizuschauen. Ich erinnere mich noch daran, wie ich als buckliger Schäfer vorbeilief. Es hat funktioniert, auch ohne Herde. Und als der Karl im Sommer zu Besuch kam, haben wir ihn aus Mutters Mottenkiste zur Dame gemacht, auch das hat funktioniert. Ich seh ihn noch heute ungeschickt auf hohen Absätzen am Toni-Schuster vorbeistöckeln."

„Und was hat das jetzt mit dir zu tun?"

„Ich habe damals gelernt, dass es Respektlosigkeit war, was uns antrieb. Aber je länger wir unser Mütchen an ihm kühlten, desto mehr habe ich gespürt, wie ich den Toni-Schuster verstand. Es war, als dränge ich mich in seine Persönlichkeit, weil ich begann, mir vorzustellen, was sein Leben ausmachte. Sein Leben war nur noch ein Warten darauf, dass es zu Ende gehen würde. In ihm musste eine Hoffnung glühen, ähnlich der, dass der Tag wieder anbricht nach einer Nacht voller Albträume, nur halt ohne Hoffnung auf ein ‚Weiter', sondern nur eine Hoffnung auf ‚Aus'. Mich hat dann lange ein schlechtes Gewissen geplagt wegen des Schabernacks, dem wir ihn ausgesetzt haben. Das hat lange gedauert, bis ich mir ein Herz genommen habe, mich neben ihn hinzusetzen und seine Hand zu halten. Ob er das gemerkt hat, weiß ich nicht. Er ist dann bald gestorben. Ich habe mir damals geschworen, dass es mit mir niemals so kommen soll. Meine condundente Entscheidung war also schon da. Sie hat nur einen Anlass gesucht, ans Tageslicht zu kommen."

Katja schaute ihren Mann verliebt an und flüsterte ihm sodann ins Ohr:

„Es ist so wunderschön, dass du noch in den Momenten schlimmster Herausforderung eine humorvolle Facette findest."

Sie umarmte und küsste ihn. Eine Weile saßen sie

Händchen haltend in ihrer Kirchenbank. Dann unterbrach Katja die Stille:

„Weißt du, Enzio, ich habe Groma von deiner Erkrankung berichtet und stell dir vor, sie hat nicht gejammert und das Unheil beschworen, das über dem Schloss wabert. Vielmehr hat sie etwas sehr Lebensnahes gesagt. Sie meinte, es sei jetzt meine Pflicht, den Rest deines Lebens für dich so schön wie nur irgend möglich zu gestalten."

„Dann mach einfach so weiter wie bisher, denn das Leben als der von dir geliebte Mann, das ist das Schönste, was ich mir vorstellen kann."

„Okay, aber das muss man ja vielleicht irgendwie unterfüttern. Ich erinnere mich an Frau Gundermann, die, als ich noch bei meiner Mutter in München lebte, immer gesagt hat, das Schönste, was ihr passieren könnte, sei jeden Tag eine Prinzregentenschnitte aus der nahen Konditorei. Vielleicht bekommen wir das etwas weniger profan hin?"

Enzio dachte eine Weile nach und dann wandte er sich an die Madonna:

„Scusami, Santa Madre de Dio."

Dann lächelte er still in sich hinein, sodass Katja immer gespannter wurde auf das, was er sagen würde.

Enzio brach sein Schweigen mit einer weiteren entschuldigenden Geste in Richtung der Madonna und flüsterte dann:

„Am schönsten war es, wenn wir miteinander Sex hatten."

„Ich nehme an, dass das der Mutter Gottes nicht ganz fremd ist und ich hoffe, dass wir das noch sehr oft und intensiv genießen können."

„Natürlich, aber was passiert, wenn mein Körper immer weniger funktioniert?"

„Hm, da hab ich keine Ideen, weil ich es mir so schrecklich schwer vorstellen kann."

„Ich denke, du könntest dir erotische Geschichten ausdenken, die du mir vorliest. Dann kann ich mich wenigstens daran erinnern."

„Verzeih mal", Katja schaute nun auch um Entschuldigung bittend hinauf, „ich kann doch nicht von wippenden Penissen und feuchten Mösen schreiben!"

„Du verstehst mich falsch, ich wünsche mir keine Pornos, sondern erotische Geschichten."

Katja nahm Enzios Hand in die ihre. Lange saßen sie schweigend beieinander. Schließlich lächelte sie und flüsterte:

„Ich glaube, das ließe sich machen."

Nach einer kurzen Pause fuhr sie fort:

„Heilige Mutter Gottes, wir danken dir für diesen Moment, den du uns in deiner Kapelle und deiner Gegenwart geschenkt hast. Gib, dass es uns beiden gelingt, die letzten Monate, die Enzio noch gegeben sind, wenn schon nicht zuversichtlich, so doch möglichst fröhlich durchleben zu können. Und wenn wir dich gerade schockiert haben, bitte sieh es uns nach. Und eines noch: Heilige Mutter Gottes, bitt für uns."

„Ja, bitt für uns. Amen", schloss Enzio.

Draußen erwartete sie bereits der Mesner, der den Schlüssel und zehn Mark in Empfang nahm.

„Senn die Märgla edserd a Spende oder a Dringgäld?", fragte er verschmitzt lächelnd, woraufhin ihm Enzio weitere zehn Mark gab.

„Damit die Entscheidung leichterfällt."

Als sie außer Hörweite waren, stellte Katja vor Lachen glucksend fest, dass die Entscheidung doch längst gefallen sei.

„Jetzt sind es halt 20 Mark Trinkgeld."

„Macht ja nix. Komm, jetzt essen wir was Schönes zu Mittag."

Im Löwen wurden sie ebenso herzlich wie erfreut begrüßt. Seit der Wirt die halb erfrorene Katja nach dem Streit mit Onkel Schorsch wieder aufgepäppelt hatte, war ihnen das Gasthaus zum Löwen in Volkach so etwas wie ein Naherholungsgebiet geworden. Hierher konnten sie sich auf einen Schoppen oder zu einem guten Essen zurückziehen, wenn sie geschützt vor der geballten Familie im Schloss allein sein wollten.

„Wir haben droben in der Kapelle gebetet. Das macht hungrig."

„Und a weng an Durschd habder hoffendlich aa?"

Beide nickten.

Es war das letzte Mal, dass sie zusammen ausgegangen sind.

Wenige Tage später kam Andres Gasser nach Allsberg. Enzio redete kurz mit ihm und war beeindruckt vom hervorragenden Abschlusszeugnis der Fachschule für Obst-, Wein- und Gartenbau in Laimburg in Südtirol. Er riet Katja zur Einstellung. Sie wurde mit ihm schnell handelseinig, zumal es ihr in erster Linie darum ging, in der Zeit der Pflege ihres Mannes den Rücken frei zu haben. Die alltäglichen Sorgen und Probleme ihrer Betriebe hörten ja nicht auf.

Später, an einem Wochenende kam Professor Nüsslein kurz vorbei. Er wollte sich informieren, wie der Patient untergebracht sei und fand alles perfekt. Schwester Edith bekam von ihm seine Privatnummer und gerade wollte er sich verabschieden, als Enzio urplötzlich aufschrie. Was er sagte, war unverständlich, aber er hielt sich mit beiden Händen den Kopf.

Schnell spritzte Professor Nüsslein ein starkes Schmerzmittel und als dieses zu wirken begann, wandte er sich an Katja:

„Verzeihen Sie meine Worte, ich kann es nicht anders ausdrücken, aber solche Anfälle sind leider normal. Der Tumor wächst und findet in der Hirnschale keinen Platz. Das führt zu erheblichen Schmerzen. Ich nehme an, dass wir in absehbarer Zeit keine andere Wahl haben werden, als den Schädel zu öffnen, um Platz zu schaffen. Das kann ohne Nebenfolgen abgehen, aber, ob das so sein wird, kann man nicht voraussagen. Auf jeden Fall wird ein solcher Eingriff zur Schmerzlinderung führen, inwieweit dadurch allerdings Steuerungsfunktionen des Gehirns beeinträchtigt werden, kann man, wie gesagt, nicht voraussagen."

„Herr Professor, Sie haben es ja selbst gehört: Mein Mann wünscht keine lebensverlängernden Maßnahmen, aber er möchte so gut es geht schmerzfrei sein, solange er am Leben ist."

Enzio war natürlich nicht von einem Tag zum anderen zu einem bettlägerigen Patienten geworden. In den Tagen nach der Diagnose in Würzburg konnte er sich noch frei bewegen. Dennoch schien es so, als habe das Wort „Gehirntumor" den Prozess der Erkrankung beschleunigt. Es begann damit, dass er einen Arm nicht mehr richtig bewegen konnte und bald schon fiel ihm das Gehen so schwer, dass er tatsächlich die meiste Zeit des Tages in einem Sessel saß oder sich hinlegen musste.

An einem Abend dieser frühen Phase las Katja ihrem Mann ihre erste erotische Geschichte vor:

Der Sohn des Köhlers.

Nachdem der Meiler angezündet war, die Luftlöcher zogen und gleichmäßiger weißer Rauch in den Himmel stieg, ließ der Köhler seinen Sohn im Wald zurück. Dessen Aufgabe war es nun, Acht zu geben, dass der Meiler nicht zu heiß würde. Dazu musste er regelmäßig zum nahen Bach laufen, um dort Wasser zu holen, damit die Decke feucht- und dichtgehalten werden konnte. Insgesamt war das eine langweilige Arbeit, zumal sie sich über Wochen hinziehen konnte.

An einem sonnigen Nachmittag schöpfte der junge Mann gerade Wasser aus dem Bach, als er hörte, wie sich ein Pferd näherte. Da er allein und unbewaffnet war, versteckte er sich in einem nahen Busch und beobachtete seine Umgebung misstrauisch.

Doch schon bald beruhigte er sich, als er sah, dass auf dem näherkommenden Pferd ein wunderschönes Mädchen saß. Er konnte ihr schwarzes Haar und ihre blendend weiße Haut erkennen. Nicht weit von seinem Versteck entfernt stieg sie aus dem Sattel, band ihr Pferd an einen Baum und lief auf den Bach zu. Mit der Fußspitze prüfte sie die Temperatur des Wassers. Dann setzte sie sich ans Ufer und begann sich zu entkleiden. Der Köhlerbursch traute seinen Augen nicht, denn bald schon stand das Mädchen wie Gott es geschaffen hatte in den glucksenden Fluten des Baches. Zwar fiel ihr Haar über ihre beiden kleinen Brüste, aber dennoch waren die beiden rosaroten Spitzen zu sehen. Und als sie sich bückte, um mit den Händen Wasser zu fassen, erkannte er ebenfalls rosarot das, von dem die älteren Köhlerburschen so oft erzählten und sagten, dort befände sich das Himmelreich auf Erden.

Der Sohn des Köhlers wusste nicht, dass das Mädchen, dass seine Blicke und Gedanken bannte, die Tochter aus dem nahen Königsschloss war. Jetzt in den heißen Sommermonaten hatte sie es sich zu Gewohnheit gemacht, heimlich auszubüxen, wenn der ganze Hofstaat unter der Hitze stöhnend einen langen Mittagsschlaf hielt.

Nachdem sich die Prinzessin genügend erfrischt hatte, kleidete sie sich wieder an, was ihrem Beobachter fast ebenso anmutig vorkam wie das Ablegen des Rocks und der Bluse, was er zuvor beobachten durfte.

Dann schwang sich das Mädchen in den Sattel und ließ einen verwirrten jungen Mann zurück.

In dieser Nacht schlief er schlecht. Im Traum wiederholte sich immer wieder, was er gesehen hatte.

Den nächsten Morgen verwendete er dazu, die Decke des Meilers mit besonders viel Wasser zu begießen, denn er wollte vermeiden, von seinen Pflichten gerufen zu werden, wenn, wie er hoffte, das bezaubernde Mädchen am Nachmittag wiederkommen sollte. Gegen Mittag erklomm er einen Baum, dessen Äste weit über den Bach hinausragten und wartete.

Und tatsächlich, bald schon hörte er die Hufe eines Pferdes. Wieder band das Mädchen das Tier an einen Baum, wieder prüfte sie mit ihrer zierlichen Fußspitze die Temperatur des Baches und wieder entledigte sie sich mit knappen Bewegungen ihrer Kleidung. Der Sohn des Köhlers konnte sein Glück nicht fassen, unter dem Ast, auf dem er saß, entfaltete sich das Schönste und gleichzeitig Aufregendste, was er in seinen jungen Jahren je gesehen hatte.

Er beugte sich vor, um noch besser sehen zu können. Da machte es zuerst „knack" dann „platsch" und der junge Mann landete in seiner schwarzen Köhlerkleidung direkt vor der Badenden, die natürlich erschreckt war, aber schon bald lachte. Sie hatte noch nie einen so schmutzigen Menschen gesehen. Sie nahm ihm seine verrußte Lederkappe vom Kopf und wusch ihm Gesicht und Haare. Bald hatte sie das von goldenen Locken umrahmte Antlitz eines hübschen jungen Mannes in ihren Händen. Nun zog sie ihm sein ebenfalls schwarzes ledernes Hemd aus. Als sie mit ihrer Hand über den schmutzigen Körper fuhr, hörte sie ein leises Seufzen und als sie die Augen ihres Gegenübers suchte, sah sie, dass dieses Seufzen größte Zufriedenheit ausdrückte. Obwohl es für sie neu war, verwunderte es sie nicht, plötzlich die Hände des jungen Mannes an ihren Brüsten zu fühlen. Er streichelte sie und auch ihr gefiel dies so sehr, dass auch sie froh seufzte. Nachdem der Oberkörper gesäubert war und man erkennen konnte, dass die Brust des jungen Mannes mit feinem goldenem Haar bedeckt war, wurde sie plötzlich heftig umarmt. Auf ihren Lippen spürte sie den Mund des Fremden und als dessen Zunge sich ihren Weg zu der ihren bahnte, lief ein wonniger Schauder durch ihren ganzen Körper Aber noch war der Dreckspatz nicht vollkommen gewaschen und deshalb zog die Prinzessin dem Köhlerburschen seine dreckstarrede Hose aus. Wie erwartet war er darunter ebenso rußverschmiert wie am Rest seines Körpers. Aber zwischen seinen Beinen gewahrte die Prinzessin etwas, was sie noch nie gesehen hatte. Sie begriff allerdings sofort, dass das nur das sein konnte, worüber die Köchinnen und Zimmermädchen im Schloss immer giggelten und lachten, wenn sie über Männer sprachen. Zunächst aber begann sie, dieses Ding zu waschen, wie alles andere an dem jungen Mann auch. Zu ihrer Verwunderung wuchs dieses seltsame Etwas unter ihren Händen, was dem Burschen überaus gut zu gefallen schien. Er lachte und stöhnte abwechselnd und dann tastete er mit seinen Fingern nach dem, was sich unter dem schwarzen Flaum ihres Gärtleins zwischen den Beinen befand. Ebenso wie das Streicheln ihrer Brust, fand die Prinzessin, er solle möglichst nicht so schnell damit aufhören. So erkundeten die beiden eine lange Weile ihre Körper, bis sich der Köhlerbursch an das Himmelreich auf Erden erinnerte. Als sich endlich ihre beiden

Körper vereinigten, drangen aus ihren Kehlen Laute der Lust, die ihnen bis zu diesem Moment unbekannt gewesen waren.

Als sie erschöpft im seichten Wasser des Bachs lagen, bemerkte die Prinzessin, dass die Sonne bereits bedenklich tief stand. Schnell gab sie ihrem Liebsten einen Kuss auf den Mund, zog sich an und ritt davon.

Ungeduldig wartete der Sohn des Köhlers am nächsten Nachmittag auf die Himmelsgestalt, zu der sich das fremde Mädchen in seinen Gedanken immer mehr verwandelt hatte. Als sich die Prinzessin endlich auf ihrem Pferd näherte, sah sie den jungen Mann bereits im Bach liegend. Die Sonne ließ den Körper hell scheinen und auf der Brust schien das schiere Gold zu wachsen. Doch ach, zwischen den Beinen war er wieder so verdreckt, als hätte sie ihn am gestrigen Tage nicht gesäubert. Die Prinzessin lächelte und verstand, denn auch ihr hatte es ausnehmend gefallen, unter ihren Händen das wachsen und gedeihen zu sehen, was auch heute wieder der Säuberung bedurfte. Und so wiederholte sich das Spiel, das die beiden bereits gestern so sehr genossen hatten. Nur diesmal schien, als wäre ihre Lust drängender. Sie wussten ja nun, was sie voneinander erwarten konnten. Und tatsächlich gelang es dem jungen Mann immer wieder, seine Prinzessin fast bis zur Besinnungslosigkeit zu bringen, wobei er sich eingestand, dass es ihm nicht viel anders erging.

Als die Sonne sich senkte, ergriff die Prinzessin ihre Kleider und verschwand unter dem Getrappel ihres Pferdes.

Am nächsten Tag, die Sonne stand bereits hoch, kehrte sie zurück und fand den so geliebten Ort in emsiger Geschäftigkeit. Der Köhler war mit seinen Gehilfen gekommen, um den Meiler zu öffnen. Seinen Sohn hatte er fortgeschickt, damit er an einem anderen Ort über den Vorgang der Herstellung von Holzkohle aufpasse.

Traurig setzte sich die Prinzessin unter den Baum und dachte an den geknickten Ast, mit dem alles begonnen hatte. Während sie ihrem Geliebten nachtrauerte, bemerkte sie, dass sie kein einziges Wort mit ihm gewechselt hatte …"

„Das war eine schöne Geschichte, danke. Aber hast du nicht gesagt, wir wollten sie nachspielen? Hast du die Holzkohle schon vorbereitet?"

„Spinnst du? Wir versauen doch das ganze Bett."

„Also war das mit dem Nachspielen ein leeres Versprechen?"

„Man kann nicht alles nachspielen, aber man kann sich inspirieren lassen."

„Inspiriert bin ich schon lange, aber du sitzt ja da so brav auf dem Stuhl neben meinem Bett. Wenn du noch lange rummachst, ist es aus mit der Inspiration."

Katja sah ihrem geliebten Mann tief in die Augen, dann stand sie ruckartig auf und begann, sich ganz langsam auszuziehen. An den Augen Enzios und an den Verwerfungen der Bettdecke erkannte sie, dass dessen Inspiration umso heftiger wurde, je langsamer sie sich bewegte. Als sie ihm schließlich die Decke wegzog und sich auf ihn legte, murmelte er nur

„Endlich!“

Und dann gelang das Nachspielen geradezu grandios.

Insgesamt hat Katja etwa dreißig erotische Geschichten aufgeschrieben. Sie schrieb sie in eine Kladde, die sie später in der neuen Bibliothek verwahrte. Als Titel schrieb sie auf die erste Seite:

„Trost vor dem Tod.“

„Erotische Geschichten für einen Sterbenden.“

Tatsächlich war die Zeit der Pflege ihres Mannes für Katja nicht so lustig wie es klingt. Sie las ihm nicht nur aufregende Geschichten vor. Wenn sie es tat, waren es Momente der Fröhlichkeit, die leider immer seltener wurden. Katja, die sich vorgenommen hatte, ihrem Mann jeden Moment bis zu seinem sicheren Tod beizustehen und ihm zur Seite zu sein, bemerkte bald, dass sie die ständige Konfrontation mit dem Leid und dem Schmerz überforderte. Jeden Tag von Neuem stellte sie fest, wie dankbar sie Schwester Edith war. Dank ihrer Hilfe wusste sie zwar wie schwierig, aufreibend und entsagend die tägliche Pflege war, aber sie musste nicht ständig zusehen, wie ihr Ehemann litt. Es war schon schlimm genug, den rapiden Abbau mit ansehen zu müssen. Oft waren es nur kleine Dinge, die verloren gingen. Das Sprechen wurde mühsamer. Enzio bemerkte, dass ihm besonders das Laufen zunehmend schwerer wurde und er fürchtete sich vor den immer wiederkehrenden unerträglichen Schmerzattacken. Wenig später kamen die Krämpfe hinzu. All das waren Einschnitte, die wie Warnrufe an das absehbare und offenbar nahe Ende erinnerten.

Anna hatte die neue Situation zunächst gar nicht wirklich

wahrgenommen. Soffi und Ilaria hatten ihre Beaufsichtigung und Erziehung nahtlos übernommen. Sie war nun ein zweijähriges Kind, das quirlig und andauernd plappernd ihre Mitmenschen erfreute. Ihr südlicher Teint, ihre grünen Augen und Haare erfreuten Ilaria, die in ihr die Italienerin sah, während die Soffi vor Liebe für das Kind schier zu platzen schien. Es war, als bündele sie ihre Liebe für Karl, Anton und Katja auf dieses kleine Persönchen.

Dann kam aber doch der Moment, als Anna die ständige Abwesenheit ihrer Eltern bemerkte. Als die Tür zum elterlichen Schlafzimmer einmal offenstand, schlüpfte sie hinein und fand sich mit einem Mal allein mit ihrem Vater, der bewegungslos im Bett lag. Wie sie es gewohnt war, hüpfte sie hinauf und kuschelte sich an ihn. Anna erschrak, als sie nicht wie gewohnt umarmt wurde, sondern lediglich ein unartikuliertes Murmeln hörte.

Verstört rannte sie aus dem Zimmer und suchte ihre Mutter, die sie schließlich im Büro fand. Weinend warf sie sich in deren Arme und als sie wieder reden konnte, fragte sie, was mit ihrem Papa los sei. Darauf war Katja nicht vorbereitet und dieser Umstand machte ihr schlagartig klar, dass sie in den vergangenen Wochen ihr Kind vernachlässigt hatte. Ohne jede Vorankündigung stieg in ihr eine unbändige Wut hoch. Womit hatte Anna das verdient? Wie konnte es sein, dass diesem Kind in nur zwei Jahren Lebenszeit zwei Väter wegstarben? Was war los? Lag ein Fluch auf der Burg Altspaur und dem Schloss Allsberg? Was war falschgelaufen?

Bevor sie sich aber mit der Beantwortung dieser Frage beschäftigte, drückte sie Anna ganz fest an sich und nahm sich vor, trotz aller Hindernisse mehr Zeit mit ihrer Tochter zu verbringen.

Später würde Anna immer sagen, sie habe drei Mütter gehabt. Ilaria nannte sie ihre kulinarische Mutter, weil sie sie mit Plätzchen und gutem Essen verwöhnte. Soffi war ihre Naturmutter, weil sie bei ihr den Umgang mit Hühnern, Stallhasen und dem Garten lernte. Und Katja war die Mutter, die ihr durch Vorlesen und Erzählungen die Welt außerhalb der Schlossmauern nahebrachte.

Glücklicherweise war Anna noch zu klein, um sich später konkret an die Zeit des Leidens und Sterbens ihres Vaters erinnern zu können. Da war nur etwas Dunkles und Trauriges, das sie nicht an etwas Bestimmtem festmachen konnte. Wenn sie viele Jahre später die Fotos ihres Vaters anschaute, dann sah sie einen fremden Mann, von dem sie wusste, dass sie ihn geliebt hatte, an den sie sich aber nicht erinnerte. Glücklicherweise erinnerte sie sich auch nicht daran, wie ihr Vater wegen der unerträglichen Schmerzen im Kopf schrie.

Irgendwann halfen auch starke Schmerzmittel nicht mehr und Enzio musste nach Würzburg zu Professor Nüsslein auf die Station.

„Es ist eine komplizierte Operation. Es ist nicht nur so, dass der Tumor wächst, er drückt auch auf eine oder mehrere Blutadern, wodurch die Versorgung des Gehirns mit Sauerstoff gefährdet sein kann. Wir müssen den Tumor verkleinern, um Platz zu schaffen, aber ich kann Ihnen nicht sagen, ob wir dabei Teile des gesunden Hirns schädigen werden. Wir haben nur die Wahl zu operieren oder Ihren Mann bis zu seinem Tod derart zu sedieren, dass er wie ein schnaufender Leichnam wirken wird. Entschuldigen Sie, Gräfin, ich weiß, das kann man auch schonender sagen. Es liegt mir jedoch daran, Ihnen die Schwere der Situation ganz klarzumachen."

Katja willigte ein, man solle den Eingriff vornehmen. Wenige Tage später brachte der Krankentransporter Enzio nach Allsberg zurück. Er hatte nun vorerst keine Schmerzen mehr, aber er konnte nicht mehr richtig sprechen.

Der Kommunikation zwischen ihm und Katja tat das keinen Abbruch, sie verstanden sich ohne Worte. Nur, es passierte immer wieder, wenn Enzio etwas zum Betrieb sagen wollte, dann merkte er, dass er nicht verstanden wurde, und Katja erkannte die Verzweiflung in seinen Gesichtszügen.

Das Leiden endete am 2. Februar 1988. Die letzten Wochen hatte Enzio fast nur noch geschlafen. Das Atmen fiel ihm immer schwerer. Professor Nüsslein meinte bei seinem letzten Besuch, nun habe der Tumor den Bereich des Hirns erreicht, der die Atmung regelt.

„Ob er an Sauerstoffmangel sterben wird oder ob vorher aus demselben Grund das Herz nicht mehr mitmacht, kann man nicht voraussagen. Für ihn wäre es das Beste, wenn er das Bewusstsein nicht mehr erlangen muss. Ich weiß, Gräfin, das ist eine grausame Perspektive. Jetzt ist es Zeit, an den Patienten zu denken und ihm das Sterben leicht zu machen."

„Sie wollen damit sagen, dass ich danach zum Trauern und Weinen noch genügend Gelegenheit haben werde?"

Der Professor beantwortete die Frage nicht. Er verabschiedete sich von Katja. An der Tür traf er mit Schwester Edith zusammen und sprach ihr seine Anerkennung und Bewunderung für das aus, was sie in den vergangenen Monaten auf Schloss Allsberg geleistet hatte.

Enzio wurde im Familiengrab der Grafen Altspaur in Eppan begraben. Mit ihm starb die Familie aus. Es war nun in sieben Jahren das zweite Mal, dass Katja dem Grab eines geliebten Menschen ein zerbrochenes Familienwappen beigeben musste. Mit der Familie waren auch deren Insignien erloschen.

17. Kapitel

Allsberg, im März 1988

Katja wunderte sich, dass sie nach dem Tod ihres Mannes nicht in ein tiefes Loch der Verzweiflung und der Trauer gefallen war. Zunächst machte sie sich selbst Vorwürfe, sie sei herzlos. Sie dachte, eine Witwe sei zwangsläufig am Boden zerstört und verbringe ihre Nächte damit, ins Kissen zu weinen. Nichts von dem geschah.

Bei einem ihrer Teebesuche bei Groma berichtete sie ihrer Großmutter von ihrer „Abnormalität".

Zu Katjas Verwunderung lächelte die alte Dame in sich hinein. Dann schaute sie ihr tief in die Augen und sagte:

„Trauer geht so ähnlich wie Liebe. Schau, meine Liebe zu deinem Großvater, der ja vierzehn Jahre älter war als ich, wuchs mit der Zeit unserer Ehe. Als er drei Jahre nach dem Krieg plötzlich an einer Lungenentzündung starb, war er gerade mal 58 Jahre alt. Sein Tod kam plötzlich und unvorbereitet und so war es auch mit der Trauer. Gleiches passierte beim Tod meiner Enkel Karl und Anton. Nur beim Selbstmord meines Sohnes, deines Onkels Schorsch, war es anders. Da war ich extrem erbost. Man erschießt sich nicht! Das ist Feigheit vor den Zeitläuften und rücksichtslos gegen die Hinterbliebenen. Natürlich habe ich ihn auch betrauert, aber wenn du so willst, mit der geballten Faust in der Manteltasche. Die Trauer um meinen Mann kam so plötzlich wie bei dem, was die Franzosen „coup de foudre“ nennen, der urplötzlichen Liebe auf den ersten Blick. Bei dir ist es anders. Du konntest dich in die Trauer einleben wie ich in meine Ehe. Ich wusste, dass es Liebe war. Weil sie bei mir erst wachsen musste, empfand ich sie nicht als das elementare Ereignis einer neuen Liebe, die dich an allem hindert, was nichts mit ihr zu tun hat. So ist es jetzt mit deiner Trauer. Du wusstest seit eurem ersten Besuch in der Uni-Klinik, dass Enzio bald sterben musste, und warst wahrscheinlich von diesem Moment an traurig. Mach dir also keine Gedanken. Du bist nicht herzlos, du hast dich halt schon seit Monaten an die Trauer gewöhnt.“

Katja stand auf und küsste ihre Großmutter auf beide Wangen.

„Danke, Groma, du hast mir sehr geholfen.“

Die aber lächelte erneut und dann sagte sie ganz leise: „Gewöhne dich schon mal an die Trauer um mich. Ich werde bald 84 Jahre alt. An sich bin ich gesund, aber ich merke, dass meine Kräfte schwinden. Lange wird es nicht mehr gehen, und ehrlich gesagt, ich hab auch keine Lust mehr.“

Nun nahm Katja die Hand ihrer Großmutter und küsste sie.

„Groma, ich kann dich verstehen. Aber traurig werde ich erst dann sein, wenn du gestorben bist.“

Die schmale Hand der Großmutter fühlte sich kalt an und die blauen Adern stachen noch mehr hervor als sonst.

Nach diesem Gespräch fühlte sich Katja gestärkt. Zunächst nahm sie sich vor, sich mehr um ihre Tochter Anna zu kümmern. Das stellte sich als gar nicht so einfach heraus, weil die fast Dreijährige in der Liebe von Ilaria und Soffi gut aufgehoben schien. Zudem führte sie mit Onkel Peers Hund Bonzo ein fast symbiotisches Leben.

Es war Anna selbst, die ihr zeigte, wo noch eine Nische der Betätigung für sie blieb. Immer wenn sie sie nun abends ins Bett brachte, verlangte sie eine Geschichte. Zunächst erfand Katja wunderbare Märchen. Als sie bemerkte, dass ihr nichts Neues mehr einfiel, begann sie Märchen vorzulesen. Anna liebte „Des Kaisers neue Kleider" von Andersen ganz besonders.

Es war aber nicht nur Anna, die Katjas Aufmerksamkeit verlangte. Da war schließlich auch noch der Betrieb.

Besonders hatte es ihr einmal mehr der Wald in der Rhön angetan. Es tat ihr gut, wenn sie sich unter all den Bäumen bewegte und sie war ehrlich genug, zuzugeben, dass die Distanz zu Allsberg eine Wohltat war.

Irgendwann fragte sie bei Andres Gasser nach, wie es denn in der Kellerei liefe. Es war ihr aufgefallen, dass sehr viel häufiger riesige Tanklastwagen vorfuhren. Der Kellermeister erklärte ihr, dass der Weingroßhandel floriere, er habe eine Marktnische gefunden und kaufe nun durchaus profitabel überschüssigen Wein auf, den er nach Italien verkaufe. Katja freute dieser Erfolg.

Etwas später, es muss wohl in der Osterwoche gewesen sein, fiel ihr ein, dass sie seit langer Zeit die Frage der im Keller lagernden Kunstschätze vernachlässigt hatte. Sie wollte all das loswerden. Zwar wurde ihr immer wieder versichert, dass niemand mehr einen gesetzlichen Anspruch auf die von ihrem angeheirateten Stiefonkel geklauten Gemälde, Drucke und Zeichnungen habe, dennoch lastete die schiere Anwesenheit des geraubten Schatzes in ihrem Keller auf ihrem Gewissen. Mit Robert Wagner, ihrem Anwalt, konnte sie darüber nicht reden, denn der versicherte ihr nur, juristisch sei alles in Ordnung und mit dem Jewish Claims Council in Frankfurt hatte sie durchaus ambivalente Erfahrungen gemacht. Es blieb nur Onkel Peer. Von ihm, dem erfahrenen Diplomaten, erhoffte sie sich Rat. Nach dem Familien-Käffchen am Donnerstag nach Ostern bat sie ihn auf einen Spaziergang durch den Park. Nachdem er Katja zugehört hatte und Bonzo dazu gebracht hatte, nicht jeden Strauch oder Busch anzubellen, blieb er stehen.

„Ich habe natürlich von dem Schatz gehört, auch von der Art und Weise, wie er in den Besitz der Familie gekommen ist. Ich kann mir vorstellen, wie dich das alles umtreibt. Ich kann es deshalb so gut verstehen, weil in meiner Zeit als Botschafter in Neuseeland eines schönen Tages eine Kiste aus Bonn ankam, die voller wunderbarer Gemälde war. Auf Anfrage in Bonn wurde mitgeteilt, es handele sich um Eigentum der Bundesrepublik. Man habe sich entschlossen, den Bestand diverser Depots nicht nur auf die Gänge und Amtsstuben der Bundesbehörden zu verteilen, sondern auch die Botschaften zu Zeugen deutscher Kultur zu machen. Wir wurden angewiesen, die Gemälde an prominenter Stelle aufzuhängen. Nun bin ich kein großer Kunstkenner, aber so viel wusste ich auch schon damals, dass man nämlich die Provenienz von Bildern, also die Frage, woher diese eigentlich stammen, meistens auf Stempeln, Aufklebern oder anderen Hinweisen auf der Rückseite der Bilder feststellen kann. Zu meinem Erstaunen fehlten derlei Hinweise auf den im erhaltenen Konvolut gänzlich. Wohl aber war erkennbar, dass dort Aufkleber entfernt und Stempel zumindest teilweise ausradiert worden waren. Mein Verdacht, dass es sich um Kunstgegenstände handeln könnte, die während der Nazizeit in den Besitz des deutschen Staates gelangt waren, um es einmal so neutral wie möglich auszudrücken, wurde bestätigt, als ich auf Anfrage hierzu keine Antwort bekam. Wahrscheinlich weißt du nicht, dass Neuseeland 1947 eines der wenigen Länder war, das dem UN-Teilungsplan von Palästina zustimmte und damit erst die Gründung des Staates Israel möglich machte. Die Beziehungen zwischen beiden Ländern waren immer sehr gut und die Vorstellung, meinen israelischen Kollegen zu einem Empfang in der Botschaft einzuladen, an deren Wänden den Juden in Deutschland geklaute Bilder hingen, trieb mir den Angstschweiß auf die Stirn. Deshalb verbannte ich die Kiste samt den enthaltenen Bildern in den Keller der Botschaft und beließ es, was die Dekoration der Wände anging neben den Fotos der Bundespräsidenten bei Abbildungen von den Sehenswürdigkeiten Deutschlands. Übrigens hat mich irgendjemand meiner Mitarbeiter in Bonn verpfiffen. Ich nehme an, dass meine Entscheidung in meiner Personalakte negativ vermerkt wurde.

Aber ich rede von mir, wo es doch um deine Kisten im Keller geht. Sei mir nicht böse, aber ich würde gerne einmal einen Blick auf das werfen, was da unter den Mauern des Schlosses verborgen liegt. Passt es dir morgen? Bis dann werde ich die Zeit nützen, um mir zu überlegen, was wir tun könnten."

Nach dem Frühstück am nächsten Morgen trafen sich Katja und ihr Onkel Peer am Kellereingang. Unten roch es modrig, wie so oft in alten Kellern. Als Katja allerdings die neu eingelassene Tür unter dem Südturm öffnete, empfing sie die trockene Luft, die schon in den Jahrzehnten zuvor dafür gesorgt hatte, dass alles, was dort eingelagert worden war, keine Schäden genommen hatte.

„Katja, ich muss gestehen, dass ich aufgeregt bin. Es gibt wohl nur selten Menschen, die so ungehindert wie wir beide, unschätzbar wertvolle Kunst aus solcher Nähe anschauen können."

„Dass diese Dinge hier unten wertvoll sind, ist unbestritten. Was sie wirklich wert sind, wurde bisher noch nicht festgestellt."

Während Katja die vorn stehende Kiste öffnete, streifte sich Onkel Peer Handschuhe über und kommentierte:

„Das sind nicht die typischen weißen Baumwollhandschuhe der Kunstgelehrten. Diese hier hat mir die Frau eines der Posaunisten aus dem Bläserchor zu Weihnachten geschenkt. So was brauch ich, wenn ich die Tuba putze. Heute werden sie die Kunstwerke perfekt schützen."

Während er nun einzelne Stücke aus der Kiste entnahm, fiel Katja auf, dass er sich nur oberflächlich für die Motive der Bilder interessierte, vielmehr inspizierte er deren Rückseiten.

„Siehst du, keines der Bilder trägt den Aufkleber oder den Stempel eines öffentlichen Museums. Was ich erkenne, sind Stempel bekannter Kunsthändler. Nur dieser Aufkleber hier erzählt uns, dass das Werk einmal im Albertinum in Dresden ausgestellt war."

Er drehte das Bild um.

„Kein Wunder, es ist ja auch ein Schmidt-Rottluff."

Nachdem er die Bilder der ersten Kiste inspiziert hatte, entledigte sich der alte Diplomat seiner Handschuhe und setzte sich auf die Kiste daneben.

„Eines haben wir nun festgestellt, niemand hat sich die Mühe gemacht, die Herkunft dieser Bilder zu verschleiern. Entweder ist man nicht mehr dazu gekommen, oder aber der Täter war zu wenig mit dem Kunstmarkt vertraut, um die Wichtigkeit dieser Erkennungszeichen zu kennen."

„Da tippe ich auf Letzteres, denn Erich Brandl war ein ziemlicher Banause."

„Woher weißt du das, Katja? Was weißt du überhaupt von diesem Mann?"

„Ich habe nur mit Groma und Onkel Schorsch über ihn geredet. Die drei Tanten müssen ihn womöglich gesehen haben, aber gekannt haben sie ihn sicher nicht, denn er sorgte für Abstand zur Familie. Das hat Tante Uta auch respektiert, zumindest so lange, wie die beiden als Ehepaar noch zusammenlebten. Groma hat mir erzählt, dass Erich Brandl Müllergeselle aus Aichach war. Er hat dann bei den Nazis Karriere gemacht, wohl auch deshalb, weil er deren Rassevorstellungen zu einhundert Prozent entsprach. Groma sagte, er habe blendend ausgesehen, aber er habe sich nicht benehmen können und mit seinem breiten bayerischen Dialekt habe man ihn an sich nirgendwo vorzeigen können. Insofern war man froh, dass er keinen Kontakt zu uns suchte."

„Zu uns? Du warst doch damals noch gar nicht auf der Welt. Deine Identifizierung mit der Familie geht manchmal sehr weit!"

„Was soll ich denn sonst machen, Onkel Peer? Auch wenn ich den Namen nie getragen habe, so bin ich doch die letzte Tröger. Carlitos heißt zwar Tröger, aber ob er je den Geist der Familie verstehen wird, ist doch sehr zweifelhaft. Er lebt auf Ibiza, wie soll er da erkennen können, was uns hier umtreibt und was wir hier für wichtig halten?"

„Vielleicht ist der Keller hier nicht der passende Ort, aber ich wollte dir schon lange einmal sagen, dass es wichtig sein wird, Carlitos nach Allsberg zu holen, wenn du sicherstellen willst, dass er später mal als Mitherr auf Allsberg mit dir oder deiner Tochter an einem Strang ziehen wird. Das aber nur nebenbei. Erzähle mir mehr von Erich Brandl."

„Onkel Schorsch hatte nur Verachtung für ihn übrig. Er hat mir einmal, nachdem ihm der Frankenwein den Mund geöffnet hat, erzählt, der Brandl sei ein Sexualathlet gewesen. Er habe Tante Uta, Onkel Schorschs Stiefschwester, vollkommen kirre gemacht und dabei niemals die Finger von anderen Frauen lassen können. Er hoffte, dass diese Fremdgeherei zu einer baldigen Scheidung führen würde, noch ehe ein Kind auf die Welt gekommen wäre. Da hat sich Onkel Schorsch leider geirrt, wie wir wissen. Was er dem Brandl aber wirklich übelgenommen hat, war, dass er seinen Vater in die NSDAP gezwungen hat."

„Gezwungen hat? Das klingt wie eine Ausrede. Wie kam das denn?"

„Mir hat das Onkel Schorsch so erklärt: Nachdem Brandl als hoher Nazi nach Würzburg kam, bemerkte mein Großvater Wendt, dass er gegen ihn und alles arbeitete, was mit der Familie seiner Frau zu tun hatte. Er habe es daran gemerkt, dass das ihm zugeteilte Saatgut knapp und von minderer Qualität gewesen sei und, was ihn offenbar besonders schmerzte, seine stets prämierten Schafböcke gingen plötzlich leer aus. Ein kleiner Bauer aus Zellingen, der allerdings ein großer Nazi war, räumte alle Preise ab. Großvater verstand sofort, dass er die Intrigen seines Schwiegersohnes nur abwehren konnte, indem er der Partei beitrat. Onkel Schorsch meinte damals, er habe deshalb seinem Vater schwere Vorwürfe gemacht, aber der habe mit einem entwaffnenden Argument geantwortet: „Ich lass mir von den Scheiß Nazis doch den Betrieb nicht kaputt machen." Onkel Schorsch hat das damals akzeptiert und ich muss dir gestehen, dass ich das, seit ich hier selbst wirtschafte, sogar ein wenig verstehen kann. Nazis oder andere Lumpen kommen und gehen, aber Allsberg und alles, was dazu gehört, der Besitz und die Einstellung zu ihm, das bleibt bestehen, komme was da wolle. Die Aufgabe derer, die den Besitz verwalten, ist es, das sicherzustellen."

„Du wirst es mir nachsehen, wenn ich an dieser Stelle des guten alten Karl Marx gedenke. Der meinte nämlich, dass das Sein das Bewusstsein bestimme. Offenbar ist der Geist von Allsberg so stark, dass er selbst dich, die junge, freisinnige und emanzipierte Frau in seine Schranken nimmt. Nimm mir diese Bemerkung bitte nicht übel, wahrscheinlich ist es sogar so, dass du, ohne den Geist von Allsberg zu übernehmen, deinen Job gar nicht machen könntest."

„Onkel Schorsch sagte, Herr auf Allsberg zu sein, sei kein Job, sondern eine Berufung. Ich merke das auch."

„Sag ich's doch! – Hey, das ist noch lange kein Grund, mich so giftig anzuschauen."

„Das war gemein, Onkel Peer. Dass ich lediglich giftig geschaut habe, hast du nur dem Umstand zu verdanken, dass ich dich brauche. Also sag mir, was hast du heute Morgen hier gelernt oder erfahren?"

„Eines ist ganz klar, dieser Brandl hat unschuldigen Menschen ihr Eigentum abgenommen, ohne die Dimension seines Tuns zu erkennen. Man muss wohl davon ausgehen, dass er all das für „entartete Kunst" hielt, glühender Nazi der er war. Dies hat aber seinem Erwerbssinn nicht geschadet, denn er wird geahnt haben, dass all das, was ihm womöglich nicht gefällt, einen Marktwert hat, zumal nach dem „Endsieg". Das kann uns allerdings am heutigen Tage egal sein. Tatsache ist, dass du dich von diesem unrechten

Erbe lösen willst. Den rechtmäßigen Erben wirst du nicht finden. Es ist ziemlich sicher, dass die bestohlenen Menschen Juden waren. Deshalb habe ich mir gedacht, dass wir alles zusammen der jüdischen Gemeinde in Würzburg übergeben."

„Ja, das ist eine wirklich gute Idee. Gleich morgen fahr ich nach Würzburg und rede mit dem Rabbi."

„Morgen wird nicht hinhauen, denn morgen ist Samstag, also Sabbat, da lässt sich kein Rabbiner der Welt auf ein geschäftliches Gespräch mit einer Schickse ein."

„Einer was?"

„Einer Schickse, das ist eine nichtjüdische Frau. Ich denke, wir sollten gemeinsam nach Würzburg fahren. Jetzt am Freitag können wir den Rabbi noch anrufen und ihn um einen Termin in der kommenden Woche bitten."

Wenige Tage später wurden Katja und ihr Onkel vom Rabbiner im jüdischen Gemeindezentrum in der Valentin Becker Straße sehr freundlich empfangen. Er wusste von dem Fund im Keller des Schlosses Allsberg, denn er berichtete, dass er damals, als die Kunstwerke in der oberen Bibliothek des Schlosses ausgestellt worden waren, mit einigen Gemeindemitgliedern dort gewesen war.

„Und", fragte Katja, „hat keiner Familieneigentum entdecken können?"

Der Rabbi verneinte und schmunzelte immer mehr, als ihm Katja darlegte, all den Schatz der jüdischen Kultusgemeinde zu übergeben. Als Katja geendet hatte, erwiderte er fast schon lachend:

„Gnädige Frau, Sie machen den Fehler, den die meisten Christen machen. Sie halten mich für einen Pfarrer und sie glauben, ich hätte hier in der Gemeinde das Sagen. Sie irren. Ich bin hier nur dazu da, um die Tora auszulegen. In organisatorischen Fragen kann ich womöglich mitreden, aber entscheiden kann ich nichts. Da ist der Vorsitzende zuständig. Und wenn der gut beraten ist, und ich werde ihn gut beraten, dann wird er ihr Angebot ablehnen. Wir haben weder Platz für die Lagerung und, was noch wichtiger ist, wir haben kein Geld, solche Werte zu versichern."

„Aber Sie könnten doch versuchen, die Kunstwerke an die berechtigten Familien auszuhändigen?"

„Zores habe ich auch so schon in Hülle und Fülle! Kennen Sie jüdische Familien? Die gönnen sich gegenseitig nicht die Butter auf dem Brot. Stellen Sie sich nur vor, wir geben ein Bild an Shlomo in Vancouver. Ich wette darauf, dass sein Vetter Chaim aus Melbourne ihn und womöglich uns drei Wochen später verklagt. Nein, nein, das muss alles nicht sein. Je länger ich darüber nachdenke, desto mehr kommt mir der Verdacht, dass Sie da ein Sie drückendes Problem auf uns abladen wollen."

Das war der Moment, den Onkel Peer nutzte, sein diplomatisches Geschick einzubringen:

„Herr Rabbiner, wahrscheinlich haben Sie recht. So haben wir die Sache noch nicht gesehen. Ich verstehe jetzt, für Sie ist unser Angebot eher ein Attentat. Wir hoffen, dass die verursachte Verärgerung keine bleibenden Folgen haben wird. Es ist uns sehr daran gelegen, gute, ja beste Beziehungen zur jüdischen Gemeinde in Würzburg zu pflegen. Bitte nehmen Sie unsere Entschuldigung an."

Offenbar waren diese Worte dazu angetan, den aufkeimenden Zorn des Rabbiners zu besänftigen. Er lehnte sich in seinem Stuhl zurück und schloss die Augen. Nach einer langen Weile schaute er seine Besucher an und das anfängliche Lächeln zeigte sich wieder auf seinem Gesicht:

„Gut, Ihre Entschuldigung ist angekommen, aber eine Sottise, sozusagen die Rache des Altphilologen, der ich auch bin, werden Sie mir zugestehen: „Timeo christianos et dona ferentes."

Onkel Peer lachte laut los und Katja, die kein Latein gelernt hatte, schaute ihn fragend an.

„Darf ich übersetzen?", fragte er den Rabbi, der lachend nickte.

„Das stammt aus Vergils Aeneis, als die Griechen, die Danaer, das hölzerne Pferd vor die Mauern des belagerten Trojas zogen. Der Priester Laokoon traute diesem Geschenk nicht. Was er sagte, hat der Rabbi etwas verändert: „Ich traue den Gójim nicht, auch wenn sie Geschenke machen."

„Und was sind die Gójim?"

„So nennen wir die Nichtjuden, ich muss zugeben, dass das manchmal mit einem abfälligen Unterton geschieht. Heute freue ich mich, in Dr. Brunnmeister einen Gesprächspartner gefunden zu haben, der jiddische Sprache, die immer weniger Menschen sprechen, ebenso versteht, wie die Vorbehalte meiner Glaubensgenossen."

„Letzteres ist ja auch kein Wunder", sagte Onkel Peer etwas kleinlaut.

Währenddessen hatte der Rabbi das Schubfach seines Schreibtisches geöffnet und legte eine Visitenkarte vor sich auf den Tisch, bevor er das Gespräch wieder aufnahm.

„Vielleicht kann Ihnen dieser Mann weiterhelfen. Er war neulich hier, um sich vorzustellen. Er beschäftigt sich mit der Identifikation von NS Raubkunst, also er hilft jüdischen Familien, das wiederzubekommen, was die Nazis ihnen geklaut haben. Ich denke, er könnte für Sie hilfreich sein."

Damit schob er die Visitenkarte zu Katja hinüber, die sie aufnahm und zunächst erbleichte und dann errötete.

Sowohl der Rabbi als auch Onkel Peer bemerkten dies, ließen es aber unkommentiert.

Man verabschiedete sich. Erst auf der Heimfahrt nach Allsberg fragte Onkel Peer eher beiläufig, ob Katja der Name auf der Visitenkarte etwas sage.

Ja, es ist ein Bekannter, Dr. Samuel Finkelsztajn. Ich kenne ihn von meinem Besuch beim Jewish Claims Council. Du, der Diplomat, würdest sagen, dass er bei unserem Treffen sehr streng mit mir gewesen ist."

18. Kapitel

Allsberg, im Sommer 1989

Während alle Welt auf die Ereignisse in Ost-Berlin schaute verbrachte Katja ihre freie Zeit am Bett ihrer Großmutter. Sie selbst hatte es angekündigt: Sie wurde immer weniger. Als der Arzt zum wiederholten Male feststellte, er könne keine konkrete Krankheit diagnostizieren, fiel ihm seine Patientin ins Wort und sorgte für eine Sprachregelung:

„Wenn man 85 Jahre alt ist, dann ist das für sich genommen schon eine Krankheit, machen wir uns nichts vor."

Letztendlich hatte sich niemand etwas vorgemacht, alle wussten, dass es mit ihr aufs Ende zuging, aber es hatte eben noch niemand ausgesprochen.

Für Katja wurde es nun einfacher, wenn sie an Gromas Bett saß und mit ihr redete. Es gab das Tabu des Todes nicht mehr. Das hatte sie bisher daran gehindert, offen zu sprechen.

An einem drückenden Augusttag, an dem sich einmal mehr bewies, wie klug Groma ihre Wohnung an der Nord-Ost Ecke des Schlosses gewählt hatte, gab sich Katja einen Ruck und fragte:

„Groma, mein Großvater, dein Mann ist vor 41 Jahren gestorben. Seither bist du Witwe. Du hattest deine Familie hier im Haus, aber Witwe bleibt Witwe. War das nicht schwer für dich?"

„Fragst du mich nach meinem Liebesleben? Sag's nicht weiter, aber das war nicht das Problem. Über Jahre hatte ich ein wunderbares Verhältnis mit Dr. Stiegler, unserem Hausarzt. Du erinnerst dich sicher an ihn. Wir haben ihm damals Karls Blutgruppe nach dessen Tod abgetrotzt. Er konnte mir halt nichts abschlagen. Als wir noch jünger waren, haben wir unsere Affäre nach Strich und Faden genossen. Es war herrlich mit ihm, weil keiner von uns je daran gedacht hatte, unser Verhältnis in legale Bahnen zu lenken. Wie auch, wir waren beide verwitwet und beide hatten wir kein Bedürfnis, daran etwas zu ändern. Es hat uns immer unbändigen Spaß gemacht, wenn wir beieinander waren. Manchmal war es nur wie ein Lausbubenstück, mit dem wir die Welt an der Nase herumführten, aber meistens war es wunderbar zu merken, einander so nahe sein zu können, einen Körper zu haben."

Die alte Dame lag in ihrem Bett, es schien, als schliche sich eine sanfte Röte auf ihre eingefallenen Wangen. Sie lächelte und nahm Katjas Hand in die ihre.

„Sag's nicht weiter. Ich habe dir das nicht ohne Grund erzählt. Komm morgen wieder, jetzt will ich an meinen geliebten Doktor denken."

Später saßen Katja und Anna beim Abendessen zusammen. Ilaria hatte den Rest der Polenta vom Vortag in der Pfanne angebraten. Dazu gab es eine herrliche Champignonsoße.

„Mamma, glaubst du, dass mein Papa in den Himmel gekommen ist?"

„Wie kommst du zu dieser Frage, mein Schatz? Natürlich ist dein Vater im Himmel."

„Gestern hat Ilaria gesagt, dass man nur in den Himmel kommt, wenn man immer den Rosenkranz betet und dabei an die Mutter Gottes denkt. Hat das mein Vater gemacht, und machst du es auch?“

„Weißt du, die gute Ilaria hat sicher recht, aber der Liebe Gott verlangt von uns nicht ständige Gebete. Ich denke, das Wichtigste ist, seine Mitmenschen zu lieben und darauf zu vertrauen, dass Gott und der Herr Jesus auf uns aufpassen.“

„Hai dimenticato la Santa Vergine.”

Anna war unwillkürlich ins Italienische gefallen, denn das war die Sprache, in der sie über Glaubensfragen redete, nämlich ausschließlich mit Ilaria.

Katja legte ihre Hand auf die ihrer Tochter und schaute sie voller Liebe an.

„Du hast recht, meine Süße, ich habe die Mutter Gottes vergessen.“

An diesem Abend holte sie die alte Kinderbibel aus der Bibliothek, aus der Tante Agnes vor Jahren ihren Söhnen Karl und Anton vorgelesen hatte. Von nun an wechselten abends Märchen mit Geschichten aus der Bibel ab. Zunächst bemerkte Anna den Unterschied nicht, und das war ganz in Katjas Sinn. Es ging ihr in erster Linie darum, ihrer Tochter die Inhalte der Bibel nahezubringen.

Nachdem Anna eingeschlafen war, hörte Katja aus dem Park Stimmen. Die drei Tanten saßen mit ihrem Schwager Peer unter dem Südturm und lachten. Katja beschloss, sich dazuzugesellen. Sie nahm ein Glas und einen Bocksbeutel mit nach unten. Gesellschaft würde ihr guttun.

Trotz des ausgelassenen Abends im Park schlief Katja schlecht. Sie sehnte sich nach Enzio, nach seinen Umarmungen, nach seiner Leidenschaft. Die Geräusche des erwachenden Schlosses erlösten sie von dieser unangenehmen

Nacht. Eine ausgiebige Dusche gab ihr die Frische und die Zuversicht, mit der sie für gewöhnlich ihre Tage begann.

Nach dem Frühstück ging sie hinüber ins Büro, in dem sie nun allein arbeitete. Frau März war schon vor einigen Jahren „bensernierd“ worden, um es mit ihren Worten auszudrücken.

Viel hatte sie nicht zu tun, der Weinbau und der Weingroßhandel liefen über das Büro im Dorf, die Buchhaltung wurde von einer Firma in Gerolzhofen besorgt und der Wald wurde von einem jungen Forstmann, den ihr Percy Zott empfohlen hatte, sehr zufriedenstellend verwaltet. Katja verließ sich darauf, dass alles gut lief, und da alle Betriebssparten guten Gewinn abwarfen, sah sie sich in ihrem Vertrauen bestätigt. Manchmal dachte sie, dass es womöglich besser wäre, sich mehr um die Details zu kümmern. Aber die langweilten sie, und so schob sie dieses Thema vor sich her.

Nachdem sie die Korrespondenz erledigt, die Franken-Post überflogen und die Süddeutsche gelesen hatte, beschloss sie, schon vor dem Mittagessen zu Groma hinüberzugehen. Sie war neugierig, ob sie auf das gestrige Thema zurückkommen würde.

Groma saß angezogen auf ihrem Stuhl am Tisch im Wohnzimmer.

„Dir scheint es besser zu gehen.“

„Ich versuche, solange und so oft es geht, wie ein normaler Mensch herumzulaufen. Erst wenn ich den ganzen Tag den Schlafrock nicht mehr ausziehe, müsst ihr euch wirkliche Sorgen um mich machen. Mein Mann, dein Großvater, hasste nichts so sehr, wie die Schlafanzugkerle, die die Flure der Krankenhäuser bevölkern und ihre Pantoffeln nicht mehr hochbekommen. Er war nur einmal in unserer

Ehe stationär im Krankenhaus in Schweinfurt. Sobald er aufstehen konnte, er war am Blinddarm operiert worden, zog er sich vollständig an und erschien in Schlips und Kragen in der Öffentlichkeit des Hospitals. Komm setz dich zu mir."

Katja bemerkte, wie sehr ihre Großmutter in den vergangenen Wochen an Gewicht verloren hatte. Ihr war klar, dass Abbauen bei alten Menschen in Schüben vor sich geht, dennoch erschreckte es sie.

„Ja, schau mich nur an! Die Soffi würde sagen, dass die Baronin schwer zamgebaggd habe, und recht hätte sie. Aber im Kopf bin ich noch klar und hoffe, dass das bis an mein Ende so bleibt. Mens sana in corpore …, was heißt noch mal krank auf Latein? Na ja, lassen wir das.

Ich nehme an, dass du erstaunt bist darüber, dass ich dir aus meinem Intimleben erzählt habe. Ich weiß, das gehört sich nicht. Ich habe es mit Absicht getan, denn es verbindet uns etwas: Ich wurde Witwe, als ich vierundvierzig Jahre alt war, dich hat es früher erwischt. Du warst knappe dreiunddreißig, als Enzio starb. Weder in meinem damaligen Alter noch in dem deinen ist das Leben einer Frau zu Ende. Ich spreche vom geschlechtlichen Leben einer Frau. Es wird immer so getan, dass nur Männer bis ins hohe Alter können und wollen. Nein, jeder Mensch hat seine legitimen körperlichen Bedürfnisse. Sie zu unterdrücken, kann zu nichts Gutem führen. Ich sage dir das, um dir Mut zu machen, dir einen Begleiter zu suchen. Ich sage das so wertfrei, weil den Inhalt du selbst bestimmst. Die Leute und insbesondere meine drei Töchter werden tuscheln, aber dies würden sie auch tun, wenn du wie eine Nonne lebtest. Den Zeitpunkt für eine neue Beziehung wirst du bestimmen, aber habe keine Scheu. Enzio würde als Witwer genauso handeln."

„Aber …"

„Kein Aber. Du wolltest doch sicherlich sagen, bei einem Mann sei sowas gesellschaftlich toleriert. Und warum nicht bei einer Frau? Darf ich dich daran erinnern, dass wir am Ende des 20. Jahrhundert leben? Du bist frei, wenn man es so nennen kann, denn Allsberg und alles, was damit zusammenhängt, bindet dich."

„Genau das ist es. Ich fühle mich, als ob es meine Aufgabe sei, zuzuwarten. Ich muss ausharren, bis ich an seinem 18. Geburtstag Carlitos die Hälfte von Allsberg übergebe und dann wartet Anna auf meinen Tod, um die andere Hälfte zu bekommen. Bis dahin werde ich mich wohl mit Carlitos streiten, dem an Allsberg gar nichts liegt und der deshalb nur anständig Geld herausziehen will. Er wird ein Leben in Saus und Braus führen wollen."

„Na ja, etwas mehr als der Überbringer der Stafette bis du ja schon. Um das zu sein, musst du mit dir im Reinen sein. Das bedeutet in erster Linie, du musst glücklich und zufrieden sein. Wenn dazu auch ein Ehemann gehört, dann such dir einen, und wenn dazu nur ab und zu ein Mann notwendig ist, dann ist das auch in Ordnung. Im Übrigen liegt es an dir, ob sich Carlitos für sein Erbe interessiert oder nicht. Binde ihn ein in deine kleine Familie und binde ihn ein in das Leben in diesem Haus. Und noch etwas, schminke dir ab, dass du erst bei deinem Tod an Anna übergeben kannst. Onkel Schorsch war fünfundzwanzig als er den Betrieb übernahm."

„Übernehmen musste, Großvater war ja gestorben."

„Und wo ist der Unterschied? Wenn Carlitos und Anna mit jungen Jahren übernehmen, müssen sie die Pobacken ebenso zusammenkneifen, wie das Onkel Schorsch tun musste. Je früher junge Menschen in Verantwortung kommen, desto mehr Zeit haben sie, ihre eigenen Vorstellungen zu verwirklichen. Wenn du mit achtzig stirbst, das wäre im Jahr 2035, dann ist Anna fünfzig. Carlitos ist dann seit sechsunddreißig Jahren volljährig und wirtschaftet womöglich schon ebenso lange auf Allsberg. Glaubst du, dass dann Anna noch Lust hat, sich hier zu engagieren? Nein, nein, meine liebe Katja, dich braucht man hier vielleicht noch zehn oder fünfzehn Jahre, bereite dich schon jetzt auf ein Leben nach Allsberg vor. Und hab keine Scheu vor ungewohnten Wegen."

Katja saß nachdenklich vor ihrer Großmutter. Sie hatte nicht erwartet, dass sie an diesem Vormittag einen Bogen von deren Liebschaft bis zur Führung des Betriebes spannen würde. Sie war ratlos und so sah sie wahrscheinlich auch aus.

„Kindchen, schau nicht so irritiert. Der Rat einer alten Frau mag wichtig sein, aber niemand muss ihn befolgen. Und jetzt geh, ich habe zu tun."

Wenige Tage später fand Tante Donata ihre Mutter tot auf ihrem Stuhl sitzend vor. Sie hatte sich sorgfältig und vollständig angezogen. Katja wurde herbeigerufen und alle wunderten sich, dass sie lächelte.

„Groma hat es geschafft, nicht als Schlafanzugskerl zu sterben."

Man wurde sich schnell einig, die Verstorbene so in den Sarg zu legen, wie sie sich für den Tod angezogen hatte.

Groma wurde dort begraben, wo man neben ihrem Mann Platz gelassen hatte. Als die vielen Trauergäste den Friedhof verlassen hatten, blieben Katja und Anna noch eine Weile zurück. Sie nahm ihre Tochter bei der Hand und erklärte ihr, wer dort in den vergangenen Jahren begraben worden war.

„Da wart ihr aber oft hier draußen“, bemerkte das Mädchen und fügte hinzu: „Langsam wird’s eng.“

Anna hatte recht. Auch ein noch so großer Familienfriedhof stößt irgendwann mal an den Rand seiner Kapazität. Sie beschloss, alle Grabsteine der Familienmitglieder, die vor 1900 gestorben waren, hochkant an die Friedhofsmauer zu stellen, das würde Platz für ein weiteres Jahrhundert schaffen. Als die Maurer mit der Arbeit fertig waren, kommentierte Onkel Peer beim Donnerstags-Käffchen, der Friedhof habe nun eine beachtliche Skyline, von Manhattan kaum noch zu unterscheiden.

19. Kapitel

Allsberg, im Winter 1990

Obwohl Andres Gasser, der neue Kellermeister, die Weinlese leitete und organisierte, hatte Katja im Herbst dabei sein wollen. Immerhin war es seit Enzios Tod die erste Vendemmia, wie er immer gesagt hatte. Sie wollte ihn vertreten und das Andenken an ihn aufrechterhalten.

Später kam die Adventszeit mit all den Vorbereitungen zum Weihnachtsfest. Carlitos, er war jetzt schon in der zweiten Klasse, hatte im Sommer angekündigt, endlich einmal Weihnachten in Deutschland feiern zu wollen. Er hatte bisher das Fest immer auf Ibiza erlebt, meist bei strahlendem Sonnenschein und ohne Weihnachtsbaum.

Er war unterdessen zu einem festen Teil fast aller Schulferien geworden. Carlitos fühlte sich zunehmend wohler in Allsberg und hatte eine feste Freundschaft mit dem gleichaltrigen Norbert geschlossen, dem jüngsten Sohn des Metzgers Vorndran. Katja witzelte, die Freundschaft basiere auch darauf, dass beim Vorndran einmal in der Woche geschlachtet werde. Carlitos liebte es, dabei etwas helfen zu dürfen. Als er einmal mit Norbert zusammen das Gretelfleisch in kleine Stücke schnitt, fragte er den Metzger, ob es auch Hänselfleisch gäbe. Der lachte nur und sagte:

„Du bist mir der richdich Märles Koarl.“ Abends brachte

er in einer Milchkanne Wurstbrühe nach Hause, in der Blut- und Leberwürste schwammen. Stolz stellt er fest:

„Auf Ibiza bin ich Bauer, aber hier bin ich Metzger."

Als Katja das ihrer Großmutter, die damals noch lebte, lachend erzählte, hob diese nur resignierend die Hände und seufzte:

„Er trägt den Namen Tröger ins nächste Jahrhundert, das ja, aber lohnt sich das?"

Katja ließ das unkommentiert, sie hatte an der alten Dame nun wirklich keinen Erziehungsauftrag. Groma hätte es sich auch verbeten, dass jemand auf ihre alten Tage an ihrem Standesdünkel rüttelt.

Als Katja kurz vor Weihnachten Carlitos am Frankfurter Flughafen abholte, war sie verwundert, wie sie bei ihrem Neffen tiefe Trauer um die verstorbene Urgroßmutter feststellte. Er machte ihr Vorwürfe, es nicht arrangiert zu haben, dass er am Begräbnis hätte teilnehmen können und er wollte genau wissen, wie „meine liebe Groma" gestorben sei. Die Geschichte mit dem Schlafanzugskerl amüsierte ihn sichtlich und nach einer Weile, während der er grübelnd neben ihr saß, meinte er:

„Weißt du, ich habe die Groma zuerst nicht gemocht. Sie war so alt. Aber dann habe ich gemerkt, dass die vielen Geschichten, die sie mir erzählt hat, sehr dabei geholfen haben, das Leben in Allsberg und meine deutsche Familie zu verstehen. Ich war immer sehr beschäftigt, aber wenn ich es einrichten konnte, bin ich zur Groma gegangen und habe ihr zugehört."

„Man merkt, dass du zumeist mit Erwachsenen zusammen bist."

„Woran merkt man das?"

„Weil du altklug bist."

„Altklug, was ist das? Aber immer noch besser als jungblöd."

Als sie in Allsberg angekommen waren, war die Sonne schon untergegangen.

„Morgen geh ich an ihr Grab" sagte er, und dann fiel er den Tanten, Ilaria, Anna, Onkel Peer und Bonzo um den Hals.

Er nahm am nächsten Morgen Anna mit auf den Friedhof und beide staunten nicht schlecht über die Veränderungen, jetzt, wo die alten Grabsteine an der Mauer lehnten. Anna ging damals noch nicht zur Schule. Noch Jahre später erzählte sie, wie der Ehrgeiz sie gepackt hätte. Sie wollte unbedingt, wie Carlitos, all die Namen flüssig lesen können. Sie malten sich aus, was wohl ein August Wilhelm, der 1780 gestorben war, in seinem Leben so gemacht haben mochte. Bald aber drängte es beide ins Dorf. Anna hatte Carlitos erzählt, die Soffi erwarte sie zum Plätzchenbacken. Vorsorglich hatten sie Katja gebeten, nicht zum Mittagessen kommen zu müssen, sie hätten den ganzen Tag bei der ehemaligen Schlossköchin zu tun.

Die Soffi begrüßte ihre Anna und ihren Carlitos mit einer liebevollen, nicht enden wollenden Umarmung.

Zwar hatte Anna ihrem Vetter erzählt, dass sie zum Plätzchenbacken eingeladen seien, aber so richtig konnte er sich nichts darunter vorstellen. Fasziniert schaute er zu, wie Mehl, Eier, Zucker, warme Butter, manchmal auch Schokolade zu einem Teig vermischt wurden. Seine Freude kannte aber kaum Grenzen, als die Soffi beide tatsächlich aufforderte, den Teig zu kneten und auszuwallen. Manchmal wurden kleine Würstchen gedreht und zu Ringen geformt, ein ander

Mal Sterne ausgestochen oder von einer dicken Wurst Taler abgeschnitten. Er hatte das noch nie erlebt und bisher war ihm auch verborgen geblieben, wie toll es ist, den Topf, in dem der Teig angerührt worden war, auszuschlecken. Er war begeistert von dem so eigenartigen Geruch, der als Gemisch aller Zutaten aus der Backröhre strömte. Wenn Xisco manchmal am Sonntag Freunde einlud, hatte er bei der Zubereitung der Paella helfen dürfen. Dass er, ein Kind, vollständig in das Zubereiten und Backen von solchen Köstlichkeiten einbezogen wurde, das war sogar noch eine Stufe aufregender als Gretelfleisch zu schneiden beim Metzger Vorndran.

Am Samstag vor Weihnachten saß Katja abends allein im Wohnzimmer. Die Kinder hatte sie bereits ins Bett gebracht. Sie schaute melancholisch in die Flammen der drei Kerzen auf dem Adventskranz, als es an der Tür klopfte. Ohne auf ihr „Herein“ zu warten, stürmte Onkel Peer ins Zimmer, gefolgt von den betreten aussehenden Tanten Huberta und Phips. Onkel Peer wirkte vor Freude und Mitteilungsdrang wie ein hüpfender Gummiball, während die beiden Tanten versuchten, ihn dazu zu bewegen, wieder zu gehen. Davon konnte aber keine Rede sein. Der Diplomat hatte sich bereits auf das Biedermeier-Sofa gesetzt und bat um ein Glas Wein, zum Ausgleich werde er eine tolle Geschichte erzählen.

Wars Resignation oder die Aussicht auf einen Umtrunk, auch die beiden Tanten setzten sich hin und warteten, bis Katja mit Gläsern und einer Flasche Rioja wieder kam.

„Also leg los, Onkel Peer.“

Sie war unterdessen richtig gespannt, denn so hatte sie ihren Onkel wirklich noch nie erlebt.

„Du weißt doch, dass deine Tanten nach dem Fall des Eisernen Vorhangs zarte Bande zu den evangelischen Gemeinden des Henneberger Landes geknüpft haben, nachdem zuvor schon Huberta jahrelang die Brieffreundschaft mit einer Pfarrfrau in Römhild gepflegt hatte."

„Verzeih, wenn ich dich unterbreche. Wo ist das Henneberger Land?"

„Ich würde mal sagen, es handelt sich um die Süd-West Ecke von Thüringen, so zwischen Hildburghausen, Römhild und Suhl. Du hast ja mitbekommen, dass sich unterdessen ein reger Austausch mit diesen Gemeinden entwickelt hat, neulich hat sogar der Kirchenchor aus Schleusingen bei uns in der Kirche gesungen. Heute fuhr eine zumeist weibliche Abordnung zu einem Adventsgottesdienst nach Suhl. Nach dem Friedensgruß gab es selbstgebackene Plätzchen und Kaffee im Pfarrheim. Für den Nachmittag hatte man sich etwas Besonderes ausgedacht: Eine Stadtführung. Eine Studentin war beauftragt worden, uns die Sehenswürdigkeiten der Stadt zu zeigen, die, um es mit Joachim Fernau zu sagen, endenwollend sind. Von der Altstadt ist nicht viel übrig, man hat sie durch Plattenbauten ersetzt. Aber, Gott sei Dank, gibt es am Markt die Stadthalle, deren Fassade ein riesiges, ein monumentales Gemälde schmückt, ein, so weit ist mein Fränkisch schon gediehen, „Audsaid bäinding". Es stammt vom DDR-Staatsmaler Willi Sitte und trägt den Titel „Kampf und Sieg der Arbeiterklasse". Über den künstlerischen Wert möchte ich mich nicht äußern, aber groß ist es wirklich. Ich kann nur schätzen, aber 20 mal 4 Meter misst es sicher. Man sieht vorwärtsstrebende Werktätige, die sich um die Zentralfigur, einen Helden scharen. Es ist wahrscheinlich müßig, ergründen zu wollen weshalb, aber diese

Figur ist nackt. Wir standen alle vor diesem Monumentalwerk und konnten unser Erstaunen über dessen immense Größe noch nicht fassen, als in die staunende Stille die Worte der stadtführenden Studentin tropften: „Den Bimml häddnse ooch 'n bisschn grösor mochn gönn." Du kannst dir vorstellen, wie die Kinnladen der anwesenden Betschwestern" – hier regte sich leiser Protest der Tanten – „herunterklappten. Ich habe natürlich laut gelacht und mich bei der jungen Dame überschwänglich bedankt. Dass ich ihr später auch noch einen Hundertmarkschein zugesteckt habe, fiel auf äußerst unfruchtbaren Boden. Morgens in der Kirche hatte ich mich beim Klingelbeutel eher zurückgehalten, was Phips nicht nur bemerkt hatte, sondern auch noch rumtratschte. Katja, du musst zugeben, das ist eine Geschichte, die es wert ist, weitererzählt zu werden."

„Mein lieber Onkel Peer, das ist wirklich eine witzige Geschichte, dennoch erstaunst du mich. Der Clou der Sache besteht doch darin – lass es mich mit Annas Wortschatz sagen – dass du ein Kacka-Wort benutzt. Wirst du auf deine alten Tage wieder pubertär?"

„So kann man es sehen, aber du vergisst, dass wir im diplomatischen Dienst darauf gedrillt worden sind, auch hinter die Worte zu schauen. Was mich an der Aussage der Studentin so über alles Maß amüsiert, ist die dritte Person Plural. Hör mal zu: „Den Bimml häddnse ooch 'n bisschn grösor mochn gönn." In der Wahrnehmung unserer Studentin hat da nicht ein Maler gewirkt, sondern eine amorphe, anonyme Macht. Es klingt geradezu so, als habe das Zentralkomitee der SED dieses Bild geschaffen. Und genau das finde ich amüsant, selbst dann, wenn es einen bedrückenden Einblick in die Gedankenwelt weiter Teile der DDR-Bevölkerung ermöglicht."

Es war Huberta, die nun das Wort ergriff:

„Glaubst du denn, lieber Schwager, dass es zur Wiedervereinigung kommen wird?“

„Schau, wir schreiben jetzt 1990, der Mauerfall ist erst ein Jahr her. Was da alles auf uns und Europa zukommt, kann ich wirklich nicht voraussagen. Nur eines weiß ich gewiss: Wir werden ein Problem mit Neonazis bekommen.“

„Wie kommst du denn darauf?“ Katja war aufs Äußerste beunruhigt.

„Als Diplomaten hatten wir natürlich nicht immer vollen Einblick in das, womit die Schlapphüte das AA versorgten. Aber einiges bekamen wir halt doch mit. Ich erinnere mich an einen Bericht darüber, wie an den Schulen der DDR mit der Nazi-Vergangenheit umgegangen wurde. Man verstand sich dort als antifaschistischer Staat, der „per definitionem“ nichts mit den Nazis zu tun hatte. In den Konzentrationslagern starben nur russische, polnische und deutsche Antifaschisten und Kommunisten. Von den jüdischen und anderen Opfern, kein Wort. Das mit den Antifaschisten hatte sich mit der Zeit abgenutzt, zumal die Russen, offiziell die sowjetischen Freunde, extrem unbeliebt waren. Das bedeutet, dass die Jugendlichen im Osten Deutschlands in der Schule nicht das erfuhren, was in unseren Schulen im Rahmen der Vergangenheitsbewältigung durchgenommen wurde. Sie haben nichts mitbekommen von den Auschwitz-Prozessen in den 60er-Jahren, die der hessische Generalstaatsanwalt Fritz Bauer initiiert hat. Das war damals die Initialzündung, nach der die breite Öffentlichkeit in der Bundesrepublik nicht mehr so tun konnte, als sei der Nazi-Horror nur halb so schlimm gewesen. Stell dir vor, wir alle hätten von diesen Verbrechen, von diesem millionenfachen Leid nur aus dem Mund unserer Eltern und

Großeltern erfahren. Die waren doch alle irgendwie aktiv oder passiv beteiligt gewesen. Sie hatten kein Interesse, von dem zu berichten, was sie selbst erlebt oder getan hatten. Die Gefallenen können nichts mehr erzählen und von den überlebenden Soldaten wissen wir, dass sie im Nachhinein hauptsächlich von ihren Heldentaten sprechen. Wir waren damals Jugendliche und haben vielleicht noch Erinnerungen. Aber Katjas Generation war doch vollkommen darauf angewiesen, von der Vergangenheit aus Erzählungen zu erfahren. Stellt euch vor, das hätten Groma oder ihr Mann, hätte er denn noch gelebt, übernommen. Es ist daher nicht allzu weit hergeholt, sich vorzustellen, in Bitterfeld säße ein Großvater auf der Küchenbank und erzählt den Enkeln davon, wie schön es unter Hitler gewesen sei, denn da hätte man noch auf die Russen schießen dürfen."

„Jetzt übertreibst du aber, Peer."

Es war Tante Huberta, die protestierte.

„Liebste Schwägerin, es mag sein, dass ich übertreibe. Besorgt bin ich dennoch. Übrigens ist das mit der Küchenbank gar nicht so schrecklich übertrieben. Im diplomatischen Dienst habe ich deutsche Kollegen kennengelernt, die leuchtende Augen bekamen, wenn sie berichteten, 1866 habe man noch auf die „Preißn" schießen dürfen."

„Onkel Peer, du bist ein hinterlistiger Spaßverderber! Zuerst erschleichst du dir ein paar Gläser Wein mit der Ankündigung einer tollen Geschichte und dann machst du uns Angst vor den Neonazis. So weit sind wir noch gar nicht. Jetzt wollen wir erstmal hoffen, dass Ost und West wieder zusammenwachsen. Darauf lasst uns trinken mit dem, was noch in unseren Gläsern ist. Und dann, ab ins Bett!"

20. Kapitel

Allsberg, Januar 1991

Katja war froh, dass Weihnachten und der Jahreswechsel vorüber waren. Anna war es nicht gewohnt, sich die Traditionen der Adventszeit und erst recht nicht das so herbeigesehnte Weihnachtsfest mit einem anderen Kind teilen zu müssen. Sie wurde eifersüchtig und entwickelte sich zu einem richtigen kleinen Biest. Sie schreckte vor nichts zurück, um den ungebetenen Gast wegzudrücken und auszuschließen. Carlitos reagierte erstaunlich gelassen und verbrachte seine Tage in der Metzgerei Vorndan mit seinem Freund Norbert. Er fand nur, und das ließ er alle Mitbewohner im Haus auch lautstark wissen, dass Anna eine blöde Kuh sei. Am Heiligen Abend trafen die beiden Kinder dann doch zusammen und es endete in einer Katastrophe. Anna fand die Anwesenheit von Carlitos überflüssig und störend und dieser fand mit gewissen Recht, dass sich Annas Gabentisch bog und seiner nicht. Schließlich balgten die beiden, der Weihnachtsbaum fiel um und fing natürlich sofort Feuer. Katja und Onkel Peer gelang es glücklicherweise schnell genug, das brennende Ungetüm aus dem Fenster zu bugsieren. Onkel Peer nannte die Verbrennungsspuren auf seinen beiden Unterarmen später immer seine Heldenmale, die er sich bei der Verteidigung von Schloss Allsberg zugezogen habe.

„Selbst bürgerlichen Verwandten können in diesem Haus Aufgaben zuwachsen", schloss er sein Eigenlob.

War das Weihnachtsfest schon problematisch, so sollte es noch unerwartet dramatischer kommen:

Am Stefanstag erlitt die Soffi einen schweren Schlaganfall. Carlitos war nicht davon abzuhalten, die ihr verbleibenden Tage und Nächte in ihrem Haus zu verbringen. Er saß neben dem Bett, hielt ihre Hand und erzählte der Bewusstlosen Geschichten, mal auf Deutsch, mal auf Spanisch. Katja bat den Arzt, Carlitos von der Sterbenden zu trennen, aber der meinte, es schade niemandem, den Tod kennenzulernen und der Soffi täte es womöglich sogar gut, wer könne das schon wissen.

Als Carlitos am dritten Morgen nach dem Schlaganfall in dem Sessel neben Soffis Bett aufwachte, war ihre Hand in der seinen kalt geworden.

Da die Verstorbene keine nahen Verwandten mehr hatte, lief Carlitos als erster hinter ihrem Sarg zum Friedhof und legte auch als Erster einen Kranz an ihrem Grab nieder. Ganz Allsberg fand das in Ordnung. Es hatte sich herumgesprochen, dass der Bub all die Tage nicht von Soffis Seite gewichen war.

Am fünften Januar brachte Katja Carlitos auf den Flugplatz in Frankfurt, am siebten begann wie immer in Spanien die Schule von Neuem.

Auf der Autobahn erklärte Carlitos seiner Tante, wie doof deren Tochter sei.

„Das ist mir aber egal. In den Ferien komme ich trotzdem. Wenn ich ehrlich bin, ist hier mehr los als auf Ibiza. Mammá macht dauernd Yoga, und Umberto glaubt, mich erziehen zu müssen. Eigentlich habe ich dort nur den Xisco."

Auf der Rückfahrt überlegte Katja, wie sie es anstellen könnte, Carlitos dazu zu bringen, in Deutschland die höhere Schule zu besuchen. Ferienaufenthalte allein würden wohl nicht genügen, ihn an Allsberg zu binden.

„Immerhin gehört ihm die Hälfte all dessen, was an Allsberg dranhängt. Ich weiß doch, wie schwierig es ist, das zu verwalten, wenn man nicht darauf vorbereitet ist. Wie schwer wird das erst, wenn der Bub keine wirkliche Beziehung zu Land und Leuten hat. Anna muss er ja nicht mögen, aber auskommen müssen sie miteinander. Da hilft nur Gewöhnung."

Sie sprach mit sich selbst. Als sie das merkte, lachte sie. Onkel Schorsch hatte immer mit seiner verstorbenen Frau gesprochen. War sie gerade bei Enzio gewesen?

Sie wusste es nicht.

Abends saß sie in der unteren Bibliothek, blickte ins Kaminfeuer und überlegte erneut, wie sie Carlitos an Allsberg binden könnte. Und was band sie? Sie hatte sich das noch nie gefragt, doch urplötzlich stand die Frage, was sie eigentlich an Allsberg binde, drohend wie eine Mauer vor ihr. Die Bedrohlichkeit kam daher, dass sie merkte, dass die Beantwortung der Frage durchaus gefährlich werden konnte. Die Begründung, die plötzliche Übernahme des Betriebs nach Onkel Schorschs Tod, auch die Gewissheit, von Enzios Liebe, Rat und Zuversicht getragen worden zu sein, ja sogar der Gedanke, erstmal Ordnung in ihr Leben bringen zu müssen, das waren letztlich Ausreden. Sie wollte sich der Frage nicht stellen, weil ihre Beantwortung einem Urteil gleichkommen würde. Das ahnte sie. Wäre die Antwort, es hielte sie lediglich die Pflicht, müsste sie morgen ihre Koffer packen und mit Anna irgendwo anders leben. Käme sie aber zu dem Schluss, es hielte sie die Pflicht ohne das Wörtchen „lediglich", dann wäre sie dazu verdammt, ewig von Allsberg vereinnahmt zu werden.

Sie wurde in ihren Gedanken unterbrochen, weil die Tür geöffnet wurde und sie die nackten Füßchen ihrer Tochter Anna hörte, die über das Parkett zu ihr kam. Schon war sie auf ihren Schoß gehüpft und schmiegte sich an sie.

„Gut, dass er weg ist."

„Wie kommst du den darauf, mein Schatz?"

„Ach Mama, ich will dich nicht teilen."

„Nimm dir ein Beispiel an Onkel Peer, der teilt Bonzo schon seit Jahren mit dir."

„Das ist was anderes."

„Warum?"

„Weil du meine Mutter bist."

Anna durfte in dieser Nacht im großen Bett bei ihrer Mutter schlafen.

Während Katja dem leisen Atem Annas zuhörte, dachte sie darüber nach, dass sie bisher noch nie Mutter genannt worden war. Mama, das klang liebevoll und wärmend, aber Mutter? Hörte man da nicht auch eine Aufgabe heraus?

Noch eine unbeantwortete Frage! Sie war es leid, sie sehnte sich nach der Unbekümmertheit der Zeit zurück, als Onkel Schorsch für Allsberg zuständig war und sie nur dafür, jung zu sein und das Leben zu genießen.

Am Morgen wurden Anna und ihre Mutter vom Bellen auf dem Gang geweckt. Bonzo hatte, wie jeden Morgen, die Klinke zu Annas Zimmer heruntergedrückt, um ihr seinen Besuch abzustatten. Als er sie nicht fand, schlug er Alarm. Zunächst beruhigte ihn Ilaria mit einem Hundeleckerli und dann erschien auch schon Anna in der Küche und nahm ihren Freund mit auf ihr Zimmer, wo sie sich anzog.

Als Katja beim Frühstück beobachtete, wie Bonzo neben Annas Stuhl lag und darauf wartete, dass sie mit ihm irgendwas unternehmen würde, spürte sie einen kleinen Stich der Eifersucht. Anna hatte einen Freund, und wen hatte sie? Ja, loyale Berater, fleißige Angestellte und die Angehörigen ihrer Familie, die mit ihr im Haus wohnten. Aber hatte sie einen Freund? Gab es jemanden, mit dem sie alles besprechen konnte, bei dem sie Schutz, Trost und natürlich auch Wärme finden konnte? Es hatte immer einen oder mehrere Menschen gegeben, die ihr das Gefühl von Liebe gaben, Frau Gundermann, die auf sie aufpasste, wenn ihre Mutter als Schauspielerin zu sehr beschäftigt war, die Soffi, die sie vom Moment ihrer Ankunft auf dem Schloss geliebt hatte, Onkel Schorsch, der sie geachtet und auf seine etwas hemdsärmelige Art sicher auch geliebt hatte. Natürlich hatte es Groma gegeben, die sie zumindest einmal umarmt hatte. Groma, die ihre Liebe hinter ihrer Strenge zu sich selbst zu verbergen verstand. Und natürlich Enzio, mit dem sie die vollkommene Liebe erfahren hatte. Alle waren nun tot. Neulich hatte sie sich bei dem Gedanken ertappt, dass sie eigentlich froh sein könnte, dass Enzio starb, ehe es bei ihnen zu einem echten Streit oder gar Zerwürfnis gekommen wäre. Sie schämte sich des Gedankens ein wenig, aber tatsächlich war es so gewesen.

Wie sie Anna beobachtete, die mit sich und Bonzo zufrieden und im Reinen war, wie sie daran dachte, den Anfall von Eifersucht hinuntergeschluckt zu haben, da fasste sie einen Entschluss: sie musste hier weg. Einige Tage woanders, eine Woche keine Verpflichtungen, niemand, der sie um eine Entscheidung bat.

München! Der Gedanke kam von allein, womöglich hatte er schon lange darauf gewartet, in ihr Bewusstsein aufzusteigen. Sie war auch nicht verwundert, schließlich war sie in München geboren, sogar in der Uni-Frauenklinik in der Maistraße, was als Ausweis für echtes Münchnertum angesehen wird.

Sie buchte eine Suite im Hotel Vier Jahreszeiten, das sie noch immer Walterspiel nannte, so wie es Onkel Schorsch getan hatte.

„An Hotels darfst du nicht sparen, denn erstens würdest du dich eines wunderbaren Erlebnisses berauben und zweitens wirst du ganz anders angesehen, wenn du dich mit jemandem in der Halle des besten Hotels der Stadt triffst."

„Meine Mutter hat immer gesagt, der Bayerische Hof sei ‚die' Adresse."

„Das sieht ihr ähnlich! Dort steigen Peter Alexander, diese von dir so geliebten Beatles und ‚homines rerum novarum cupidi' ab."

„Was ist denn das schon wieder?"

„Halt Gloifies, die sich dem Fortschritt verschrieben haben. Altes Geld und alter Adel gehen zum Walterspiel."

Katja lächelte. Ihr war das Gespräch eingefallen, während sie die Nummer des Hotels anwählte.

Am frühen Nachmittag traf sie in München ein und übergab in der Maximilianstraße vor dem Hotel dem livrierten Pagen den Autoschlüssel, der den grünen Mercedes in die Garage fuhr. Als sie ihre Junior Suite betrat, war dort bereits wie von Geisterhand ihr Gepäck angekommen. Sie dachte an Onkel Schorschs Worte, wonach der Aufenthalt in einem guten Hotel ein wunderbares Erlebnis sei.

Es hielt sie nicht lange im Hotel. Sie wollte sich endlich einmal etwas Gutes antun, Stöffchen kaufen, wie ihre Mutter immer sagte. Und auch das hatte sie immer gesagt:

„Wenn ich mir was zum Anziehen kaufen möchte, habe ich die Wahl, entweder die Kaufinger Straße rauf und runter zu rennen oder gleich zum Lodenfrey zu gehen."

Also ging Katja gleich dort hin und kleidete sich komplett neu ein. Es war herrlich. Sie hatte sich noch nie in ihrem Leben derart verwöhnt, nein, sie hatte sich überhaupt noch nie verwöhnt. Ganz früher waren schicke Kleider eher uncool und als sie nach der Erbschaft über Geld im Überfluss verfügen konnte, hatte es sich nie ergeben, dass sie sich eine komplette neue Garderobe hätte zulegen können oder auch wollen. Bald schon übernahm die Abteilungsleiterin die Bedienung und begleitete sie dann durchs ganze Haus. Sie war in all den Jahren mit „dem Lodenfrey" verwachsen und redete Katja mit „gnädige Frau" und in der dritten Person an. Es war klar, dass sie herauszufinden versuchte, wer denn diese kauffreudige Kundin war. Katja tat so, als bemerkte sie nichts. Allerdings nahm sie die Einladung gerne an, in einer stillen Ecke zur Erholung einen Kaffee zu trinken und da wurde sie direkt angesprochen:

„Ich weiß nicht, woher ich gnädige Frau kenne. Sie erinnert mich an eine gute Kundin aus früherer Zeit, aber ich komm nicht drauf."

„Ich nehme an, Sie meinen die Therese Riedmüller. Das war meine Mutter."

„Die Schauspielerin?"

„Ja, ich bin ihre Tochter. Ich durfte sie manchmal beim Einkauf begleiten."

„Ja, was? Das kleine rothaarige Madl? Wir haben uns unter den Kolleginnen immer gefragt, wer wohl da der Vater gewesen sein könnte. Verheiratet war sie ja nie gwen."

„Mein Vater war der Professor von Tröger, der hat auch

beim Lodenfrey gekauft, aber wohl in einer anderen Abteilung."

Der Rest des Einkaufs glich einem Triumphzug durch alle Dependancen des Kaufhauses. Überall gab es unterdessen betagte Mitarbeiter, die sich an den Herrn Professor und an die so verehrte Schauspielerin erinnerten.

Als Katja an der Zentralkasse mit Euroscheck und Scheckkarte einen fünfstelligen Betrag zahlen wollte, zog die Dame hinter dem Panzerglas die Augenbrauen hoch. Als sie nach dem Ausweis fragte, wurde sie von Frau Wimmer, sie hatte sich unterdessen vorgestellt, zurechtgewiesen. Das sei die Tochter von uralten Kunden, das Haus habe Vertrauen. Da Katja aber ihren Ausweis bereits hervorgeholt hatte, wollte Frau Wimmer denn doch einen Blick darauf werfen.

„Katja Gräfin von Altspaur", las sie vor.

„Da hätt die Frau Mama und der Herr Papa eine Freud g'habt", kommentierte sie.

Die unübersichtlich vielen Schachteln und Tüten wurden selbstverständlich ins Hotel gebracht.

Draußen war es unterdessen dunkel geworden und es schneite in dicken etwas klebrigen Flocken. Katja hatte keinen Hut dabei, deshalb schlug sie den Kragen hoch und versuchte so tief wie möglich in ihrem Wintermantel zu versinken. Immer wieder musste sie im letzten Augenblick Passanten ausweichen, aber dann geschah es eben doch. Sie stieß mit jemandem zusammen. Sie hob den Blick, um sich zu entschuldigen. Da hatten sie aber schon kräftige Arme an der Schulter gefasst.

„Aufgepasst, Gräfin. Hier ist es glitschig und in diesem Matsch will niemand auf dem Trottoir landen."

„Doktor Finkelsztajn, was machen Sie denn hier? Wenn ich es recht überlege, kommen Sie allerdings wie gerufen."

„Weil ich Sie aufgefangen habe?"

„Nein, weil ich ungern allein ins Café Kreutzkamm gehe und weil ich schon lange denke, mit Ihnen etwas besprechen zu müssen."

„Das sind zwei gewichtige Gründe. Ich allerdings bin nur deshalb hier, weil ich meinem neuen Beruf nachgehe."

„Ich habe schon gehört, dass Sie nun Provenienzforschung betreiben. Kann man davon leben?"

„Nur wenn man erfolgreich ist."

„Und wie ich Sie kenne, sind Sie das."

Statt einer Antwort grinste er lausbubenhaft und hakte sich wie selbstverständlich bei Katja unter und nahm ihr im Café den Mantel ab. Es war nicht schwierig, einen Platz zu finden, offenbar fasteten oder sparten die Münchner nach den Festtagen.

„Hier müssen Sie unbedingt den Baumkuchen probieren. Nirgendwo bekommen Sie den besser."

„Ich dachte, bei Kreutzkamm isst man Christstollen? Sagen Sie's nicht weiter, ich schwärme für dieses für einen Juden unangemessene Gebäck."

„Na ja, nach Weihnachten hab ich meinen Bedarf an Stollen bis zum nächsten Jahr gedeckt. Folgen Sie meinem Rat und nehmen den Baumkuchen. Dann brauchen Sie auch nicht auf meine Verschwiegenheit zu hoffen."

„Sind Sie denn une bavarde? Eine Plaudertasche? Sagt man so?"

Katja lachte.

„Sie glauben gar nicht, wie gern ich eine ‚Bavarde' wäre, aber ich habe keine Gelegenheit dazu. Ich sitze mit meiner

Tochter, der Köchin, drei alten Tanten, einem ebenso alten Onkel und dessen Hund allein in einem riesigen Schloss im unterfränkischen Niemandsland, leite mehrere Betriebe und schiebe die Probleme, die mich wirklich bewegen, vor mir her."

„Oh, das bedaure ich. Erzählten Sie nicht in Frankfurt, wo wir auch in einem Café saßen, Sie seien glücklich verheiratet?"

„Ja, das war ich, bis vor knapp drei Jahren."

„Und?"

„Enzio ist am Hirntumor gestorben. Er war nicht behandelbar und er wollte auch keine lebensverlängernden Therapien."

„Mon dieu! Je suis désolé. Mes condoléances. Oh, verzeihen Sie, ich falle immer ins Französische zurück. Das ist ein Zeichen von Überraschung, in diesem Fall von Bestürzung."

„Kein Problem, ich habe auch so verstanden und danke Ihnen."

Dann wendete sie sich an die Bedienung, die bereits seit einer Weile geduldig auf ihre Bestellung wartete.

„Wir nehmen zweimal Baumkuchen und Tee mit Milch."

Dr. Finkelsztajn lächelte und nickte.

Als sie wieder allein waren, stellte er amüsiert fest:

„Das war keine Münchnerin. Heute Mittag habe ich mit einem Freund im Donisl gegessen und wurden ziemlich harsch angefahren, als wir offenbar zu lange mit der Bestellung brauchten."

„Was, Sie haben im Donisl gegessen? Jetzt überfordern Sie meine Verschwiegenheit aber wirklich. Das ist so ungefähr das nicht koscherste Lokal im Umkreis von einhundert Kilometern."

„Darum hat es ja auch so lange gedauert. Mein Freund hat Schweinswürstl mit Kraut bestellt, aber bei mir hat es eben etwas gedauert, bis ich etwas auf der Speisekarte gefunden hatte, was ich vor meinem Rabbi vertreten kann.“

„Was haben Sie denn schließlich bestellt?“

„Apfelstrudel mit Vanillesoße.“

„Heute haben Sie Ihren Mehltag. Meine Mutter, die nicht kochen konnte, legte Wert darauf, dass ich wenigstens an einem Tag in der Woche fleischlos esse. Frau Gundermann, die auf mich aufpasste, stopfte mich normalerweise mit Leberkäse, Schweinsbraten und Fleischpflanzerln voll.“

„Ihre Mutter konnte nicht kochen? Das kann ich mir gar nicht vorstellen. Zu den Kernkompetenzen einer Mutter, zumindest dann, wenn sie eine jüdischen Mamme ist, gehört das Kochen.“

„Und was noch?“

„Nu, la l'ingerence .“ Er überlegte kurz und fügte dann lachend hinzu:

„Die Übergriffigkeit. Ich verdanke dieser Eigenschaft meiner Mutter viel, denn sie ist der Grund, weshalb ich hier in Deutschland wohne. Allerdings, ich muss es zugeben, in Frankfurt lebt die Schwester meiner Mamme und die ähnelt ihr sehr.“

„Ich ahne Schreckliches!“

„So schlimm ist es gar nicht, ich kann sie erpressen.“

„Ich blicke in Abgründe, lieber Herr Doktor!“

Katja genoss es, dieses unbeschwerte Gespräch ohne Tiefe und ohne Folgen.

„Mit was bedrohen Sie die arme Tante denn?“ Katja lachte.

„Ich bedrohe sie nicht. Sie hat nur ihre Schwächen und eine davon ist, dass sie Schwarzwälder Schinken für ihr

Leben gern isst. Dort wo sie in Frankfurt lebt, steht sie unter ständiger Beobachtung ihrer jüdischen Nachbarn. Das beruht übrigens auf Gegenseitigkeit. Die Folge ist, dass sie sich nicht traut, selbst Schinken zu kaufen. Der Pakt ist, dass ich ihr Schwarzwälder Schinken vorbeibringe, und sie erzählt ihrer Schwester, dass ich wie ein gesetzestreuer Jude lebe."

„Stichwort Apfelstrudel im Donisl."

„Man tut, was man kann. Aber jetzt erzählen Sie mal von Ihrer Mutter. Es kann ja nicht angehen, dass nur Sie mich aushorchen."

„Tja, meine Mutter. Erst heute Nachmittag hat sie mich wieder eingeholt. Sie war eine in München sehr bekannte Persönlichkeit, sie gehörte irgendwie zum Inventar, zum kulturellen Establishment der Stadt. Sie war Schauspielerin. Sie hat nur sehr wenige und nicht besonders bedeutende Filme gedreht. Sie zog es vor, an den Münchner Theatern zu spielen und wurde dafür geliebt. Oft ist sie in Gesellschaftskomödien in den Kammerspielen aufgetreten, oder in der Komödie im Bayerischen Hof, später auch in ernsten Rollen im Residenztheater. Als ich heute eine neue Garderobe kaufte, erinnerte sich die ältere Verkäuferin noch an sie. Ich wurde wie auf Händen getragen. Ich wusste nicht, wie sehr sie noch in den Herzen der Münchner präsent ist. Ich hatte nicht viel von ihr als Mutter. Ich glaube, ich war ein Betriebsunfall. Sicherlich hat sie mich geliebt, aber ich war ihrer Karriere und ihrem Flair als umschwärmte Künstlerin eher im Weg. Sie hat mich auch nur sehr selten mit ins Theater genommen. Die Riedmüller und eine Tochter? Das ging nicht zusammen."

„Riedmüller? Wie hieß sie denn mit Vornamen?"

„Therese."

„Therese Riedmüller, bedaure, das ist mir kein Begriff."

„Das ist vollkommen normal, man kannte sie und erinnert sich ihrer nur in München."

„Wie kann man seine Tochter Katja nennen, wenn man selbst Therese heißt?"

„Ich geb's ja zu, Katja ist kein besonders schöner Name, aber ich habe mich daran gewöhnt, er gehört jetzt zu mir. Mein Vater hat einmal angedeutet, sie habe diesen Namen absichtlich gewählt, weil sie wusste, dass er ihn scheußlich finden würde. Sie wollte ihm dadurch wohl signalisieren, dass er in ihrem Leben nichts mehr verloren habe."

„Ja, waren Ihre Eltern denn nicht verheiratet?"

„Nein, eine verheiratete Therese Riedmüller hätte wohl viel von ihrer verführerischen Präsenz auf der Bühne verloren. Das männliche München lag ihr damals zu Füßen. Sie wollte mir nie sagen, wer mein Vater war. Ich verdanke es der Neugierde der schon erwähnten Frau Gundermann, dass ich ihn entdecken konnte."

Es war spät geworden und das Café leerte sich.

„Wir müssen gehen. Begleiten Sie mich noch bis zum Hotel? Es ist rutschig draußen, wie Sie sagten."

Auf der Straße mischten sie sich zunehmend mit festlich gekleideten Menschen, die alle auf ein gemeinsames Ziel zustrebten. Es war die Oper, wie sie bald feststellten.

„Haben Sie Lust, ich lade Sie ein."

„Da kriegen wir nie Karten, die Vorstellungen sind immer ausverkauft."

„Was soll denn diese Miesepeterei? Wir müssen es versuchen."

„Miesepeterei, Ihr Wortschatz erstaunt mich."

„Heißt das jetzt ja oder nein?"

„Das heißt, dass ich mich freue, denn so ist unser Abend noch nicht vorbei."

An der Kasse wurde ihnen gesagt, sie müssten noch etwas warten, aber bei diesem Sauwetter würden sicherlich viele ihre reservierten Karten nicht abholen.

„Was wird eigentlich gegeben?", fragte Katja während sie abwarteten.

„Gute Frage, dennoch finde ich, es ist egal, was läuft, wenn ich mit Ihnen in die Oper gehen kann."

Katja fühlte, wie sie etwas errötete und hoffte, dass ihr Begleiter das nicht bemerken würde.

„Das haben Sie sehr nett gesagt, dennoch wäre es womöglich gut, nachzuforschen, auf was wir uns da einlassen."

„Es ist ‚La Forza del Destino' von Verdi, berichtete er kurz darauf.

Und da winkte ihnen auch schon die Dame aus der Kasse zu. Sie bekamen zwei recht gute Plätze im Parkett.

Als sie ihre Mäntel abgaben, bemerkte Katja, dass sie noch immer das einfache Straßenkostüm trug, mit dem sie am Nachmittag das Hotel verlassen hatte. Doktor Finkelsztajn war da mit seinem taubenblauen Anzug schon erheblich besser angezogen. Er bemerkte ihre Verlegenheit sofort und beruhigte sie charmant:

„Bei Ihnen ist es unwichtig, was Sie tragen. Die Leute beachten sowieso nur Ihr wunderschönes Gesicht."

Ohne etwas zu sagen, hakte sie sich unter und ließ sich zu ihrem Platz führen.

Als im zweiten Akt Leonore beschließt, ins Kloster zu gehen, bemerkte Katja wie er seine Hand auf die ihre legte.

„Tun Sie so etwas Dummes bitte nicht!" Er flüsterte ihr ins Ohr, und dabei berührten sie zart seine Lippen.

Sie lächelte und war froh, dass er seine Hand nicht zurückzog.

In der Pause ergatterten sie im Gedränge um die Bar für jeden ein Glas Sekt, den sie vor einem der großen Fenster zum Max Joseph Platz tranken. Beide schauten hinaus auf das Denkmal des ersten bayerischen Königs.

„Euer König sitzt. Bei uns reiten Könige. Aber der da unten war ja auch König von Napoleons Gnaden."

„Franzosen!" Dabei knuffte sie ihn in die Seite.

„Bevor wir uns prügeln, sollten wir anstoßen. Es wird Zeit, dass wir du sagen, duzen sagt man hier wohl."

Leise klingelten die Gläser, als sie sich zuprosteten.

„Sehr gerne. Dass ich Katja heiße, weißt du ja schon."

„Und Samuel ist ja auch keine Neuigkeit mehr."

Es klingelte und sie ließen sich von der Menge ins Parkett zurücktreiben.

„Saved by the bell", dachte Katja. Sie war sicher, sie hätte Samuel geküsst, wenn sie noch länger so beieinandergestanden hätten. Aber das, so fand sie, wäre vielleicht doch etwas übereilt gewesen.

Die beiden restlichen Akte achtete Katja nicht mehr auf die Handlung. Sie ließ sich von den Stimmen und vom Orchester tragen und dachte, dass sie sie seit langer Zeit nicht mehr glücklich gewesen war.

Im dichten Schneetreiben nach der Oper, bat sie Samuel, sie noch zum nahen Hotel zu begleiten. Dort umarmte sie ihn.

„Hier müssen wir uns verabschieden, sei nicht enttäuscht. Ich muss nachdenken."

„Okay, aber an sich bist du mir noch schuldig zu erklären, wofür unser Zusammentreffen gut war, außer dich zum Kreutzkamm zu begleiten."

„Ja, das habe ich vergessen. Können wir uns morgen treffen, sagen wir um 10 Uhr. Du sagst wo.“

Samuel überlegte kurz, dann grinste er:

„Vor der Neuen Pinakothek. Ich wollte mir schon immer einmal ein Bild von Franz von Stuck anschauen. ‚Die Sünde‘ ist der Titel.“

„Samuel, du bist ein charmanter Schuft.“

Lächelnd betrat sie das Hotel und bereute, dass sie so „vernünftig“ gehandelt hatte.

21. Kapitel

Zur selben Zeit in Allsberg

Massimo Esposito hatte bei Andres Gasser seinen Besuch angesagt, er habe ein Mitbringsel dabei. Gegen Abend kam er im Weingut an. Der Kellermeister führte den Gast ins neue Büro, das auch gleichzeitig als Speditionsabfertigung diente. Die Laster mit den riesigen Weintanks konnten vor das große Fenster zum Hof fahren und ohne auszusteigen konnten ihre Lenker die Frachtpapiere übernehmen.

„Im Sommer wird's etwas heiß, da lassen wir dann die Jalousie herunter. Aber ansonsten ist das eine optimale Lösung, weil ich merke, was im Betrieb los ist."

„Außer im Keller." Massimo grinste.

„Und die Gräfin merkt hoffentlich auch nicht, was los ist." Dabei schob er einen in Zeitungspapier eingewickelten Packen über den Tisch.

„Wenn du mir Lira andrehen willst, kannst du den Packen gleich wieder mitnehmen. Italienisches Geld will doch hier niemand haben und wenn ich es auf der Bank wechsle, stellen die nur dumme Fragen."

„Beruhige dich, ich habe Mark aufgetrieben. Und hier, geht hier alles klar?"

„Nach dem Tod vom Grafen schaut seine Witwe nur sporadisch vorbei. Sie meint, vom Wein verstünde sie nichts und ich bestätige sie in dieser Meinung. Sie schaut nur drauf, dass keine Verluste gemacht werden. Sehr viel weiter scheint ihre betriebswirtschaftliche Neugierde nicht zu gehen."

„Ottimo!"

„Ja, besser kann's nicht gehen."

„Andres, ich muss dich da noch um einen Gefallen bitten. Du weißt ja, dass ich dieses Geschäft mit meinem Vetter Niccolò zusammen durchziehe. Der wohnt noch immer in Kalabrien. An Allerheiligen ist er nach Palizzi gefahren, um die Familie beim Besuch auf dem Friedhof zu begleiten. La mia Mamma, Niccolòs Tante, hat natürlich einen riesigen Strauß am Grab ihrer Tochter hingelegt. Sie hat geweint um Bianca, mit ihr habe sie das Liebste, das Beste, das Heiligste verloren und so weiter. Wahrscheinlich kannst du dir vorstellen, was da alljährlich abgeht. Dem Idioten von Niccolò fällt da nichts Besseres ein, als zu sagen, so schlimm sei es ja gar nicht, denn Bianca habe ja eine Tochter. Zunächst fiel meine Mamma in Ohnmacht und als sie sich wieder erholt hatte, verlangte sie, sofort zu ihrer Enkeltochter gebracht zu werden."

„Oh Gott", stöhne Andres.

„Meine Mutter kann mit Mühe ihren Namen schreiben, du kannst dir deshalb vorstellen, dass sie nicht verstehen konnte und das auch nicht wollte, was es bedeutet, dass das Kind adoptiert worden war. Ihr riesiges Herz verlangte, ihr Enkelkind zu sehen und in ihre Arme schließen zu können. Nach langem Zureden gelang es meinen Bruder sie dazu zu bringen, sich erstmal mit einem Foto zu begnügen. Und das ist jetzt der Gefallen, um den ich dich bitte: Beschaff mir dieses Foto."

„Nichts leichter als das."

Andres griff in die Schreibtischschublade und holte einen Packen Weihnachtskarten hervor.

„Wie viele dürfen es denn sein? Die Chefin hat mir gesagt, es sei hier Tradition, dass an Weihnachten der Baron mit einer Karte grüßt. Jetzt ist es halt eine Gräfin, und ihre Tochter hat sie gleich mit aufs Foto genommen.“

Andres schob den Packen über den Tisch, sozusagen gegenläufig zu Massimos Mitbringsel. Als der das Foto in die Hand nahm, bemerkte Andres zunächst einen Schrecken in dessen Gesicht, dann wurde er blass und als er sich wieder gefasst hatte, stammelt er:

„La sua somiglianza“, flüsterte er. „Ja, so sah meine Schwester als Kind aus. Kanntest du sie? Sie hat später in Eppan gelebt.“

„Wahrscheinlich habe ich sie gesehen, aber ich erinnere mich nicht.“

„Sei gay? Keinem normalen Mann ist diese Frau entgangen. Sie war eine Schönheit, una bellezza. Das Foto hier wird meine Mamma nicht überleben, es ist, als lebte Bianca weiter. Sie wird sie sehen wollen und wird dabei womöglich unser Geschäft in Gefahr bringen.“

„Gut, dann geben wir ihr eben das Foto eines anderen Mädchens. Sie muss nicht unbedingt aussehen wie ihre Mutter. Sie könnte ja nach dem Vater gehen und der war Südtiroler. Ein normales deutsches Mädchen wird’s auch tun. Ich kümmere mich darum.

22. Kapitel

Tags darauf

Am nächsten Morgen fuhr Massimo Esposito mit einem Bild eines Mädchens, das Andres Gasser von der Pinwand im Aufenthaltsraum der Belegschaft genommen hatte, nach Südtirol und Katja schaute aus einem der Fenster ihrer Junior Suite. Das Wetter hatte sich nicht geändert, das Maximilianeum, das imposante Gebäude des Landtags, lag verschneit auf seiner Anhöhe hinter der Isar.

Das war kein Wetter, die neue Garderobe auszuführen. Eine warme Hose, ein Rollkragenpullover und bequeme Schuhe, alles andere wäre ihr deplatziert vorgekommen. Nach einem wunderbaren Frühstück verließ sie das Hotel. Sie hatte nun ihren alten Lodenmantel übergezogen und lächelte beim Gedanken an ihren Onkel Schorsch in sich hinein. Sie hatte dessen Aversion gegen bayerische Tracht nicht übernommen. Ein Taxi brachte sie zur Neuen Pinakothek. Von Samuel weit und breit keine Spur. Es war windig und kalt, dennoch zog es Katja vor, das Museum nicht zu betreten. Sie hoffte, Samuel von Weitem zu erkennen und sein Näherkommen zu beobachten. Würde es Freude in ihr Auslösen oder doch dieses beunruhigende Gefühl, nicht zu wissen, was kommt? Nein, das wäre nicht beunruhigend, überlegte sie. Es würde das ständige Kribbeln im Bauch nur noch verstärken und darauf freute sie sich.

Als Nächstes spürte sie, wie warme Hände von hinten ihre Augen zuhielten.

„Guten Morgen, Katja. Ich habe dich aus dem Foyer heraus beobachtet. Warst du ungeduldig? Ich bin es schon seit dem Aufwachen. Was kann man schon anderes machen, wenn man um sieben Uhr aufwacht und erst um zehn die Angebetete treffen wird?“

„Du betest mich an? Statt solchen Unfug zu erzählen, könntest du mir einen Kuss geben und einen guten Morgen wünschen.“

Katja hatte eher an einen flüchtigen Wangenkuss gedacht, aber Samuel nahm ihr Gesicht in beide Hände und küsste sie lange auf und in den Mund. Zuerst war Katja erschreckt, dann erwiderte sie den Kuss und das Spiel seiner Zunge mit Leidenschaft. Es war lange her …

„Komm, es ist kalt hier draußen. Lass uns hineingehen, die Sünde wartet.“

Was dann geschah, war eigentlich eine Schande für die abgebrochene Studentin der Kunstgeschichte. Samuel schleppte sie an den bedeutendsten Werken der Sammlung im Schnellschritt vorbei. Katja hatte den Eindruck, als flögen Thorwaldsen, Caspar David Friedrich, Degas, Spitzweg, Waldmüller, Rayski, Kaulbach, Piloty und Marées nur so an ihr vorbei, sogar van Goghs Sonnenblumen würdigte er nur eines flüchtigen Blickes.

„Was ist los mit dir, das ist doch hier kein Marathon!“, protestierte Katja. Zu ihrem Erstaunen antwortete Samuel mit einem Gedanken, der ihr noch nie gekommen war:

„Museen erschlagen dich, wenn du alles sehen willst. Nimm dir ein Bild vor oder zumindest nur einige wenige, nur so wirst du sie verstehen.“

Damit standen sie auch schon vor dem Gemälde, von dem Samuel am Abend beim Abschied gesprochen hatte: Die Sünde von Franz von Stuck.

„Schau dir das an! Was für ein verlogenes Stück! Diese goldenen Säulen als Rahmen! Dieser übergroße Schriftzug, der alle daran erinnern soll, um was es hier geht. Ist das die verabscheuungswürdige Sünde, vor der uns Gott warnt, für die er uns bestraft? So eine golden eingerahmte Sünde will doch jeder Mann begehen, und ich wette mit dir, dass es ganz viele Frauen gernhätten, so begehrt zu werden. Schau dir diesen weißen Körper an! Die Spitzen der Brust, man ahnt sie nur und sind dennoch ein blassroter Hingucker. Ach, und sieh mal, das ist ja gar kein Kleid, das die Dame anhat, das ist eine Schlange, das Sinnbild der Sünde! Ich weiß nicht, was in eurer Bibel steht, aber in unserer Tora steht, dass die Schlange gesagt hat, wer vom Baum der Erkenntnis isst, der kann gut von böse unterscheiden. Erst wer weiß, was Sünde ist, kann sie begehen. Ich habe mal ein Experiment gemacht und in Frankfurt Freunde und Bekannte nach ihren Sünden befrag. Fast alle haben diese Sünde gebeichtet, die wir hier vor uns sehen. Fleischeslust! Als ob das die schlimmste Sünde wäre, deren der Mensch fähig ist! Treblinka, Oradour, Dachau, Lidice? Sagt dir das was? Aber nein, hier in der Neuen Pinakothek wird das Sinnbild der Sünde ausgestellt. Alle verstehen es, geilen sich daran auf und vergessen all die anderen Sünden. Glaubst du, ein Bild der Verbrennungsöfen von Auschwitz würde man mit goldenen Säulen einrahmen und ‚Die Sünde‘ darunterschreiben? Ein Verkaufserfolg wäre es sicherlich nicht!“

„Samuel, bitte!“

Katja konnte nicht weitersprechen. Sie suchte nach den richtigen Worten.

„Schau, mein Neffe Carlitos hat mir neulich ein spanisches Wort beigebracht: Als ich ihm verbot, in seinem Schneehaus zu übernachten, nannte er mich „aguafiestas", jemand, der es schafft, jedes Fest durch einen Schwall Wasser zu verderben. Ich verstehe ja, was du meinst, und ich hatte es auch schon vorher verstanden. Aber muss ich jetzt damit rechnen, dass du mich bei jeder Gelegenheit an die Kollektivschuld der Deutschen erinnerst?"

Innerlich hielt sie den Atem an. Sie merkte, dass ihre Frage geeignet war, alles zu zerstören oder aber vieles zu klären. Samuel hatte sich abgewendet und schien nachzudenken. Sie atmete auf, als er sich ihr wieder zuwendete, denn er lächelte:

„Es macht wohl einen Unterschied, wen man zu welchem Zeitpunkt an diese Schuld erinnert. Ich möchte erreichen, dass die Verantwortung nicht weggeschoben wird, dass die Schuld präsent bleibt, selbst dann, wenn sie nicht mehr individuell zugeschrieben werden kann. Ich merke gerade, dass ich dieses fast reflexartige Verhalten bei aller Emotion in mir selbst frei von Emotion dem oder der Befragten gegenüber praktiziert habe. Bei dir ist es anders. Muss es anders sein, denn ich habe mich in dich verliebt."

Katja fiel ihm um den Hals.

„Warte, ich bin noch nicht fertig: Wenn meine Verliebtheit auch nicht frei ist von Vorbehalten, so sollte dennoch daraus Liebe entstehen können."

Nun wurde aus der Umarmung ein langer und leidenschaftlicher Kuss. Der endete allerdings abrupt in allgemeinem Gelächter, als sich eine Schulklasse vor dem berühmten Gemälde aufbaute. Noch ehe die Lehrerin zu einer Erklärung ansetzen konnte, meinte einer ihrer Schüler ebenso trocken wie zutreffend:

„Die zwei üben schon mal.“

Wenig später standen sie vor der Neuen Pinakothek und die Kälte kroch unter ihre Mäntel.

„Was machen wir? Es ist halb zwölf. Zu früh zum Mittagessen, aber zu spät, um noch was Neues anzufangen.“

Ohne zu antworten, winkte Katja ein Taxi heran.

„Fahren Sie uns bitte zum Hotel Vier Jahreszeiten.“

Bis sie dort ankamen, sagten beide nichts. Sie hielten sich an der Hand. Jedes Wort hätte ihr stilles Einvernehmen zerstören können.

Später lag Katja dösend in ihrem Bett und war glücklich. Seit mehr als drei Jahren hatte sie es vermisst, einen Körper an ihrem und in ihrem zu spüren. Sie spürte, wie der Liebesnachmittag mit Samuel das latente Gefühl des Alleinseins, die Trauer, allein gelassen worden zu sein, von ihr genommen hatte. Samuel schlief. Typisch Mann!

Sie wars zufrieden. So konnte sie seine wärmende Haut spüren, ohne mit ihm reden zu müssen. Über die Zukunft machte sie sich keine Gedanken. Eine dauerhafte Liebesbeziehung zu Samuel würde voraussichtlich schwierig werden. Ursprünglich hatte sie ihn ja kontaktieren wollen, um die Kunstschätze im Keller des Schlosses irgendwie loszuwerden, irgendwo berechtigte Erben zu finden. Darüber hatte sie mit ihm noch gar nicht gesprochen. Und Erfahrung mit einer Beziehung aus der Ferne hatte sie auch nicht.

Wie sie noch nachdachte, spürte sie, wie Samuels Hand ihre Brust streichelte. Sie wandte sich ihm zu, um ihn zu küssen und merkte sofort, dass es beim Kuss nicht bleiben würde. Wenig später verloren sich beide in einem nicht enden wollenden Rausch von Zärtlichkeit, Hingabe und Extase.

„So kann das nicht weitergehen.“

Sie standen gemeinsam unter der Dusche und berührten mit Wonne den Körper des anderen.

„Du erschreckst mich, Samuel, was meinst du?"

„Du lässt mich verhungern."

„Sexuell?"

Nein, das nicht, aber verhungern lässt du mich dennoch. Seit gestern habe ich nur einen Apfelstrudel und etwas Baumkuchen gegessen. Ich kann gar nicht verstehen, wie mein armer Körper fähig war, dich so oft zu lieben und schon wieder Lust darauf hat."

„Das heben wir uns für heute Abend auf, denn unbestreitbar musst du sofort etwas in den Magen bekommen. Ich kenne in München kein koscheres Restaurant, aber weiter unten an der Maximilianstraße gibt es einen Italiener. Da werden wir was Passendes für dich finden."

„Ein orthodoxer Jude bin ich nicht, deshalb entfloh ich der Kontrolle meiner Familie bis nach Frankfurt. Es muss also nicht immer koscher sein. Nur Schweinefleisch mag ich nicht. Es ekelt mich davor. So ganz kann man familiäre Prägung eben doch nicht abstreifen. Gehen wir zum Italiener. Der da unten kann warten."

Aus einer Woche in München wurde nichts. Katja und Samuel hatten nach einem opulenten Nachtmahl und einer leidenschaftlichen Liebesnacht eigentlich vorgehabt, auch noch den Vormittag im Bett zu verbringen, als das Telefon klingelte. Der Concierge kündigte einen dringenden Anruf aus Allsberg an.

Sofort schossen Katja alle möglichen Katastrophenszenarien durch den Kopf. Ilaria war am anderen Ende der Leitung. Katja war sicher, dass etwas Schlimmes mit Anna passiert sein müsse. Es war aber nur ein Telegramm angekommen. Sie hasste Telegramme seit ihrer Studentenzeit. Eines Abends war sie spät nach Hause gekommen und fand einen Zettel an ihrem Briefkasten, der sie informierte, man habe vergeblich versucht ein Telegramm zuzustellen, sie könne es jederzeit auf dem Hauptpostamt abholen. Es regnete, Busse fuhren nicht mehr, sie musste für teures Geld ein Taxi nehmen und als sie den Umschlag mit fliegenden Händen in der Schalterhalle der Post öffnete, fand sie folgende Nachricht:

„Vergiss nicht, dass Onkel Schorsch morgen Geburtstag hat. Grüße, Groma."

Katja bat Ilaria, das Telegramm vorzulesen. Es war eine Nachricht eines Gerichts in Bozen, wonach sie sich am Montag der folgenden Woche dort persönlich melden müsse. Es ginge um die Vormundschaft über ihre Tochter.

„Samuel, ich muss nach Bozen. Ein Gerichtstermin. Am besten ich fahre gleich los, dann kann ich mich auch noch ein wenig um das Weingut und die Burg kümmern. Ich würde dich gerne mitnehmen, zumal es noch etwas zu besprechen gibt ..."

Sie kam nicht dazu, Samuel zu erklären, dass sie es als unpassend empfand, ihn in Enzios Heimat mitzunehmen. Er war schneller:

„Dann müssen wir Amor schnell noch den Vortritt lassen, denn meine Arbeit ruft. Wenn es allerdings noch etwas zu besprechen gibt, dann habe ich die konkrete Hoffnung, dass wir uns bald wieder sehen werden."

Das mit dem Vortritt für Amor war wunderbar.

23. Kapitel

Eppan, Februar 1991

Katja hatte Onkel Albert angerufen und sich selbst bei ihm eingeladen. Sie hatte keine Lust allein in der Burg Altspaur zu übernachten. Am Brenner gab es den üblichen Stau und so kam sie erst in Eppan an, als es bereits dunkel war. Als sie auf den Hof der Khofler Burg fuhr, fiel ihr wieder ein, dass Onkel Albert eine wundervolle Kunstsammlung hatte. Auf dem Rasen vor dem Eingang hatte sie bei ihrem ersten Besuch, damals noch mit Enzio, eine Giacometti-Statue entzückt: „Femme, épaule cassée." Sie war nicht mehr da. Sie fand Onkel Albrecht in seinem riesigen Wohnzimmer mit der Säule in der Mitte. Er saß vor dem brennenden Kamin und hatte eine Wolldecke über die Knie gelegt. Offenbar fror er. Auch hatte er stark abgenommen. Alles zusammen machte er den Eindruck, erheblich gealtert zu sein. „Schwer zamgebaggd." Lächelnd erinnerte sie sich daran, dass die Soffi das jetzt gesagt hätte.

„Die schöne, lächelnde Gräfin Altspaur, endlich besucht mich mal jemand."

Der alte Herr hatte sich umständlich erhoben und schloss die Witwe seines Patensohnes in die Arme.

„Weißt du, Katja, das Leben ist eine ungerechte Sauerei. Ich friste hier einsam das bisschen Leben, das mir der

Herrgott noch gelassen hat und Enzio liegt drunten in Eppan auf dem Friedhof. Wer kümmert sich denn jetzt um dich?"

Katja war ehrlich erschrocken. Dass Onkel Albert ein Lebemann war und wahrscheinlich noch immer ist, das war offenbar in ihr passives Gedächtnis gerutscht. Sie war überhaupt nicht auf die Idee gekommen, er könne ihr Avancen machen und schon gar nicht, ehe sie überhaupt ein Wort gesagt hatte.

„Nun mal sachte, lieber Onkel. Bevor du dich als Witwentröster anbietest, könnten wir uns Grüß Gott sagen. Früher hast du mir zur Begrüßung die Hand geküsst."

„Ja, du hast recht. Das Alleinsein bekommt mir nicht. Ich freue mich, dass du mich besuchst. Pia, meine Köchin hat uns etwas vorbereitet. Sei so nett und bring das Tablett aus der Küche her. Ich mach derweil eine von den Flaschen auf, die der Gasser Josef vor Weihnachten vorbeigebracht hat. Es sei ein Geschenk der Gräfin." Hab Dank, ich habe mich darüber sehr gefreut."

„Bei mir musst du dich da nicht bedanken, denn mir gehört da drüben nichts. Die Gräfin ist Anna, sie hat ihren Vater beerbt. So hat sie später wenigstens etwas, über das sie allein bestimmen kann. Das ganze Zeuch in Deutschland muss sie ja mit Carlitos teilen. Jetzt hole ich uns aber erstmal die Merende, so nennt ihr das doch?"

Kurz darauf kam sie mit einem riesigen Tablett zurück, auf dem Schüttelbrot, Speck, Butter und Graukäse wunderbar mit Tomaten und Petersilie garniert, das Wasser im Munde zusammenlaufen ließen.

„Deine Pia weiß, was gut ist."

„Ja, aber meine Pia ist sie nicht. Sie ist die Altbäuerin von nebenan und hilft mir, wenigstens den Anschein von kultiviertem Leben aufrecht zu erhalten."

„Gewisse Defizite habe ich bereits festgestellt. Wo ist denn der Giacometti im Hof hingekommen?"

Onkel Albert machte eine hilflose Geste und flüsterte mehr als dass er es sagte:

„Ich habe doch keine Weinberge mehr. Was soll ich denn sonst verkaufen?"

„So schlimm ist es?"

„Nein, schlimm ist es nicht. Ich hatte schon immer vor, vermögenstechnisch eine Punktlandung hinzulegen. Wenn ich sterbe, soll möglichst wenig übrigbleiben. Dann haben meine Nichten und Neffen weniger Grund sich zu streiten. Und so gesehen ist es ja nur logisch, dass ich irgendwann das verkaufe, was am meisten Geld bringt."

„Verzeih, wenn ich vermute, dass du den Verstand verloren hast. Wie konntest du die Giacometti-Statue verkaufen, ohne sie mir vorher angeboten zu haben? Du musst doch bemerkt haben, dass ich damals bei unserem ersten Besuch hier, mein Herz an die Dame verloren hatte."

„Dran gedacht hab ich natürlich. Versteh mich, Katja! Vor Jahren schon habe ich dir erzählt, dass ich davon lebe, meine Kunstsammlung peu à peu zu verkaufen …"

„… stückerlweis hast du damals gesagt. Das habe ich mir gemerkt, weil deine Sammlung nun wirklich nicht aus ‚Stückerln' besteht."

„Eben! Und jetzt war halt der Giacometti dran. Als der Auktionator das Original abgeholt hatte, konnte ich den Anblick des Nachgusses auf dem Hof nicht mehr aushalten und so habe ich die Statue in den Keller verbannt. Die Versteigerung findet im Frühjahr in Venedig statt. Das wird, wie ihr Deutschen sagt, ein Schluck aus der Pulle werden."

„Also, das nehme ich dir jetzt übel! Hättst ja was sagen können!"

Verzeih, aber hättest du etwa achthundert bis neunhundert Millionen in der Portokasse gehabt?"

„Dollar?"

„Nein, Lira, natürlich."

„Ach so, du sprichst von ungefähr dreihundertfünfundzwanzig Mark."

„Unerträglich seid ihr Deutschländer! So wenig ist unsere Währung auch wieder nicht wert. Aber im Ernst, ich verspreche mir bei der Versteigerung einen Erlös von umgerechnet einer knappen Million DM. Wenn nach allen Kosten, Trinkgeldern und Steuern etwa die Hälfte für mich übrigbleibt, dann habe ich hoffentlich ausgesorgt, ich werde schließlich bald achtzig. Und außerdem, was willst du mit dem Giacometti? Du hast so viel Kunst, dass du nicht weißt, wohin damit. Du lagerst deine Schätze sogar im Keller!

„Ja, weil sie nicht mir gehören. Ich will aber endlich mal eigene Kunst haben."

Okay, dann bekommst du den Giacometti für fünfhunderttausend Mark netto. Das heißt, du bezahlst alles, was es kostet, die Statue dem Auktionator wieder zu entwinden und die Steuern."

„Das kann teuer werden, denn wer weiß, was das Ding wirklich wert ist?"

„Wenn Du meine Femme épaule cassée noch mal ‚das Ding' nennst, kriegst du sie ganz bestimmt nicht."

„Okay, dann wollen wir jetzt erstmal etwas essen."

Kurz darauf saßen beide mit einem wunderbaren Brotzeitteller auf den Knien vor dem Kamin.

„Prost, Onkel Albert. Danke, dass du mich aufnimmst. So allein drüben in Enzios Burg den Abend zu verbringen, ist nun wirklich nicht prickelnd."

„Sag mal, weshalb bist du überhaupt zu einer so wenig einladenden Jahreszeit hierhergekommen? Zum Après Ski?"

„Nein, es geht um Anna. Irgendein Amt will was von mir, wahrscheinlich wollen sie prüfen, ob ich als Witwe in der Lage bin, ein Kind aufzuziehen. Wenn ich gestorben wäre, hätte man das den Enzio sicher nicht gefragt. Da ich gerade sowieso in München war, bin ich gleich hierhergefahren. Der Amtsschimmel in Italien ist offenbar noch schlimmer als bei uns in Deutschland. Das Vormundschaftsamt, oder wie das auch immer heißt, müsste doch wissen, dass Anna alleinige Eigentümerin des gesamten Besitzes der Grafen von Altspaur geworden ist."

„Gräfinnen von Altspaur, bitte. Es gibt keinen Grafen mehr, nur zwei Gräfinnen, du eine Schönheit und Anna, wenn sie nach ihrer leiblichen Mutter kommt, una bellezza. Aber eigentlich wollte ich was anderes sagen. Die Schimpferei der Südtiroler auf die Italiener ist etwas überholt. Seit 1972 haben wir ein Autonomiestatut. Das hat Ruhe in die ewigen Divergenzen zwischen den drei Volksgruppen gebracht."

„Was, drei. Wer ist denn der Dritte im Bunde?"

„Das sind die Ladiner. Deren Sprache ähnelt dem Rätoromanischen. Aber sie leben seltsamerweise nicht an der Grenze zur Schweiz, sondern eher im Osten von Südtirol. Ja, wir sind hier zu dritt. Das wissen nur die wenigsten. Bis vor wenigen Jahren war das Klima hier vergiftet. Du hast das noch an der Beerdigung deines Schwiegervaters merken können. Gut, der Ortspfarrer, Don Rocco war wirklich etwas arroganter als es selbst die Alleinseligmachende erlaubt. Nachdem wir das Autonomiestatut haben, bewegen sich die Volksgruppen langsam aufeinander zu. Heute erlebst du es nicht mehr, dass der Bub eine Watschen fängt, wenn er zu Hause italienisch redet. Die jungen Leute sind absolut zweisprachig, die Ladiner sogar dreisprachig. Die Vereine sind nicht mehr „closed shops", es kommt immer häufiger zu Eheschließungen, ohne dass hinter vorgehaltener Hand von Mischehen getuschelt wird. Nein, nein, es hat sich tatsächlich ganz viel gebessert und darüber bin ich sehr froh. Letztlich verdanken wir diese Normalisierung allein einem Sozi, stell dir das vor!"

„Einem Sozi? Du sprichst ja wie der Onkel Schorsch!"

„Ich hab deinen Onkel einmal getroffen, das war bei Enzios Taufe. Agnes Tröger, die Schwester von Enzios Mutter, war mit mir zusammen Taufpate. Der Schorsch, das war ein wackerer Deutscher. Der saß mit beiden, pardon, Arschbacken fest auf dem Boden der Tatsachen. Seiner Tatschen, um genau zu sein. Drum hielt er auch nichts von den Sozis, so wie ich selbstverständlich auch. Das war damals wahrscheinlich noch genetisch bedingt. Aber der Bruno Kreisky, wie er noch Außenminister in Wien war, der hat den Mut g'habt, das Südtirolproblem anzupacken. Nebenbei bemerkt, hat bei dem im Außenministerium meine halbe österreichische Verwandtschaft gearbeitet. Der Kreisky meinte, denen müsse er wenigstens nicht auch noch Tischmanieren beibringen. Abgeschafft haben sie die Aristokratie schon, aber sie wissen genau, was sie an ihr haben. Wie dem auch sei, nicht alle Sozis schielen nur nach unsereinem seinen Geldbeutel."

„Du hüpfst von einem zum anderen, aber wenigstens ist es amüsant, was du erzählst."

Na ja, es kann schon sein, dass ich einen kleinen Mitteilungsstau habe. Das Wort habe ich von meinem Freund, dem deutschen Schriftsteller Herbert Rosendorfer. Er ist Richter in Deutschland, aber er stammt aus Tirol. in den Ferien kommt er hieher. Manchmal treffen wir uns auf ein Glas Wein. Intellektuell sehr interessant, aber was den Wein angeht, etwas einseitig, den muss immer ich beisteuern."

„Du wirst es verkraften können, aber erzähl mir lieber von deinem Mitteilungsstau."

„Da gibt es nicht viel zu erzählen. Schau dich um! Siehst du da irgendwo ein weibliches Wesen, das mein Herz und mein Bett erwärmen könnte? Diese jungen Dinger wollen im Winter höchstens nach Sankt Moritz, aber sonst bleiben sie in den Städten, wo sie entdeckt zu werden hoffen oder bereits entdeckt wurden. Vielleicht liegt es auch an meinem Alter, aber von denen schaut mich schon lange keine mehr an."

„Lieber Onkel Albert, bist du schon mal auf die Idee gekommen, dich nach einer Freundin umzuschauen, die deinem Alter näherkommt als 40 Jahre?"

„Guter Gedanke! Aber mir fehlt die Erfahrung mit Frauen über fünfunddreißig. Monogam war ich ja nie, das ist wirklich kein Geheimnis. Schau Katja, wir sind ja jetzt unter uns. Ich kann mir nicht vorstellen, mit einer reifen Frau zu reden. Die hat mindestens genauso viel erlebt wie ich, da gehen die Gespräche zwangsläufig in die Tiefe. Ich will aber von mir nicht so viel erzählen, nenn es offenbaren. Ich denke, das wäre nicht sehr vorteilhaft für mich. Mit jungen Frauen passiert das fast nie und hinzu kommt, dass sie meiner meist eher überdrüssig werden als ich ihrer. Alte Männer, die klammern, das ist unwürdig. Außerdem hast du mir heute wieder gezeigt, wie kompliziert das alles ist. Ich habe dir noch nicht einmal richtige Avancen gemacht, da hast du mich schon in meine Schranken verwiesen. Aber nun erzähl du mal. Wie geht das mit deinem Witwenstand?"

„Wenn du ehrlich bist, wirst du zugeben, dass dich das einen feuchten Kehricht angeht. Du triffst mich aber in einer Situation, die es mir geraten erscheinen lässt, mir über einiges klar zu werden."

Der alte Herr lächelte wissend, unterbrach sie aber nicht.

„Weißt du, meine Ehe mit Enzio war in allen Beziehungen gut, ich meine wirklich in allen. Als er starb, was das Schlimmste die Leere. Gut, dass ich Anna hatte, auch meine Großmutter war mir eine große Hilfe. Das alles ersetzt aber nicht einen Ehemann. Seine Nähe beim Mittagessen, später im Büro, abends bei einem Glas Wein und natürlich auch im Bett. Die körperlichen Defizite hatte ich mir ausmalen können, was ich nicht wusste, war, wie schwer es ist, mit seinen Gedanken alleingelassen worden zu sein. Ich nehme an, alle Frauen, die ihren Mann verlieren, sind darüber traurig. Wer wird schon gerne Witwe? Alle Welt versteht das und viele Freunde oder Verwandte sind sogar fähig, Trost zu spenden. Nur, um einen Ersatz für das zu finden, was ich mit Enzio besprochen und unausgesprochen gefühlt habe, dazu hätte ich mein Innerstes öffnen müssen. Dazu war ich nach der intensiven Zeit der Pflege und nach der großen Trauer nach seinem Tod nicht fähig. Ich denke, dazu ist niemand fähig."

„Und jetzt?"

„Na ja, ich bin nach München gefahren, um mal an was

anderes zu denken. Ich wollte shoppen, mal wieder in die Alte Pinakothek gehen und von niemandem gestört werden. Ich wollte eine Woche im Vier Jahreszeiten mich verwöhnen lassen …“

„Sehr vernünftig, da geh ich auch immer hin.“

„Nachdem ich beim Lodenfrey einen Haufen Geld gelassen habe, renne ich in jemanden hinein, mit dem ich vor Jahren in Frankfurt in einem Café gestritten habe. Wir sind zuerst zum Kreutzkamm gegangen, dann hat er mich in die Oper eingeladen …“

„Und dann?“

„Nein, eben nicht und dann. Am nächsten Morgen haben wir uns wieder getroffen. Es wurde nicht die Alte Pinakothek, sondern die Neue. Er wollte mir nur ein einziges Bild zeigen.“

„Jetzt bin ich aber mal gespannt.“

„Er zeigte mir ‚Die Sünde‘ von Franz von Stuck.“

„Ein ziemlicher Wink mit dem Zaunpfahl, wenn du mich fragst. Aber abgesehen davon: Ich liebe, ja ich verehre dieses Bild. Da steckt alles drin, was die Liebe ausmacht, die Versuchung, das Verbotene, das Verlangen nach beidem, die Schönheit und all das, was stets verborgen bleiben wird in der Beziehung zwischen Mann und Frau.“

„Ja, genau so hätte ich es auch gesagt bis gestern. Er aber hat mir klargemacht, dass das, was du gerade so treffend beschrieben hast, nicht die wirkliche Sünde ist. Er sprach von den Sünden der Nazizeit.“

„Jessas, damit kann man jede Diskussion abwürgen!“

„Tu nicht so, als hättet ihr Österreicher damit nichts zu tun.“

„Verzeih mal, ich bin Südtiroler!“

„Und Beethoven war Österreicher, komm, halte mich nicht für blöd. Deine Generation hat doch genau gewusst, was da los war, aber ihr habt euch weggeduckt."

„Das stimmt, aber Katja, sei froh, dass du in Zeiten lebst, die deinen Heroismus nicht auf die Probe stellt. Lieber einmal feige als das ganze Leben tot. Ich war zwölf Jahre lang feige, aber ich lebe. Wie viele Opfer hätte ich gerettet, wenn ich mich gegen die Nazis oder gegen den italienischen Faschismus aufgelehnt hätte? Das zu fragen oder zu beantworten, macht mich nun wirklich nicht froh, aber jede Regung des Lebens danach abzutasten, ob sie nach Auschwitz adäquat ist, macht ebenfalls nicht glücklich. Sich nicht immer erinnern zu müssen, ist eine segensreiche Einrichtung."

„Wahrscheinlich haben Onkel Schorsch, mein Schwiegervater und meine Großmutter auch so gedacht. Der, mit dem ich gestern in der Neuen Pinakothek war, kann nicht so denken, denn er ist Jude."

„Das habe ich mir schon gedacht, denn nur wahre Opfer oder protestantische Pfarrer neigen zu dieser Art moralischem Rigorismus. Die Franzosen haben recht, wenn sie sagen: ‚Toujours en penser, jamais en parler'."

„Onkel Albert, ich muss doch bitten. Das haben die Franzosen gesagt, als die Deutschen ihnen Elsass-Lotringen weggenommen haben. Wir sprechen aber hier von Millionen und Abermillionen Toten."

„Ja, und trotzdem geht das Leben weiter. Und weil dem so ist, frag ich dich noch mal nach deinem Cicerone. Ist es denn bei der Fremdenführung geblieben?"

„Auch das geht dich einen feuchten Kehricht an, aber ich sage dir, dass es nicht dabeigeblieben ist. Es war wunderbar! Das erste Mal seit Enzios Tod."

„Hat er gestört?"

„Ich wäre darauf gefasst gewesen, aber nein, hat er nicht. Ich hatte ja auch lange genug Zeit, mich an den Gedanken zu gewöhnen, dass ich ohne ihn würde weiterleben müssen und dürfen."

„Wenn ich das recht verstehe, dann neigst du seit gestern auch zu der Meinung, dass das Leben weitergehen muss!"

„Du vergisst dabei Eines: Alles, was einvernehmlich geschieht, ist niemals Sünde. Mord aber immer."

„Es ist spät geworden, gehen wir zu Bett. Nur lass mich noch dies sagen, auch wenn ich rechthaberisch klinge: Der heutige Abend hat mal wieder gezeigt, dass Gespräche mit Damen über dreißig dazu neigen, anstrengend zu sein."

24. Kapitel

Eppan, tags darauf

Ihre Nacht war nicht angenehm gewesen. Das Gespräch mit Onkel Albert kam ihr immer wieder in den Sinn und es gefiel ihr jedes Mal weniger. Sind Vergessen und Verdrängen tatsächlich so segensreich? Oder machte sie sich zu viele Gedanken? War sie die typische Vertreterin der Betroffenheitskultur? Es ist leicht, betroffen zu sein, wenn alles vorbei ist. Aber andererseits ist es notwendig, gerade dann betroffen zu sein, zumal dann, wenn sich die Täter der von Onkel Albert erwähnten „segensreichen Einrichtung" bedienen. Was heißt hier Täter? Waren das nicht eher wegsehende Zeitzeugen? Aber wie kann man wegsehen, wenn Nachbarn verschwinden, wenn von Endlösung schwadroniert wird, wenn man das Verbrechen zumindest ahnt?

Ihre Gedanken wanderten hin und her. Die Fragen blieben. Sie quälten sie, weil es keine Antworten gab. Schließlich zwang sie sich dazu, an Samuel zu denken. Der hatte auch Fragen, aber er hatte auch Arme, die sie umschlingen konnten. Diese Gewissheit trug sie dann doch in einen kurzen Schlaf.

„Na, sehr ausgeschlafen siehst du aber nicht aus."

Onkel Albrecht bereitete gerade das Frühstück vor. Draußen dämmerte es gerade.

„Man merkt wirklich, dass deine Erfahrung mit Frauen etwas Teenagerhaftes hat. Mit so einem Satz kannst du eine Dame nicht am frühen Morgen überfallen, auch wenn er zutrifft."

„Verzeih, meine Liebe. Das war wenig charmant. Gestern Abend war ich etwas erstaunt, dass dich ein Termin bei einem Amt nach Südtirol ruft. Ich hatte angenommen, dass du kommst, um den Betrieb Altspaur zu kontrollieren."

„Hast du denn den Eindruck, dass ich das muss?" Der Buchhalter teilt mir mit, dass die Ertragslage stabil sei. Da ich nicht Eigentümerin bin, hat mir mein Anwalt in Deutschland geraten, Änderungen aufzuschieben, bis Anna selbst über diese entscheiden kann. Meine Aufgabe sei es, den status quo zu wahren, um so einen gesunden Betrieb an sie übergeben zu können."

„Ich will mich da nicht eimischen, aber das scheint mir ein sehr deutscher Standpunkt zu sein. Egal, komm setz dich her, das Frühstück ist fertig."

Als Katja etwas später an der Garderobe ihren Mantel anzog, bemerkte sie, dass auch Onkel Albert sich zum Fortgehen fertigmachte.

„Musst du auch weg?"

„Ich begleite dich natürlich zu deinem Termin. Das ist doch eine Selbstverständlichkeit. Ich kann dich doch nicht der italienischen Bürokratie so mutterseelenalleine aussetzen."

Katja war es ganz recht, dass der alte Herr mitkam.

Als sie die angegebe Adresse erreichten, standen sie vor einem riesigen Mussolini-Klotz im neuen Teil Bozens. Ein freundlicher Pförtner erklärte ihnen den Weg. Sie warteten kurz vor einer Tür. Dra. Alessandra Sortino, Giudice stand auf einem kleinen Schild. Sie wurden hereingebeten. In einem kargen Raum begrüßte sie eine zierliche Frau. Katja schätzte sie auf Mitte dreißig. Sie stellte sich ihnen als die für die Sache der Contessa Anna de Altspaur zuständige Richterin vor. Sie fragte, ob alle Anwesenden italienisch verstünden, und als auch Katja dies bejahte, begann sie mit einem ellenlangen Redeschwall.

„Io non ho capito niente, Onkel Albert, hilf mir."

Der wandte sich mit einem höflichen „permesso" an die Richterin und erklärte dann Katja, um was es ging:

„Die Familie Esposito, hier vertreten durch Annas leiblichen Onkel Massimo Esposito, behauptet, bei der Adoption damals übergangen worden zu sein. Als Familie der leiblichen Mutter des Kindes hätten sie die ebengleichen Rechte gehabt, wie die Familie des Kindsvaters, um das Kind anzunehmen. Um eine Anfechtung der Adoption zu vermeiden, verlangt man nun, dass die Vormundschaft über das Kind zwischen der aktuellen Adoptivmutter und dem Onkel Massimo geteilt werde."

Besonders das Wort „aktuelle Adoptivmutter" traf Katja wie ein Faustschlag ins Gesicht. Noch sichtlich benommen fragte sie:

„Spinnen die jetzt?"

„Nun, das kann man sehen, wie man will. Jedenfalls behauptet dieser Massimo, dass nach dem Tod des Adoptivvaters keine verwandtschaftlichen Bande zum Kind mehr bestünden. Das ist unbestreitbar zutreffend. Ob sich das, wie er behauptet, auf die Sorgfalt auswirken würde, mit der du das beträchtliche Vermögen Annas verwaltest, muss nun das Gericht entscheiden."

„Aber die wollen doch nur …"

„Psch, sag nichts, ein wenig deutsch versteht die verehrte Frau Richterin schon."

Bei diesen Worten zwinkerte er in Richtung Schreibtisch. Offenbar hatte er Gefallen an der Dottoressa gefunden.

„Wir beantragen jetzt erstmal Aufschub, denn man muss dir ja zumindest Zeit geben, einen Anwalt zu suchen und dieser muss sich einarbeiten können."

Es dauerte, bis die Richterin die notwendigen Formulare ausgehändigt hatte. Ein neuer Termin wurde für den dreißigsten April anberaumt.

Vor dem Gebäude erwartete sie eine gleißende Wintersonne.

„Lass uns das gute Wetter genießen. Dort drüben auf der Terrasse gibt es sicher einen guten Espresso."

Katja war für diesen Vorschlag dankbar. Sie wusste nicht, wo ihr der Kopf stand, und hatte das Gefühl, dass ihre Knie ganz gehörig zitterten.

„Jetzt entspann dich erstmal. Noch ist nichts verloren und einen guten Anwalt kenne ich hier in Bozen auch. Wichtig ist jetzt, dass du nicht zu erkennen gibst, dass du Angst um Annas Vermögen hast. Natürlich haben es die Espositos auf gerade dieses abgesehen. Sie wollen es sich nicht einverleiben, aber sie wollen Einfluss. Das bedeutet, sie bekämen die Möglichkeit zu ständigen Nadelstichen. Diese sollen dich mürbe machen und wenn Anna dann volljährig ist, könnten sie sich ihr gegenüber als Retter, Beschützer und was weiß ich hinstellen. Damit würden sie Anna dir entfremden, und schon hätten sie vollen Einfluss."

„Bei allem Schreck, den mir die Richterin eingejagt hat, glaubst du nicht, da ein wenig zu übertreiben?"

„Mag sein. Ich erinnere mich aber, dass Enzio mir erzählt

hat, dass Biancas Familie, die Espositos, aus Kalabrien stammt. Der Ort heißt Palizzi, ganz arm, ganz im Süden der Fußspitze. Nenn es Paranoia, ich nenn es Erfahrung. Deshalb fresse ich einen Besen, wenn da nicht das organisierte Verbrechen seine Hand im Spiel hätte."

Katja wurde blass.

„Verzeih mir bitte, ich sollte dich jetzt wirklich nicht mit einem Worst-Case-Szenario erschrecken. Was du jetzt brauchst, ist ein anständiges Mittagessen. Ich kenne hier um die Ecke ein wirklich gutes Restaurant."

Katja hatte nichts anderes erwartet. Das Ristorante war eigentlich eine einfache Pizzeria, und das war genau das Richtige. Gerade in Italien muss gute Küche nicht ostentativ sein. Das hatte sie von Enzio gelernt. Sie hatte mit insalata caprese begonnen und dachte, dass die nun folgende Pizza schwerlich eine Steigerung werde bieten können, als sich die Tür öffnete und die Richterin Sortino den Raum betrat. Sie kam in Begleitung einer Freundin. Beide wurden von Onkel Albert mit äußerst charmantem und zuvorkommendem Lächeln begrüßt, was offenbar auf fruchtbaren Boden fiel. Etwas später kramte er sein „telefonino" hervor und rief, wie er sagte, die beste Kanzlei in Bozen an. Nachdem er mit lauter Stimme einen Termin für den kommenden Morgen ausgemacht hatte, flüsterte er:

„Die Richterin soll ruhig erfahren, dass wir es ernst meinen und ebenso nehmen."

25. Kapitel

Ibiza, im Frühjahr 1991

Carlos, er legte nun Wert darauf, nicht mehr Carlitos genannt zu werden, war unterdessen neun Jahre alt geworden. Die Schule fiel ihm leicht und nach wie vor verbrachte er den Hauptteil seiner Freizeit mit Xisco, der ihn in all den Jahren zu einem versierten Bauern ausgebildet hatte. Pflanzen, düngen, Schädlinge bekämpfen beherrschte er aus dem ff und der Umgang mit den Tieren auf der Finca war ihm zur lieben Gewohnheit geworden. Xisco ächzte jetzt öfters und beklagte sich über Schmerzen im Rücken oder in den Beinen.

„Ich werde alt und kann die Arbeit bald nicht mehr allein bewältigen. Du könntest mir helfen, du weißt ja unterdessen alles. Ich befürchte aber, dass mir deine Mutter einen zünftigen Anschiss verpassen würde, schließlich bist du noch ein Kind und musst noch viel lernen, bevor du mit der Arbeit anfängst."

„Schule ist auch Arbeit, und ein Kind bin ich auch nicht mehr", protestierte Carlos. Aber Xisco lächelte nur und strich seinem Freund zärtlich über den Kopf.

„Egal, ob du noch ein Kind bist oder nicht, du musst dir überlegen, was du willst oder besser, du musst mit deiner Mutter besprechen, was ihr beide wollt."

„Da gibt's nicht viel zu besprechen. Sie will, dass ich aufs

Gymnasium gehe und meint, dazu müsste ich Ibiza verlassen. Hier gäbe es schulmäßig nur eine negative Auslese: die Blöden bleiben hier und die Gescheiten gehen nach Palma oder Barcelona ins Internat."

Xisco lachte bitter: „Zwar ist das für uns Insulaner etwas beleidigend, aber im Grunde sieht sie das richtig, deine Mutter. Schau, meine Tochter ist auch nach Madrid gegangen, weil sie hier keine Zukunft sah."

„Aber ins Internat nach Palma oder Barcelona geh ich nicht! Da kenn ich doch niemanden."

Beim Abendessen fragte Carlos seine Mutter, wie es denn weitergehen solle mit seiner schulischen Karriere. Wie erwartet meinte sie, ein so gescheiter Junge gehöre aufs Gymnasium.

„Vorige Woche habe ich mit deinem Großvater in Mailand telefoniert. Der ist jetzt, wo meine Mutter gestorben ist, allein und würde sich freuen, wenn du zu ihm ziehen würdest. In Mailand gibt es sehr gute Schulen und wenn du willst, kannst du dort auch studieren."

Carlos hatte seinen italienischen Großvater einige Male gesehen, wenn er nach Ibiza zu Besuch kam. Er mochte ihn ganz gerne, aber er langweilte sich mit ihm. Nonno sprach fast nur über Musik und konnte nicht verstehen, dass sein Enkel unmusikalisch war. Mit ihm in weiter Ferne ganz allein leben zu müssen, konnte Carlos sich nicht vorstellen, deshalb protestierte er vehement.

„Ich möchte hierbleiben oder wenn es nicht anders geht, dann besuche ich eben das Gymnasium in Deutschland, dort kenn ich die Tante Katja, Anna, Onkel Peer und Ilaria. In den Ferien komme ich dann nach Ibiza, so wie ich bisher in den großen Ferien nach Allsberg geflogen bin."

Giovanna, seine Mutter, schaute ihn lang an. Als sie zu sprechen begann, schien es Carlos so, als sei ihre Stimme belegt.

„Ich hatte schon lange befürchtet, dass du das sagen würdest. Palma, Barcelona oder Mailand, das würde uns nicht entfremden, aber Deutschland und insbesondere Allsberg das ist eine ganz andere Kiste. Ich habe es damals nur schwer dort ausgehalten. Die denken anders dort. Sie tun es deshalb, weil sie Land haben, an dem sie sich festkrallen. Schau, wenn ich will, dann verkaufe ich mein Haus hier und ziehe nach Honolulu. Das kann Tante Katja nicht. Obwohl sie durch das, was sie hat, sehr reich ist, kann sie nicht verkaufen und ein ungezwungenes Leben führen. Die Tradition hindert sie. Sie würde ihr ganzes Leben denken, versagt zu haben. Sie kann nicht anders als in Allsberg so lange zu wohnen, bis sie stirbt oder alles der nächsten Generation übergibt."

„Die nächste Generation, das ist die doofe Anna. Die ist noch ein Kind. Da muss es Tante Katja dort noch lange aushalten."

Giovanna schmunzelte, aber sie hielt sich an die Abmachung, ihrem Sohn vorerst nicht zu sagen, dass ihm von Geburt an die Hälfte all dessen gehörte, was er in den Ferien als das sah und erlebte, von dem Anna immer sagte „das gehört uns" und damit die ganze Familie meinte.

Statt darüber zu reden, griff sie zum Telefon. Sie hatte unterdessen auch so ein modernes Mobiltelefon, von denen Xisco nur verächtlich sagte, es gäbe niemanden, der so wichtig wäre, als dass er andauernd erreichbar sein müsse.

„Früher kam einmal in der Woche das Postboot aus Palma rüber. Das hat auch gereicht."

Im Grunde stimmte Carlos hier mit seinem alten Freund

überein, aber an dem Abend war er recht froh, dass seine Mutter mit diesem modernen Ding eine schnelle Lösung herbeiführen konnte. Es stellte sich heraus, dass Katja schon seit Monaten daran dachte, vorzuschlagen, dass Carlos die weiterführende Schule in Deutschland absolvieren sollte.

„Giovanna, ich bin sehr erleichtert, dass du mich das fragst. Mich treibt schon seit Langem der Gedanke um, wie Carlos darauf vorbereitet werden soll, hier einmal wirtschaften zu müssen."

„Na ja, von müssen kann keine Rede sein, aber Carlos hat selbst gesagt, er gehe lieber bei euch aufs Gymnasium als ins Internat nach Barcelona oder sonst wohin."

„Gut, Giovanna, wir sind uns einig. Ich werde Carlos jetzt hier für ein Gymnasium anmelden. Neusprachlich wird wohl das Beste sein. Einverstanden?"

„Einverstanden."

Als seine Mutter das Gespräch beendet hatte, fragte Carlos:

„Womit bist du einverstanden?"

„Dass du auf ein neusprachliches Gymnasium gehst. Dort musst du dich nicht mit Griechisch oder Latein herumquälen. Lebende Sprachen fallen dir leicht und das übrige wirst du auch schaffen. Du bist ja nicht auf den Kopf gefallen."

Am nächsten Tag erzählte Carlos Xisco von dieser neuen, aber nicht unerwarteten Entwicklung. Der schaute ihn missmutig an und grummelte dann:

„Die werden aus dir noch einen richtigen deutschen Quadratschädel machen, einen ‚cap cuadrat', der am Nachmittag noch café con leche bestellt und im Sommer Sandalen mit Socken anhat."

„Ich denke, da werden sich die deutschen die Zähne an mir ausbeißen, immerhin kommt meine Mutter aus Italien und ich bin auf Ibiza zur Welt gekommen."

Xisco grinste, wurde dann aber nachdenklich:

„Carlos, wenn du weggehst, habe ich keinen mehr, der mir hilft. Noch schaffe ich alles ganz gut allein, dennoch ist mir deine Unterstützung und Anwesenheit sehr wichtig. Mit meinen Ziegen kann ich reden, aber nicht so wie mit dir. Ich merke, dass ich alt werde, abends tun mir die Knochen weh. Ich werde mich nach einem Mitarbeiter umschauen müssen."

„Nimm doch den Umberto, dann ist er endlich aus dem Haus." Carlos war über seinen spontanen Einfall selbst erstaunt, aber Xisco winkte nur matt ab:

„Einen italienischen Nichtstuer, der jeden Tag eine neue Idee produziert, brauche ich hier nicht. Du weißt, hier wird gearbeitet."

Sie hatten bisher nie über den Freund von Carlos' Mutter gesprochen und bemerkten belustigt, dass sie sich darin einig waren, ihn nicht zu mögen.

„Hast du dir schon überlegt, wer dir hier helfen soll?"

„Nein, du hast mir ja erst gerade eben mitgeteilt, dass du weggehst. Nun merke ich, dass ich hier nicht mutterseelenallein wohnen und arbeiten kann. Neulich war ich abends vorn in der Bar Ca'n Tixedo. Da saß ein unglücklicher junger Mann, der mir erzählte, er sei aus Andalusien auf die Insel gekommen. Er dachte, im Tourismus zu arbeiten, würde ihm gefallen. Aber er hatte nichts gelernt und landete deshalb in San Antonio in einer Hotelküche und schälte Kartoffeln. Heute Abend geh ich wieder hin, vielleicht habe ich ja Glück."

„Glück?“

„Na ja, Glück, dass er wieder da ist und Glück, dass er an der Landarbeit Freude hat.“

26. Kapitel

Allsberg, Anfang März 1991

Es hatte etwas gedauert, bis es Katja schaffte, ein Wochenende freizubekommen, um nach Frankfurt zu fahren. Sie wollte sich endlich mit Samuel treffen. Nicht nur das tägliche Aller- oder Einerlei des Betriebes hielt sie gefangen, es war auch alles, was sich um ihren Besuch in Eppan und Bozen drehte, was ihr zu schaffen machte.

Sie entdeckte gerade das Angenehme an einem Stau. Bayern Drei verkündete, es käme um Aschaffenburg zu erheblichen Verzögerungen. Sie war mittendrin und drehte deshalb das Autoradio ab. Wer im Stau steht, braucht keine Meldung, dass er im Stau steht. Tell me something I don't know, ging ihr durch den Kopf. Wäre sie jetzt ein Poet, würde sie einen Song daraus machen. So aber ließ sie ihren Gedanken freien Lauf – endlich einmal.

Nach dem Termin bei Gericht hatte sie noch den Kellermeister Gasser besucht. Onkel Albert hatte ihr zuvor noch erzählt, es stünden jetzt öfters große Tanklastwagen an dem Tor, das ihr Schwiegervater in die Burgmauer hatte schlagen lassen.

„Was machen die da?", hatte er gefragt.

Josef Gasser hatte eine einleuchtende Antwort. Ihn hätte es immer geärgert, vor der neuen Lese die Bestände aus früheren Jahren unter Preis zu verramschen, ja manchmal habe er den Wein sogar an Destillen beinahe verschenken müssen. Der Keller sei zwar groß, aber so groß auch wieder nicht. Allerdings seien die von ihm angebotenen Mengen für die Großhändler nicht interessant gewesen, deshalb habe er bei Weinbauern, die ähnliche Problem hatten, deren Reste aufgekauft und so sei er auf Mengen gekommen, dass der Großhändler Esposito immer zugegriffen habe.

„Massimo Esposito, etwa?"

Ja, der, mit dem habe schon der alte Herr Graf hin und wieder Geschäfte gemacht. Insgesamt werde mit den erheblichen Mengen Wein kein sehr großer Gewinn erzielt, aber eben auch kein Verlust wie früher bei den Notverkäufen vor der Weinlese.

Katja gefiel das gar nicht, sie wollte die Familie Esposito so entfernt wie möglich halten. Aber sie musste zugeben, dass die Bilanzen, die ihr alljährlich zugeschickt wurden, gleichbleibende Gewinne des Gesamtbetriebes auswiesen, obschon der Umsatz durch den Weingroßhandel enorm gestiegen war.

Onkel Albert hatte sie beruhigt, denn er fand, es sei gut, den Feind unter Beobachtung zu haben. Mach dir keine Sorgen, du hast einen zuverlässigen Steuerberater in Eppan. Damit bist du auf der sicheren Seite.

„Und was machen wir wegen Anna?"

„Bevor du morgen abfährst, sehen wir noch den Anwalt in Bozen, und ich kümmere mich auch, verlass dich drauf."

Dies wiederholte er, als er sie nach dem Besuch in der Kanzlei zum Abschied umarmte:

„Verlass dich drauf, ich kümmere mich."

Das, so überlegte sie, während sie meterweise dahinzockelte, hatte ihr damals mehr Vertrauen eingeflößt als das professionelle Getue des Rechtsanwaltes, von dem sowieso nur die Hälfte bei ihr angekommen war. Dann war es unerwarteterweise doch Onkel Albert gewesen, der ihr eine schwere Enttäuschung bereitet hatte. Als sie damals in ihr Auto stieg, fragte er:

„Gilt das eigentlich mit dem Giacometti noch?"

„Freilich", hatte sie geantwortet und war dann sehr traurig, als er Tage später anrief, um zu berichten, der Auktionator in Venedig weigere sich, die Statuette wieder zurückzugeben. Sie sei der Lichtpunkt der Versteigerung und schmücke bereits den Auktionskatalog, er erwarte ein Ergebnis von umgerechnet über 2.000.000 DM.

„Du musst verstehen, das ist auch ein Stück weit meine Altersversorgung."

„Verstehen hindert ja nicht daran, traurig zu sein", mehr konnte sie nicht sagen und legte auf. Später überlegte sie, dass Onkel Albert eben zeitlebens ein liebenswerter Hallodri gewesen war, der mit Charme und guten Manieren lediglich verdeckte, dass es immer nur um ihn selbst ging. Seine Hilfe in der Anna-Sache? Konnte man auf Onkel Albert bauen? Sie hatte damals Robert Wagner gebeten, Kontakt mit dem Kollegen in Bozen aufzunehmen, um den Gerichtstermin Ende April bestmöglichst vorzubereiten.

Bald wurde der Verkehr flüssiger. Am frühen Nachmittag übergab sie dem Portier des Frankfurter Hofs den Wagenschlüssel und rief wenig später von ihrer Suite aus Samuel an, um ihn von ihrer Ankunft zu unterrichten. Er hatte angeboten, dass sie sich in seiner Wohnung treffen könnten, aber das war Katja zu intim vorgekommen. Kaum war ihr dieser Gedanke bei ihrem letzten Telefonat gekommen, musste sie darüber lachen:

„Was gibt es Intimeres, als mit einem Mann ins Bett zu gehen?“

Und doch, sie wollte einen Rest von Distanz wahren. Sich in der Wohnung des anderen breitmachen, dessen Bücher, dessen Einrichtung zu untersuchen, sich ein Urteil darüber zu bilden, das gab der Geschichte eine Art von Verbindlichkeit, die sie noch nicht wollte. Besonders wollte sie jetzt noch nicht, dass Samuel als ihr Liebhaber nach Allsberg käme.

„Als was denn sonst?“, fragte Samuel als sie ihm nach ihrer stürmischen Begrüßung versuchte zu erklären, weshalb sie etwas im Hotel gebucht hatte.

„Und außerdem brauchen wir hier nachher nur das Zimmermädchen zu bitten, das Bett wieder in Ordnung zu bringen.“

Sie streichelte über seine roten Haare auf der Brust und lächelte verliebt.

„Wozu das Zimmermädchen rufen? Ich habe mir den Nachmittag frei genommen, um mit dir ausschließlich in diesem Bett zu bleiben. Ist doch toll hier! Vielleicht lassen wir uns zwischendurch eine kleine Stärkung vorbeibringen, aber etwas anderes als Sex habe ich heute nicht mehr vor.“

„Samuel, es ist halb vier, der Tag endet erst in gut acht Stunden.“

„Na und? Wir haben uns fast einen Monat nicht gesehen. Das will alles nachgeholt werden.“

Später saßen sie dann doch im eleganten Restaurant des Hotels. Nachdem sie bei einem piekfeinen Kellner bestellt hatten, flüsterte Katja:

„Mein Onkel Schorsch liebte gute Hotels, aber er hasste es, wenn die Kellner so taten, als seien sie vornehmer als er selbst. Für ihn waren es Dienstboten.“

„Du weißt, Katja, ich bete dich an, du bist schön, klug und sexy. Manchmal aber verstört es schon, wenn dein Standesdünkel hervorlugt."

„Da hast du einen Punkt, aber was willst du machen, wenn du in einem Schloss aufwächst, in dem alle Mitbewohner auch in einem Schloss aufgewachsen sind? Aber lass das mal. Ich hatte schon während unserer Telefonate angedeutet, dass ich mit dir etwas Wichtiges besprechen muss. Auch das hat mit dem Schloss zu tun. Wie du weißt, lagern im Keller noch immer unzählige Kunstwerke, die mit absoluter Sicherheit Raubkunst sind. Beim Jewish Claims Council bin ich unter deiner tätigen Mithilfe schmerzhaft gegen die Wand gelaufen, auch der Versuch, alles der jüdischen Gemeinde in Würzburg zu übergeben, ist gescheitert. Dabei stammen sicherlich 90% der Werke von Mitgliedern eben dieser Gemeinde. Der Rabbiner wollte sich keinen Stress ins Haus holen und scheute wohl auch die Kosten einer sicheren Unterbringung. Für Letzteres habe ich Verständnis. Juristisch gehören die Werke mir und meinem minderjährigen Neffen Carlos, der auf Ibiza lebt. Wenn ich alleinige Eigentümerin wäre, könnte ich alles verschenken, so aber quatscht mir andauernd das Familiengericht dazwischen. Die Herren Richter denken, ich wolle das Eigentum meines Mitherren schmälern."

„Mitherren?"

„Vergiss es, das ist halt auch so ein Schlossausdruck. Jetzt verdienst du ja unterdessen dein Geld mit Provenienz-Recherchen und Restitutionen. Ich habe mir überlegt, dass man dem Familiengericht Beweise vorlegen könnte, dass das alles geklaute Kunstwerke sind. Irgendwo habe ich gehört, dass an Diebesgut niemand gutgläubig Eigentum erwerben kann."

„Ja, das ist der § 935 eures Code Civil."

„Das heißt Bürgerliches Gesetzbuch, du elender Francochauvie!"

Beide grinsten.

„Da wir alle von Anfang an wussten, dass uns die Kunst im Keller nicht gehört, wollten wir nicht einmal Eigentum erwerben. Nur, das sieht das Familiengericht anders. Robert Wagner, das ist mein Anwalt, hat nun vorgeschlagen, ein Gutachten in Auftrag zu geben, das klarstellt, dass das Raubkunst ist. Wahrscheinlich genügen Stichproben."

„Wie stellst du dir dann das vor?"

„Eigentlich stelle ich mir gar nichts vor, sondern hoffe darauf, dass du das machst."

Samuel lachte.

„Was ist denn daran so komisch?"

„Ich male mir gerade aus, wie du mich deinen Mitbewohnern im Schloss vorstellst: Hey Leute, hört mal her, das ist der Maulwurf, der tagsüber im Keller wühlt und nachts – weil im Schloss bekanntlich kein Platz ist – in meinem Zimmer schlafen muss. Da lachen ja die Hühner!"

„Lass sie lachen."

„Gut, dann kommen wir vom Lächerlichen zum Praktischen. Was machen wir mit der Remuneration?"

„Remunera-was?"

„Tja, auch ich kann vornehm tun. Remuneration ist im Französischen noch gebräuchlich, hier wohl weniger. Es bedeutet Vergütung. Das klingt weniger nach Geld, meint aber das Gleiche."

„Du hast Probleme! Dass wir ein Paar sind, ändert doch nichts daran, dass jeder von uns Geld verdienen muss. Sag bloß, du denkst, ich hätte dich in mein Bett gelockt, um geschäftlich per lau rauszukommen?"

„Woher soll ich wissen, wie Aristokraten ticken?"

„Samuel, dein Grinsen ist unwiderstehlich. Das Schlimme ist, dass du das weißt. Die Sache ist doch ganz einfach, du kommst nach Allsberg, schaust dir das Konvolut an und dann machst du einen Kostenvoranschlag, den ich annehmen werde."

„Wozu brauchts dann einen Kostenvoranschlag?"

„Weil es nicht um mich geht, sondern um die Richter am Familiengericht."

„Darf ich?" Die Vorspeise wurde serviert.

„Wachtelschenkel auf Feldsalat, bitte sehr die Herrschaften."

Als er gegangen war, schaute Samuel süffisant über den Tisch und fragte:

„War der Kellner jetzt unterwürfig genug, ma petite Comptesse?"

„Jetzt hör schon auf! Erzähl mir lieber was Lustiges."

„Nu, dann bleibt mir nichts anderes, als dir einen jiddischen Witz zu erzählen. Er fiel mir ein, als du vorhin sagtest, man solle die Schlossbewohner halt lachen lassen."

„Leg los, ich bin gespannt."

„Schmuel geht zum Rabbi, um sich Rat zu holen: Rebbeleben, was soll ich machen, nächste Woche kommt mein Tate, mein Onkel, und der will Hühnerbraten. Schlacht ich den Hahn, grämt sich die Henne, schlacht ich das Huhn, grämt sich der Hahn. Der Rabbi kratzt sich am Kopp und sagt: A schwieriger Fall. Ich muss klären, komm morgen wieder. Am nächsten Tag kommt Schmuel wieder, schlacht ich den Hahn grämt sich die Henne, schlacht ich das Huhn, grämt sich der Hahn – Ich weiß, ich weiß, sagt der Rabbiner, a schwierige Sache, ich muss weiter klären. Am dritten Tag sucht Schmuel den Rabbi erneut auf und der strahlt: Gott der Gerechte hat mich erleuchtet in der Nacht. Ich rate dir, schlachte das Huhn. Schmuel tut wie ihm geheißen, der Besuch vom Tate wird ein voller Erfolg und dann klopft Schmuel wieder an der Tür des Rabbiners. Was willste, Schmuel, hat das Huhn nicht geschmeckt? – Doch es hat wunderbar geschmeckt und der Tate ist hocherfreut abgereist. Nur jetzt ist geschehen, was ich hab vorausgesagt, der Hahn tut sich grämen. Der Rabbi klärt kurz und dann sagt er: Lass ihn sich grämen!"

27. Kapitel

Allsberg, 29. April 1991

Katja wollte nicht allein zum Gerichtstermin nach Bozen fahren. Deshalb bat sie Onkel Peer, sie zu begleiten, der darauf bestand, Bonzo, seinen Hund, mitnehmen zu können.

„Anna geht jetzt zur Schule. Sie kann nicht mehr ständig auf ihn aufpassen und außerdem hat er in letzter Zeit Allüren und fletscht bei jedem, den er nicht kennt, die Zähne. Da möchte ich ihn nicht mehrere Tage allein lassen."

„Apropos alleinlassen. Ich habe nachgerade ein schlechtes Gewissen, weil Anna so oft hier alleine ist. Ich bin ja jetzt öfters weg."

Peer lächelte wissend.

„Ich habe nach jemandem gesucht, der gleichzeitig aufpassen und meiner Tochter bei den Hausaufgaben helfen könnte. Du kannst dir nicht vorstellen, welchen Terz sie aufgeführt hat. Ilaria sei vollkommen ausreichend. Vielleicht werde sie nicht bei den Hausaufgaben helfen können, aber niemand passe besser auf sie auf als Ilaria, es würde ihr das Herz brechen, wenn durch eine neue Person ihr klargemacht werde, dass man ihr nicht traue und so fort. Ich muss gestehen, dass ich erstaunt war, Anna so entschlossen und willensstark zu sehen. Ich habe ihr versprechen müssen, Ilaria nie in solcher Weise zu kränken."

„Tja, die Anna, die hat es in sich. Ich konnte das

beobachten, wie sie als Baby zunächst von Bonzo dominiert wurde, aber kaum konnte sie laufen, folgte ihr der Hund auf Pfiff."

Katja hatte Frau Gasser gebeten, zwei Zimmer in der Altspaur Burg herzurichten. Sie hatten vor, am späten Nachmittag in Eppan anzukommen. Abends würde sie ihren Onkel zu einem wunderbaren Essen im Gasthof Lipp einladen. Sie freute sich schon darauf, denn sie befürchtete, dass der Tag darauf alles andere als angenehm werden würde.

Zunächst aber musste sie die lange Fahrt hinter sich bringen, und da war es ihr lieb, einen Gesprächspartner zu haben, auch wenn es ganz offensichtlich war, dass Onkel Peer die Gelegenheit nutzte, sie nach Samuel auszufragen.

„Haben dich die Tanten beauftragt, ihre Wissenslücken bezüglich meines Liebesleben zu füllen?"

Der alte Diplomat lachte fröhlich.

„Nein, nein, ich bin selbstständig genug, von mir aus neugierig zu sein. Dein Liebesleben interessiert mich nur insoweit, als ich froh bin zu wissen, dass es existiert. Nein, ich frage nach Samuel wegen seines Nachnamens. Als du ihn bei seinem ersten Besuch in Allsberg vorgestellt hast, kam mir Finkelsztajn irgendwie bekannt vor. Später erinnerte ich mich an die Patisserie Finkelsztajn im Marais. Als junger Botschaftsrat in Paris bin ich oft mit meinem Sohn Sven an der Hand dort hingelaufen. Ich liebte die Mohnstriezel, er die éclairs au chocolat. Hat er mit diesem Gourmettempel zu tun?"

„Er ist entfernt mit den Besitzern verwandt, aber frag mich nicht wie. Er hat sich allerdings immer von seiner Familie distanziert."

„Krach?"

„Nein, ich glaube nicht. Er hat mir erzählt, dass er dem Einfluss seiner Mutter entkommen wollte."

„Oh, das kann ich verstehen. Die jiddische Mamme hat einen Ruf, der einen in Angst und Schrecken versetzen kann. Mein Kollege, der Botschafter Israels in Neuseeland hat mir einmal gestanden, er sei überhaupt nur Diplomat geworden, um ohne viel begründen zu müssen, ganz ganz viel Distanz zwischen sich und seine Mischpoke zu gewinnen."

„Mischpoke, was ist das denn?"

„Wenn du einen jüdischen Lover hast, dann solltest du dieses Wort, das oft wie eine drohende Wolke über allem hängt, schleunigst in seiner ganzen riesigen Dimension kennen. Es gibt die schöne Geschichte, in der ein Junge seinen Vater fragt, was Mischpoke sei. „Ist das was zum Essen?" „Nein, es ist zum Kotzen!" Du ahnst, Mischpoke ist die Familie, die Großfamilie mit all ihren guten und all ihren unerträglichen Seiten. Oberhaupt ist nur zum Schein der Familienvater, die tatsächliche und unbeschränkte Macht übt die Mamme mit unbarmherziger Hand aus. Sie meint es dabei subjektiv nur gut, und das ist das Schlimme."

„Ja, Samuel hat mir davon erzählt. Ihm kam da der Job beim Jewish Claims Center in Frankfurt wie gerufen. Seine Mutter denkt, dass ihre Schwester in Frankfurt ihn kontrolliert. Die aber lebt nicht koscher. Der Deal ist, Samuel versorgt sie mit Schinken und sie schaut weg."

„Das ist, gebe ich zu, eine ideale Situation, besser geht's nicht. Warum hat er dann eigentlich seinen Posten beim Claims Center aufgegeben?"

„Ich glaube, mit seinem Chef gab es Schwierigkeiten. Er ist nicht der Mensch, der sich in einer Hierarchie wohlfühlt, es sei denn, er sitzt oben auf. Womöglich hat er sich auch gelangweilt. Weißt du, er ist Kunsthistoriker und eher ein haptischer Typ."

„Auch im Bett?"

„Bist also doch neugierig."

Beide lachten, sodass Bonzo auf der Rückbank aufwachte und unwirsch knurrte.

„Verzeih, das geht mich wirklich nichts an, aber wenn du sagst, dass er gerne was anfasst, dann, du musst es zugeben, ist die Assoziation nicht allzu fernliegend."

„Da hast du die Kurve ja gerade noch gekriegt!"

„Gelernt ist gelernt, es hat den deutschen Steuerzahler viel Geld gekostet, aus mir einen Diplomaten zu machen."

„Und Samuels Familie hat sein Kunstinteresse viel Geld gekostet. Die wollten, dass er Jus studiert oder Arzt wird. Kunstgeschichte wurde als brotlose Kunst angesehen. Deshalb war die Aufregung in seiner Mischpoke – du siehst, ich lerne schnell – groß, als er den sicheren Posten im Claims Center verließ."

„Was macht er denn genau?"

„Auf seiner Visitenkarte steht Provenienz-Recherchen, Historische Forschungen, Restitutionen."

„Verstehen tu ich das, aber darunter vorstellen kann ich mir nichts."

„Das in Allsberg ist nicht sein erster Auftrag, aber sein bisher größter. Es geht mir darum, auch für das Familiengericht klarzumachen, dass KK, Keller Kunst, nicht mir und damit auch nicht anteilsmäßig Carlitos gehören kann. Nur so mag es gelingen, das Zeug endlich loszuwerden. Bisher reden die Richter immer von Verfügungen zulasten eines Minderjährigen."

„Aus deren Sicht ist das ja auch so. Wenn du einen der

Kunstgegenstände hergibst, schmälerst du auch das Eigentum von Carlitos. Ich verstehe, weshalb du diese Gutachten haben möchtest, Stichwort § 935 BGB."

„Es ist geradezu pervers. Während sich alle an den Mammon klammern, mache ich große Anstrengungen, ein Riesenvermögen an Kunst loszuwerden."

„Du bist dir aber schon im Klaren, dass das Auswirkungen auf die sogenannten Uta-Betriebe haben kann, denn die sind ja auch geklaut worden."

„Ja, das weiß ich auch. Ich empfinde dieses Erbe des Nazi-Mannes von Tante Uta überhaupt nicht prickelnd. Onkel Schorsch hat es wenig vornehm an sich gerissen. Bisher, nimm's mir nicht übel, hatte ich nicht die Zeit, mich intensiv mit all dem zu beschäftigen, zumal Anna jetzt da ist und Enzio leider gestorben ist. Ich bin sehr froh, dass ich jetzt wenigstens das mit den Bildern in Angriff genommen habe. Das ist übrigens eine faszinierende Materie. Vor einiger Zeit hast du mir erzählt, bei Bildern sei die Rückseite oft wichtiger als das Bild selbst."

„Das habe ich in Neuseeland gelernt, als man uns ungefragt anonymisierte Gemälde schickte, mit dem Auftrag, damit die Botschaft kulturell aufzumotzen."

„Ja, das war wirklich faszinierend. Bei seinem ersten Besuch in Allsberg schaute sich Samuel die Liste der vorhandenen Bilder an und suchte sich dann eines von einem Künstler heraus, von dem ich noch nie gehört hatte: Heinrich Jakob Fried."

„Nie gehört."

„Er war zu Lebzeiten ziemlich erfolgreich. Das Fernweh der Menschen zu bedienen, hat sich schon immer ausgezahlt. Der Mann hat lange auf Capri gelebt. Eines seiner berühmtesten Bilder stellt die Blaue Grotte dar. Es hängt in der Bremer Kunsthalle."

„Warst du schon mal in Bremen?"

„Nee, wozu?"

„Eben!"

„Also auf dem Bild in Allsberg sieht man eine liebliche Küstenlandschaft mit etwas heroisch anmutenden Bergen im Hintergrund. Kenner Capris würden die Sache sicher genau verorten können. Samuel aber hat das Bild gleich umgedreht und dann leise durch die Zähne gepfiffen. Er fand einen etwas verblichenen ovalen roten Stempel. Auf diesem stand Arcangelo Crama. Fabricante d'oggetti di Belle Arte. Capri. Das war, so Samuel, ein örtlicher Händler, der gar keine Kunstwerke herstellte. Vielmehr kaufte er den notleidenden Malern ihre Werke ab, wenn das Geld zur Heimreise nicht mehr ausreichte. Dieser Crama war bekannt dafür, die damalige mondäne Welt mit Souvenirs aus der Sehnsuchtsinsel Capri zu versorgen. Ich stelle mir das Capri in der zweiten Hälfte des 19. Jahrhunderts wie Ibiza in den 70er und 80er-Jahren vor. Eine Mischung aus genialen Hungerleidern, abgeschobenen Millionärsgattinnen, Schnorrern und erstaunten Einheimischen. Auf dem Capribild konnte man zwar die Signatur des Künstlers erkennen, aber keinen Titel. Was Samuel aber wirklich interessierte, war eine Notiz, die mit Bleistift auf einem kleinen Aufkleber zu erkennen war: Bertha Seligmann zur Hochzeit geschenkt von Fräulein Margarete Zorn. Er sagte, das sei Gold wert für einen Provenienz-Forscher: Wann hat zu Ende des vergangenen Jahrhunderts im Raum Würzburg eine Bertha Seligmann geheiratet? Jetzt muss man nur noch geduldig und hartnäckig sein, dann kann man alles herausfinden, um zu denen zu kommen, denen das Bild einmal gehört hat. Ich muss sagen, er hat mich mit seiner Begeisterung angesteckt. Er hat herausbekommen, dass diese Bertha im Jahr 1888 einen Mediziner, den Dr. Wilhelm Eschwege geheiratet hatte. Er war Augenarzt in Würzburg. Dessen Bruder Heinrich war Apotheker in Ansbach gewesen, wo der Vater der beiden, Ascher Eschwege, einen Viehhandel betrieb. Samuel sagte, das sei der typische Viehjude, der schon bei der Namensgebung seiner Kinder ausdrückte, dass er sich, wie man damals sagte, assimilieren wollte. Beide Söhne haben es zu etwas gebracht und waren im Zweifel konservative Bürger, die treu zu König, Kaiser und Vaterland standen. Weißt du, ich habe mich ja mit der Geschichte der Juden in Deutschland nicht übermäßig beschäftigt. Halt das, was man in der Schule so erfährt. Erst mit dem Fund der geklauten Werke aus jüdischem Eigentum habe ich mich zu interessieren begonnen. Mir war nicht klar, wie sehr die jüdische Bourgeoisie eine Stütze des Staates war. Sie waren kaisertreu und hernach brave Bürger der Weimarer Republik."

„Und sie waren viel mehr! Wohl noch nie wurde die Kultur in Deutschland so beschädigt wie durch die Ermordung und Vertreibung der Juden. Musik, Literatur, Theater, Film und Malerei, ohne die Juden verkam das alles bei den Nazis sehr bald zu einer geschmack- und niveaulosen Mitläuferei. Das merkte man noch bis in meine Jugend hinein."

Den Rest der Reise erzählte Katja ihrem Mitfahrer von Onkel Albert. Sie fand, so ganz ohne Vorbereitung könne man Peer nicht auf diese Ausnahmeerscheinung loslassen.

28. Kapitel

Bozen, 30. April 1991

Bonzo hatten sie in der Obhut von Frau Gasser gelassen. Der Hund hatte sie nur kurz angeknurrt, dann hatte ein Knochen seine Wirkung nicht verfehlt, er schien glücklich zu sein. Ganz anders war die Gemütslage von Katja und Onkel Peer. Sie waren auf eine juristische Schlammschlacht vorbereitet, bei der es um alles nur nicht um Annas Wohl gehen würde. Sie hatten sich mit Onkel Albert in einer Bar in der Nähe des Gerichtsgebäudes verabredet. Sie waren zu früh dran, was ihnen Gelegenheit bot, die epochemachende Hässlichkeit dieses Bauwerks zu bestaunen.

„Da hat der Duce aber wirklich ganze Arbeit geleistet."

„Das muss doch für jeden Südtiroler ein Stachel im Fleisch gewesen sein, mit dem die Faschisten ihren Neuitalienern täglich von Neuem klarmachten, wer jetzt am Drücker saß."

„Ach, wir haben das eigentlich gar nicht so richtig ernst genommen. Wir haben uns gedacht, lasst den Italienern doch ihre Grandezza, wir haben Speck und Rotwein und lassen es uns gut gehen."

Mit diesen Worten war Onkel Albert zu ihnen getreten.

„Onkel Peer, darf ich dir Enzios Patenonkel Albert vorstellen? Er hat sich ja auch schon mit einem für ihn typischen Satz eingeführt. Er ist der Fürst der Leichtfüßigkeit."

„Und ich habe auch allen Grund dafür."

„Heute an diesem Tag?" Katja war entsetzt.

„Ihr werdet es schon sehen. Ich komme besser nicht mit, aber ich lade euch beide für heute Abend auf die Burg zum Abendessen ein."

„Danke Onkel Albert."

„Ach bitte, können wir das mit dem Onkel lassen? Ich habe meine Gründe."

„Dann lassen wir das mit dem Onkel Peer gleich auch, ohne dass ich dafür Gründe hätte."

„Wenn ihr das so wollt."

Katja war ziemlich enttäuscht, sie hatte sich mehr Unterstützung erhofft. Sie und Peer setzten sich vor den Gerichtssaal und warteten. Nichts geschah. Kein Gerichtsdiener rief sie, kein Anwalt grüßte, nichts. Der angesetzte Termin war schon um 15 Minuten überschritten, als Katjas Telefon klingelte. Es meldete sich Robert Wagner.

„Mein Kollege aus Bozen hat soeben angerufen. Er hatte deine Handynummer nicht. Deshalb bat er mich, dir auszurichten, dass der Gerichtstermin nicht stattfindet. Die Gegenseite hat die Klage zurückgenommen."

„Weißt du auch warum?"

„Also, ich habe mit dem Kollegen ja in letzter Zeit öfter in dieser Sache telefoniert und ihn als geradlinigen Kerl kennengelernt. Er hat sich äußerst kryptisch ausgedrückt und immer nur wiederholt, man solle daran möglichst wenig rühren und der Graf Khofler könne womöglich mehr sagen. Wer ist das eigentlich?"

„Das ist Enzios Patenonkel. Er ist ein Lebenskünstler. Ich werde ihn befragen. Dir aber erst mal vielen Dank. Du ahnst nicht, wie erleichtert ich bin."

„Eine Rechnung von den Bozener Kollegen bekommst du trotz aller Erleichterung.“

„Du kannst dir gar nicht vorstellen, wie wurschtegal mir das gerade ist.“

Damit war das Gespräch beendet. Katja hakte sich bei Peer unter und verließ mit ihm im Laufschritt das Gericht. Vor der Bar, die sie vorher wegen der Bewunderung mussolinischer Werke nicht hatten besuchen können, setzten sie sich in die Sonne und Katja berichtete, was vorgefallen war.

„Und du weißt nicht, weshalb die Klage zurückgenommen worden ist?“

„Nein, aber Onkel Albert, nein Albert, wird es mir vielleicht sagen können.“

Sie rief ihn an.

„Ich hatte nicht so früh mit deinem Anruf gerechnet. Das ging ja sehr rasch.“

„Und es scheint, dass du dabei deine Finger im Spiel hattest.“

„Darüber rede ich nicht, erst recht nicht am Telefon. Ich erwarte euch für heute um 18 Uhr.“

„Aufgehängt!“

Katja lächelte.

„Der weiß erheblich mehr, als er zugeben möchte. Ich bin sehr gespannt auf unseren Besuch bei ihm.“

Am Nachmittag zeigte sie Bonzo und Peer die Burg, den Keller und die Weinberge.

Peer, der von Weinbau nichts verstand und nur die Kellerei in Allsberg kannte, war einigermaßen entsetzt:

„Das ist ja das pure Mittelalter hier, wenn ich das mit dem vergleiche, was Enzio in Allsberg aufgebaut hat.“

„Genauso ist es! Er wollte sich später um den hiesigen

Besitz kümmern. Zunächst aber war er mit dem Neuanfang in Allsberg zu beschäftigt und hat dem Josef Gasser gesagt, er soll schauen, dass alles in Schuss bleibt, aber er solle keine Neuerungen vornehmen. Ich glaube, er war in dieser Beziehung auch so zögerlich, weil er ausprobieren wollte, ob die modernen Einrichtungen in Allsberg guten oder schlechten Einfluss auf die Qualität haben würden. Er hat, wie du weißt, hier an der südtiroler Weinstraße seinen Beruf erlernt. Da hat man bei aller Aufgeschlossenheit eben auch noch Wert auf Tradition gelegt. Wenn ich ehrlich bin, weiß ich auch nicht, wie ich das hier unternehmerisch anpacken soll. Alles gehört Anna und ich fürchte mich davor, etwas falsch zu machen. Das wirft sie mir dann vor, wenn sie alt genug ist, mir etwas vorzuwerfen."

Von Bonzo freudig umsprungen wanderten sie kurz darauf hinüber zur Burg Khofler.

„Ich weiß nicht, wo die Grenze früher verlief. Mein Schwiegervater hat alle Weinberge, die seit Jahrhunderten der Familie Khofler gehört haben, aufgekauft. Albert hatte manchmal finanzielle Engpässe, was in erster Linie daran lag, dass er, wenn es keine Engpässe gab, mit dem Geld nur so um sich schmiss. Eine Lebensführung, für die dein Schwager Schorsch halb abschätzig, halb neidisch nur die Worte ‚Sekt und lockere Weiber' übrighatte. Jetzt scheint er wieder in der Bredouille zu stecken, denn er verkauft seine Kunstwerke."

Das Burgtor war geschlossen und Katja machte einen Heidenkrach mit dem Türklopfer, den ein Doppeladler in seinen Krallen hielt.

„Man ist nämlich hier dem überkommenen Herrscherhaus noch sehr zugetan", erklärte sie.

Dann quietschte es ein wenig und das Mannloch im großen Tor öffnete sich.

„Der Mechanismus funktioniert schon seit Napoleons Tagen. Ein mechanisch begabter Vorfahr hat ihn entworfen, damit man das Tor von hier oben aufmachen kann."

Albert stand am offenen Fenster des großen Saals im ersten Stock und begrüßte von oben seine Gäste. Katja erkannte hinter ihm die Gestalt einer zierlichen Frau. Katja lächelte und dachte bei sich: „Hat er's wieder mal geschafft, der alte Schwerenöter."

Während die beide hinaufstiegen, bewunderte Peer die im Treppenhaus hängende Kunst. Er war sichtlich beeindruckt. Aus der breiten Tür zum Saal schien die Abendsonne quer durch die Burg. Im fast noch grellen Licht waren nur die Konturen eines Mannes und einer Frau zu erkennen. Dann wurde Katja vom Hausherrn mit einer herzlichen Umarmung empfangen.

„Ihr kennt euch ja schon." Mit einer galanten Bewegung stellte er seine Begleitung vor.

„Nein, wir kennen …" Katja blieb das Wort im Mund stecken, denn nach einer Schrecksekunde erkannte sie die Richterin wieder.

„Oh, Dottoressa, welche Überraschung!"

„Keine Förmlichkeiten, Katja, ich bin Alessandra." Und damit umarmten sich beide.

Auf dem Tisch an der Mittelsäule waren Sektgläser bereitgestellt und bald schon knallten die Korken.

„Lunga vita alla magistratura italiana!"

Albert erhob breit grinsend sein gefülltes Glas.

Ich nehme an, ihr habt Fragen, aber lasst uns erst einmal hinsetzen.

„Allerdings habe ich Fragen, und zwar an euch beide. Es sind juristische Fragen aber auch solche zu euch selbst."

„Katja, es ist eine lange Geschichte. Soll ich sie dir erzählen?"

Er kam nicht dazu. Ehe er anfangen konnte, war es Alessandra, die begann. Albert machte dazu eine resignierte Handbewegung und sagte in Richtung Peer:

„Così fan tutte."

Er erntete dafür von Alessandra einen Knuff, womit Katja sofort klar war, wie es um die beiden stand und weshalb Onkel Albert vermeiden wollte, so angesprochen zu werden.

„Weißt du Katja, dein Alberto ist nicht nur listig, er ist auch persistente. Wie sagt man, ach ja hartnäckig. Du erinnerst dich bestimmt, an die Pizzeria, in der ich nach unserem ersten Treffen mit einer Freundin gegessen habe. Il Conte war sehr freundlich und grüßte, ohne sich unserem Tisch zu nähern. Ich war dann sehr erstaunt, den charmanten älteren Herren fast täglich dort wieder zu sehen, wo ich normalerweise – meist alleine – zu Mittag esse. Zunächst blieb es beim Grüßen, dann kam er zum Espresso an meinen Tisch. Das war ein feines Ritual. Nur keine Vertrautheit oder Nähe, nur höfliche und amüsante Konversation am Ende einer Mahlzeit. Doch dann, an einem Freitag, kam jener Anruf auf sein „telefonino" irgendwann Ende März. Er entschuldigte sich, das sei ein wichtiger Anruf eines Auktionshauses in Venezia. Ich bemerkte, wie sich seine Gesichtszüge aufhellten und in pure Freude und Verzückung übergingen. Er wiederholte immer wieder „tre milioni di dollari, tre milioni di dollari! Non è vero!" Dann hob er mich von meinem Stuhl und tanzte mit mir durch das Lokal. Danach spendierte er Prosecco für alle Gäste und berichtete, er habe auf einer Auktion die erwähnten drei Millionen Dollar erzielt. Wir waren alle begeistert und feierten mit ihm …"

„Und dann bat ich diese reizende junge Dame …"

„Nein, das erzähle ich jetzt weiter, sonst behauptest du wieder, ich hätte deinem Charme nicht widerstehen können. Plötzlich hat er angefangen zu singen: „Reich mir die Hand mein Leben, komm auf mein Schloss mit mir." Ich habe ihn fragend angeschaut und geantwortet: „Schloss?" Na ja, es ist eher eine Burg, aber kommen Sie doch bitte mit. Es wird Sie interessieren. Der Prosecco hatte sein Übriges getan, außerdem war ich noch nie jemandem begegnet, der auf einer Burg wohnt. Ich war beschwingt und neugierig. Und so sind wir hier nach oben gekommen …"

„Ja, sie war wie ein kleines Kind. Vom Keller bis zum Dachboden wollte sie jeden Winkel kennenlernen. Seit meiner Kindheit war ich dort nicht mehr gewesen. Mit ihrem Eifer und ihrer Neugierde hat sie mich an den Rand eines Herzinfarktes gebracht. Rauf, runter und hinter jede Tür musste geschaut werden. Ich war der Erschöpfung nahe und sah irgendwann nur noch meine Rettung darin, dass ich sie küsste."

Albert lachte und Alessandra lehnte sich auf dem Sofa zurück: „Es hat gewirkt, und wie!"

„Gut, das überspringen wir jetzt einmal. Jedenfalls habe ich sie am Montagmorgen wieder nach Bozen gebracht und seither bin ich ein neuer Mann. Katja, du wirst dich daran erinnern, dass ich dir neulich erklärt habe, weshalb ich mich immer in blutjunge Frauen verliebe. Ach, was habe ich da versäumt! Mit Alessandra ist es …"

„… nein, davon berichtest du nicht!"

„Wollte ich doch gar nicht. Ich hatte vor, zu erzählen, wie

wunderbar die Abende mit dir hier auf der Burg oder auf der Dachterrasse deiner Wohnung in Bozen sind. Wir reden und reden. Alessandra ist schön, wie ihr alle seht, aber sie ist auch klug, sie ist redegewandt, sie ist interessiert. Sie hat meinem Leben, ja wie soll ich es sagen, sie hat mir eine neue Zielrichtung gegeben. Es ist, als finge ich von Neuem an."

Katja zwinkerte Alessandra zu und fragte dann:

„Albert, muss ich mir Sorgen machen?"

„Du dich sorgen? So ein Quatsch! Ich habe Alessandra gebeten, mich zu heiraten. Sie ziert sich noch etwas. Noch ist sie beim kategorischen Nein, aber ich hoffe, bald ein Vielleicht zu hören."

Da hielt es Peer nicht länger auf seinem Stuhl und er sang mit ausgebreiteten Armen:

Siempre que te pregunto
Que càndo, cómo y donde
Tu siempre me respondes
Quizás, quizás, quizás.

„Bravissimo! Nat King Cole hätte das nicht besser hingekriegt!" Alessandra war begeistert.

„Vielleicht überlege ich mir das mit dem Quizás noch mal."

Albert schaute seine Freundin verliebt an und küsste ihre Hand.

„Ich liebe diesen altmodischen Charme!"

„Altmodisch? Der Handkuss ist eine der Grundpfeiler der k.u.k. Kultur."

„Aha, und deshalb bist du jetzt Italiener!"

Katja befürchtete, dass jetzt die Stimmung kippen würde, aber der Hausherr war unbeirrbar guter Laune.

„Heute ist ein Festtag, und warum, das erkläre ich euch nach dem Abendessen. Kommt bitte alle mit hinüber ins Esszimmer.“

Dort standen auf dem großen Tisch nicht nur die regional übliche Merende, sondern auch ein schmales Paket.

„Katja, das ist für dich. Du kennst die Dame ja schon.“

Während sie auspackte, wurde sie immer nervöser. Sie ahnte etwas und dennoch hielt sie es für unmöglich, für undenkbar. Aber als das letzte Papier gefallen war, hielt sie Giacomettis femme épaule casée in den Händen. Ihre Knie wurden weich, sie setzte sich auf einen nahen Stuhl und begann haltlos zu weinen. Bonzo begann Albert anzuknurren, doch sein Herrchen konnte ihn beruhigen.

„Dass du daran gedacht hast!“

„Du weißt, es ist die Replik aus dem Burghof.“

Ja, und sie ist mir lieber als das Original. Weißt du noch, als ich mit Enzio hier herüberkam, um dich wegen Anna um Rat zu bitten? Ich habe mich damals sofort in diese Figur verliebt. Das ist das schönste Geschenk, das du mir machen kannst.“

„Quizás, quizás, quizás”, trällerte Alessandra. „Es gibt noch ein Geschenk. Davon wird Alberto später berichten. Jetzt muss ich erstmal was essen, ich sterbe vor Hunger.“

„Ich auch.“ Das war Peer.

Vintschgauer Brot, verschiedene Käse und natürlich Speck, da fehlt nur noch der Wein zum Glück. Den hatte der Hausherr drüben im Altspaur Weingut besorgt.

„Der gute Josef Gasser wollte die paar Flaschen gar nicht hergeben. Er ist einer der wenigen, die daran festgehalten haben, Lagrein Trauben anzubauen. Und drum hockt er jetzt auf seinem Vorrat. Ich hab ihn rumgekriegt, weil ich ihm nachweisen konnte, dass alle Lagrein-Lagen, die er hat, der alte Graf von mir abgekauft hat. Der hat damals kräftig dagegengehalten, als die Parole ausgegeben wurde, Lagrein sei der Ruin für den südtiroler Weinbau. Probiert ihn, ich hab genug im Kammerl."

Trotz aller Freude am guten Essen, Katja war nun doch gespannt, zu erfahren, wie es zur Einstellung des Verfahrens wegen Anna gekommen war. Sie merkte aber schnell, dass sie sich mit Geduld würde wappnen müssen, denn die beiden Herren unterhielten sich prächtig. Gerade waren sie im Libanon angelangt, als dieser noch die Schweiz des Nahen Ostens war. Da beide fast die ganze Welt kannten, konnte das dauern. Es war Alessandra, die sie rettete. In eine Gesprächspause, in der Wein nachgeschenkt wurde, drohte sie, die Geschichte mit dem Prozess selbst zu erzählen.

„Alberto, du quälst die Katja, jetzt sag schon, wie es war."

Statt zu reden, lächelte er in sich hinein und ließ die Spannung etwas steigen, bevor er anfing:

„Das war so. Der Anwalt in Bozen hatte routinemäßig das Vorstrafenregister des Klägers abgefragt und war dabei auf zwei Verurteilungen wegen Körperverletzung gestoßen. Eine, die aus Mailand, war etwa zehn Jahre her, die andere, aus Rimini, stammte aus dem Jahr 1987. Das sei heutzutage schon die Normalität sagte der Anwalt und maß diesen Vorstrafen keine Bedeutung zu. Nennt es Instinkt, nennt es Glück, ich wollte mehr wissen. Körperverletzung, das ist ja ein weiter Begriff, das geht von der Watschen bis krankenhausreif. Der Anwalt sagte, er habe keinen Zugriff auf die Prozessakten und könne auch nicht erkennen, wieso diese Vorstrafen entscheidungsrelevant sein könnten. Von der Kanzlei lief ich zu Fuß zur bereits erwähnten Pizzeria nahe dem Gericht, um Alessandra zu treffen. Es war schon nach besagtem Wochenende und wir saßen nun nicht erst beim Espresso beisammen am gleichen Tisch. Ich berichtete der Richterin, der meine Liebe gehört (Alessandra errötete leicht), dass der Kläger, der mehr Einfluss auf die Erziehung der kleinen Anna haben wollte, dass Massimo Esposito zwei Vorstrafen wegen Körperverletzung mit sich herumschleppe. Im Gegensatz zum Anwalt erachtete sie diese Information sehr wohl als erheblich. Es war wirklich Glück, dass in dieser Sache eine Richterin befasst war, ein Mann wäre nie auf die Idee gekommen, dass Körperverletzung auch etwas mit Gewalt gegen Frauen zu tun haben könnte. Sollte die Klage Erfolg haben, würde Massimo in ständigem und wahrscheinlich konfliktivem Kontakt zu zwei Frauen stehen müssen, Katja und deren Tochter. Letztere war zwar noch ein Kind, aber unbestreitbar weiblichen Geschlechts. Alessandra versprach, der Sache nachzugehen."

„Nun", Alessandra erzählte weiter, „ich kenne natürlich Richterkollegen an den Strafgerichten in Mailand und Rimini. Entweder sind es Studienkollegen oder aber man trifft sich auf diesen langweiligen Fortbildungskursen. Ich rief Paolo an, der Nachname tut nichts zur Sache. Er ist Richter in Rimini. Ich erklärte ihm die Lage. Wir mochten uns schon seit Jahren sehr, schau nicht so Alberto, er ist ein treuer Ehemann und Katholik …"

„Tu nicht so, als ob es vor mir keine Männer in deinem Leben gegeben hätte!"

„Durchaus, durchaus, aber der eben nicht. Paolo ist ein hervorragender Jurist, der mit Humor gesegnet ist, etwas Seltenes in unserer Branche. Ihn bat ich, mir zu helfen.

Gegenüber dem Gericht in Mailand fingierte er ein neues Verfahren gegen Massimo Esposito, sodass er die dortigen Prozessakten schnell bekam. Etwa zwei Wochen nach unserem Telefonat hatte ich Kopien der Akten auf dem Tisch. An diesem Abend hatten Alberto und ich uns auf meiner Terrasse verabredet. Ich hatte vor, ihn zu bekochen. Die Prozessakten war ich zuvor flüchtig durchgegangen. Während ich in der Küche schnippelte und brutzelte, las Alberto die Akten in der Abendsonne durch. Plötzlich rief er ‚Eureka!' und kam zu mir in die Küche."

„Ich war wirklich sehr aufgeregt, denn plötzlich war ich zu der Überzeugung gekommen, dass wir den Schuft im wahrsten Sinn des Wortes, Verzeihung die Damen, an den Eiern erwischt hatten. Alessandra war ihrem Verdacht auf Gewalt gegen Frauen nachgegangen und hatte aufgehört zu lesen, als sie feststellte, dass das eine Opfer Luciano und das andere Francesco hießen. An der Stelle hatte sie die Akte zugeklappt …"

„Prozessökonomie nennt man so was unter Juristen."

„Aber ich habe weitergelesen und dabei festgestellt, dass es sich in beiden Fällen bei den Opfern um bekannte Größen aus der örtlichen Stricherszene handelte. Beide wurden von Massimo vermöbelt, als es ihnen nicht gelang, ihn sexuell zu befriedigen. Paolo zeigte in seiner Beurteilung der Angelegenheit den schon erwähnten Sinn für Humor, als der den Misserfolg der beiden Geschädigten vornehm hinter einem lateinischen Zitat verbarg: „Quamvis magno conatu." Mit meinen bescheidenen Kenntnissen der Sprache Catos würde ich das so übersetzen: Trotz beharrlichen Bemühens. Kurz, und ich entschuldige mich erneut bei den Damen, er hat ihn nicht hochgekriegt."

„Ja, ich gebe zu, ich habe die Prozessrelevanz dieses Details wirklich übersehen."

„Aber", Peer mischte sich ein, „wenn dieser Herr Esposito sich mehr für das eigene Geschlecht interessiert, stellt er doch keine Gefahr für Katja und Anna dar!"

„Mein lieber Peer, du denkst als Deutscher. Ihr habt Euch daran gewöhnt, nicht zu hinterfragen, wie es hinter dem Hosentürl ausschaut. Wir aber leben in Italien …"

Alessandra unterbrach ihn:

„… Einem Land, in dem jede Mamma ihren Söhnen den Machismo einimpft. Die italienischen Männer wären doch nicht derart schwer zu ertragende Gockel, wenn ihnen ihre Mütter nicht andauernd einreden würden, sie seien die Krönung der Schöpfung. Ich habe zwei Brüder, ich weiß, wovon ich rede."

„Eben, und in dieser Gesellschaft, die von einem geradezu unbegreiflich überhöhten Männlichkeitswahn geprägt und gehalten wird, kann es sich einer wie Massimo Esposito einfach nicht leisten, schwul und impotent zu sein. Bisher konnte er mit seinen Vorstrafen prahlen, er habe sich eben wie ein Mann geprügelt, weil er wusste, dass die Prozessunterlagen geheim sind."

„Und wie ging es dann weiter?"

„Nun, ich durfte feststellen, dass Alessandra eine wirklich vorzügliche Köchin ist und ich durfte auch zum ersten Mal bei ihr …"

„…Alberto, das geht hier niemanden etwas an, bleib beim Thema!"

Der Angesprochene suchte erneut Zuflucht in einem Handkuss und fuhr fort:

„Am nächsten Morgen, ich war ja noch in Bozen …"

„Alberto!“

„Verzeih, meine Liebe, also, ich bin dann sofort zu Katjas Anwalt gegangen und habe ihm alles erzählt. Der meinte, Tratsch und Klatsch gehöre nicht in den Gerichtssaal, worauf ich antwortete, dass auch er dort nicht hingehöre, wenn er als Anwalt nicht willens und in der Lage sei, alles auszunutzen, was seiner Mandantin hilft. Da war er erstmal beleidigt. Dann wollte er von mir wissen, woher ich diese Information hätte. Klatsch und Tratsch aus dem Milieu, wobei ich ihn im Unklaren darüber ließ, dass ich ein anderes Milieu meinte als er. Bozen ist eine kleine Stadt und deshalb kannte ich den Anwalt unseres Gegners vom Sehen. Er geht wie fast alle seiner Kollegen vor oder nach den Verhandlungen bei Gericht ins Café Stofner am Corso d'Italia. Dort hatte ich ihn vor Wochen per Zufall mit unserem Anwalt bei einem Espresso an der Bar stehen sehen. Ich schlug ihm also vor, dass er wieder bei einem Caffè dem Kollegen stecken solle, dass er diesen Klatsch und Tratsch zur Verhandlungssache beim Verfahren am 30. April machen werde. Zudem werde er die Presse entsprechend darauf aufmerksam machen, dass es an diesem Morgen interessant werden könnte. Den Rest kennt ihr.“

Katja sprang auf und fiel ihm um den Hals.

„Albert, du bist der Beste, danke, danke, danke!“

„Ich hatte dir doch gesagt, dass ich mich um deine Sache kümmern würde.“

Als sehr viel später Katja an Peers Arm etwas wankend, aber heiteren Gemüts zurück zur Burg Altspaur hinüberlief, sagte sie mit dem Brustton der Überzeugung:

„Der Depp hätte ja auch nicht klagen müssen.“

Bonzo kläffte zustimmend.

Am nächsten Morgen trug Katja ihre Reisetasche und die wieder eingepackte Statuette zum Auto, das auf dem Burghof stand. Der Kellermeister Gasser besprach etwas auf Italienisch mit einem ihr unbekannten Mann. Der unterbrach abrupt das Gespräch und stürmte wutentbrannt auf Katja zu. Er hatte sie fast erreicht, als Peer und Bonzo die Treppe herunterkamen. Der Hund erfasste die Situation sofort und raste zähnefletschend auf den Mann zu. Der stutzte, schrie etwas auf Italienisch, wahrscheinlich war es ein Fluch, hastete auf sein Auto zu, und raste davon.

„Wer war das denn?“

„Das war Massimo Esposito, der Weinhändler, von dem ich Ihnen neulich berichtet habe.“

Ohne weiter auf die Episode einzugehen, verabschiedete sie sich vom Kellermeister.

Als sie den Burghof bereits verlassen hatte, meinte Onkel Peer nur trocken:

„Schiss hat er auch noch!“

Katja hielt wie immer vor der Fahrt nach Hause in Eppan beim Friedhof und besuchte das Grab ihres verstorbenen Mannes.

„Ich komme hier immer am Ende meines Aufenthaltes in Eppan vorbei. Wenn ich ihn zu Beginn besuche, lastet das alles über dem ganzen Aufenthalt hier. Das hätte er nicht gewollt und ich will es auch nicht.“

„Geh du mal allein hin, ich warte hier mit Bonzo. Er ist ja der Held des Tages. Ich will mal sehen, ob ich in der Nähe etwas Leckeres für ihn finde.“

Zweiter Teil

29. Kapitel

Allsberg, Juni 2001

Katja saß auf dem Schlosshof und genoss das letzte Licht des Tages. Die Tanten hatten es schließlich doch erreicht, dort Gartenmöbel aufzustellen. Sie fühlte sich erschöpft und wusste nicht weshalb, denn sie hatte heute nicht viel anderes gemacht als an anderen Tagen. War sie müde geworden? Seit über dreizehn Jahren war sie nun Witwe. In all der Zeit hatte sie immer wieder versucht, gegen das Alleinsein anzukämpfen. Das gelang ihr auch immer wieder, dennoch lastete die Verantwortung auf ihr. Seit Enzios Tod war sie es, die sowohl den Betrieb in Allsberg als auch den in Südtirol leiten musste. Gut, Vater und Sohn Gasser waren verlässliche Angestellte, auch wenn Josef Gasser, der Vater angekündigt hatte, zum Jahreswechsel aufzuhören. Wie sie ihn ersetzen sollte, wusste sie noch nicht. War Carlos schon in der Lage, allein ein Weingut zu leiten? Er hatte nach der Mittleren Reife die Schule verlassen. Er war durch und durch Praktiker und wollte unbedingt eine landbauliche Fachausbildung machen. Da hatte es sich angeboten, wie sein Onkel Enzio die Weinbauschule in Laimburg in Südtirol zu besuchen. Das Gut Altspaur war da nicht weit und auf der benachbarten Burg der Grafen Khofler wohnten ihre unterdessen besten Freunde, Alberto und Alessandra.

Sie war ihren Erinnerungen der vergangenen Jahre nachgegangen, als sie Schritte hörte.

„Dürfen wir stören?"

Es waren Peer und sein neuer Hund. Bonzo war vor zwei Jahren gestorben. Sein Nachfolger, Carlos hatte den Namen Brac vorgeschlagen, gehörte keiner Rasse an. Er war größer geworden als gedacht und er verteidigte alles, von dem er dachte, es gehöre zum Schloss.

„Ja, komm her und setz dich zu mir. Ich bin heute etwas melancholisch."

„Hat das einen Grund?"

„Ein richtiger Anlass besteht nicht, ich habe nur heute Morgen im Spiegel entdeckt, dass meine rote Mähne, auf die ich immer so stolz war, immer mehr graue Strähnen bekommt."

„Wenn ich noch Strähnen hätte, wäre ich froh. Es ist seltsam, Phips letzte Worte an mich waren, dass ich bald vollkommen kahl sein würde."

„Wie lange ist das jetzt schon wieder her?"

„Nächstes Jahr im März werden es fünf Jahre."

„Hast du sie eigentlich am Ende davon überzeugen können, dass wir kein Verhältnis hatten?"

„Das weiß ich nicht so ganz genau, jedenfalls denken das meine lieben Schwägerinnen noch heute. Es war womöglich nicht so geschickt, von unserer Reise nach Bozen zurückzukommen, und plötzlich nanntest du mich Peer ohne Onkel."

„Dabei war es doch Albert, der nicht wollte, dass ich ihn vor seiner neuen Freundin Onkel nenne. Da war es doch nur zu verständlich, dass du das Anhängsel auch überflüssig fandest."

„Ja, ja, unsere Reise nach Bozen. Hast du damals der Liaison zwischen Alessandra und ihrem Alberto eine Chance gegeben? Ich jedenfalls nicht."

Ich weiß nicht mehr, was genau ich damals dachte. Aber ich bin Patentante des kleinen Giacomo geworden. Seither fahre ich öfter mal runter, übrigens auch, um nach Carlos zu sehen. Jedenfalls ist es geradezu rührend, anzusehen, wie Alberto seine Alessandra liebt und verehrt. Und wenn es um den Buben geht, tut er so, als habe er das Kinderkriegen erfunden."

„Wo du ihn erwähnst, was macht er eigentlich, unser Carlos?"

„Schön, dass du unser Carlos sagst. Mein Carlos ist er auf jeden Fall geworden. Mit ihm bin ich immerhin ein ganz kleines bisschen blutsverwandt, er ist mein Neffe dritten Grades. Mit Anna war nur Enzio verwandt. Dennoch fühle ich mich als zweifache Mutter. Sie beide sind meine Kinder. Sie akzeptieren mich als ihre Mutter, aber sie fühlen sich alles andere als Geschwister."

„Ach, pass auf, ich hol uns eine Flasche Wein und Gläser und dann erzählst du mir, wie das war, als du den beiden alles erzählt hast."

Während Peer das Versprochene holte, legte sich Brac auf Katjas Füße, als wolle er sie am Weglaufen hindern. Sie versuchte sich zu erinnern. Es war Weihnachten 1996 gewesen. Carlos war aus irgendwelchen Gründen nicht zu seiner Mutter nach Ibiza geflogen. Weder Anna noch Carlos tat die ferienbedingte Untätigkeit gut, sie kabbelten sich unentwegt und beschwerten sich ständig übereinander bei Katja. Samuel war wegen Chanukka, dem Lichterfest, zu seiner Familie nach Paris gefahren und wollte erst nach dem

Jahreswechsel nach Deutschland zurückkommen. Es gab eigentlich keinen Grund, in Allsberg zu bleiben und so lud Katja die beiden kurzerhand zu einem Skiurlaub nach Brixen ein.

„Also los, erzähl!"

Peer war unterdessen zurückgekommen.

„Das war eine kuriose Situation. Wir saßen in der Gaststube des Hotels Goldener Adler und ich genoss es, dass die beiden nicht stritten. Wahrscheinlich waren sie körperlich fix und fertig vom Skifahren. Ich habe damals überhaupt nicht überlegt, es war wie eine Eingebung. Ich fing an zu reden: „Ich muss euch etwas sagen." Und dann erzählte ich ihnen von Onkel Schorschs Testament und Gromas Freude, dass der Name Tröger durch den damals noch kleinen rothaarigen Carlitos weitergetragen werden könne. Weil ich mich nicht darauf vorbereitet hatte, berichtete ich alles so, wie es sich in meiner Erinnerung zugetragen hatte. Es klang irgendwie folgerichtig, dass Carlos zur Hälfte Eigentümer von Allsberg war. Er schien sogar zu verstehen, weshalb er erst jetzt, mit 15 Jahren davon erfuhr. Der schwierigere Brocken war, Anna erklären zu müssen, dass wir sie adoptiert hatten. Sie schaute mich mit riesigen Augen an und ich befürchtete, dass sie mir eine Szene machen würde. Es war Carlos, der die Situation damals rettete und dafür bin ich ihm noch heute dankbar."

„Wart mal Katja, unterbrach sie Peer, jetzt trinken wir erstmal einen Schluck und dann erzählst du mir, wie Carlos das angestellt hat."

„Hm, was trinken wir denn da?"

„Einen Weißwein aus Sizilien. Es muss nicht immer Wein sein, dem wir hier beim Wachsen zusehen."

Sie prosteten sich zu. Dann erzählte Katja weiter:

„Peer, du wirst es nicht glauben. Es war ein kleiner Satz, der die Situation entspannte. Als ich irgendwann eine kleine Pause machte, sagte Carlos:

„Das erklärt alles!"

„Was?", fragten Anna und ich gleichzeitig.

„Das erklärt meine Enttäuschung."

„Über wen oder was?"

„Meine Enttäuschung über Anna."

Beide waren wir sprachlos. Was zum Teufel hatte Annas Adoption mit Carlos zu tun und worüber war er enttäuscht?" Anna schaute ihn giftig an und zischte:

„Ich Enttäuschung, und du?"

Carlos lachte aber nur und erzählte, dass sein alter Freund Xisco auf Ibiza ihm immer erzählt hatte, dass in Deutschland alle Mädchen blonde Haare und blaue Augen hätten. Und dann sah Anna genau so aus, wie alle Mädchen auf Ibiza auch aussahen. „Verstehst du mich jetzt?"

Anna war sehr amüsiert und fragte erstmal nicht weiter nach. Sie und ich hatten damals ein gemeinsames Zimmer mit einem großen Ehebett. Als ich das Licht gelöscht hatte, kuschelte sich Anna an mich und flüsterte:

„Jetzt sind mir schon zwei Väter gestorben, gut, dass ich dich habe."

„Dann schlief sie ein und du kannst dir denken, dass mir erstmal Sturzbäche von Tränen übers Gesicht liefen, halb aus Rührung und halb aus Erleichterung."

„Und wie ist es dann weiter gegangen, da gab es doch noch viel zu besprechen, oder?"

„Ja, das lag mir als bedrohliche Last auf der Brust. Als ich aufwachte, war Anna verschwunden und sofort befürchtete ich Schlimmes. Hastig zog ich mich an und fand beide beim

Frühstück. Fröhlich und mit vollem Mund eröffneten sie mir, sie hätten beschlossen, den Skiurlaub sofort abzubrechen und nach Eppan auf die Burg zu fahren. Dort angekommen stellten wir fest, dass Gassers zu Besuch bei ihrem Sohn Andres in Allsberg waren, die Burg war ein Eispalast und ich hatte keine Ahnung, wie man heizen oder warmes Wasser herbekommen konnte. Ich rief Alessandra an, die uns hocherfreut zu sich auf die Nachbarburg einlud. Das stellte sich als wahrer Segen heraus. Als Anna und Carlos feststellten, dass auf der Burg Khofler italienisch gesprochen wurde, waren sie mit Alessandra und Alberto sofort ein Herz und eine Seele. Sie bauten eine Sprachbarriere zu mir auf, hinter der sich die Rivalität der beiden in Wohlgefallen auflöse.

„Können die beiden italienisch?"

„Peer, das hast du wahrscheinlich nie so richtig mitbekommen, aber beide sprechen mit Ilaria nur italienisch und vergiss nicht, Giovanna, Carlos Mutter, stammt aus Mailand."

„Und was passierte dann?"

„Zunächst mal passierte, dass ich, „la straniera" außen vor war. Ich fühlte mich geparkt und hatte Sendepause. Das war irgendwie erholsam, zumal ich sehen konnte, wie gut das alles lief. Anna fragte Alberto nach ihrem leiblichen Vater aus. Als sie erfuhr, dass Alberto Enzios Patenonkel gewesen war, setzte sie sich neben ihn auf's Sofa, nahm seine Hand und verkündete:

„Dann bist du halt jetzt mein Pate, so schnell kommst du mir nicht aus."

Alberto war hin und weg, er schmolz dahin. Er war es dann auch, der die ausstehenden Fragen nach Annas Mutter beantwortete. Er war ja der Einzige, der sie gekannt hatte. Er schilderte sie in leuchtenden Farben, betonte ihre Schönheit und ihre Klugheit und verheimlichte auch nicht, dass die Gleichaltrigen in der Gegend sich nicht trauten, mit ihr anzubändeln.

„Nur so hatte mein in die Jahre gekommener Freund Chancen bei Bianca."

Albert verstieg sich noch zu der Behauptung, der gute Toni wäre abgeblitzt, wenn er damals nicht zufällig im Ausland gewesen wäre.

Carlos unterhielt sich fast ständig mit Alessandra, nachdem er erfahren hatte, dass sie Richterin ist. Zunächst fragte er sie nach den blutrünstigsten Strafsachen aus, über die sie richten musste. Dann aber nutzte er die Gelegenheit und ließ sich von ihr erklären, wie das ist, wenn man einen landwirtschaftlichen Betrieb mit jemandem anderen zusammen besitzt. Er dankte ihr und meinte weder Giovanna noch ich hätten ihm das so erklären können. Das stimmte zwar, aber schlucken musste ich schon."

„Wieder aus Rührung?"

„Womöglich, aber ich ärgerte mich darüber, dass er mich offenbar für doof hielt."

„Na, ich denke eher, dass er dich für juristisch ebenso unbedarft hielt, wie er es selbst war."

„Mag sein. Aber warte, ich bin noch nicht fertig."

Peer goss nach, während Katja sich zu sammeln versuchte.

„Das Schwierigste kam aber am Tag darauf und es war abzusehen gewesen. Anna war klargeworden, dass ihre aus Kalabrien stammende Mutter dort noch Familie haben musste. Ich wusste von diesem grässlichen Massimo, ihrem Onkel und dass die Familie unter Mussolini nach dem Norden gekommen war. Eine Adresse gab es nicht. Nur den Ort Palizzi. Die Gassers hätten es womöglich wissen können, aber die waren ausgerechnet damals zu Besuch in Deutschland. Alessandra hatte dann die rettende Idee, weil sie sich daran erinnerte, dass Massimo auch im Namen seiner Mutter Maria Pia Putortì in Esposito geklagt hatte. Sie war offenbar nach Kalabrien zurückgekehrt, denn in den Akten fand sich die Adresse in Palizzi, dem Heimatort der Espositos am südlichen Ende des Aspromonte."

„Aspromonte? Das ist doch diese irrsinnig bergige Gegend an der Fußspitze des italienischen Stiefels. Meines Wissens eine arme Gegend, die für das organisierte Verbrechen bekannt ist."

„Ja, damals ist mir auch der Schrecken in die Knochen gefahren, aber Alberto hat mich beruhigt, in dem er lachend darauf hinwies, dass die Nonna Maria Pia wohl nicht Capo dei Capi da drunten sein wird. Das hat mich irgendwie beruhigt. Es war vorauszusehen gewesen, dass Anna ihre Großmutter besuchen wollte. Ich gestehe, dass ich froh war, dass die Weihnachtsferien zeitlich eine Reise in den Mezzogiorno nicht hergaben. Aber ich musste Anna versprechen, mit ihr in den Osterferien dorthin zu fahren."

„Erzähl mir davon morgen, es wird langsam kalt hier draußen. Wenn du Lust hast, dann treffen wir uns morgen am späten Nachmittag wieder hier im Schlosshof. Ich werde sehen, mit welchem Wein ich dich werde überraschen können."

Bevor Katja zu Bett ging, schaute sie noch in Annas Zimmer vorbei. Sie fand sie wie immer über ihren Büchern. Im kommenden Jahr würde sie ihren Abschluss in der Handelsschule machen und es war abzusehen, dass sie es mit Auszeichnung schaffen würde.

„Gut, dass du kommst, Mama. Wir sollen uns das Thema

unserer Abschlussarbeit überlegen. Ich habe mir gedacht, etwas Naheliegendes zu machen und bin dabei darauf gekommen, über die Verwaltung und Buchführung eines mittelständischen supranationalen Betriebes zu schreiben."

„Über unseren? Geht das, der Betrieb in Italien gehört dir und der hier dem Carlos und mir."

„Sei doch nicht so pedantisch! Du verwaltest beide Betriebe, also gilt das wie einer."

„Okay, aber musst du dazu nicht nach Eppan fahren? Hast du die Zeit dazu?"

„Nein, es würde genügen, wenn ich dich interviewe und ich im Übrigen Einsicht in die Buchungsunterlagen bekomme."

„Das ist kein Problem, ich sage morgen dem Buchhalter in Gerolzhofen und dem in Eppan, dass sie mir die Unterlagen der letzten fünf Jahre schicken sollen. Aber was um Himmels willen soll ich denn in dem Interview sagen?"

„Mach dir keine Sorgen, da lassen wir uns schon was einfallen. Ich verlass mich da auf meine creatività italiana."

Katja gab ihr einen Kuss auf die Stirn und ging schlafen.

Am nächsten Morgen saß sie in ihrem Büro und ging Kostenvoranschläge für neue Motorsägen durch, als das Telefon klingelte. Sie erkannte sofort Samuels Stimme.

„Du, ich ruf nur an, um dir zu sagen, dass ich endlich die rote Dame unter Dach und Fach habe. Du weißt, das ist das Portrait dieser Frau, die nur mit einem roten Schlips bekleidet ist. Kein bedeutender Künstler, aber ein Freund von Franz Marc, und das gibt ihm doch eine gewisse Relevanz."

„Ich erinnere mich genau. Du nanntest das Bild die rote Dame und ich fand, es müsse das rote Luder heißen. Spektakulär, aber nichts Besonderes."

„Das sagst du, die Familie hat es für eine knappe Million verkauft, alle sind glücklich, nur die Fachpresse ätzt mal wieder."

„Wie das denn? Ist doch gut, wenn die jüdische Familie, der das Bild weggenommen worden ist, es nun wieder zurückbekommen hat."

„Klar, keine Frage, aber es wird angedeutet, dass es den Juden mal wieder nur ums Geld ginge."

„Wie das denn?"

Na ja, sie haben das Bild verkauft. Es ist immer das Gleiche: Behält eine reiche Familie das Bild, heißt es, sie entzöge es den Blicken der Öffentlichkeit, es gehöre doch eigentlich ins Museum. In diesem Fall ist einer der Erben Tischler in Australien, eine ist Psychiaterin in Los Angeles und noch einer ist Rabbi in Tel Aviv. Sollen die das Bild in drei Teile schneiden, oder ausmachen, dass das Bild die Runde macht, vier Monate in Canberra, dann vier Monate in Israel und den Rest des Jahres in L.A.? Denen bleibt doch nur der Verkauf. Aber das gilt halt als jüdische Geldgeilheit. Der Antisemitismus ist wahrscheinlich unausrottbar. Das liegt womöglich daran, dass die Klischees sogar der Dümmste verstehen kann."

„Jetzt sei doch erstmal stolz auf deinen Erfolg. Schick mir doch bitte deinen Bericht. Carlos ist unterdessen mündig, aber man weiß ja nie ..."

„Warum soll ich mir dann die Mühe machen, so einen Bericht abzufassen?"

„Du kennst doch die deutsche Bürokratie! Solange alles so gemacht wird, wie es immer gemacht wurde, ist alles okay. Aber wehe, man ändert was ..."

„Ja, das kenn ich hier aus Berlin. Ich lerne ja nun den

ehemaligen sozialistischen Amtsschimmel kennen. Ich glaube, der ist noch kleinkarierter als der in der alten Bundesrepublik. Seit ich wieder beim Jewish Claims Center arbeite, habe ich es ja nur noch mit dem zu tun, was die Nazis sich im Osten Deutschlands unter den Nagel gerissen haben. Es ist zum Verzweifeln. Wir werden hier noch jahrelang zu tun haben."

„Hast du dich denn unterdessen in Berlin eingelebt?"

„Nun, ohne Rivka würde es mir erheblich schwerer fallen. Sie ist schon wieder schwanger. Raphael ist doch erst gerade mal ein Jahr alt geworden!"

„Tu nicht so. Da warst du doch beteiligt, oder? Wenn ich mich recht erinnere, dann hattest du an diesen Dingen immer große Freude, oder wie soll ich mich ausdrücken?"

„Ja, aber du hast verhütet."

„Zu Anfang nicht, log sie. Ich konnte ja vorher nicht ahnen, was da in München auf mich zukommen würde. Da hätte leicht was passieren können."

„Schon, aber Rivka hält nicht viel von Familienplanung."

„Fangen wir nicht wieder damit an. Du wolltest plötzlich eine richtige jüdische Familie. Mit mir ging das bekanntlich nicht. Ich habe deinen Wunsch verstanden und respektiert. Komm mir aber jetzt nicht, und beklag dich. Erzähl mir lieber, ob die Erben des roten Luders dein Honorar bezahlt haben?"

„Ja, das ging schon in Ordnung."

„Gut, dann grüße Rivka bitte von mir."

„Können wir nicht noch etwas plaudern? Rivka wird immer mehr zur Mamme."

„Lieber Samuel, verzeih, es war nicht leicht für mich, unsere Beziehung zu beenden. Es gab ja keinen Grund außer deinem Wunsch, eine Familie zu gründen, mit der deine Mutter einverstanden sein konnte. Strapaziere meine Gefühle nicht. Lass uns gute Freunde bleiben. Wir sollten es vermeiden, dauernd alte Brötchen wieder aufzubacken."

„Ich würde so gerne mal wieder ein Wochenende mit dir in einem Hotel verbringen."

„Dass ich nicht lache! Wegen der Speisegebote beim Donisl Apfelstrudel essen, aber das sechste Gebot mal einfach so ausblenden."

Katja legte auf.

Sie merkte, wie sich ihre Laune zusehends verschlechterte. Missmutig und auch ein wenig deprimiert, autorisierte sie die Anschaffung von drei neuen Motorsägen für den Forstbetrieb in der Rhön. Dann rief sie die beiden Buchhaltungsunternehmen in Eppan und Gerolzhofen an und bat um die Übersendung der Buchhaltung der vergangenen fünf Jahre. Anna hatte ihr beim Frühstück mitgeteilt, wichtiger Bestandteil ihrer Abschlussarbeit sei auch eine Beurteilung der Entwicklung des Umsatzes der vergangenen Jahre. Die Telefonate mit den Buchhaltern waren weder erfüllend noch verbesserten sie ihre Laune. Sie beschloss Alessandra anzurufen. Sie brauchte den Zuspruch ihrer Freundin.

Es war Albert, der abhob.

„Tut mir leid, Alessandra ist in Bozen und waltet ihres Amtes als Richterin."

„Und der arme Giacomo?"

„Immer sachte, ich bin zwar alt, aber ich bin lernfähig. Es macht mir sogar unerwartete Freude, mich mit dem Winzling zu beschäftigen. Ich denke immer, dass ich womöglich nicht viel Zeit mit ihm haben werde. Alessandra will nun noch ein zweites Kind, dann wird es ja noch enger."

„Ach weißt du, Albert, genieße die Zeit, genieße das Jetzt."

„Warum so philosophisch, ist was passiert?"

„Naja, eigentlich wollte ich mit deiner Frau darüber sprechen, aber vielleicht ist es ganz egal, mit wem ich spreche, Hauptsache ich tue es. Samuel hat heute Morgen angerufen. Das ist noch immer nicht leicht für mich."

„Ich weiß, dass es aus ist zwischen euch, aber ich kenne die Gründe nicht. Alessandra ist in solchen Sachen hermetisch. Sie hat mir nichts von dem berichtet, was sie mit dir in diesen langen Telefonaten besprochen hat."

„Das mit Samuel und mir war eine wunderbare Liaison, solange es um Vergnügen, Sex und gute Gespräche ging. Wir haben nie darüber gesprochen, zu heiraten. Aus dem, was er mir über seine Familie erzählt hat, war klar zu entnehmen, dass er nie und nimmer eine Familie mit einer Nichtjüdin, einer Schickse, gründen würde. Er sagte immer, er fühle sich erst dann wohl, wenn zwischen ihm und seiner Mutter 250 km Entfernung erreicht seien. Als es dann aber bei ihm auf die vierzig zuging, dachte er an eine Familie, und als er nach der Wende beim Jewish Claims Center, diesmal in Berlin, wieder anfing, da fand er dort eine sehr viel weltoffenere und internationale jüdische Gemeinde vor, als er das von Paris oder Frankfurt gewohnt war. Das war für seine Familie ganz offenbar akzeptabler als ich. Wie gesagt, ich habe mich damit abgefunden."

„Und warum ruft er jetzt immer noch bei dir an?"

„Das hängt mit KK, der Keller Kunst zusammen. Ich hatte ihn vor Jahren beauftragt, zu versuchen, diesen Haufen Bilder an die Erben derer zurückzugeben, denen sie geklaut worden waren."

„Und dafür hast du ihn bezahlt?"

„Nein, ich habe ihn nur für das Gutachten bezahlt, aus dem hervorging, dass die Bilder weder mir noch dem damals minderjährigen Carlos gehörten. Nachdem das Familiengericht der Rückgabe zugestimmt hatte, wurde er von denen bezahlt, die die Bilder bekamen."

„Klingt nicht sehr gerecht. Schließlich waren sie doch die Opfer des Raubes."

„Die Alternative wäre gewesen, die Kunst im Keller vergammeln zu lassen. Die Familien haben das auch durchaus verstanden. Sie waren die sogenannten beneficial owners. Nur sie hatten einen wirtschaftlichen Vorteil durch die Rückgabe. Ohne Samuels Arbeit wären diese Familien nie ermittelt worden. Nein, nein, das war schon in Ordnung."

„Und deshalb ruft er dich an?"

„Notgedrungen. Das Familiengericht ist zwar nicht mehr zuständig, aber ich traue dem Frieden nicht. Womöglich kommen die irgendwann mit einer juristischen Trickserei aus dem Busch."

„Und für den Bericht, den du vielleicht einmal dem Familiengericht geben musst, braucht er dich?"

„Da hast du recht, aber wir waren es halt so gewohnt, uns über die Ergebnisse telefonisch auszutauschen."

„Und jetzt benutzt er diese Gewohnheit dazu, den Kontakt zu dir nicht abreißen zu lassen. Ich kenne die Männer und deshalb garantiere ich dir, dass er bald wieder anruft und dir ein Stelldichein vorschlägt."

„Hat er schon!"

„Der ist aber von der schnellen Truppe! Als Begründung hat er entweder angegeben, dass es mit seiner Frau nicht befriedigend sei oder aber, dass er Angst hat, dass sie wieder schwanger wird. Was war's?"

„Du wirst lachen, beides."
„Weshalb hast du ihn denn nicht mitsamt seinem Telefon zum Teufel geschickt?"
„Albert, wir haben uns 1999 getrennt. Da war ich vierundvierzig Jahre alt. Ich hatte eigentlich nicht geplant, dass mein Liebesleben in dem Alter schon beendet sein würde. Trotz allem hat es mir wohl getan zu merken, dass Samuel mich noch begehrt. Ich würde dem nie nachgeben, aber zunächst fand ich es prickelnd. Seit dem heutigen Anruf weiß ich, dass mich diese Avancen niederdrücken. Deswegen wollte ich mit Alessandra sprechen."
„Katja, verzeih, Giacomo schreit nach mir. Ich muss aufhören. Alessandra wird dich heute Abend anrufen."
„Nein, sag ihr, dass ich sie anrufen werde, heute Abend habe ich schon was vor."
„Das klingt aber hoffnungsfroh."
Dann machte es klick in der Leitung.
Stunden später, die Abendsonne glühte, saß Peer auf dem Schlosshof. Er wartete auf Katja. Diesmal hatte er einen Rotwein ausgesucht aus dem entlegenen Anbaugebiet Méntrida westlich von Madrid. Peer wartete schon eine halbe Stunde und schließlich beschloss er, Katja zu suchen. Er fand sie in der unteren Bibliothek, wo sie allein auf dem Sofa hockte und in den kalten Kamin starrte.
„Hast du unsere Verabredung vergessen?"
„Ja."
„Bist du schlechter Laune?"
„Ja!"
„Verzeih, aber das kannst du dir gar nicht leisten. Schlechte Laune ist etwas für Spießer."
„Dann bin ich halt ein Spießer."

„Sehr witzig!“

Er nahm sie beim Arm und zog sie hinter sich her. Als sie im Freien angekommen waren, lächelte sie bereits etwas.

„So, komm, setz dich her. Hier hast du ein Glas Rotwein und wenn du Lust hast, dann erzähl mir von eurer Reise nach Kalabrien.“

Katja schaute in die untergehende Abendsonne.

„Du solltest dich immer von der tief stehenden Sonne anstrahlen lassen, nicht nur deine Haare leuchten, dein Gesicht auch. Du siehst wunderbar aus.“

„Lass es gut sein, du musst mir nicht schmeicheln, ich krieg mich schon wieder ein. Die Reise mit Anna in die Stiefelspitze war, ja wie soll ich es sagen, sie war zumindest denkwürdig. Man hatte uns geraten nach Catania zu fliegen. Es wurde tatsächlich Ostern 2000 bis wir diese Reise unternahmen. Es war mir gelungen, das alles hinauszuzögern, bis Anna fast 15 Jahre alt war. Wir kamen am späten Nachmittag auf dem Flugplatz an, mieteten ein Auto und fuhren dann noch bis Taormina. Ich hatte ein Hotel gebucht, in dem man ein Zimmer mit Blick auf den Ätna reservieren konnte. Zunächst haben wir uns mit den vielen Touristen durch die Straßen des Ortes gedrängt. Dann wurden wir in einem sündhaft teurem Restaurant mit Blick aufs Meer verwöhnt. In der Nacht haben wir nicht viel geschlafen, weil über dem Ätna ein Feuerschein schwebte.

Kein Wunder, dass wir, nachdem wir in Messina die ersten beiden Fähren verbummelt hatten, erst zur Mittagszeit in Palizzi ankamen. Der Ort mitten in den Bergen war wie ausgestorben. Es war etwas schwierig, die Via Duca degli Abruzzi zu finden, eine ganz schmale Gasse mit nur wenigen Häusern. Wir kannten die Hausnummer. Ich spürte deutlich meinen rasenden Puls, als Anna den Türklopfer betätigte. Es dauerte ein wenig, dann öffnete eine Frau in meinem Alter die Tür. Sie schaute Anna vollkommen entgeistert an. Dann rief sie irgendwelche Heiligen an und schlug die Tür wieder zu. Wir warteten etwas ratlos, bis sich die Haustür wieder öffnete und ein grobschlächtiger Kerl uns wenig höflich mehr mit Gesten als mit Worten klarmachte, dass wir abhauen sollten, dass wir hier nichts verloren hätten. „Lascia stare la famiglia, cazzo." Das letzte Wort kannte ich aus Enzios Flüchen. Den Rest verstand man auch so. Anna hatte es mit der Angst zu tun bekommen und drängte mich, umzukehren. Ich wollte eigentlich nicht nachgeben, doch nach einigem Zögern wurde mir klar, dass es wenig Sinn macht, wenn Anna Biancas Familie in offener Ablehnung und Feindseligkeit kennenlernt. Wir liefen zum Auto zurück und als wir gerade einsteigen wollten, hörten wir eine Kinderstimme, die „aspettami" rief. Ein kleines Mädchen steckte Anna einen Zettel zu und war auch schon wieder in den Gassen verschwunden. „Domani alle dieci al cimitero", las Anna laut vor. Zunächst suchten wir den Friedhof. Man sagte uns, den fänden wir in Palizzi Marina, der neuen Stadt unten am Meer. In Italien ärgert es mich immer wieder, dass dort, wo das Meer am schönsten sein könnte, eine Bahnlinie alles versaut. So war es auch dort. Zwischen eine Schnellstraße und den Schienen am Wasser eingeklemmt lag der Friedhof etwas östlich vom Ort. Wir suchten uns ein Hotel, bestellten in einem Blumenladen einen Strauß weißer Rosen und verbummelten den Rest des Tages. Anna wurde immer nervöser. Ich versuchte sie damit zu beruhigen, dass es offenbar die Frau an der Tür war, die für den Zettel verantwortlich war. Sonst wäre das nach dem

Auftritt des Mannes sicher nicht so konspirativ zugegangen. Es half nicht viel. Anna hielt mich dauernd an der Hand. Manchmal standen ihr die Tränen in den Augen. Sogar ein Besuch in der Eisdiele brachte ihr keine Ruhe. Am darauffolgenden Morgen und einer Nacht, in der wir beide wieder wenig Schlaf gefunden hatten, fanden wir uns um kurz vor zehn Uhr am Friedhof ein. Anna versteckte sich etwas hinter dem riesigen Blumenstrauß. Fast am Eingang zum Friedhof angekommen, trat die Frau an der Tür auf uns zu und umarmte Anna, ohne ein Wort zu sagen. Ich nahm ihr die Rosen ab und nun schien es, als ob sie sich noch fester umarmten und ich hörte Schluchzen. Dann sagte die Frau noch während sie Anna festhielt: „Io sono Anna." Es brauchte eine Schrecksekunde dann lachte meine Anna und sagte: „Anch'io sono Anna." Es stellte sich heraus, dass die ältere Anna Biancas Schwester war, die erstaunt war, zu bemerken, dass ihre Nichte fließend italienisch sprach. Sie überschüttete Anna mit einem Wortschwall, von dem sie mir später beichtete, auch nicht alles verstanden zu haben. Immerhin aber so viel, dass sie ihrer Mutter wie aus dem Gesicht geschnitten sei. Ohne weitere Worte betraten wir nun den Friedhof und nach wenigen Schritten standen wir vor diesen Nischen genannten Grabschachteln, die wir hier in Deutschland so abstrus finden. Auf einer Grabplatte war Biancas Name und ihre Lebensdaten zu lesen. Ich sah, wie Anna sehr berührt war, wie auch nicht. Ihre Tante half ihr, Vasen und Fotos von Padre Pio vor der Marmorplatte wegzunehmen und dann legte sie an deren Stelle den Rosenstrauß dort hin. Dabei sagte sie etwas, das mich sehr berührte: „Mamma, sono io, tua figlia Anna." Sie hat wohl noch ein stilles Gebet gesprochen und dann hakte sie sich bei ihrer Tante unter und wir gingen zu deren Auto, mit dem sie uns vor einen etwas trostlosen Wohnblock in Palizzi Marina fuhr. Dort, im vierten Stock, das sei ihre Wohnung. Auch sie sei, wie Bianca, Lehrerin gewesen. Sie habe nie geheiratet und sei in Rente. Meine Anna schien nun ganz in ihrem Element, aber mir, das muss ich schon sagen, zitterten die Knie ein wenig. Was würde uns nun erwarten? Die Wohnung wäre ebenso trostlos gewesen wie der ganze Wohnblock, hätte ihre Bewohnerin sie nicht über und über mit Heiligenstatuen, Fotos von Padre Pio und Bildern des Ätna und des Vesuvs ausstaffiert. Im Wohnzimmer mit Blick aufs Meer saß eine alte Frau im Rollstuhl. Sie war vollkommen schwarz gekleidet und hob den Blick, als wir eintraten. Ihre Augen suchten unruhig, als könne sie uns nicht erkennen. Als sich Anna vor sie hinkniete, verklärten sich ihre Züge. „Du siehst aus wie Bianca, wie heißt du?", fragte sie auf Deutsch. Aber ihre Tochter erklärte ihr, dass sie ihre Deutschkenntnisse aus Bozener Tagen nicht bemühen müsse. Ihre Enkeltochter hieße auch Anna und spräche italienisch, allerdings ohne den Akzent Kalabriens. Anna hatte unterdessen ihre Hände in die ihrer Großmutter gelegt und blieb vor ihr auf den Knien, bis ihr ein Stuhl gebracht wurde und sie sich neben sie setzte, ohne die Hände loszulassen. Nach einer Weile ging ich. Ich kam mir überflüssig vor. Auch wollte ich vermeiden, dass Anna denkt, ich wolle sie überwachen. Der erste Moment mit ihrer leiblichen Familie, der gehörte ihr allein. Ich setzte mich vor einer Bar in die Sonne und bestellte einen Espresso. Ich schäme mich jetzt dafür, aber damals war ich besorgt. Ich fürchtete, Anna könne sich von mir ab- und der Familie ihrer Mutter zuwenden. Es war keine angenehme Stunde, die ich auf diesem Aluminiumstuhl auf dem Trottoir verbrachte. Ständig behielt ich die Tür des Wohnblocks im Auge und war erleichtert, als ich endlich meine Tochter mit ihrer Tante auf mich zukommen sah. Als wir wieder in unserem gemieteten Auto saßen, schlug Anna vor, wieder nach Sizilien überzusetzen. Das hat mich erstaunt, aber ich habe es nicht hinterfragt. Wieder haben wir in diesem Hotel in Taormina übernachtet und wieder leuchtete der Ätna aus der Ferne. Anna war während der Überfahrt und abends wortkarg gewesen. Offenbar aber spürte sie, was mich umtrieb, denn mehrmals nahm sie meine Hand und bat mich, mir keine Sorgen zu machen. Am nächsten Morgen auf der Fahrt zum Flugplatz von Catania hat sie mir dann dafür gedankt, sie nach Palizzi begleitet zu haben. „Es war gut, aber ich will nicht mehr hin." Das hat mich ehrlich erstaunt. Verstanden habe ich es erst, als sie mir im Flugzeug sagte, eine Familie, in der die Frauen das, was sie wollen, nur heimlich und hinter dem Rücken der Männer tun könnten, das sei keine Familie, zumindest nicht eine, zu der sie gehören wolle. Sie hält bis heute Kontakt zur Nonna, allerdings über die Adresse der Tante Anna in Palizzi Marina. Sie hatte sie darum gebeten."

„Das ist wirklich eine erstaunliche Geschichte. Schade, dass wir nicht wissen, wie das Treffen mit der Großmutter weiter verlaufen ist."

„Sie hat nie wieder darüber geredet. Womöglich habe ich da einen Fehler begangen und sie mit ihren Gefühlen allein gelassen. Irgendwie fand ich es unpassend, sie zu ihrer leiblichen Familie auszufragen. Es ist mir wichtig, den Eindruck zu vermeiden, ich befände mich da in einem Konkurrenzkampf."

„Und jetzt, Katja, wie steht es mit der schlechten Laune?"

„Sie ist mit der Sonne untergegangen."

„Siehst du, es bekommt dir einfach nicht, andauernd allein zu sein."

„Komm mir jetzt bitte nicht mit Vorschlägen à la Samuel."

„Nein, so was hab ich nicht vor, obwohl ich etwa so alt bin wie Alberto. Nein, ich wollte dir vorschlagen, dass wir unsere jeweiligen Wohnungen zu sturmfreien Buden erklären. Jeder kann jederzeit vorbeischauen, ohne vorherige Anmeldung.

„Und jeder kann den anderen rauswerfen, wenn es nicht passt."

„Das ist absolut selbstverständlich, es ist sogar Bedingung."

„Okay, dann machen wir das so. Gib mir noch ein Glas Wein und dann schau ich nach Anna, bevor ich mich auf's Ohr lege."

Anna saß noch über ihren Büchern.

„Glaubst du nicht, dass es Zeit ist, ins Bett zu gehen?"

„Ach Mama, die Lernerei geht mir auf die Nerven. Ich bin froh, wenn ich im kommenden Jahr meinen Abschluss machen kann. Dann werde ich bald drauf siebzehn und ich werde mir einen Job suchen. Ich kann nicht immer hier im Schloss wohnen und mich von Ilaria bekochen lassen."

„Das ist ja interessant. In deiner Daseinsbeschreibung, komme ich wohl überhaupt nicht vor?"

„Jetzt tu nicht beleidigt. Setz dich lieber da aufs Sofa, ich wollte schon lange etwas mit dir besprechen. Du erinnerst dich sicher an unseren Besuch in Palizzi. Wir haben dort einen Onkel, eine Tante, die Großmutter und deren Schwester gesehen. Das Haus in der Gasse mit dem wunderbaren Namen Via del Duca dei Abruzzi haben wir nur von außen gesehen. Es machte keinen luxuriösen Eindruck und die Neubauwohnung von Nonnas Schwester war auch nicht gerade einladend. Das bedeutet, dass das da unten bescheidene Leute sind, die hart für ihr tägliches Brot arbeiten. Weshalb dieser eine Onkel so abweisend war, werden wir wohl nie erfahren."

Katja ahnte den Grund, schließlich war er Massimos Bruder oder Vetter, aber sie hielt sich zurück.

„An der Handelsschule lernen wir ja nicht nur Buchhaltung und Kosten-Nutzen-Rechnung. Neulich hatten wir Sozialkunde und da erzählte uns der Lehrer einerseits davon, dass niemand weiß, was für die Entwicklung des Menschen wichtiger ist, seine Gene oder seine Prägung. Damit meinte er wohl Erziehung. Wenn man das auf mich anwendet, dann ergibt sich da eine märchenhafte Mischung. Nach der Vererbung bin ich zur Hälfte die Frucht eines jahrhundertelangen Überlebenskampfes. Zur anderen Hälfte komme ich aus einer uralten gräflichen Familie, die zunächst im kaiserlichen Österreich die Privilegien ihres Standes genossen hat und der es dann in Italien auch nicht gerade schlecht ging. Das aber ist noch nicht alles. Erzogen wurde ich auf einem Schloss von einer Mutter, die sich eigentlich für Kunst interessiert, an der sie andererseits fast erstickt. Tag für Tag kümmert sie sich um einen riesigen Betrieb, zu dem sie gekommen ist wie die Jungfrau zum Kind. Du spielst in meiner Daseinsbeschreibung also durchaus eine Rolle. Ich weiß allerdings nicht welche. Nur eines weiß ich: Ich habe dich, meine Mama immer geliebt auch dann, wenn du dich nicht so sehr um mich kümmern konntest, zum Beispiel damals als Papa starb und du danach alles im Betrieb allein machen musstest. Ich habe immer beobachtet, wie du gezwungen warst, etwas zu tun, was du gar nicht wolltest."

„Wenn du die Pflege deines Vaters meinst, dann wollte ich in dem Moment wirklich nur dies."

„Schon klar, aber lieber wäre es dir gewesen, du wärest nicht in diese Situation gekommen. Es wäre dir auch lieber gewesen, nicht allein die Leitung von all dem hier zu haben.“

„Darüber habe ich, wenn überhaupt, nur kurz nachgedacht. Ich habe es als meine Pflicht aufgefasst, all das zu tun, was mir durch Onkel Schorschs Testament und nach Enzios Tod an Aufgaben zugewachsen ist.“

„Hast du dabei gelebt? Du bist doch eine junge und sehr schöne Frau. Hast du da nicht noch ein bisschen mehr erwartet? Verzeih, wenn ich dich frage, es geht mich nichts an, aber die Beantwortung ist wichtig für Fragen, die mir durch den Kopf gehen.“

„Ich verstehe. Du fragst nach der Liebe. Weißt du, ich denke immer noch, dass so eine Liebe, wie ich sie mit deinem Vater erleben durfte, nie wieder auf mich zukommen wird. Er hat mir das Versprechen abgenommen, nach seinem Tod nicht die ewig trauernde Witwe zu spielen. Hab ich auch nicht.“

„Du meinst Samuel.“

„Ja, ein etwas düsteres Kapitel für mich, aber ich hätte es wissen müssen.“

„Was hättest du wissen müssen?“

„Na ja, dass das keine wirkliche Zukunft hatte. Wir hatte gemeinsame Interessen, aber es wäre für ihn nie in Frage gekommen, mich zu heiraten.“

„Wieso das denn?“ Anna klang entrüstet.

„Wie du weißt, ist Samuel Jude. Er ist nicht sehr gläubig, es liegt ihm aber viel an der Jüdischkeit.“

„Und was ist das?“

„Er legt Wert darauf, sich immer bewusst zu sein, dass er

Jude ist. Das ist Teil seines Lebens, Teil seiner Identität. Da die Tatsache, Jude zu sein, nur von einer jüdischen Frau auf die Kinder übertragen werden kann, wäre es nie und nimmer für ihn möglich gewesen, mich zu heiraten und Kinder zu bekommen."

„Ich dachte, du kannst keine Kinder kriegen."

„Das wurde nie festgestellt. Dein Vater und ich wussten nicht, an wem von uns beiden es lag. Vielleiht war es auch einfach nur so, dass es, wie man so schön sagt, nie geklappt hat."

„Da hätten wir ja noch Hoffnung, Mama."

Beide lachten, auch wenn Katja merkte, dass ein Stück Verzweiflung in ihrem Lachen lag.

„Verzeih Mama, dass ich dich so ausgefragt habe. Ich überlege mir nur schon seit einiger Zeit, ob ich meiner Erziehung folgen soll oder meinen Genen."

„Was meinst du?"

Du hast uns doch erklärt, dass mir das ganze Altspaur Eigentum gehört und wenn du gestorben bist, bekomme ich deine Hälfte an Allsberg. Ich weiß nicht, was das alles wert ist, aber ich denke, dass es sehr viel Geld wert ist. Wir müssen wirklich auf nichts verzichten. Aber soll das alles mein Leben bestimmen? Sind da meine Klassenkameraden, die nichts erben, viel freier in der Wahl dessen, was sie mal machen oder werden möchten? Du hast einen Haufen Geld, okay, aber du bist auch eine Gefangene. Meine Entscheidung, nicht aufs Gymnasium zu gehen, hatte womöglich unbewusst damit zu tun, dass ich nicht den vorgegebenen Weg einer Schlossprinzessin gehen will."

„Schlossprinzessin ist ja vielleicht etwas hoch gegriffen. Aber was willst du stattdessen tun?"

„Was Praktisches. Deshalb bin ich auf die Handelsschule gegangen. Wenn ich im kommenden Sommer den Abschluss habe, dann suche ich mir einen Job."

„Anna, mein Schatz, das finde ich eine fabelhafte Idee."

30. Kapitel

Ibiza, im Sommer 2001

Seinen zwanzigsten Geburtstag hatte Carlos noch an der Weinbauschule in Laimburg verbracht. Er war dort eine Ausnahmeerscheinung mit seinen roten Haaren. Fast alle Schüler überragte er um Haupteslänge. Carlo, wie er hier gerufen wurde, hatte nichts dagegen, dass ihn die Augen der Mädchen verfolgten. Er hatte etwas von einem Lebenskünstler. Er war immer gut drauf, bei ihm war das Geld nie knapp und er besaß etwas, was seinen Ruf als Playboy festigte: Er war stolzer Besitzer eines feuerroten Alfa Romeo Spider. An den Wochenenden fuhr er oft nach Mailand und feierte in den angesagten Studentenkneipen bis ins Morgengrauen. Sein Großvater lebte dort noch immer in der großen Altstadtwohnung, die er zusammen mit seiner verstorbenen Frau und Giovanna, Carlos Mutter, bewohnt hatte. Aus zunächst sporadischen Besuchen bei seinem Nonno war mit der Zeit eine echte Zuneigung geworden. Für beide unerwartet, denn sie unterhielten sich nie über Musik, dem eigentlichen Lebenszweck des alten Herrn. Zunächst hatte er versucht, seinen Enkelsohn für eines der vielen Instrumente zu interessieren, die er selbst beherrschte und in der Wohnung aufbewahrte. Bald bemerkte er, dass dies verlorene Lebensmüh war.

„Carlo, wie kann man nur so unmusikalisch sein? Dein

Vater, obwohl Deutscher, war ein begnadeter Jazzmusikant. Ich habe ihn auf Ibiza spielen gehört, einfach toll. Wie kann es sein, dass du von beiden Seiten deiner Familie die Gene von Musikern mitbekommen hast und tönst wie eine nicht gespannte Pauke?"

„Nonno, frag mich was anderes. Ich mag die Musik schon, aber sie ist für mich Mittel zum Zweck. Ich liebe die Frauen und wer ein guter Tänzer ist, wer seinen Körper zur Musik bewegt, dem fliegen die Herzen zu. Ich bin jung, ich habe Lust zu leben und ich habe jetzt die Gelegenheit, dies zu tun. Was ist falsch daran?"

„Falsch ist daran gar nichts. Es ist halt nur so, dass wir zusammen musizieren könnten, bei deinem tatsächlichen Hobby aber fürchte ich, zu stören."

„Nonno, das stimmt zweifellos. Pass auf, wir machen es so: Bevor ich auf die Piste gehe, essen wir zusammen in einem möglichst guten Ristorante und trinken möglichst guten Wein. Dann erzählst du mir von der Familie meiner Mutter oder wir unterhalten uns sonst auf möglichst angenehme Art und Weise."

„Warum hat dir denn deine Mutter nie etwas über uns erzählt?"

„Das ist ein schwieriges Thema. Verzeih, wenn ich das so sage: ich habe nie verstanden, wie sich mein Vater, den ich ja nicht kannte, in Giovanna verlieben konnte. Natürlich liebe ich sie, wie ein Sohn seine Mutter. Aber ihr Getue ist mir schon als kleiner Junge auf die Nerven gegangen. Was ich aber wirklich nur schwer ertragen konnte war, wie sie sich dem Willen von diesem Umberto untergeordnet hat. Der ist ein wahrer Schmarotzer. Der hat sich bei ihr ins Bett gelegt, nachdem er mitbekommen hatte, dass bei Giovanna allmonatlich ein ansehnlicher Betrag aus Deutschland auf dem Konto landete. Später habe ich herausbekommen, dass diese Überweisungen eigentlich für mich bestimmt waren. Das war mir damals aber schon ziemlich egal, mir fehlte es ja an nichts."

„Ach weißt du, meine Giovanna ist halt ihrer Mutter sehr ähnlich. Sie war hochsensibel und wurde mit dem Alter instabil und endete in der Nervenheilanstalt, wo sie starb. Ich hoffe, dass das bei meiner Tochter nicht passieren wird. Aber ich weiß schon, weshalb sich dein Vater in deine Mutter verliebt hat. Sie war eine Schönheit. Selbst auf Ibiza, wo sich damals die schönsten und aufregendsten Mädchen aus der ganzen Welt tummelten, fiel sie auf. Sie war nicht nur äußerlich schön, sie strahlte „la sua bellezza" von innen heraus. Ich weiß, dass es ihr unangenehm war, im Mittelpunkt der Bewunderung zu stehen und deshalb war sie froh, in den Armen des stattlichen, aber nicht wirklich gutaussehenden Deutschen Zuflucht zu finden. Dein Vater hat mir einmal gesagt, zuerst habe er sich in die schöne junge Frau verliebt. Dann habe er bemerkt, dass sie von ihm beschützt werden wollte und dieses Ziel allem anderen unterordnete. Wie er sich ausdrückte, habe er damals bemerkt, dass er einen Joker gezogen habe, einen comodin, wie er sich auf Spanisch ausdrückte. Es ist nicht sehr schmeichelhaft für deinen Vater, aber er hat es ausgenützt, dass Giovanna ein sehr altmodisches Ideal von einem Mann hat. Als er gestorben war, suchte sie wieder einen Mann, der sie beschützt. Umberto tat und tut so, als ob er das könnte. Giovanna ist vom Leben zu sehr gebeutelt worden. Sie zieht es vor, nicht so genau hinzuschauen. Sie fühlt sich beschützt, ohne es zu sein."

„Wenn man es genau nimmt, kann ich nur froh darüber

sein, wie sich alles entwickelt hat. Meine Erziehung hat Xisco auf Ibiza besorgt und meine Bildung Tante Katja in Deutschland. Ibiza ist gut für den Körper aber das leichte Leben dort ist Gift für den Geist. Schade, dass die Beziehung zu meiner Mutter gelitten hat. Aber so habe ich jetzt bald eine gute Ausbildung. Ohne Tante Katjas Angebot hätte ich die Insel nie verlassen. Auf Ibiza würde ich im Sommer wahrscheinlich als Windsurflehrer arbeiten, und im Winter Däumchen drehen, oder warte, wahrscheinlich würde ich Joints drehen."

„Aber so ein Windsurfer auf Ibiza hats wahrscheinlich leicht bei der Damenwelt."

Nonno, mach dir darüber keine Gedanken. Dazu brauch ich kein Surfbrett, nicht einmal meinen Alfa."

Dass dem so war, davon konnte sich Carlos Großvater immer wieder von Neuem überzeugen, wenn der Enkel nach seinen Ausflügen ins nächtliche Mailand am späten Vormittag mit einer immer neuen Eroberung in der Küche auftauchte.

„Weißt du, deine Wohnung ist so zentral und es wäre einfach unhöflich gewesen, ihr nicht hier ein Nachtlager anzubieten."

Der Großvater lachte nur.

Die Sommerferien verbrachte Carlos wie immer auf Ibiza. Sosehr ihm die Umgebung seiner Mutter auf die Nerven ging, so sehr hatte er doch das Bedürfnis, sie wenigstens einmal im Jahr zu sehen. Dass dabei das, was sein Großvater Surflehrern zuschrieb, nicht zu kurz kam, nahm Carlos gerne mit.

Nach einer am Strand durchfeierten Nacht an den Salinen fuhr Carlos im Licht der aufgehenden Sonne nach Hause.

Er hatte eine bezaubernde Französin mitgenommen, die nun jauchzend auf dem zusammengefalteten Dach seines Spiders saß. Sie ließ den Wind durch ihre langen Haare fahren und hatte nichts dagegen, dass ihre Bluse immer wieder davongeweht wurde. Carlos hatte weder seine Augen auf die Straße gerichtet noch seine rechte Hand am Lenkrad. Beides bekümmerte ihn wenig, er kannte ja die Straße nach Santa Inés.

Er wachte im Krankenhaus Can Misses auf.

„Was ist los?", fragte er die Krankenschwester.

„Du hattest einen Unfall."

„Und das Mädchen?"

Die hat es in die Büsche geschleudert, bevor sich das Auto überschlagen und dich unter sich begraben hat. Das Mädchen ist mit ein paar Kratzern davongekommen, aber du hast wirkliches Glück gehabt."

„Was ist passiert, bitte erzähl es mir, bitte."

„Nein, das soll der Arzt machen, ich hole ihn. Er wollte informiert werden, wenn du aufwachst."

Der erwartete Arzt stellte sich als Ärztin heraus.

„Doctora Canónico", stellte sie sich vor.

Die Ärztin konzentrierte sich auf das Krankenblatt in ihrer Hand.

„Nach dem Unfall mussten wir Sie in künstliches Koma versetzen. Wir mussten Sie absolut ruhigstellen, weil wir zunächst nicht wussten, wie schwer Ihre Verletzungen am Rücken sind. Es sind nun vier Tage vergangen, die auch dazu genutzt wurden, die Verbrennungen an den Beinen zu behandeln. Zurzeit wirken noch die schmerzlindernden Medikamente, aber machen Sie sich auf größere Beschwerden gefasst. Wir mussten die verbrannte Haut entfernen. Unter dem Verband liegt das bloße Fleisch. Was den Rücken angeht, werden Sie wahrscheinlich immer wieder Schmerzen bekommen, aber sonst wird nichts zurückbleiben. Das Schleudertrauma wird ebenfalls vergehen und natürlich der Kopfschmerz infolge der Gehirnerschütterung ebenso. Sie haben wirklich großes Glück gehabt. Das lag auch daran, dass Sie Ihr Nachbar aus dem Auto gezerrt hat, bevor es vollkommen in Flammen aufgegangen ist."

„Welcher Nachbar war das?"

„Er heißt Francisco García. Er musste auch hier behandelt werden, weil er sich bei der Rettung die Hände verbrannt hatte."

Wer ist Francisco García? Carlos war nicht in der Verfassung, dieser Frage nachzugehen. Ihm war es zudem gerade wichtiger, mit der Ärztin zu flirten. Großen Erfolg hatte er damit nicht, aber immerhin sah er, dass sie lächelte.

„So schlimm kann es um mich nicht stehen", dachte er zufrieden.

Am späten Nachmittag öffnete sich die Tür zu seinem Krankenzimmer und man hörte das Quietschen von Gummirädern. Carlos' Wohlbefinden hatte sich erheblich verschlechtert. Die verbrannten Stellen an seinen Beinen schmerzten höllisch. Da er dachte, eine Krankenschwester brächte ihm etwas zu essen, achtete er nicht auf seinen Besucher, bis er bemerkte, dass ein junger Mann Xisco im Rollstuhl an sein Bett schob.

Ohne Vorwarnung begann Xisco mit einem Anpfiff, wie ihn Carlos bisher nicht erlebt hatte:

„Habe ich dir nicht beigebracht, sorgsam mit dem Leben umzugehen? Habe ich dir nicht gezeigt, dass Leben wertvoll ist? Egal ob es das Leben einer Erbse, einer Ziege oder dein eigenes ist?"

Da die Tür aufgeblieben war, drang Xiscos sonore Stimme

bis auf den Gang hinaus. Neugierig geworden, drängte das Pflegepersonal ins Zimmer.

„Es ist ja schlimm genug, dass dir dein Leben offenbar egal ist. Du scheust dich aber nicht einmal davor, das Leben eines anderen jungen Menschen in Gefahr zu bringen. Und an deine Mama hast du auch nicht gedacht. Ist dir klar, was es für eine Mutter bedeutet, ihr Kind zu verlieren, noch dazu auf eine so saudumme Art und Weise? Carlos, du bist jung und hast das Leben noch vor dir. Allerdings ist das Leben nicht so einfach, wie du denkst. Du weißt, du bist für mich wie ein Sohn. Es schmerzt mich, dass ich in all diesen Jahren es nicht fertiggebracht habe, dir beizubringen, dich und andere zu achten. Du hast nur ein Leben und dieses Mädchen hat auch nur dieses eine. Verdammt noch mal! Werde erwachsen! Die Mutter Gottes hat genug zu tun, du musst sie nicht auch noch damit strapazieren, dass sie auf deine Eskapaden achten muss. Stell dir bloß vor, Curro wäre nicht zufällig auf seinem Moped vorbeigekommen. Verbrannt wärst du, elend verbrannt. Ich habe keine Lust, mich hinter deinem Sarg auf den Friedhof hinausschieben zu lassen. Merk dir das und verhalte dich danach!"

Auch wenn nicht alle Krankenschwestern und Pfleger die Worte verstanden, die der alte Mann in der Sprache seiner Insel erdröhnen ließ, sie verstanden alle ihren Sinn. Carlos war erschrocken. Xisco hatte noch nie so mit ihm geschimpft. Er hatte eher erwartet, dass sein alter, sein ältester Freund ihn besuchen würde, um ihm zu sagen, wie glücklich er sei, ihn lebendig zu sehen. Jetzt wurde ihm nach allen Regeln der Kunst hier vor versammelter Mannschaft der Kopf gewaschen und zu seinem Ärger bemerkte er, dass die ebenfalls anwesende Ärztin aus Andalusien lächelte.

„Xisco, ich habe doch …"

„Was, du willst dich rechtfertigen? Bist du noch bei Trost? Du nimmst hier wirklichen Kranken das Bett weg, verursachst einen riesigen Aufwand im Krankenhaus und dann willst du dich rechtfertigen? Bedanken musst du dich bei all diesen Mitarbeitern in Can Misses und bedanken musst du dich bei Curro, der dir das Leben gerettet hat."

Erst da bemerkte Carlos den jungen Mann hinter dem Rollstuhl. Es war Curro, den Xisco zu sich auf die Finca geholt hatte, Curro, der in den Hotels von San Antonio keine gute Stellung gefunden hatte.

„Mir wurde gesagt, ein Francisco García habe mich unter dem Auto herausgezogen", stammelte Carlos.

„Virgen Santa, que tonto eres!" Xisco konnte es nicht fassen. „Xisco, Paco, Xesc, Txiki oder Curro, das ist alles dasselbe, Francisco halt. Hab ich dir doch erklärt!"

Der alte Mann lachte nun und langsam fielen alle anderen ein und riefen im Chor:

„Virgen Santa, que tonto eres."

Das ließ auch Carlos aus seiner Schreckstarre erwachen. Er breitete, so gut das ging, seine Arme aus und flüsterte:

„Verzeih mir Xisco! Komm, umarme mich, ich könnte das jetzt gut gebrauchen."

Als der gehbehinderte alte Mann sich mühsam aus seinem Rollstuhl erhob und den im Bett liegenden Carlos umarmte, da brandete Applaus auf. Carlos konnte es nicht sehen, wie die Ärztin sich die Augen wischte.

Nur Carlos hörte, was Xisco zu ihm sagte, als er den ihm so bekannten Geruch von Celtas Cortos, den billigen Zigaretten, die Xisco rauchte, wieder erkannte.

„Carlos, du weißt doch, wie sehr ich dich liebe. Tu mir das nie wieder an, ja?"

„Versprochen, Xisco und danke, dass du mit mir geschimpft hast."

Bald hatte sich das Krankenzimmer wieder geleert und Carlos bat Curro, sich auf den Rand seines Bettes zu setzen.

„Du hast mir das Leben gerettet. Dafür danke ich Dir. Du hast sehr mutig gehandelt, für mich bist du ein Held. Ich danke dir tausend Mal. Zeig mal deine Hände. Was machen die Wunden? Und noch was, warum musst du Xisco im Rollstuhl schieben?"

„Das sag ich dir lieber selbst. Ich bin alt und meine Beine sind steif geworden. Auf der Finca kenne ich jeden Stein, da genügt mir ein Stock. Aber die Stadt oder gar das Krankenhaus? Das ist nichts für einen alten Bauern. Da hab ich Angst vor den glatten Böden, besser wenn man mich schiebt."

„Weiß eigentlich jemand, was aus der Französin geworden ist?"

„Sie wurde mit dir zusammen verarztet. Dann ist sie abgehauen. Wahrscheinlich ist sie längst wieder zu Hause in Frankreich."

„Komisch, ich weiß nur, dass sie Muriel hieß. Ibiza ist die Insel der Vornamen. Nur wenn sie gestorben wäre, hätte ich ihren vollen Namen erfahren. Gut so."

„Werd jetzt nur nicht philosophisch, das nimmt dir sowieso niemand ab."

„Hey, Xisco! Wenn ich von irgendjemandem Lebensphilosophie gelernt habe, dann von dir. Warst du es nicht eben, er mir einen Auffrischungskurs verpasst hat?"

„Lass gut sein, Carlos. Wir gehen jetzt wieder heim. Bald wird deine Mutter kommen und da wollen wir nicht stören."

Carlos winkte ihnen nach und dachte, dass Xisco ihm einen höllischen Schrecken eingejagt hatte. Während der

Standpauke hatte Carlos befürchtet, Xisco könne mit ihm brechen, ihm sagen, dass er nicht mehr sein Freund sei. Es war noch einmal gut gegangen. Carlos war erleichtert. Den Besuch der Mutter allerdings erwartete er mit unguten Gefühlen. Er fürchtete sich davor, sie könne in plötzlichen Theaterüberschwang kommen, dass sie eine Show abziehen würde. Seine Sorgen waren unbegründet. Sie kam ganz leise. Als Carlos aus einem Dämmerschlaf erwachte, saß sie ruhig auf einem Stuhl neben seinem Bett und schaute ihn an.

„Tu mir das bitte nicht noch einmal an. Ich habe schon einen Mann in meinem Leben verloren."

Es erschien Carlos so, als entließe seine Mutter ihn mit diesen Worten ins Erwachsenenleben. Er war für sie zum Mann geworden. Auch wenn ihr Verhältnis nie so eng gewesen war, wie die klassisch italienische „Mamma-Figlio" Verbindung, wusste er doch, dass sie ihn mental immer unter ihren Fittichen gehalten und geschützt hatte. Das zu wissen, hatte ihn immer seltsam belastet und plötzlich fühlte er sich befreit. Er nahm ihre Hand in die seine.

„Mama, danke. Ich weiß, dass du in all den Jahren immer an mich gedacht hast. Dass du mich freigegeben hast, das ist ein echtes Verdienst. Wäre ich auf Ibiza geblieben, wäre nie etwas aus mir geworden. Du siehst ja, was wenige Wochen des dolce vita hier aus mir gemacht haben."

Giovanna lächelte und Carlos war froh, dass es ein warmes Lächeln war, nicht das Nirvana-Lächeln, mit dem sie ihre Yogaschüler bedachte und das Carlos schon immer so sehr genervt hatte.

Carlos erholte sich in den kommenden Tagen schnell Unterdessen hatte er herausbekommen, dass die hübsche Ärztin aus Andalusien Esperanza hieß. Er beflirtete sie mit allen Mitteln der Kunst und so gelang es ihm, dass sie versprach, am Tag der Entlassung mit ihm in einem der kleinen Restaurants ganz hinten im Hafen von Ibiza zu Abend zu essen. Daraus wurde allerdings zunächst nichts. Zwar durfte Carlos nach einigen Tagen das Krankenhaus verlassen, aber er musste sich wegen der Verbrennungen auf Krücken stützen und konnte nicht lange laufen.

„Dann sollten wir uns in den nächsten Tagen in einem der Restaurants in San Rafael treffen."

Carlos Plan war, dass ihn seine Mutter nach San Rafael fahren sollte und er später im Auto der Ärztin dahin mitgenommen werden würde, wo sie den Rest der Nacht verbringen würden.

Es war einer dieser Tage gewesen, der in der zweiten Augusthälfte mit Regen darauf aufmerksam machte, dass das Ende des Sommers nahe war. Natur und Menschen atmeten auf, die drückende Atmosphäre und der Staub waren verschwunden.

Ungeduldig wartete er im Restaurant Can Pilot. Die Glut, auf dem die riesigen Steaks gebraten wurden, zischte ab und zu, wenn flüssiges Fett vom Grill tropfte. Esperanza kam und kam nicht. Carlos hatte das Glas Bier schon fast geleert, als er endlich sehen konnte, wie auf dem Parkplatz vor dem Supermarkt gegenüber ein kleiner Fiat Panda hielt. Wenige Augenblicke später saß Esperanza ihm gegenüber.

„Hast du lange gewartet?"

Carlos verzog sein Gesicht zu einem eher missmutigen Lächeln.

„Oh, der Herr ist es nicht gewohnt, zu warten?"

„Nein, Esperanza, ich konnte es nicht erwarten, dich endlich wiederzusehen. Ich hatte schon fast vergessen, wie schön du bist und nun stelle ich fest, dass du noch schöner aussiehst, wenn du den Ärztekittel nicht anhast. Ich mag mir gar nicht vorstellen …"

„Stell dir lieber nichts vor! Wir sind zum Abendessen verabredet. Ich weiß nicht, wie du das machst, aber ich halte es immer so, dass ich mir zuerst mal was zu essen bestelle."

Es wurde ein sehr anregender Abend, aber Carlos war unzufrieden. Es gelang ihm einfach nicht, das Gesprächsthema so zu lenken, wie er es bei seinen bisherigen Eroberungen immer mit Erfolg getan hatte. Als der Kellner den Nachtisch gebracht hatte und er verbal immer noch nicht da angekommen war, wo er längst hätte sein wollen, reichte er über den Tisch und nahm ihre Hand, die ihm Esperanza sofort entzog.

„Carlos, ich weiß natürlich ganz genau, welches Ende du für diesen Abend vorgesehen hast. Gib dir keine Mühe, da wird nichts draus."

„Was ist denn mit dir los?"

„Mit mir ist gar nichts los. Ich erinnere mich nur an die Worte des alten Mannes im Rollstuhl. Erinnerst du dich? Es war eine Standpauke auf ibicenco, deshalb habe ich nicht alles verstanden. So viel aber schon, dass er meinte, du seist ein verwöhnter und unverantwortlicher Jüngling, dem bisher alles in den Schoß gefallen ist. Schau, ich bin ein paar Jährchen älter als du …"

„Na und?"

„Eben, du hast es gerade zugegeben. Es ist dir vollkommen egal, wie eine Frau denkt, was sie fühlt oder welche Zukunft sie sich erhofft. Du siehst gut aus und bist charmant. Aber genügt das? Du bist wie ein Großwildjäger, dem es nur um die Trophäe geht. Weder ich noch die unglückliche

Französin sind Siegesprämien. Hast du schon mal an so etwas gedacht?"

„Hey, wir sind jung, wir sind auf Ibiza, es ist Sommer. Was ist daran verwerflich, dass ich die Frauen liebe?"

„Verwerflich ist daran ausschließlich dein Verhalten. Es ist gut, es ist schön, wenn zwei Menschen sich anziehend finden. Aber es gibt Menschen, die ihre Sexualität nicht ausleben, indem sie sich wie du abreagieren. Es gibt Menschen, die geachtet und begehrt werden möchten, weil ihr Partner an ihnen mehr entdeckt als den Körper."

„Uiuiui!"

„Mach dich nicht lustig über das, was ich gesagt habe. Wenn wir heute die Nacht miteinander verbringen, wäre das vollkommen in Ordnung. Aber ich hätte es versäumt, dir das zu sagen, was der alte Mann dir gar nicht sagen konnte: Nur weil du bisher Erfolg bei den Frauen hattest, bedeutet das nicht, dass du für sie begehrenswert bist. Du bist unreif und gerade schaust du wie ein kleiner Junge, dem man seinen Indianerschmuck weggenommen hat. Du wirst sagen, ich hätte keinen Erziehungsauftrag an dir. Recht hast du. Aber ich habe keine Lust, deine Unerzogenheit am eigenen Leib erfahren zu müssen. Ich denke, es ist an der Zeit, dass dir das einmal von einer Frau gesagt wird. Adios Carlos!"

Weg war sie. Carlos saß noch einen Moment wie in Trance vor seinem Nachtisch, als der Kellner grinsend an den Tisch kam.

„Ich kann wohl abräumen. Na, die hat aber Feuer im Leib. Die hätte ich nicht so einfach abhauen lassen."

„Misch dich nicht ein! Bring mir lieber die Rechnung."

Während Carlos wartete, rief er seine Mutter an und bat

sie, ihn abzuholen, dann zahlte er und verließ auf seine Krücken gestützt das Lokal.

Er war seiner Mutter dankbar, dass sie nichts fragte. Aber im feinen Licht, das vom Tachometer ausging, konnte er sehen, dass sie amüsiert war. Er ärgerte sich über sie, über Esperanza und über sich selbst.

31. Kapitel

Ibiza, im September 2001

Lange hat es Carlos nicht mehr auf Ibiza gehalten. Zum Abschied war er noch einmal bei Xisco, der ihm sein Leid klagte:

„Ich werde alt. Überall zwickt es und mein Körper tut nicht mehr das, was ich von ihm verlange. Bald kann ich nur noch unter dem Feigenbaum sitzen und zusehen, die Curro meine Finca bestellt. Neulich hat er mir gesagt, dass er bald heiraten werde. Ich kenne seine ‚Novia' nicht. Er sagt, sie sei fleißig, hübsch und aus Andalusien."

„Sag bloß, sie heißt Esperanza!"

„Nein, sie heißt Soledad. Was ist mit Esperanza?"

„Besser du erinnerst mich nicht an sie."

„Haha, ich seh schon, da hat dir jemand einen Korb gegeben. Du benimmst dich wie ein Gockel! Das steht dir nicht."

„Hab ich auch feststellen müssen. Aber was ist mit Curro?"

„Er hat Angst um seine Anstellung, wenn ich einmal sterbe. Das alles wird meine Tochter erben, die in Madrid wohnt. Sie wird alles verkaufen und dann baut ein Ausländer hier einen Pool und wo jetzt Gemüse angebaut wird, sät er Rasen."

„Und wenn der Ausländer ich bin?"

Xisco schaute seinen jungen Freund ungläubig an.

„Hast du denn so viel Geld?"

„Mehr als das. Seit ich achtzehn bin, beaufsichtigt mich weder das Familiengericht noch meine Tante. Ich hab dir ja Fotos von dem Schloss in Deutschland gezeigt, das mir zur Hälfte gehört. Da hängt aber noch Wald und Weinberge dran. Verzeih, wenn es angeberisch klingt, aber Geld ist mein geringstes Problem. Ich fliege jetzt zurück nach Deutschland, dort schau ich, was die Finanzen machen, und du überlegst dir, wie viel du haben willst."

„Carlos, das wird teuer. Das ist eine große Finca mit einem großen Haus und zwei Brunnen."

„Du kannst dir ja den Nießbrauch vorbehalten, dann wird es billiger."

„Und was ist mit Curro?"

„Mit dem schließt du einen langfristigen Pachtvertrag, bevor du an mich verkaufst. Kauf bricht die Pacht nicht."

„Woher weißt du denn lauter so Zeug?"

„Auf der Weinbauschule haben wir auch gelernt, wie man einen landwirtschaftlichen Betrieb vom Vater auf den Sohn überträgt. Und du bist für mich ja so was wie ein Vater."

Xisco war gerührt. Im Flugzeug spürte Carlos noch die Umarmung dieses alten Mannes. Dass seine Kaufabsicht daraus entsprang, dass er dachte, Curro etwas zu schulden, hatte er verschwiegen.

Am Frankfurter Flughafen mietete er sich ein Auto und kam in Allsberg an, als es bereits dämmerte. Im Schlosshof saßen Tante Donata, Tante Huberta, Onkel Peer und Katja. Mühsam quälte er sich aus dem Auto und suchte seine Krücken auf dem Rücksitz, als er hinter sich ein gefährliches Knurren hörte. Carlos wusste, das war Brac. Offenbar erkannte ihn der Hund nicht. Schnell drehte er sich um und dabei stürzte er. Sofort war der Hund über ihm und es schien wirklich eine üble Situation zu werden, bis der Hund den vermeintlich Fremden doch erkannte und ihm freudig übers Gesicht leckte

„Der vermisst deinen Alfa und liebt es, mit offenem Verdeck zu fahren. Wenn du jetzt mit so einen langweiligen Renault ankommst, kommt der klügste Hund nicht auf die Idee, dass du das sein könntest."

Carlos, der sich aufgerappelt hatte, lachte etwas gequält, während Brac um ihn herumhüpfte und bellte.

„Der will sein schlechtes Gewissen abreagieren. Bald wird er mehr auf dich hören als auf mich."

Onkel Peer schien resigniert:

„Das habe ich ja schon mit Bonzo erlebt."

Der Rest des Abends verging damit, dass die Tanten Carlos Vorwürfe machten und sagten, sie hätten schon immer gewusst, dass italienische Sportwagen unzuverlässig seien. Katja blieb wortkarg und sagte nur, man werde alles morgen besprechen. Dann zog sie sich zurück.

32. Kapitel

Allsberg, September 2001

Der Unfall ihres Neffen Carlos war Katja ganz schön in die Knochen gefahren. Erst als klar war, dass er nicht in Lebensgefahr schwebte, wurde ihr bewusst, dass es nicht nur Empathie war, was sie bewegte. Nein, es war die Sorge um den Betrieb. Ihre Überlegung war, dass im Falle seines Todes dessen Mutter Giovanna seine Erbin werden würde. Die Folgen wären unübersehbar gewesen, denn sie könnte ja durchaus noch heiraten und Kinder bekommen, wodurch die Hälfte dessen, was Allsberg ausmacht und stützt, in Hände geraten würde, die sie nicht kontrollieren konnte. Katja hatte keinen Zwist mit Giovanna, aber als Mitherrin von Allsberg war sie für sie undenkbar, geschweige denn deren Erben.

Mit diesen Gedanken im Kopf traf sie sich am Morgen nach Carlos Ankunft mit ihm in ihrem Büro.

„Carlos, du hast mir einen riesigen Schrecken eingejagt. Ich war wirklich sehr erleichtert, als die Nachricht hier ankam, dass du nicht lebensgefährlich verletzt warst. Ich rede jetzt nicht mit dir als deine Tante, die dich in all den Jahren sehr liebgewonnen hat. Ich rede jetzt mit dir als diejenige, die seit deiner Geburt und wenn man es genau nimmt bis zum heutigen Tage, hier das Zeuch zusammenhält. Die dafür sorgt, dass es an die nächste Generation weitergegeben werden kann. Du hast es sicher in all der Zeit mit uns und auch in deinen Gesprächen mit Groma sehr genau mitbekommen, dass es nicht einerlei ist, wem Allsberg gehört. Es muss jemand sein, der diesen Besitz, seine Geschichte und seine Geschichten versteht. Es muss jemand sein, der dies alles liebt, dem es ans Herz gewachsen ist. Der bei aller materiellen Versorgung es auf sich nimmt, sein Leben unter diesen Besitz zu stellen. Du weißt, ich mag deine Mutter sehr, aber ich sehe sie nicht als Herrin auf Allsberg."

„Warum sollte sie dies sein oder werden?"

„Verzeih, aber das liegt doch auf der Hand. Wärest du bei dem Unfall umgekommen, wäre deine Mutter deine einzige Erbin gewesen. Du wirst verstehen, dass das ein Problem geworden wäre."

„Nein, das verstehe ich nicht, natürlich ist meine Mutter meine Erbin, solange ich keine Kinder habe."

Carlos funkelte Katja böse an.

„Ich sehe, du verstehst mich nicht oder du willst mich nicht verstehen. Lass mich die Sache von einer anderen Seite her erklären. Du hast es hier erlebt, dass wir uns natürlich dem beugen, was die Gesetze sagen und vorschreiben. Diese sind manchmal nicht gerade förderlich für einen Besitz wie den, den wir beide uns teilen. Du atmest es hier förmlich mit jeder Pore deines Körpers ein, dass dies alles möglichst unbeschadet in die nächste Generation kommt. Deshalb ist es bei uns Sitte, dafür zu sorgen, dass das auch wirklich so geschieht. Die Geschwister von Onkel Schorsch haben alle auf ihren Pflichtteil verzichtet. Wenn in jeder Generation weichende Erben ausgezahlt werden müssten, wäre bald kein Geld mehr da, um das Schloss zu erhalten."

„Willst du mir damit sagen, dass seit Generationen alle Geschwister um ihr Erbe betrogen werden, nur damit aus dem Schloss keine Bruchbude wird? Das ist unmenschlich und weil ihr ja alle auch so fromm seid, würde ich sogar sagen, dass das unchristlich ist."

„Sachte, sachte. Mein Vater und die Tanten haben vor dem Notar nach eingehender Belehrung verzichtet, als sie mündig geworden waren. Ihnen war klar, dass das zum Schutz des Betriebes notwendig war."

„Katja, ich habe nicht gedacht, dass es einmal so weit kommen würde, dass du die Überzeugungen, die Groma versucht hat, mir einzutrichtern, weiterträgst. Du weißt doch ganz genau, was mit dem passiert wäre, der nicht verzichtet hätte. Ich denke, Sektenmitglieder gehen mit Abtrünnigen verständnisvoller um. Allerdings frage ich mich, was du von mir willst, ich habe ja überlebt. Deine Sorgen sind unbegründet."

„Du und ich, wir können jederzeit sterben. Für diesen Fall muss vorgesorgt sein. Das Bürgerliche Gesetzbuch heißt nicht umsonst so. Es ist auf den Adel nur schwer anwendbar."

„Und was passiert, wenn du ins Gras beißt?" Carlos wurde langsam ungehalten.

„Ich habe natürlich ein Testament gemacht. Darin steht, dass Anna meine Erbin ist, aber für den Fall, dass sie mit mir gleichzeitig stirbt, oder dass sie vor mir stirbt, habe ich selbstverständlich dich als Erben eingesetzt."

Zwar beeindruckte ihn das, dennoch war er empört. Er sah sich plötzlich eingebunden in eine Maschinerie, die sich nur um den Besitz drehte, in der das Individuum nichts mehr zählte. Er hatte nicht vor, ein Testament zu errichten, zumal er wusste, dass seine Mutter nie und nimmer auf ein mögliches Erbe nach dem Tod ihres Sohnes verzichten würde.

Carlos wollte aufstehen und gehen, aber Katja hielt ihn zurück.

„Da ist noch etwas. Josef Gasser hat Enzio das Versprechen abgenommen, seinen Posten als Kellermeister bald aufgeben zu können Ich bin ihm sehr dankbar, dass er nach Enzios Tod dennoch weitergemacht hat. Niemand hat das von ihm erwarten können, er ist unterdessen mitten in den Siebzigern. Nun aber hat er angekündigt, zum Jahresende aufzuhören. Wenn ich Andres Gasser nun nach Südtirol schicke, wirkt das wie eine Degradierung, der hiesige Betrieb ist einfach viel größer. Aber ich habe mir gedacht, dass du den Posten vom alten Gasser übernehmen könntest."

„Ich bin aber mit der Weinbauschule noch nicht fertig. Der Abschluss kommt erst im Frühjahr."

„Ja und? Glaubst du, dass du bis dahin noch so viel dazulernst, dass du erst mit dem Diplom in der Tasche den Betrieb wirst leiten können?"

„Und wie stellst du dir das vor?"

„Ganz einfach. Vom 1. Januar an wirst du Angestellter sein. Du bekommst ein Gehalt, kannst weiter auf der Burg wohnen und hast mich zur Chefin. Anna ist ja noch nicht volljährig."

„Du mein Boss?"

„Hast du mich je gesehen, dass ich mich im Weingut Altspaur als Chefin aufgespielt hätte? Ich habe weiterhin vor, mich dort so wenig als möglich einzumischen. Ich denke, du wirst selbst daraufkommen, was zu tun ist. Seit Enzios Vater gestorben ist, ist dort innovativ wenig passiert. Ich denke doch, dass du als Absolvent der Weinbauschule Ideen mitbringst. Ich gebe dir freie Hand. Ich stelle es mir spannend vor, eine veraltete Kellerei auf den heutigen Stand zu bringen.

Nur um eines bitte ich dich: Wenn du einen Kredit aufnehmen musst, dann frage mich vorher.“

Carlos war über sich selbst erstaunt. Der Ärger über die Zumutung wegen des Testaments war verflogen. Die Frage, was er eigentlich nach der Weinbauschule machen solle, hatte er schon seit einigen Monaten mit sich herumgeschleppt. Nun waren plötzlich alle Sorgen wegen seiner Zukunft verflogen. Aber nicht nur dies machte ihn fröhlich. Er staunte über den Vertrauensbeweis seiner Tante.

„Ich werde knappe einundzwanzig Jahre alt sein, wenn ich dort anfange. Dass du mir das zutraust, freut mich sehr. Ich werde mich anstrengen.“

„Du musst dir aber darüber im Klaren sein, dass dann dein bisheriges freies Leben ein Ende hat. Dein Gehalt wird ebenso geregelt sein wie dein Urlaub.“

„Ich denke, es wird nicht auf die Stunden und Tage ankommen, die ich vor Ort sein werde, sondern darauf, dass ich den Job schmeißen werde.“

„Okay, dann wird es das Beste sein, wenn du dir ein neues, nicht allzu spinnertes Auto besorgst und so schnell wie möglich nach Südtirol zurückkehrst.“

33. Kapitel

Allsberg, Dezember 2001

Anna stand auf, wenn es noch dunkel war. Dann fuhr sie mit dem Bus zur Handelsschule und wenn sie zurückkam, war die Nacht nicht mehr fern. Ihre Mitschülerinnen und Mitschüler beklagten sich über diese trostlose Jahreszeit. Kein Schnee, nur Tristesse. Anna konnte sich über den Mangel an Schnee nicht beklagen, denn es war üblich geworden, dass sie die Weihnachtsferien alle zusammen in Südtirol verbrachten. Aber sie konnte die anderen verstehen, die das miese Wetter nur deprimierend fanden.

Zu Beginn ihres letzten Schuljahres war sie mit ihrer Mutter übereingekommen, dass sie das Zimmer im Büro nutzen würde, in dem bis zu ihrer Pensionierung Frau Merz als Sekretärin gesessen hatte. Es war einfach viel praktischer, ihre Abschlussarbeit dort zu schreiben, wo sie alles vorfand, was sie brauchte, vom Kopierer bis zum Internet.

Ursprünglich hatte sie gedacht, ihre Abschlussarbeit als Hommage an ihre Mutter zu konzipieren. Sie bewunderte sie, wie sie Wein, Wald, Wohnungen und die Ziegelei leitete, ohne wirklich etwas davon zu verstehen. Darüber hinaus wollte sie untersuchen, welche Führungstechniken von Katja angewendet wurden, um ihre leitenden Angestellten an der langen Leine, aber doch kontrolliert zu halten. Ihr besonderes Augenmerk galt dabei den beiden Weingütern.

Nicht nur deshalb, weil eines davon ihr persönlich gehörte. Sie interessierte auch, was bei zwei Betrieben aus der gleichen Branche verschieden gehandhabt werden musste, da sich die Betriebe in unterschiedlichen Ländern befanden.

Anna war unterdessen zur Jungfrau erblüht, wie sich Tante Donata auszudrücken pflegte. Im September war sie sechzehn geworden. Nach den Sommerferien hatte sie bemerkt, dass die Jungs in der Handelsschule nicht mehr so unbefangen mit ihr umgingen wie zuvor. War es früher oft zu Neckereien gekommen, die manchmal auch zu verhaltenen Knuffen führte, war das Verhältnis zum anderen Geschlecht plötzlich distanziert und befangen. Sie besprach das mit ihrer besten Freundin, Mariangela. Sie hatten sich sofort nach dem Eintritt in die Handelsschule gefunden, weil sie bemerkten, dass sie beide italienisch sprachen. Das gab ihnen vor den anderen Mitschülern eine Exklusivität und Intimität, die es ihnen ermöglichte, ungestört Albernheiten und kleine Geheimnisse auszutauschen. Sie hatten nie über ihre Familien gesprochen. Eines Tages fielen zwei Unterrichtsstunden hintereinander aus, und Mariangela lud ihre Freundin zu sich nach Hause zum Essen ein.

„Das ist meine Freundin aus Allsberg", wurde sie vorgestellt.

„Allsberg? Kennst du da eine Italienerin, die Ilaria heißt?"

„Ja, die Ilaria kocht für uns."

In der Folge besuchte Mariangela oftmals ihre Tante übers Wochenende und die beiden Mädchen entwickelten eine tiefe und vertraute Freundschaft.

Es war daher für Anna vollkommen selbstverständlich, dass sie die Veränderung im Verhalten ihrer männlichen Mitschüler mit Mariangela besprach.

„Liegt es an meiner Hakennase?“

„Übertreib mal nicht. Du hast ein klassisches Profil. Du bist groß, schlank und jung. Du bist perfekt, wenn auch ein bisschen unnahbar. Das sehen auch die Jungs so. Weil sie wissen, dass sie nicht perfekt sind, trauen sie sich nicht. Und dass in den Aushängen mit den Ergebnissen immer eine Anna Gräfin von Altspaur steht, hilft auch nicht wirklich.“

„Ja, was soll ich denn machen? Ich hätte so gern einen festen Freund.“

„Du hast ein Dilemma: Wenn du dir einen krallst, wird der immer als Prinzgemahl verspottet werden, wenn du aber nicht aktiv wirst, dann musst du auf reifere Jahrgänge warten. Hier an der Handelsschule bilden wir die älteste Klasse, wir stehen vor dem Abschluss. Reifere Jahrgänge findest du dort nicht.“

„Mariangela, du kannst einem ja auch wirklich Hoffnung machen. Wie machst du das eigentlich? Einen „Festen“ hast du doch auch nicht.“

„Anna, lass das meine Sorge sein, ich komm schon auf meine Kosten.“

Dieses und ähnliche Gespräche mit ihrer Freundin ließen Anna immer etwas ratlos zurück. Ganz offenbar hatten sie beide unterschiedliche Auffassungen darüber, was Liebe und Sex anging.

Als Anna eines Abends noch lange im Büro saß und sich wegen ihrer Abschlussarbeit durch Listen und Zahlenreihen durcharbeitete, kam ihre Mutter. Sie holte sich einen der alten Bürostühle her und setzte sich neben ihre Tochter.

„Komm, hör auf zu wühlen, du bist jung und musst auch ein kleines bisschen versuchen, das Leben zu genießen. Geh doch mal übers Wochenende aus.“

„Mama, ich habe keine Lust dazu. In der Disco tanzt niemand mit mir, und wenn wir irgendwo rumhängen, redet keiner mit mir. Sie tuscheln hinter meinem Rücken. Wie hast denn du das damals gemacht?“

„Ich hatte es wahrscheinlich leichter als du.“

„Wie meinst du das?“

„Ganz einfach, ich war zwar nicht hässlich, aber ich war keine Schönheit, wie du eine bist.“

„Ich, eine Schönheit? Schau dir doch meine Nase an, die steht mir ja wie ein Felsbrocken im Gesicht.“

„Eben! Eine Schönheit zeichnet sich nicht durch Makellosigkeit aus. Eine Schönheit muss einen Hingucker haben. Bei dir sind es die dunklen Haare, darunter die grünen Augen und dazwischen deine Nase, die deinem Gesicht den Ausdruck einer griechischen Göttin gibt. Ich will gar nicht weiter aufzählen, aber alles in allem hast du ein Problem, das übrigens schon deine leibliche Mutter hatte. Dein Onkel Alberto hat es mir damals erzählt, als ich ihn nach deiner Mutter ausfragte. Er sagte, Enzios Vater habe bei ihr überhaupt nur deshalb Chancen gehabt, weil er sie im Gegensatz zu den unverheirateten Burschen aus dem Dorf wie einen normalen Menschen behandelt hat und nicht wegen ihrer Schönheit in verlegene Schockstarre verfallen sei.“

Anna lachte.

„Also ein Trost ist das wirklich nicht, aber es ist eine amüsante Geschichte. Danke Mama.“

„Ja, ja, das mit der Liebe ist kompliziert.“

„Sagst du das wegen Samuel? Wie geht es ihm eigentlich?“

„So ganz genau weiß ich das nicht. Er wohnt mit seiner Frau in Berlin. Sie bekommen ein Baby nach dem anderen.“

„Du wirkst etwas wortkarg. Bist du sauer auf ihn?“

„Was heißt hier sauer? Ich wusste ja, dass er mich niemals heiraten würde. Ich habe dir das ja schon einmal erzählt."

„Ich weiß."

„Bevor ich dich langweile, geh ich lieber ins Bett, schlaf gut."

„Ich mach noch etwas weiter, weil ich grad auf eine interessante Geschichte gestoßen bin. Es geht um viel Wein."

„Ach, du meinst den Ankauf von Restwein vor der neuen Ernte. Darüber habe ich mit dem alten Gasser geredet, das wurde alles ordentlich verbucht und versteuert, hat er mir versichert."

„Lass mich mal wühlen. Wenn ich fertig bin, sag ich dir, was ich davon halte."

34. Kapitel

Würzburg, November 2001

Katja hatte einen Termin bei ihrem Anwalt, Robert Wagner. Als sie an der Kanzleiadresse klingelte, fiel ihr auf, dass der Hausmeister gerade dabei war, das Schild, das auf den Anwalt aufmerksam macht, abzuschrauben.

„Grüß Gott. Kommt das Schild weg, weil er umgezogen ist?"

„Na, ich soll a neu's hiemach, weil edserd hader sein Doggder gamachd."

Katja wusste, dass Robert immer schon vorhatte, eine Doktorarbeit zu schreiben und sie war sich darüber im Klaren, dass sie einen Gutteil daran schuld war, dass er nie dazu gekommen war. Sie hatte ihn von Anfang an mit Arbeit überhäuft. Er hatte immer gut zu tun gehabt. Das spricht sich herum. Nichts ist erfolgreicher als der Erfolg.

In der Kanzlei winkte die Sekretärin Katja gleich durch zum Chef, wie sie ihn nannte.

„Hat dich jetzt doch noch der Ehrgeiz gepackt? Wo hast du denn die Zeit hergenommen, auch noch eine Doktorarbeit zu schreiben?"

„Ach Katja, da hab ich doch bloß aus der Not eine Tugend gemacht. Abends nur in die Glotze schauen, füllt mich halt nicht aus."

„Ist es denn so schlimm?"

„Es ist nicht mehr schlimm, es ist aus. Erika hat die Scheidung eingereicht. Wir leben schon seit drei Jahren getrennt. Ich kann sie ja verstehen. Sie will ihren Freund heiraten."

„Oh, das tut mir leid. Die Sache hat aber auch etwas Positives. Immerhin hast du deinen Traum verwirklicht und den Doktor gemacht. War es nur die Langeweile?"

„Naja, es kam das eine zum anderen. Ich erzähls dir, wenn du nicht lachst."

„Leg los, aber versprechen tu ich nix."

„Okay. Das mit Erika und ihrem Freund geht ja schon länger. Sag's nicht weiter, aber eigentlich war es mir ganz recht. Wir haben, wie du weißt, keine Kinder. Erika ist von Beruf Kindergärtnerin. Das passte für sie schlecht zusammen. Sie sagte immer, aushäusige Kinder machten sie traurig, wenn sie keine eigenen hätte. An der ganzen Geschichte bin ich natürlich nicht ganz unschuldig, denn ich habe mich jahrelang in die Arbeit vergraben und meine Frau vernachlässigt. Wenn wir Kinder bekommen hätten, wäre da etwas Gemeinsames gewesen. Aber so? Ich hatte auch abends den Kopf voll mit der Kanzlei und sie hatte sich den ganzen Tag gelangweilt. Ich habe natürlich bald bemerkt, dass da was war. Es ist nicht sehr ehrenhaft für mich, aber ich habe das laufen lassen. Eine Ehe kann auch schlimmer auslaufen. Als sie auszog, fühlte sich das irgendwie normal an. Ich war sogar erleichtert. Ich war in all der Zeit auch nicht ganz untätig geblieben. Damals hatte ich eine Affäre mit einer Professorin an einer der Universitätskliniken hier. Du weißt ja, dass ich sehr viele Kliniken in Würzburg juristisch berate und im Bedarfsfall auch vertrete. Da lernt man sich kennen. Ich bin unterdessen, ohne dass ich das gewollt hätte, zu einem richtigen Experten in Medizinrecht geworden. Wenn meine Professorin und ich gerade nichts anderes zu tun hatten, haben wir uns interdisziplinär unterhalten. Das fand ich witzig und interessant, zumal sich Erika nie für das interessiert hatte, was ich den lieben langen Tag so mache. Irgendwann bei der Zigarette danach fragte sie mich, warum ich eigentlich nie einen Doktortitel erworben hätte. Sie hätte da nämlich so eine Idee."

„Jetzt wird's spannend, erzähl weiter."

„Sie hätte davon gehört, dass nicht etwa an der juristischen Fakultät, sondern bei den Medizinern ein Lehrstuhl für Medizinrecht gegründet werden solle. Da, so fand sie, wäre ich doch der richtige Mann. Man habe bei Ärzten festgestellt, dass die zunehmend Angst vor den juristischen Fallstricken hätten, über die sie stolpern könnten, ohne sie zu kennen."

„Wie soll das denn gehen?"

„Nein, nein, da ist schon was dran. Ich habe mir angewöhnt, immer darauf hinzuweisen, dass ich Rechtsanwalt bin, wenn ich zum Arzt gehe. Ich merke, dass die Sprechstundenhilfe das dem Onkel Doktor immer steckt, denn der lässt garantiert eine Bemerkung fallen, dass er bei mir ja besonders sorgfältig arbeiten muss, weil ich ihn ja bei der kleinsten Kleinigkeit verklagen würde. Versuchs mal, du kannst ja flunkern oder sagen, dein Mann sei Rechtsverdreher. Dann wirst du auf Händen getragen."

„Robert, so kenne ich dich gar nicht, seit wann arbeitest du mit unlauteren Mitteln?"

„Natürlich ist das nicht fair. Aber ich schade damit niemandem und mir nützt es. Wie dem auch sei, die Professorin meinte, meine Chancen auf den Lehrstuhl stünden besser, wenn ich akademische Meriten vorweisen könnte. Mit einem Wort, wenn ich den Doktor mache, sei mir der Lehrstuhl so gut wie sicher. Ich habe das mit einem meiner alten Jura-Professoren besprochen und der war Feuer und Flamme. Ich hab mir ein Thema ausgesucht, über das ich schon gerichtlich aktiv gewesen bin. Ich will dich nicht langweilen, aber es ging um die Haftung bei computergestützten chirurgischen Eingriffen. Das war neu, niemand wusste wirklich Bescheid und ich konnte die Sache mehr oder weniger aus dem Kopf aufs Band sprechen. Die Sekretärin hat dann alles runtergetippt. Nur für die akademische Unterfütterung musste ich in die Staatsbibliothek. Und da ist es dann passiert."

„Was ist passiert? Ist dir ein dickes Buch auf den Fuß gefallen? Mach's doch nicht so spannend!"

„Nein, ich habe mich Hals über Kopf verliebt! Barbara hat sich dort auf ihr Examen vorbereitet. Sie fand in der Unibibliothek sei zu viel Trubel. Sie wälzte dicke juristische Kommentare und sah verzweifelt aus. Mehr fiel mir an ihr auf, dass sie ausnehmend hübsch war. Als ich sie einmal in der Cafeteria fand, fragte ich, ob ich mich zu ihr setzen könne. Sie berichtete von ihrer zunehmenden Panik vor der Prüfung. Das hat mich irgendwie berührt und ich habe ihr meine Hilfe angeboten. Es war eigentlich unausweichlich, dass wir zueinanderkamen. Wie du weißt, ist Würzburg nicht gerade eine riesengroße Stadt und so blieb es nicht aus, dass meine Professorin uns irgendwo händchenhaltend begegnete. Sie war fuchsteufelswild und schwor noch in der Schönbornstraße für alle Passanten hörbar ewige Rache. Kein Bein würde ich mehr auf den Boden kriegen, sie würde mich vernichten, naja, halt das volle Programm. Das schaffte sie zwar nicht, aber sie setzte alles daran, dass der neu zu gründende Lehrstuhl schnell besetzt wurde. Mit uns war es natürlich vorbei und ich konzentrierte mich auf Barbara."

„Die war ja auch viel jünger!"

„Nein, ich meine, ich bereitete sie aufs Examen vor. Das hat sie dann auch mit Auszeichnung bestanden. Und jetzt kommt der Moment, wo du nicht lachen darfst."

„Ich versuche es."

„Ihr Examen war so gut, dass sie ein Stipendium für ein Aufbaustudium nach Yale bekam."

„Verzeih, aber das ist wirklich in höchstem Masse amüsant. Wenn ich das recht verstehe, hat dich deine entsagende Hilfsbereitschaft deine Professorin und deine Barbara gekostet. Es rächt sich eben wirklich jede gute Tat auf Erden. Ich verkneife mir das Lachen, aber du musst zugeben, das alles entbehrt nicht der Komik. Plötzlich warst du ohne Professorin und ohne Barbara."

„Ja, aber mit Doktortitel."

„Und ein anderer hatte die Professur abbekommen!"

„Ein ziemliches Rindsviech, wenn du mich fragst. Aber den Triumph gönn ich meiner Ex-Professorin nicht. Ich habe mit meinem Doktorvater gesprochen und der findet es auch skandalös, dass an der medizinischen Fakultät Medizinrecht gelehrt wird. Jetzt plant man einen entsprechenden Lehrstuhl bei den Juristen und weil ich ja jetzt akademische Meriten vorweisen kann, du verstehst?"

„Sag bloß, du willst wirklich Professor werden."

„Von wollen kann gar keine Rede sein. Weibliche Rachsucht zwingt mich dazu."

„Na, da kann man ja nur hoffen, dass die Hintergründe dieser Doppelbesetzung dem gnädigen Vergessen anheimfallen werden."

„Ja, hoffen wir's. Aber sag, weshalb bist du zu mir gekommen? Ist es schlimm?"

„Nein, ich brauche deinen Rat."

„Um was geht es denn?"

„Der Kellermeister Gasser in Eppan ist ja längst über die Pensionsgrenze hinaus. Jetzt will er endgültig aufhören. Zum Jahreswechsel ist es so weit. Carlos wird im Frühjahr die Weinbauschule in Laimburg abschließen. Ich habe mir gedacht, ihn zum Nachfolger vom alten Gasser zu bestellen, auch schon vor der Abschlussprüfung. Auf was muss ich da achten? Du weißt ja, das Gut gehört Anna, ich leite es nur als ihr Vormund."

„Also zuerst mal denke ich, dass es kein Hindernis ist, dass Carlos die Leitung übernimmt, bevor er sein Examen gemacht hat. Dieses Manko wird innerhalb weniger Monate geheilt sein. Natürlich musst du im Anstellungsvertrag genau definieren, was er tun darf und was nicht. Ich denke, er sollte maximalen Spielraum haben, nur Land verkaufen und Schulden aufnehmen, das geht nur mit deiner Zustimmung."

„Ach, das wundert mich jetzt. Ich hatte gedacht, du würdest mir raten, ihn an der kurzen Leine zu führen. Er hat ja keine Erfahrung."

„Katja, ich will dir ja nicht zu nahetreten. Erfahrung mit der Leitung eines Weingutes hast du ja selber nun wirklich nicht."

„Ich meinte auch eher Lebenserfahrung."

„Gut, bleiben wir bei der Erfahrung. Sag mir, wodurch man sie erwirbt?"

„Ihr Juristen seid unerträglich. Ihr lasst keinen Platz für Zweifel oder Unsicherheit. In deiner Frage steckt mal wieder die Antwort: Erfahrung sammelt man, indem man sie sammelt."

„Genauso ist es. Es gibt eine Studie, dass Familienbetriebe dann besonders gut florieren, wenn die Übergabe auf die neue Generation möglichst früh stattfindet. Heute sind die jungen Menschen theoretisch viel besser ausgebildet als das noch ihre Väter waren. Die waren immer schon in erster Linie Praktiker und deshalb misstrauen sie den Nachfolgern, die sich bisher die Hände nicht schmutzig gemacht haben. Diese aber brennen darauf, das Gelernte auf seine Machbarkeit überprüfen zu können. Dass dabei Fehler passieren, ist klar. Eine frühe Übergabe garantiert allerdings, dass die neuen Ideen der Nachfolger umgesetzt werden. Wenn du den elterlichen Betrieb erst übernimmst, wenn du vierzig bist, hat dir die Zeit längst den Schneid abgekauft. Die Sache mit deinem Vetter Anton war nun wirklich kein Musterbeispiel. Da ging es in erster Linie um das Ego zweier Sturköpfe. Ihr Adeligen redet immer davon, für euch sei Eigentum nur Besitz, den es an die nächste Generation weiterzugeben gälte. Aber oft passiert das erst, wenn der Patriarch mit den Füßen zuerst aus dem Haus getragen wird. Setze ein Zeichen und übergib so früh wie nur irgend möglich."

„Und was mach ich dann?"

„Aha, es geht eben doch nicht um den Besitz, sondern um dich! Ich hab es mir doch gedacht: Es ist reine Ideologie, oder besser Schönrederei, das mit der Übergabe an die nächste Generation. Ihr tut nur so, als ob all euer Sinnen und Trachten die Bewahrung des Besitzes sei. Tatsächlich geht es euch um den Status, den das Eigentum euch gibt. Deine Frage danach, was du dann machen könntest, hat dich entlarvt. Ich habe es über die Jahre schon bemerkt, wie du deinem Onkel Schorsch immer ähnlicher wurdest. Jetzt ist die Kopie vollständig."

„Robert, was ist los? Willst du mich verletzen? Was habe ich dir angetan? Bist du mir noch immer böse?"

„Dass du mich damals abserviert hast, haben wir besprochen. Wie hätte ich dich in all den schwierigen, aufregenden und tragischen Jahren beraten können, wenn ich heimlich sauer auf dich wäre? Nein, ich will dich nicht verletzen. Es ist spät geworden. Komm, ich lade dich in eine Weinstube ein, und dann besprechen wir das mal etwas eingehender."

Im Bürgerspital war kein Platz zu finden und so liefen sie noch weiter bis zum Juliusspital. Der Platz ganz hinten in der Ecke war gerade recht. Nachdem sie bestellt hatten, fragte Katja:

„Also los Robert, was willst du mit mir besprechen?"

„Es ist kompliziert und ich bitte dich, mir einfach zuzuhören. Es steckt keine geheime Botschaft in dem, was ich schon lange einmal ansprechen wollte. Nimm es nicht übel, ich muss weit zurückgreifen."

„Nur zu, nur zu."

Erinnerst du dich noch an die Zeit, als du ein junges Mädchen warst?"

„Willst du alte Brötchen wieder aufbacken?"

„Jetzt hör doch mal auf, immer dazwischenzuquatschen. Du ahnst, worauf ich hinauswill, und das versuchst du zu verhindern. Es geht nicht um uns. Es geht um dich, liebe Katja. Also nochmal: Versetze dich zurück in die Zeit, als wir in Schweinfurt aufs Gymnasium gingen. Es war noch nicht lange her, dass du aus München nach Allsberg gekommen warst. Dass du im Schloss wohntest, war damals noch spurlos an dir vorübergegangen. Du warst ein normales Mädchen mit normalen Interessen. Das ging nach dem Abitur noch so weiter, erinnere dich an deine Kunstausstellung. Die hast du zwar oben in Allsberg veranstaltet, aber doch nur deshalb, weil da im Schlosshof Platz war, nicht weil du dich mit dem Schloss identifiziert hast. Wenn du ehrlich bist, hast du das damals auch dort gemacht, weil du wusstest, dass das ganze Kunstgetue deinem Onkel an sich überhaupt nicht passte."

Katja grinste.

„In dem Maße aber, in dem sich dein Onkel von seinen Söhnen entfernte, sich sogar von ihnen distanzierte, kamst du ihm als Begleiterin und Vertraute näher. Wir hatten damals bereits keinen Kontakt mehr, aber ich denke, all das hat dich nicht verändert. Die Metamorphose der Schloss-Katja kam erst mit dem Tod aller männlicher Trögers, was dich zur Eigentümerin von Allsberg …"

„Nur zu Hälfte!"

„Was dich zur Herrin auf Allsberg machte, um in den Jargon deiner Leute zu verfallen."

„Für mich war das aber wirklich kein Karrieresprung. Ich war gerade frisch verliebt in Enzio und malte mir eine wunderbare Zukunft mit ihm in Italien aus. Wir kamen allerdings nicht sehr weit! Kaum war ich mit ihm nach Eppan ausgerissen, erschoss sich Onkel Schorsch und seither bin ich die Gefangene von Allsberg."

„Manche würden dich darum beneiden, ich würde sogar sagen: Alle würden dich darum beneiden."

„Du vergisst, ich bin Witwe."

„Ich habe auch mehr an das Materielle gedacht. Dein Steuerberater, Dr. Bendeler, weiß das sicher besser als ich. Aber so viel ist sicher: Allein das nicht angetastete

Vermögen aus den Uta-Betrieben macht dich zu einer der reichsten Frauen Frankens. Der Wald und der Wein bringen unterdessen schöne Gewinne. Es ging dem Allsberger Besitz noch nie so gut wie heute."

„Und was hast du daran auszusetzen?"

„Eigentlich nur wenig. Unbestreitbar ist allerdings, dass du dich aufgegeben hast."

„Das wollte ich vorhin damit sagen, als ich erwähnte, dass das Erbe von Allsberg für mich kein Karrieresprung war. Dich blendet der Reichtum. Wahrscheinlich kannst du dir nicht vorstellen, dass ich lieber ärmer wäre, dafür aber frei."

„Verzeih, Katja! Du zwingst mich, Tacheles mit dir zu reden. Schau, letztlich verstehst du von all dem, was du tust, nicht besonders viel. Du bist keine Försterin, und Weinbäuerin bist du auch nicht. Du bist an die Sache herangegangen wie dein Onkel Schorsch. Du hast angefangen, weil du musstest. Mit der Zeit hast du genug Erfahrung gesammelt, um zu wissen, an welchen Stellschrauben du drehen musst. Und so sind die Jahre vorbeigegangen und der Wunsch, etwas anderes zu machen, wurde immer mehr zu einem Traum, zu etwas Theoretischem. Du könntest längst den ganzen Betrieb in die Hände eines gut bezahlten Generaldirektors legen."

„Das ist das Letzte, was ich tun würde, und du weißt das auch!"

„Genau, ich weiß es. Deshalb spreche ich es auch an. Es ist nicht so, dass du diesen Schritt nicht tun wolltest, vielmehr traust du dich nicht, es zu tun. Du hast dein ganzes Leben in den Dienst von Allsberg gestellt, weil man das als Herrin dort so macht."

„Aber ich muss doch den Betrieb führen, bis ich ihn an Anna und Carlos weitergeben kann."

„Was höre ich denn da bimmeln? Ist das nicht die Diktion der Adeligen, nachdem sie ihr Eigentum nur besitzen, nur für eine Generation nutzen dürfen, um es unbeschadet, wenn nicht gemehrt an die nächste Generation … und so fort. Du kennst das ja."

„Was willst du eigentlich von mir? Willst du mich quälen? Soll ich denken, ich hätte mein Leben weggeschmissen?"

„Nein, all das will ich nicht. Schau, ich kenne dich gut. Ich kenne ja nicht nur die Gymnasiastin aus Schweinfurt, ich kenne dich auch als langjährige Mandantin meiner Kanzlei. Weil das so ist, bedaure ich es, dass du, wie du selbst gesagt hast, zur Gefangenen von Allsberg geworden bist. Noch kannst du zu neuen Ufern aufbrechen, neu anfangen."

„Robert, du machst mir doch nicht etwa Avancen, kaum haben dich Erika, deine Professorin und diese Barbara verlassen?"

„Naja, allzu abwegig wäre das ja nicht, ich werd's mir überlegen. Nein, aber im Ernst, du solltest dich freischwimmen von all dem Ballast. Die Idee kam mir, als du mich fragtest, ob du Carlos den Betrieb in Eppan anvertrauen kannst. Du solltest dich darauf vorbereiten, so schnell wie nur möglich an Anna und Carlos zu übergeben, und zwar alles."

„Und was soll ich dann machen?"

„Dass du das schon wieder fragst, beweist, dass ich recht habe. Du hast dich so sehr in den Betrieb verkrochen, dass er mit dir, deinem Bewusstsein und deiner Vorstellungswelt eins geworden ist. Du wirkst wie all die anderen Barone und Grafen hier in Franken. Wenn man denen ihr Schloss und ihren Besitz wegnimmt, sind sie ein Nichts, weil sie nämlich nichts gelernt haben, außer Baron zu sein. Darin sind sie gut, aber in der realen Welt würden sie kläglich scheitern."

„Du übertreibst maßlos. Mein Vater war immerhin ein hochangesehener Professor der Kunstgeschichte."

„Der wusste ja auch von frühester Jugend an, dass er seine Brötchen nicht in Allsberg würde verdienen können. Aber egal, es geht ja hier um dich. Du wirst mir doch nicht weismachen wollen, dass du keine Ideen hast, was du mit deinem Leben anfangen kannst, wenn der Betrieb dich nicht mehr braucht."

„Nicht der Betrieb braucht mich! Es sind Anna und Carlos, die mich brauchen."

„Das bildest du dir ein, du hast dich dem Betrieb verschrieben. Er gibt dir Halt und Bedeutung."

Auf der Fahrt zurück nach Allsberg sank Katjas Laune auf einen nicht gekannten Tiefpunkt. Sie bemerkte, dass Robert wohl mit vielem recht hatte, aber sie wusste nicht, was sie unternehmen könnte und insbesondere, wie sie dies hätte bewerkstelligen sollen. Robert tat sich da leicht, der kannte die Komplexität des Betriebes, den sie leitete, nur aus der Theorie.

35. Kapitel

Allsberg, 1. Advent 2001

Ihre Mutter, ihr Vater, Onkel Schorsch und natürlich Groma hätten es verurteilt: So etwas tut man nicht! Aber nun waren alle gestorben und sie war diejenige, die in Allsberg bestimmte. Deshalb leistete sich Katja diese kleine Regelmissachtung: Christstollen gab es schon zum Tee an den Adventssonntagen. Sie hatte Onkel Peer gefragt, ob er ihr Gesellschaft leisten wolle. Der kam pünktlich um halb fünf und brachte seinen Brac mit. Der Hund legte sich gelangweilt in eine Ecke.

Katja war gerade dabei, ihrem Onkel Tee einzuschenken, als sich die Tür öffnete und Anna die untere Bibliothek betrat. Sofort sprang Brac auf.

„Kann ich auch einen Tee haben?“

„Und wie! Ich hätte nicht gedacht, dass man dich noch mit einem Adventstee locken kann. Wir freuen uns, dass du zu uns kommst.“

Anna hatte sich unterdessen einen Stuhl geholt und setzte sich zu den beiden an den runden Tisch, den Katja aus einem der Gästezimmer nach unten geholt hatte.

Brac legte sich sofort vor Annas Füße und war nicht dazu zu bewegen, wieder in seine Ecke zu verschwinden. Anna genoss sichtlich den dick mit Puderzucker bestreuten Christstollen.

„Zucker ist Nahrung für das Hirn. Das brauch ich jetzt, denn die Abschlussarbeit stellt sich doch als komplexer heraus, als ich dachte."

Onkel Peer lachte: „Bist du am Wirrwarr der internationalen Verflechtungen der altspaurschen Betriebe gescheitert?"

Anna schaute ihn giftig an: „An so was scheitere ich nicht! Allerdings ich bin auf etwas gestoßen, über das ich mit euch reden muss. Habt ihr etwas Zeit?"

„Ich hoffe, es wird nicht zu langweilig. Ich bewundere dich dafür, dass du die Handelsschule mit Erfolg abschließen wirst. Ich war auf allen meinen Posten gefürchtet, weil mich Zahlen und wirtschaftliche Zusammenhänge immer schrecklich angeödet haben."

„Mach dir keine Sorgen, Onkel Peer, langweilig wird es sicher nicht. Ich muss euch aber bitten, Stillschweigen zu bewahren. Am zweiten Januar muss ich die Arbeit abgeben, und dann erst kann ich die Katze aus dem Sack lassen. Außerdem sollte Carlos davon vorab erfahren. Ich habe bereits mit ihm telefoniert und er hat zugesagt, über die Weihnachtstage herzukommen."

„Ach, wie schön, endlich mal wieder ein Familienfest."

„Mama, verzeih, es geht nicht um Klingelingeling und Geruch nach Bienenwachskerzen. Es geht um einen riesigen Haufen Scheiße in den von dir geführten Betrieben, den du offenbar noch nicht bemerkt hast."

Katja fiel der Teelöffel aus der Hand. Er landete klirrend auf dem Kuchenteller. Brac knurrte und zwei Augenpaare schauten Anna mit offenkundigem Entsetzen an.

„Mach's nicht so spannend! Was ist passiert?"

„Es ist kriminell, es ist strafbar, aber ich denke nicht, dass du dich strafbar gemacht hast, Mama."

Katja wurde bleich und schnappte hörbar nach Luft. Onkel Peer stand auf und ohne ein Wort zu sagen, holte er die Cognacflasche mit zwei Schwenkern aus dem Glasschrank.

„Anna, bitte warte noch. Ich schenke uns erstmal etwas ein. Das sind wirklich unerhörte Dinge, die du da ankündigst."

Nach dem ersten Schluck kam wieder etwas Farbe in Katjas Gesicht.

„Okay, jetzt kannst du loslegen, bitte."

„Mama, du weißt ja, dass sowohl er alte Gasser in Eppan als auch sein Sohn hier bei uns den Großhandel mit Wein enorm angekurbelt haben. Onkel Peer, auch dir werden die riesigen Tanklaster aufgefallen sein, die immer wieder auf den Hof der Kellerei unten im Dorf vorgefahren sind. Das hat sich zu einem Mordsgeschäft entwickelt, allerdings wurden dabei kaum Gewinne erzielt."

„Wie das?", fragte Onkel Peer.

„Es ging um den Restwein", antwortete Katja.

„Vor der neuen Ernte müssen die Weinbauern ihre Fässer mit dem Wein aus dem Vorjahr leer bekommen. Sie brauchen den Platz für die neue Ernte. Da das meistens keine großen Mengen waren, konnte man keine guten Preise erzielen. Auch wir hatten damit Probleme, sowohl hier wie in Eppan. Die Weinhändler und manchmal auch die Genossenschaften warten bis zum letzten Moment und bevor der Wein weggeschüttet werden muss, spielen sie sich als Retter in der Not auf und nehmen den Wein ab. Gezahlt haben sie spät und schlecht. Da ist der alte Gasser auf die Idee gekommen, selbst den Wein der kleinen Produzenten aufzukaufen. Damit hatte er große Mengen und war plötzlich für die Weinhändler interessant. Das hat dann sein Sohn hier in Allsberg auch so gehalten. Es ging nicht um großen Verdienst, sondern um die Vermeidung von Verlusten."

„Ja, so haben sie es beide dir weismachen wollen. Es ging aber um etwas ganz anderes: Man nennt das Geldwäsche."

Katja griff zitternd nach ihrem Cognacglas und starrte ihre Tochter entsetzt an.

„Nach außen lief alles ganz korrekt. Alles wurde verbucht und alles wurde versteuert. Als ich mich in die Konten der beiden Weinbaubetriebe, dem hier und dem in Eppan, etwas besser eingearbeitet hatte, fiel mir auf, dass es nie eine Bestellung des Käufers gab. Aber, und jetzt kommt's, der Auftraggeber zahlte immer im Voraus."

„Ist das verboten?"

„Nein, Mama, natürlich nicht. Aber es ist seltsam. Wer zahlt schon in mehreren Tranchen über eine Million DM ihm Voraus und ohne irgendein vertragliches Dokument. Das ist sicher nicht illegal, aber doch sehr ungewöhnlich."

„Das hätte mir mal passieren sollen!"

„Onkel Peer, so witzig ist das alles gar nicht. Es kommt nämlich auch darauf an, woher das Geld stammt. Es waren insgesamt zwei Absender, immer Gesellschaften. Eine war die ETNOMORP, S.A. Holding aus Gibraltar und die andere war eine Gesellschaft mit Sitz in Almería. Das ist eine Stadt in Andalusien. Die Gesellschaft heißt „Constructora de Viviendas Padre Pio, S.L.U." Eine Baugesellschaft."

„Komischer Name."

„Ja, das fand ich auch. Mein Lehrer an der Handelsschule hat mich darauf aufmerksam gemacht, dass das „U" im Gesellschaftsnamen „unipersonal" heißt. Das bedeutet, diese spanische GmbH hat nur einen Gesellschafter. Ich habe also über das Internet einen Auszug aus dem Handelsregister dieser Gesellschaft beantragt. Ich war nicht sehr erstaunt, festzustellen, dass dieser „U" die ETNOMORP, S.A. Holding in Gibraltar ist. Richtig weitergebracht hat mich das aber nicht. Ich habe mich nur gewundert, weshalb eine spanische Baugesellschaft erkleckliche Beträge für die Lieferung von Wein zahlt, zumal dieser nie nach Spanien geliefert wurde. Vielmehr gingen alle Tankwagen ab nach Süditalien. Es hat mich ein paar schlaflose Nächte gekostet. Aber dann fiel es mir wie Schuppen von den Augen. Erinnerst du dich noch an unsren Besuch bei meiner Nonna? Erinnerst du dich noch an die Wohnung in Palizzi Marina? Überall, am Grab meiner Mutter, an den Wänden der Wohnung, überall sahen wir Fotos von diesem Padre Pio. Was hatte der im Namen einer spanischen Wohnungsbaugesellschaft zu suchen? An sich nichts. Ich schaute mir den Handelsregisterauszug genauer an und da fand ich, dass es einen spanischen Geschäftsführer und ungezählte Bevollmächtigte gab. Die meisten hatten südamerikanische Namen wie Nelson Emilio Betancourt Gomera, aber es gab auch zwei Italiener: Niccolò und Massimo Esposito. Der Nachname meiner leiblichen Mutter aus Kalabrien, dem Land mit den vielen Fotos von Padre Pio. Wie ich feststellen konnte, ist Massimo ein Bruder meiner Mutter Bianca. Er ist Weinhändler in Bozen, der andere ist wohl sein Vetter, ebenfalls Weinhändler. Seine Firma sitzt in Villa Giovanni, einer Hafenstadt an der Stiefelspitze. Bis hierher alles sehr seltsam, aber nicht strafbar. Und dann fiel mir urplötzlich auf, dass man ETNOMORP, S.A. nur von hinten lesen muss, dann kommt Aspromonte heraus. Die Heimat der Familie Esposito. Wirklich, wenn die nicht so fromme Lokalpatrioten wären, es hätte mich erheblich mehr Mühe gekostet, darauf zu kommen, was da gespielt wird. Es ist ganz offenbar sc, dass die ETNOMORP, S.A Holding eine Gesellschaft ist, die die Espositos und diese Südamerikaner gemeinsam nutzen. Ich kann es noch nicht beweisen, aber der Verdacht liegt auf der Hand, dass in diese Gesellschaf Geld aus Südamerika fliest. Dieses Geld wird dann in Südspanien dazu benutzt, Häuser zu bauen und dann wird das Geld noch einmal gewaschen, indem Wein gekauft wird. Niemand kommt da auf den Gedanken, es könne sich um gereinigtes Drogengeld handeln. Komischerweise sind die deutschen Behörden ziemlich lax, wenn es darum geht, festzustellen, woher hier investiertes Geld herkommt. In Italien ist da die Guardia di Finanza erheblich bissiger."

„Und was willst du jetzt tun?", fragte Onkel Peer. Katja hatte es die Sprache verschlagen. Sie sah ihre Tochter nur fassungslos an.

„Tja, was soll ich nun tun? Meine Abschlussarbeit gefährden? Ich kann doch nicht vor dem Abgabetermin meine Arbeit bei der Polizei einreichen. Aber alles bei mir behalten kann ich auch nicht. Immerhin bin ich auf Geldwäsche in drei Ländern der Europäischen Gemeinschaft gestoßen. Ich denke, ich gebe die Arbeit am 2. Januar ab und weise die Handelsschule darauf hin, was ich entdeckt habe und dass ich diese Ergebnisse den deutschen und italienischen Zollbehörden mitteilen muss. Seht ihr das auch so?"

Katja schien aus einem Traum zu erwachen. Zunächst räusperte sie sich ausgiebig und dann flüsterte sie resigniert:

„Da scheinen alle Kontrollmechanismen versagt zu heben."

„Mama, lüg dir nicht in die Tasche. Da hat nichts versagt, einfach deshalb, weil du nie kontrolliert hast. Die Espositos und die beiden Gassers haben einfach getan, was sie wollten. Das zu beweisen, wird schwer sein, aber unsere beiden Kellermeister sind sicherlich mit erheblichen Summen geschmiert worden. Der Vater Gasser ist fast im Ruhestand, aber Andres Gasser muss nach dem 2. Januar klargemacht werden, dass er freiwillig kündigen muss. Er ist nicht mehr zu halten."

„Und was ist mit mir?"

Onkel Peer machte Anna ein Zeichen, damit sie behutsam mit ihrer Mutter umgehen möge. Sie aber hatte anderes im Sinn:

„Mama, Carlos hat einen Berufsabschluss und ich werde bald einen haben. Dir fehlt das. Ich will nicht sagen, dass du etwas oder gar alles schlecht gemacht hast. Aber die Sache mit der Geldwäsche hätte nicht passieren dürfen. Der Andres Gasser hat sich offenbar mehr um den Weingroßhandel gekümmert als um seinen Keller. Unsere Weine sind leider Mittelmaß geworden. Die jüdische Raubkunst liegt hier immer noch herum und was mit den Uta-Betrieben werden soll, hast du auch nicht angepackt. Mama, ich mache dir keinen Vorwurf, nein, ich danke dir vielmehr, denn du hast das ja nun wirklich nicht freiwillig gemacht."

„Immerhin gehört deiner Mutter die Hälfte von Allsberg, das ist ja schon ein Ansporn, sich anzustrengen."

„Ja, Onkel Peer, aber es kann jetzt nicht mehr so weitergehen wie bisher. Ich wiederhole: Carlos und ich haben einen Berufsabschluss und deshalb sollte der Betrieb jetzt an uns übergeben werden."

„Du bist ja noch nicht einmal volljährig."

„Genauso ist es, Mama. Und deshalb schlage ich vor, dass wir beantragen, dass ich zu meinem 17. Geburtstag am 15. September vorzeitig für mündig erklärt werde. Robert

Wagner wird schon eine Begründung finden, ich jedenfalls wüsste aus dem Stand zwei."

„Aha, und die wären?" Katja und Onkel Peer sagten es wie aus einem Mund.

„Typisch, wieder mal! Ihr hört mir einfach nicht zu! Ich habe es doch schon gesagt, dass ich nämlich bald eine abgeschlossene Berufsausbildung habe und der Betrieb endlich professionell geführt werden muss. Ich will nicht noch mal auf das Esposito-Desaster zurückkommen. So was darf nicht noch einmal passieren. Ich meine das wirklich ernst und ich denke, dass Carlos das nicht viel anders sehen wird."

Es entstand eine Pause. Niemand wusste dem Gesagten etwas hinzuzufügen. Alle waren besorgt, ein falsches Wort könne gefährlich werden. Bevor das Schweigen peinlich wurde, verabschiedete sich Anna.

„Ich muss noch arbeiten. Bitte entschuldigt mich." Brac trottete hinter ihr aus dem Zimmer.

Katja sah auf ihre Hände, die sie im Schoß gefaltet hatte.

„Die macht aber früh den Anton!" Ihre Stimme klang verzweifelt.

„Das frühe Rebellieren gegen die folgende Generation scheint bei Euch in der Familie zu liegen. Allerdings solltest du nicht vergessen, dass Anton seinen Vater nur einfach so weghaben wollte, weil es ihn an die Fleischtöpfe drängte. Anna hat Gründe vorgebracht."

„Ja, aber so desaströs ist meine Betriebsleitung nun auch wieder nicht."

„Dass du zu wenig kontrolliert hast, stimmt aber offenbar schon. Die Geldwäschegeschichte könnte tatsächlich gefährlich werden. Die Einreichung der Abschlussarbeit bei der Polizei muss mit Robert abgesprochen werden. Es muss eine Selbstanzeige werden, ansonsten hätte es den Anschein, Anna zeige dich an. Darüber hinaus hat sie recht, wenn sie feststellt, dass die Uta-Hinterlassenschaften noch immer nicht in trockenen Tüchern sind."

Katja wollte etwas einwenden, aber ihr Onkel hielt sie mit einer Bewegung zurück:

„Denk nicht an Anton. Anna ist nicht nassforsch auf die Macht aus. Sie merkt, dass etwas geändert werden muss, und sie fühlt sich dazu in der Lage. Das sollte dich stolz machen. Du hast sie erzogen, vergiss das nicht. Anna ist deine Erfolgsgeschichte."

36. Kapitel

Allsberg, Weihnachten 2001

Wenige Tage vor dem Fest traf Carlos, aus Eppan kommend, in Allsberg ein. Anna neckte ihn wegen seines langweiligen Autos, ein stinknormaler Golf.

„Sag's nicht weiter, es ist ein GTI. Ich hab das Schild hinten extra weggemacht, damit sich deine Mutter nicht aufregt."

Zwischen Katja und Anna hatte es in den Adventstagen mehrere eingehende Gespräche gegeben. Es war Anna gelungen, ihrer Mutter klarzumachen, dass ihre Entschlossenheit, sofort in den Betrieb einzusteigen, nicht unbedingt dazu führen müsse, dass Katja auf's Altenteil geschickt werde. Aber es war ihr auch gelungen, Katja davon zu überzeugen, dass es sinnvoll sei, wenn sie und Carlos allein alle Entscheidungen treffen könnten.

Abends kam Robert Wagner, und Onkel Peer gesellte sich auch zu ihnen. Man traf sich im Büro, Anna fand, weder Wein noch Knabberzeug solle die Teilnehmer ablenken. Carlos war überrascht, er hatte nicht mit einer so hochoffiziellen Besprechung gerechnet. Noch erstaunlicher fand er, dass Anna gleich das Wort ergriff. Sie berichtete von den Entdeckungen, die sie bei den Recherchen zu ihrer Abschlussarbeit gemacht hatte.

Carlos war entsetzt. Auch ihm war in Eppan klargeworden,

dass der Weinhandel keinen richtigen Gewinn bringt. Aber an eine Straftat hatte er nicht gedacht.

„Mein Vorgänger, der Vater Gasser, hat mir geraten, an dem Geschäft festzuhalten, es schütze vor Verlusten mit dem Restwein. Ich finde, das rechtfertigt den ganzen Aufwand nicht. Aber so tief wie du, Anna, bin ich in die Geschichte nicht eingestiegen. Jetzt werde ich das alles sofort stoppen und der Guardia di Finanza Bericht erstatten."

„Ich denke, da wird unser Herr Anwalt etwas dazu zu sagen haben", warf Onkel Peer ein.

„In der Tat. Es muss darauf geachtet werden, dass die geschäftsführenden Personen nicht in den Verdacht der Mittäterschaft kommen. Ich spreche von dir, Katja, und von Ihnen, Herr Baron."

Carlos war es unangenehm, so angesprochen zu werden, es war neu für ihn. Katja bemerkte seine Irritation. Sie legte ihm die Hand auf die Schulter und flüsterte ihm zu:

„Daran wirst du dich jetzt gewöhnen müssen." Dann hörten wieder alle konzentriert dem zu, was Robert Wagner zu sagen hatte:

„Ich habe mit Anna gesprochen. Ihre Idee, die Arbeit einen Tag nach dem Abgabetermin den deutschen und italienischen Finanzbehörden zu übergeben, ist gut. Ich habe sie nur gebeten, insbesondere angesichts der in Geldwäscheangelegenheiten wachsameren Italiener einen Passus in die Schlussbewertung eizubringen, wonach die geschäftsführende Gräfin Allsberg, gutgläubig davon ausgehen konnte, dass die mit der Buchführung beauftragten Büros in beiden Ländern, sie auf strafrechtlich relevante Vorkommnisse aufmerksam gemacht haben würden. Ich hoffe, dass das zumindest in Italien schützen wird, zumal Katja nur wenig italienisch spricht und buchhalterisch ein Laie ist. Für den neuen Geschäftsführer in Eppan können wir nicht mit mangelnden Sprachkenntnissen argumentieren, wohl aber damit, dass er den Posten erst zum kommenden Jahreswechsel übernommen haben wird."

Nun ergriff Katja das Wort und fragte, ob alle mit der skizzierten Vorgehensweise einverstanden seien. Nachdem alle genickt hatten, holte sie tief Luft und fuhr fort:

„Jetzt kommt das Wichtigste. Anna hat mich davon überzeugt, dass sie mit dem Datum ihres 17. Geburtstages in die Geschäftsleitung eintreten wird. Dazu muss sie vorzeitig für volljährig erklärt werden. Ich werde mich dann weitestgehend aus allem heraushalten. Ab dem kommenden 15. September werden Anna und Carlos allein wirtschaften. Robert, du suchst bitte nach einer Möglichkeit, meinen hälftigen Anteil hier in Deutschland möglichst steuergünstig auf Anna zu übertragen. Carlos, ich nehme an, dass du einverstanden bist."

„Anna, traust du dir das überhaupt zu? Ein Abschluss an der Handelsschule befähigt doch ein junges Mädchen nicht dazu, einen Betrieb zu …"

Weiter kam er nicht. Mit beißendem Spott in der Stimme hatte Anna ihn unterbrochen:

„Ach, aber der Abschluss der Weinbauschule und die vier Jahre Altersunterschied befähigen einen jungen Mann sehr wohl dazu, einen Betrieb zu führen. Carlos, du hast offenbar nicht mitbekommen, dass ich erwachsen geworden bin."

Es entstand eine Stille, die nach einer Weile von Onkel Peer unterbrochen wurde:

„Anna, das haben wir alle nicht so richtig mitbekommen. Ich weiß es erst seit unserem denkwürdigen Gespräch beim

Adventstee. Ich habe dich seither beobachtet und muss gestehen, dass ich offenbar blind gewesen bin. Du bist tatsächlich zu einer sehr selbstbewussten jungen Frau herangewachsen, die ganz genau weiß, was sie will und dies auch exzellent zu begründen versteht. Erlaube deinem alten Großonkel hinzuzufügen, dass du dich zu einer äußerst hübschen jungen Frau entwickelt hast."

Carlos sah, wie der ihm gegenübersitzenden Anna eine leichte Röte über das Gesicht huschte. Er überlegte, dass er Anna noch nie mit dem Kriterium „Schönheit" angesehen hatte. Anna war für ihn halt immer nur das kleine Mädchen gewesen. Fast seine Schwester.

„Onkel Peer, du hast recht. Anna ist wirklich eine Schönheit geworden."

„Verzeiht, es geht hier wirklich nicht um mein Äußeres. Es geht darum, ob du, Carlos es dir zutraust, mit mir zusammen das alles zu führen. Ich habe da keine Zweifel, weder an mir noch an dir. Aber das nützt nichts, wenn du, Carlos, findest, der Altersunterschied und der Umstand, dass ich weiblich bin …"

„Anna, du überrumpelst mich. Ich habe darüber noch nicht nachdenken können, ich kenne die neuen Umstände schließlich erst seit einer Stunde."

„Das verstehe ich. Bitte verstehe auch du, dass mein Entschluss feststeht. Ich würde es gern mit dir zusammen machen, es muss ein Neuanfang gemacht werden."

Hier ergriff Robert Wagner das Wort:

„Ich hatte es bereits erwähnt, Anna und ich haben vorab gesprochen. Zunächst war ich von der Idee des Neuanfangs nicht sehr begeistert. Natürlich dachte ich auch an die Jugend von Ihnen beiden. Allerdings ist es auch so, dass die neue Generation ihre Fehler möglichst früh machen sollte. Falsche Entscheidungen werden nicht ausbleiben. Außerdem ist der Wechsel in der Geschäftsführung auch Ausdruck des Willens, begangene Fehler nicht zu wiederholen. Durch die Selbstanzeige verhindern wir Konsequenzen für Katja."

„Dein Wort in Gottes Ohr, lieber Robert. Ich glaube, ich muss hier etwas zu meinen beiden Kindern sagen."

Katja legte eine Pause ein.

„Ich glaube, es war in Brixen, an dem Abend, als ich euch die verzwickte Lage auf den von mir verwalteten Gütern erklärt habe. An diesem Tag habt ihr beide ‚Mutter' zu mir gesagt. Das hat mich sehr glücklich gemacht. Es hat mir gezeigt, dass ihr beide mir vertraut. Euch beiden nun die Geschäfte zu übergeben bedeutet, dass ich in euch vertrauen muss. Darüber habe ich lange nachgedacht. Anna, was ist nur in dich gefahren? Wie ein Pilz nach dem Regen bist du an Selbstbewusstsein und Mut gewachsen. Das war für mich nicht immer ganz schmerzfrei. Ich habe mir dann überlegt, dass ich euch mindestens so viel Vertrauen schenken muss, wie ihr mir. Deshalb ist Annas Vorschlag richtig und ich bitte dich, Carlos, mitzuziehen."

„Anna, verzeih. Unsere Mutter hat recht. Wir sind ja nicht allein, wir haben sie, wir haben Dr. Wagner und wir haben Onkel Peer. Die Sofi hat immer gesagt: „Freech kost nix". Wir werden nicht zögern, zu fragen. Und nun zu dir, Anna: Ich muss mich erst daran gewöhnen, dass du nicht mehr das kleine Mädchen bist. Ich werde mir Mühe geben, ich versprech's. Ich hätte da noch etwas, das können wir auch gleich besprechen. Ich brauche Geld."

„Typisch!" Das kam von Anna

„Was heißt da typisch? Vielleicht solltest du deine

vorgefassten Meinungen mir gegenüber überprüfen. Es mag dich enttäuschen, aber ich brauch die Kohle nicht für Sekt und lockre Weiber. Ich brauche es, weil ich etwas kaufen will. Ihr wisst ja, was mir Xisco, der Bauer, der neben dem Haus meiner Mutter wohnt, bedeutet. Er ist für mich Vater und Großvater zugleich. Seine Tochter ist Lehrerin in Madrid und will die Finca nicht übernehmen. Wenn Xisco stirbt, verkauft sie sofort und dann steht Curro auf der Straße. Curro ist Xiscos Mitarbeiter, der mir bei meinem Unfall das Leben gerettet hat. Ich stehe in seiner Schuld. Ich habe mit Xisco besprochen, dass ich seine Finca kaufe und Curro bewirtschaftet sie, solange er will und kann. Ich nehme an, dass ich eine Million Mark brauche, denn wenn Xisco wirklich einmal stirbt, will ich das Haus so herrichten, dass ich dort, meiner Mutter nahe, aber nicht bei ihr, meine Ferien verbringen kann. Wenn ich so viel Geld aus dem Uta-Topf nehme, dann musst du, Anna, natürlich die gleiche Summe bekommen. Einverstanden?"

Er hatte, während er redete, immer Anna angeschaut.

„Da musst du derzeit noch meine Mutter fragen. Allerdings steht auf meiner To-do-Liste das Uta-Problem ganz oben."

„Diese Anna verblüfft mich immer wieder", dachte Carlos, während er sah, dass Katja durch Nicken ihre Zustimmung gab.

„So, jetzt bin ich auch mal dran. Bitte Robert, bereite alles vor, das fängt bei der Übergabe von Annas Arbeit an die Behörden an, geht über das Vorziehen ihrer Geschäftsfähigkeit und endet wahrscheinlich noch nicht einmal mit der Übergabe meines Anteils an sie."

„Hast du denn nicht vor, dir wenigstens den Nießbrauch vorzubehalten?"

„Nein, Robert, raus ist raus. Ich erwarte nur, dass man mir ein standesgemäßes Auskommen garantiert, so wie es im alten Familienstatut von 1810 festgelegt ist. Ansonsten fühle mich noch recht jung und habe noch viel vor. Aber eines will ich euch beiden noch sagen: Um euren Ausbildungsabschluss zu feiern, lade ich euch über Ostern nach Florenz ein. Ich werde Alessandra fragen, ob sie mitkommt, dann kann jeder dort seiner Wege gehen. Allerdings bitte ich darum, dass wir jeden Abend zu viert möglichst gut essen gehen. Um das ebenso möglichst gute Hotel kümmere ich mich. Ich danke euch allen für dieses für mich, für Anna und für Carlos so wichtige Gespräch. Und jetzt gehen wir nach oben. Ich habe Ilaria gebeten, etwas Feines für uns zu kochen.

37. Kapitel

Allsberg, 3. Januar 2002

Am ersten Werktag des neuen Jahres hatte Anna ihre Abschlussarbeit bei der Handelsschule eingereicht. Für den Tag darauf hatte sie schriftlich um einen Termin mit dem Leiter des Finanzamtes in Würzburg gebeten. An der Pforte wusste man davon nichts und nach einem längeren Telefonat meinte die freundliche Frau hinter der großen Scheibe, sie soll doch ihr Glück auf Zimmer 308 versuchen. Sie nahm die drei Stockwerke zu Fuß und war ärgerlich, als sie feststellte, dass sie etwas außer Atem gekommen war. An der Tür zum avisierten Zimmer stand.

R. Baumann
Hauptamtsgehilfe

Sofort fiel ihre Laune auf den Gefrierpunkt. Hatte sie nicht um einen Termin mit dem Amtsleiter gebeten? Ein boshaftes Lächeln huschte über ihr Gesicht. Sie würde das Spielchen mitspielen. Sie klopfte und betrat schüchtern den Raum. Am Schreibtisch saß ein gelangweilter Mitdreißiger, dessen Glatze glänzte. Der Mann würdigte Anna keines Blickes. Nach einer Weile sagte Anna mit leiser Stimme:

„Ich hätt da was anzuzeigen."

„Dann geh doch zur Polizei."

„Es hat aber mit Geld zu tun."

„Eben, geh zur Polizei."

„Ich hab das für die Schule gemacht und meine Lehrerin hat gesagt, dass so was Geldwäsche und womöglich Steuerhinterziehung heißt."

„Was verstehst du denn schon davon? Für solche Hobbies für kleine Schulmädchen haben wir hier keine Zeit."

„Ich hatte deshalb einen Termin mit dem Amtschef beantragt."

Nun schaute der Mann erstmals auf und lachte dabei schallend.

„Für so einen Schmarrn hat der Herr Regierungsamtmann Schnitzenbaumer echt keine Zeit. Besser du gehst jetzt."

Das tat Anna auch und rief von der Straße aus in der Redaktion der Franken-Post an. Sie gab nun nicht mehr das schüchterne Schulmädchen, sondern ließ ihrer Empörung freien Lauf. Sie verabredete sich mit der Redakteurin in der Trattoria, die Ilarias Bruder in der Sanderau führte.

„Salva, koch für mich und meinen Gast etwas besonders Gutes. Ich muss eine Journalistin für etwas begeistern, was mir am Herzen liegt."

„Anna, cara, du wirst immer deutscher! Immer mit der Tür ins Haus. Hast du vergessen, wie sich Italiener begrüßen?"

Er umarmte Anna und küsste sie auf beide Wangen.

„Lass mich dich anschauen, ehe Giulia kommt. Sie ist so schrecklich eifersüchtig! Mamma mia, du bist aber auch wirklich eine Bellezza geworden. Giulia komm mal her, wir haben hohen Besuch."

Auch Giulia küsste Anna hocherfreut.

„Welche Freude, dich zu sehen! Was führt dich zu uns?"

„Es ist wichtig, ich muss eine Frau von der Franken-Post

für etwas interessieren, wofür sich das Finanzamt nicht interessiert."

„Klingt geheimnisvoll und wichtig."

„Genauso ist es. Du und Salva müsst etwas so Gutes kochen, dass die Redakteurin dahinschmilzt."

„Normalerweise überzeugen mich Fakten mehr."

Sie hatten nicht bemerkt, dass eine weitere Schönheit das Lokal betreten hatte. Anna sah man die Italienerin an, der Journalistin die Deutsche. Sie war fast schon ein Klischee: Groß, blond, blauäugig.

„Ich bin Manuela Reusig. Ich arbeite in der Lokalredaktion der Franken-Pest."

Sie gaben sich die Hand während Anna lachen musste.

„Ich wusste nicht, dass die Zeitung sogar von ihren eigenen Leuten so genannt wird."

„Wenn nicht wir, wer sonst? Wir kennen das Blatt doch am besten!"

Sie setzten sich an den Tisch nahe der Küche. Während Giulia und Salva alles taten, um die beiden zu verwöhnen. Zuerst gab es Gnocchi in Gorgonzolasoße und als Hauptgericht Saltimbocca.

Während sie diese Köstlichkeiten genossen, erklärte Anna, auf was sie bei ihrer Examensarbeit gestoßen war.

„Gestern habe ich den Packen in der Handelsschule eingereicht und heute wollte ich eine Kopie davon beim Finanzamt abgeben. Immerhin wurden hier mehrere Millionen Mark gewaschen, vermutlich Drogengelder. Frau Reusig, ich übergebe Ihnen nun all das, schauen Sie es durch und dann entscheiden Sie, ob man daraus was machen kann."

„Pass auf, ich bin die Manuela, wir lassen die Förmlichkeiten beiseite."

„Okay, ich bin die Anna, ich hatte mich noch gar nicht vorgestellt." Dabei schob sie ihre Arbeit über den Tisch hinüber.

Manuela las laut vor: „Städtische Wirtschaftsschule Würzburg, Examensarbeit. Buchhaltung und Betriebswirtschaft zweier mittelständischer Betriebe in Italien und Deutschland. Anna Gräfin von Altspaur."

Dann entstand eine kleine Pause, die von einem gehauchten „oh" aus Manuelas Mund beendet wurde.

„Was, oh?"

„Naja, wenn du eine Gräfin bist, dann hätte ich dir das „Du" eigentlich nicht anbieten dürfen."

„Manuela, ich hatte das Glück, von der Soffi erzogen zu werden. Das war unsere Schlossköcha in Allsberg. Sie hatte das Herz auf dem rechten Fleck und trug es darüber hinaus auf der Zunge. Einmal, als ich mich zickig benahm und die Gräfin raushängen ließ, ich war damals noch ein Kind, hat sie mir das Folgende gesagt: „Anna, aus dein Oarsch gehds aa ned wärmmer raus wie aus unnern." Das hat mich geheilt.

Beide lachten und stießen mit dem Montepulciano an, den Salva ihnen empfohlen hatte.

Dann brachte Giulia zwei wunderbare mit Pistaziencreme gefüllte Canoli an den Tisch und sagte dabei:

„Das geht alles auf's Haus. Allerdings unter einer Bedingung."

„Das sind ja die reinsten Mafiamethoden," sagte Manuela während Anna zu protestieren versuchte.

„No, no, nix Mafia. Es muss nur im Bericht der Zeitung stehen, dass das geheime Treffen im Restaurant „Tavola Calda" in der Sanderau stattgefunden hat."

„Sag ich's doch, Mafiamethoden!"

Den abschließenden Grappa, den Salva anbot, lehnten beide dankend ab.

Der 4. Januar war ein Freitag. Die Wochenendausgabe eigne sich nicht für so etwas Brisantes. Es wurde entschieden, dass die Sache erst in der Montagsausgabe vom 7. Januar erscheinen sollte. Manuela unterrichtete Anna von dieser Entscheidung und versuchte sie zu beruhigen, alles sei in trockenen Tüchern, aber so eine Bombe müsse mit Bedacht an die Öffentlichkeit gelangen. Dennoch verbrachte Anna die drei Tage wie auf Kohlen.

Am Montag prangte diese Schlagzeile auf der ersten Seite der Franken-Post:

„Handelsschülerin deckt Finanzskandal auf. Finanzamt will davon nichts wissen!"

Manuela hatte die Sache wirklich spannend gemacht. Das konspirative Treffen im „Tavola Calda" kam ebenso vor, wie eine Beschreibung des Beamten im Zimmer 308. Der Artikel endete damit, dass die Handelsschülerin der Zeitung ihre Arbeit zur Verfügung gestellt habe. Sollte das Finanzamt doch noch Interesse zeigen, dann könne das Dokument ja in der Redaktion abgeholt werden. Ganz Würzburg lachte. Wann kommt es auch schon vor, dass die ungeliebten Steuerbeamten so vorgeführt werden können.

Noch vor zehn Uhr am Morgen rief ein wutschäumender Regierungsamtmann Schnitzenbaumer bei der Franken-Post an und verlangte den Chefredakteur. Der war nicht im Haus und der Lokalchef leitete verabredungsgemäß den Anruf an Manuela weiter. Die antwortet nur kühl, der Herr habe wohl seinen Laden nicht im Griff, denn es läge ihr eine Kopie des Briefes vor, mit dem die Handelsschülerin bei ihm um einen Termin gebeten hatte. „Im Betreff steht übrigens „Verdacht auf Geldwäsche". Also, mich hätte so was alarmiert. Wollen Sie die Dokumente nun haben?"

„Ich schick einen Boten", brüllte der Amtsvorsteher. Dann kam aus dem Telefonhörer das Freizeichen.

Am Nachmittag hatte Katja eine Unterredung mit Andres Gasser, der zunächst jede Mittäterschaft leugnete.

„Herr Gasser, wie immer gibt es zwei Möglichkeiten: Entweder sie gehen freiwillig und unterschreiben mir die vom Anwalt Wagner vorgefertigte Kündigung sowie das ebenfalls von ihm aufgesetzte Schreiben, in dem Sie Ihre Mitwisserschaft zugeben, oder ich entlasse Sie fristlos und zeige Sie bei der Polizei an."

Andres Gasser stieß Verwünschungen aus aber unterschrieb alles. Gleichzeitig tauschte ein herbeigerufener Schlüsseldienst alle Schlösser in der Kellerei und den Büroräumen aus.

Es war nicht das letzte Mal, dass die Franken-Post von Annas Entdeckungen berichtete. Mitte März erschien ein Artikel über die städtische Wirtschaftsschule in Würzburg, wo wieder ein Jahrgang verabschiedet wurde. Dass Anna Jahrgangsbeste wurde, und das insbesondere wegen ihrer aufsehenerregenden Abschlussarbeit, fand ebenso Erwähnung wie die Rolle, die die Zeitung in dieser Sache gespielt hatte.

Wenige Tage später fuhren Katja und Anna nach Eppan, wo sie Alessandra aufnahmen und zusammen weiter nach Florenz reisten.

38. Kapitel

Florenz, Ostern 2002

Zwei Tage nach Katja, Alessandra und Anna kam auch Carlos in Florenz an. Alle logierten sie im Excelsior Hotel an der Piazza d'Ognissanti. Katja hatte für Anna und Carlos je ein Zimmer bestellt, sie und Alessandra hatten eine Suite. „Damit wir in Ruhe quatschen können", sagte Katja.

Carlos hatte sich vorgenommen, die neue Anna, wie er sie nun nannte, etwas besser kennenzulernen. Ab dem 15. September würde er in Eppan ihr Angestellter sein und in Allsberg ihr Sozius.

Da er wenig Lust verspürte, nach Allsberg zu ziehen, wollte er mit ihr auch besprechen, wen man dort als Nachfolger von Andres Gasser einsetzen könnte.

Dies im Kopf begleitete er Anna durch die Uffizien und die verschiedenen Kirchen der Stadt. Immer wieder gelang es ihm, Anna auf die Terrasse einer Bar zu locken, wo sie guten Caffè und Cornetti genossen. Er liebte ganz besonders die sonnenbeschienenen Lokale an der Piazza Signoria und er verstand es, die Zeit dort ins Unendliche auszudehnen, indem er Anna in Gespräche über die Strategie ihres Wirtschaftens verwickelte. Dabei tunkte er Cantuccini in Vin Santo – ein Genuss!

Dennoch ließ er sich von Anna mitreißen, die alles einfach nur schön fand.

Am Ausgang des Duomo fanden sie ein Schild, das davor warnte, untrainiert die Kuppel des Domes zu besteigen. Es handele sich immerhin um 463 Stufen.

„Das schaffst du nie!“, forderte Anna ihren Begleiter heraus. Sie schafften es dann beide und waren beeindruckt als sie zwischen der inneren und der äußeren Schale der Kuppel nach oben stiegen. Sie bewunderten die kunstvolle Verfugung der Backsteine.

„Stell dir vor, sechzehn Jahre haben sie an der Kuppel gebaut und das ohne jegliches stützende Gerüst.“

„Anna, woher weißt du denn das alles?“

„Ich habe natürlich vorher etwas über Florenz gelesen. Ich wollte ja nicht wie ein amerikanischer Tourist mit Teleobjektiv auf dem Bauch durch die Stadt rennen.“

Der Blick von der Kuppel über die Stadt und den Arno war tatsächlich atemberaubend. Im physischen Sinn des Wortes ohne Atem waren sie, als sie unten wieder ankamen.

„Ich glaube, der Abstieg ging mir mehr in die Knie als der Aufstieg. Puh, das ist nichts für junge Damen.“

„Darf ich die junge Dame dann zu einem Pfirsich einladen. Hast du da drüben den Obststand gesehen?“

Tatsächlich, an der Ecke, wo die Via del Campanile in den Domplatz mündet, stand ein Bollerwagen, auf dem riesige Pfirsiche einladend drapiert waren. Dahinter stand ein junger Mann, in dessen üppigem Brusthaar sich ein goldenes Kruzifix à la Dalí kuschelte. Natürlich machte er Anna schöne Augen, während er einen der Pfirsiche an einem Wasserhahn wusch. Dann schnitt er ihn mit einer eleganten Bewegung genau am Äquator durch und reichte mit einem bezaubernden Lächeln die beiden Pfirsichhälften der verblüfften Anna. Er nannte sie „amore mio“ und tat so, als habe er sich gerade in diesem Moment Hals über Kopf in sein Gegenüber verliebt.

Nachdem Carlos gezahlt hatte, zog er Anna in die kleine Straße.

„Das macht er mit jeder jungen Frau, ich wette mit dir."

Er amüsierte sich darüber, wie Anna das offenbar gar nicht komisch fand. Naja, die hatte eben noch keine große Erfahrung mit italienischen Männern.

Carlos war nach drei Tagen Kunstgeschichte und Architektur schon etwas ermattet und hörte beim Abendessen nur mit halbem Ohr zu, als Katja und Alessandra von der Chiesa di San Lorenzo schwärmten. Mit seinen Gedanken war er bei Marta, seiner neuesten Eroberung und erinnerte sich später nur noch daran, dass diese Kirche keine Fassade habe.

Als sich alle im Hotel voneinander verabschiedeten, sagte Anna:

„Carlos, morgen müssen wir früh aufstehen. Die Medici-Gräber in San Lorenzo sind dran. Wenn wir zeitig hingehen, ist es da nicht so schrecklich voll. Protestiere nicht, das ist die letzte Sehenswürdigkeit, danach kannst du bestimmen, was wir machen."

Carlos brummelte etwas Zustimmendes und verschwand dann in seinem Zimmer.

Schon um sieben weckte ihn das Telefon. Er hörte Annas fröhliche Stimme, die ihm mitteilte, in einer halben Stunde träfen sie sich zum Frühstück.

Vom Hotel waren es nur wenige Schritte zur angekündigten Kirche. Tatsächlich war man in all den Jahrhunderten nicht dazu gekommen, dem Gebäude eine schicke Fassade zu verpassen.

„Schau, so sehen alle Kirchen hinter ihren Marmorfassaden

aus. Das sind keine glatten Wände, an irgendwas müssen sich die prächtigen Verschalungen ja festhalten."

Carlos fand das interessant, ließ sich aber nichts anmerken. Er befürchtete, jede Äußerung von Enthusiasmus könne Anna zu weiteren Besichtigungen verleiten.

Die Kirche selbst unterschied sich nicht wesentlich von dem, was er bisher gesehen hatte. Aber die Cappella dei Principi verschlug ihm denn doch die Sprache. So viel Raum, so viel Pracht, so viel Kunst für die Grabmale von sieben Medici-Fürsten, das war schon unerhört. Aber Anna zog ihn schnell weiter, denn in der Neuen Sakristei warteten die Medici-Gräber von Michelangelo. Das sei der absolute Höhepunkt für jeden Kunstliebhaber. Carlos wurde enttäuscht. Nach all den Farben, nach all der bombastischen Angeberei erwartete sie ein kleiner Raum in schwarz-weiß. Auch hier wieder vier Grabmale für allerdings erheblich bedeutendere Medici, unter anderem Lorenzo il Magnifico. Auf jedem der Gräber räkelten sich nackte Figuren, die Michelangelo zum Teil nicht fertiggestellt hatte. Irgendwie gefielen Carlos die Skulpturen nicht. Anna fasste es in Worte, als sie vor dem Bildnis der Nacht stehen blieb:

„Der Michelangelo hat keine Ahnung, wie der Körper einer Frau ausschaut. Schau hier, das ist der Körper eines jungen Mannes, dem er an der richtigen Stelle zwei halbe Fußbälle angeklebt hat."

„Naja, immerhin erkennt man, dass es eine Frau ist."

„Offenbar hast du auch keine Ahnung vom Körper einer Frau!"

Carlos versuchte zu protestieren, aber da nahm Anna schon seine Hand und sagte amüsiert:

„Du musst es ja wissen!"

Nach einer kleinen Pause in einer Bar, in der es hoch her ging, suchten sie die Ruhe am Ufer des Arno, die allerdings dadurch gestört wurde, dass unten am Wasser eine riesige Ratte nach Nahrung suchte.

„Igitt, widerlich, ich ekle mich davor."

„Keine Angst, ich hätte dich mit einem Flammenschwert verteidigt. Trotzdem, lass uns schnell über diese Brücke gehen, vom andern Ufer aus ist die Stadt sicher noch schöner anzusehen."

Auf der Mitte der Ponte Santa Trinità lehnten sie sich an das Geländer. Unter ihnen zogen zwei Sportruderer mit kraftvollen Zügen vorbei. Links die riesige Kuppel des Duomo und der Turm des Palazzo Vecchio und genau vor ihnen die Brücke, auf der seit Jahrhunderten Handel getrieben wird.

„Es ist schön." Annas Stimme hörte sich so an, als erwache sie gerade aus einem Traum.

„Die Stadt?"

„Nein, mit dir."

Carlos zögerte zunächst, aber dann legte er doch seinen Arm um Annas Schulter und zog sie etwas zu sich.

„Weißt du was? Jetzt gehen wir noch kurz am Palazzo Pitti vorbei und dann holen wir mein Auto aus der Garage und fahren irgendwo hin. Ist das eine gute Idee?"

„Die beste seit Langem! Aber zeig mir nicht, wie schnell dein Auto fährt. Ich will die Fahrt genießen."

„Ich auch."

Nachdem sie Fiesole hinter sich gelassen hatten, wies ein Schild auf eine „Cappella Sant'Anna" hin.

„Komm, lass uns dahinlaufen, es sind ja nur zwei Kilometer."

Es war unterdessen Mittag geworden, die Sonne stand hoch.

„Ist das nicht zu warm?“ Carlos wollte sich vor dem Fußweg drücken.

Anna zog ihn einfach hinter sich her. Sie hatten Glück, der Weg führte durch einen lichten Wald, der etwas Schatten bot. Erst als sie die Kapelle bereits sahen, ging es in der Sonne steil an den Terrassen eines Weinberges vorbei.

„Carlos, sag mir, machen die hier alles richtig, du bist doch mein großer Winzer.“

„Willst du mich prüfen und ganz nebenbei klarmachen, dass ich dein Angestellter bin?“

„Nein, damit will ich sagen, dass ich froh bin, dass du in Eppan bist. Das ist beruhigend.“

Schnaufend erreichten sie den kleinen Platz vor der Kapelle. Dort saß unter einer Schirmpinie ein Mönch, der erstaunt aufstand und ihnen entgegenkam.

„An Werktagen verirrt sich hier fast niemand zu mir herauf!“

„Ganz einfach, ich heiße Anna.“

„Dann wollt ihr vor dem Gnadenbild beten, damit die Heilige eure Liebe segne?“

„So weit sind wir noch nicht“, wehrte Carlos ab. Er spürte den kleinen Knuff von Anna, die ihn belustigt ansah.

„Dennoch könnten Sie uns bitte das Gnadenbild zeigen. Dass ich Anna bin, wissen Sie bereits, das ist Carlos, und wie heißen Sie?“

„Fra Angelo. Mich wundert, dass ihr einfach so nach hier oben gekommen seid. Junge Paare kommen oft in der Absicht, um zum Spaß Romeo und Julia nachzuspielen, mit meiner Hilfe natürlich. Am Ende bitten sie mich immer, sie zu trauen.“

„Dürfen Sie denn Paare trauen, einfach so?“

„Natürlich nicht, aber …“

„Was heißt hier aber?“ Carlos wollte es genau wissen.

„Na ja, es geht hier oben eben etwas notdürftig zu, wenn ihr versteht.“

„Das haben wir verstanden, aber jetzt zeigen Sie uns erstmal meine Schutzpatronin und danach schauen wir, ob wir Ihnen ein notdürftiges Mal abkaufen können.“

Fra Angelo lächelte, dann führte er sie in die eher unspektakuläre Kapelle.

„Das ist sie, die Mutter der Heiligen Jungfrau und Großmutter unseres Herrn. Ich lasse euch nun allein. Betet, wenn ihr könnt.“

Als der Mönch gegangen war, lehnte sich Anna an Carlos und flüsterte:

„Das ist sozusagen die Groma von Jesus Christus. Das macht mir die Heilige irgendwie sympathisch. Die Figur anzubeten, finde ich übertrieben. Aber einer Groma erzählen zu können, dass ich Angst habe, das wäre schön.“

„Wovor hast du Angst?“

„Vor allem was auf uns zukommt, wenn wir das Sagen haben werden.“

„Aber du hast doch mich!“

„Und wenn wir uns streiten? Zwischen uns gab es früher fast immer Zoff.“

„Na ja, damals warst du ja auch noch ein zickiges Gör.“

„Und du ein blöder Angeber. Aber lassen wir das. Wichtig ist, dass wir uns darüber klarwerden, wie wir uns jetzt organisieren.“

„Organisieren? Jetzt haben wir einen wunderbaren Tag miteinander und du nennst das Organisieren? Ich hatte gehofft, du seist romantischer.“

„Bin ich ja, aber ich trau mich nicht.“

Später sagte sich Carlos immer wieder: „Wenn du sie in diesem Moment geküsst hättest, wäre dir viel erspart geblieben.“ Er erwiderte aber nur:

„Ehrlich gesagt, weiß ich auch nicht genau, wie das mit unserer Zukunft wird. Es ist nur so, dass ich es jetzt schön finde mit dir.“

„Gut, dann lass uns mal nachsehen, ob dieser Fra Angelo etwas für uns vorbereitet hat.“

Es wirkte wie eine Szene aus einem kitschigen Film. Er hatte unter der Pinie einen Tisch und drei Stühle aufgebaut. Darauf standen bereits Gläser und eine Karaffe Rotwein. Der Blick führte über bewaldete Hänge ins Tal, wo man einige markante Bauwerke von Florenz erkennen konnte.

„Fantastisch!“ Anna sah wie benommen in die Ferne, als der Mönch Brot, Salami und Pecorino-Käse auf den Tisch stellte.

„Das sind die Gaben, die mir meine Romeos hierlassen“, erklärte er schmunzelnd. „Nur der Wein stammt von hier.“

„Habt ihr in der Kapelle gebetet?“

„Nein.“

„Dann lasst uns wenigstens jetzt dem Herrn für das danken, was uns hier so köstlich am Leben hält.“

Er sprach ein kurzes Tischgebet.

Der Mönch war neugierig und versuchte, herauszubekommen, wie es denn mit den jungen Leuten bestellt war. Irgendwann wurde Anna die Fragerei zu viel und sie erklärte, sie seien so etwas wie Geschwister, worauf das Interesse des Kirchenmannes erlahmte. Nachdem Carlos ihn fürstlich entlohnt hatte, drängte er ihnen noch ein Gläschen Vin Santo auf.

Auf halbem Wege zum Auto blieb Carlos plötzlich stehen.

„Du Anna, der viele Wein und erst recht der wunderbare süße Wein zum Schluss ist mir ganz schön in den Kopf gestiegen. So sollte ich nicht Auto fahren. Komm wir machen eine Siesta dort unter dem Baum."

Beide schliefen sofort ein und als Anna aufwachte, bemerkte sie, dass Carlos ihre Hand in der seinen hielt.

Es war unterdessen spät geworden, immerhin fühlte sich Carlos wieder topfit.

„Weißt du was, jetzt fahren wir zurück, ziehen uns schick an und dann probieren wir mal das Nachtleben von Florenz aus."

„Aber es war doch Bedingung, dass wir immer mit Mama und Alessandra zu Abend essen."

„Sie werden's verkraften. Wir lassen einfach unsere Handys im Hotel, dann können sie uns nicht herbeizitieren."

Sie fragten sich nach dem Uni-Viertel durch und zogen von Bar zu Bar, tranken dort einen Schluck und aßen anderswo eine Kleinigkeit. Schließlich landeten sie in einer Disco, wo Carlos zeigte, dass er ein vorzüglicher Tänzer ist. Er musste sich auch wirklich anstrengen, denn Anna konnte sich vor bewundernden Blicken und Aufforderungen, mitzukommen, gar nicht retten.

„Ach Carlos, mach dir keine Sorgen. Lass es mich genießen, meine Kumpels aus der Handelsschule haben sich nie getraut, wahrscheinlich weil sie rausgefunden haben, dass ich eine Gräfin bin."

„Es war wohl eher deine Schönheit."

„Und du? Bist du eher Handelsschüler oder Gigolo?"

„Du hast doch heute selbst gesagt, dass wir so etwas wie Geschwister sind."

„Hab ich vergessen. Lass uns heimgehen."

Draußen merkte Carlos, dass die vielen Gläser ihre Wirkung nicht verfehlt hatten.

„Schon der zweite Schwips heute, das ist besorgniserregend."

„Red nicht so viel, stütz mich lieber."

Es hatte etwas gedauert, aber schließlich kamen sie beim Hotel an. Der Concierge lächelte verstehend und wunderte sich, dass sie zwei Zimmerschlüssel verlangten.

Beim Frühstück verspätete sich Carlos etwas. Katja nutzte die Gelegenheit, zu fragen, weshalb sie denn das gemeinsame Abendessen versäumt hätten.

„Wir waren aus."

„Und?"

Anna wusste genau, was der inquisitorische Blick ihrer Mutter meinte. Sie antwortete allerdings nicht. Vielmehr rollte sie die Augen und schüttelte verneinend den Kopf.

Katja schien erleichtert und Alessandra sagte, es wäre gestern Abend schrecklich gewesen:

„Sowas von nervös, deine Mama!"

Glücklicherweise kam in dem Moment ein etwas verstrubbelter Carlos und das Gespräch wendete sich der Frage zu, wie man die Heimfahrt in zwei Autos organisieren könnte.

„Ich fahre allein, ich hab einem Freund von der Weinbauschule versprochen, ihn auf seinem neuen Posten in Montalcino zu besuchen."

„Tja, dann müssen wir drei Damen wohl oder übel in einem Auto nach Eppan reisen."

Anna war ihre Enttäuschung deutlich anzumerken, was ihre Mutter dazu bewog, zum schnellen Aufbruch zu drängen, damit sich Carlos nicht umentschließen konnte. Der gab Anna einen Kuss auf die Stirn, dankte Katja für die wunderbare Zeit in Florenz und verabschiedete sich von Alessandra. Dann legte er sich wieder ins Bett.

Bevor er gegen Mittag losfuhr, rief er Marta an und verabredete sich mit ihr für den Abend bei ihr in Mailand.

Ganz gegen seine Gewohnheit hielt er sich an die Geschwindigkeitsbegrenzungen. Manchmal überholten ihn sogar LKWs.

„Was ist mit dir los, Carlos? Bist du verliebt? Geht das überhaupt? Wir sind doch so etwas wie Geschwister."

Er hatte sich nie für verwandtschaftliche Bezüge interessiert, deshalb konnte er sich auch die Frage nicht beantworten, ob Anna und er nicht viel zu nah verwandt waren. Wen könnte er fragen, ohne dass sofort rote Lämpchen aufblinkten? Vielleicht noch am ehesten Onkel Peer, aber nur dann, wenn der zuvor eiserne Verschwiegenheit gelobt hätte.

Mailand kam immer näher und er fühlte sich mit jedem Kilometer unwohler. Was wollte er von Marta? Er lächelte, weil es da nicht viel zu fragen gab. Aber es fühlte sich falsch an. Er hielt an einer Raststätte und erklärte ihr, er müsse einem Kollegen aus der Weinbauschule in einer Notlage helfen, diesmal in Vicenza.

In Rovereto suchte er sich ein Hotel und verbrachte dort eine unglückliche Nacht.

39. Kapitel

Allsberg, im Mai 2002

Nach Ostern begann Annas Zeit als Angestellte der Gräflich Altspaurschen Betriebsverwaltung. Ihre Mutter wollte, dass sie etwas Praxis mitbekäme. Das Weingut und der Wald verwalteten sich ja nicht von allein.

Nach einigen Tagen stieß sie dabei auf etwas, von dem sie bisher nichts gewusst hatte. Sie stürmte ins Büro ihrer Mutter und fragte:

„Mama, warum hast du die landwirtschaftlichen Flächen verpachtet?“

Katja wusste zunächst gar nicht, wovon ihre Tochter sprach, denn die von Onkel Schorsch noch gehegte Landwirtschaft war in ihrem Bewusstsein zu einer jährlichen Kontobewegung geworden, wenn die Pacht überweisen wurde. Sie versuchte sich zu erinnern, was sie und Enzio dazu bewogen hatte, die Felder nicht mehr selber zu bewirtschaften.

„Ich glaube, das war so, Anna: Als dein Vater und ich hier etwas unerwartet übernehmen mussten, hat Enzio gleich geplant, den Weinkeller aus der Enge des kleinen Dorfes Fahr nach hier oben umzusiedeln. Es bot sich an, den Ökonomiehof, wie er damals noch hieß, abzureißen und die Flächen für die notwendigen Bauten der Weinkellerei zu nutzen. Von Landwirtschaft verstanden wir beide nichts und ich war ehrlich gesagt froh, dass wir den eigentlich wenig rentablen Klotz am Bein abgeben konnten. Dies zu ändern ist mir in all den Jahren nicht in den Sinn gekommen. Es war ja auch wirklich viel los."

„Das mag ja alles stimmen, aber wenn der Pächter mit Gewinn wirtschaften kann, dann können wir das auch. Wir müssen das nutzen, was Geld bringt und alles abstoßen, was uns schadet."

„So was lernt man offenbar auf der Handelsschule, aber was meinst du konkret?"

„Das liegt doch auf der Hand. Ich spreche von den sogenannten Uta-Betrieben. Sie mögen Geld bringen, das wir allerdings nicht nutzen. Sonst aber bringen sie Probleme. Ich spreche auch von der Aspromonte-Connection, und ich spreche von der noch immer herumliegenden Raubkunst."

„Und all das willst du gleich zu Anfang angehen?"

Ja, wann denn sonst? Wenn man sich erst an die Laus im Pelz gewöhnt hat, ist es zu spät."

„Ja aber ..."

„Ich weiß, Mama. Die Uta-Betriebe sind eine Gelddruckmaschine. Aber zu was wurde das Geld verwendet? Zum Kauf eines neuen Mercedes alle vier bis fünf Jahre, einmal wurde mit dem Geld das Schloss renoviert, aber sonst?"

„Einmal hat mit dem Geld Onkel Schorsch ein Malheurchen bereinigt."

„Ein was?"

„Das ist ein heute ungebräuchliches Wort. Als ein Malheurchen bezeichnete man ein uneheliches Kind."

„Was, Onkel Schorsch hatte etwas Außereheliches?"

„Pass auf, was du sagst, deine leiblichen Eltern haben auch auf den Segen der heiligen Mutter Kirche verzichtet."

Anna lachte.

„Und wo ist das Kind jetzt?“

„Das ist eine wirklich kuriose und komische Geschichte. Dr. Bendeler, unser Steuerberater, kennt die Zusammenhänge viel besser als ich. Es wird ihm eine Freude sein, dir alles zu erzählen.“

„Das ist eine wunderbare Idee. Ich wollte sowieso mit ihm sprechen. Nur er, so scheint mir, hat wirklichen Durchblick. Ich denke, es ist dir recht, wenn ich ihn für die kommende Woche um einen Termin bitte.“

Einige Tage später saß Anna einem älteren Herrn mit schütterem grauen Haar gegenüber, der sie freundlich anlächelte.

„Sie sind jetzt die dritte Generation. Ich hatte ja schon mit dem Baron Schorsch zu tun, dann mit Ihrer verehrten Frau Mutter und nun mit Ihnen.“

Der alte Steuerberater machte eine kleine Pause. Dann begann er etwas zögerlich von Neuem.

„Allerdings, und das weiß ich aus der Presse, scheinen Sie die Erste zu sein, die von meiner Materie etwas versteht. Verzeihen Sie es mir, wenn ich es so drastisch ausdrücke, aber ihre beiden Vorgänger hatten von Wirtschaft, Buchhaltung und Steuern keinen Schimmer.“

„Doktor Bendeler, freuen Sie sich nicht zu früh. An der Handelsschule haben uns die Lehrer immer wieder gesagt, der schwierigste Klient ist der, der von der Materie etwas versteht. Er neigt dazu, den Steuerberater oder Buchhalter nur zur Bestätigung seiner Meinung zu nutzen, und wenn das nicht klappt, dann taugt der Fachmann angeblich nichts und kassiert darüber hinaus auch noch viel zu viel.“

„Ja, auf dieser Basis können wir uns einigen. Allerdings

halte ich Sie für zu intelligent, als dass Sie einem guten Rat nicht folgen würden."

„Danke. Bevor wir allerdings ins Geschäftliche einsteigen, hat mich meine Mutter gebeten, Sie nach Onkel Schorschs Malheurchen zu fragen."

Dr. Bendeler grinste und dann fragte er:

„Kennen Sie Georg Kreisler?"

„Nein, wer ist das?"

„Ach es ist schade, die jungen Leute wissen nicht, was sie versäumen. Er war ein jüdisch-amerikanischer-österreichischer Kabarettist und Chansonier. Er konnte meisterhaft mit der deutschen Sprache umgehen, war bissig, weise und hat uns, als wir noch jung waren, eigentlich zu jeder Lebenslage einen Rat gegeben. Im Falle Ihres Onkel Schorsch ging es um die Telefonbuchpolka. Ich spiel sie Ihnen vor."

Dr. Bendeler erhob sich und schob die Türen eines wandbedeckenden Schrankes weg. Dahinter kamen ein Plattenspieler und eine riesige Sammlung von LPs zum Vorschein. Anna stellte sich neben ihn und bewunderte die Vielfalt, die von Klassik über Jazz und Blues zur vollständigen Sammlung aller Alben von Georg Kreisler ging. Sie fand sogar einige Aufnahmen von Lola Flores und Paco de Lucia.

„Sprechen Sie denn auch spanisch?", fragte sie.

„Nur so viel, um mit einem Mädchen flirten zu können. Die Platten sind fast so alt wie ich und dienen einem sentimentalen alten Mann dazu, sich an seine Jugend zu erinnern."

Während er das sagte, hatte er auch schon eine Platte aufgelegt. Anna hörte sich das Chanson an und schaute dabei mit zunehmender Verständnislosigkeit in das lachende Gesicht ihres Gegenübers. Nachdem der die Platte wieder verstaut hatte, setzte er sich wieder auf seinen ausladenden

Chefsessel, faltete die Hände über seinem kleinen Bauch und sagte:

„Das ist so wie mit den Steuergesetzen. Man versteht sie oft nicht ohne Anleitung. Sie wissen es ja bereits, Ihr Onkel Schorsch war nie ein Kostverächter und als er Witwer wurde, leistete er sich ganz offen immer wieder ein jugendliches Abenteuer. Wenn im Winter nichts zu tun war, fuhr er in die Alpen zum Après Ski. Skifahren konnte er nicht.

In Seefeld hatte er eine Affaire mit einer jungen Schönheit, sie hieß Vodrupa, mit Vornamen, wenn ich mich recht erinnere, Serafina. Die schickte ihm einige Zeit später ein Foto eines rothaarigen Knaben, dem genetischen Markenzeichen der Trögers. Der Baron Schorsch geriet sofort in Panik und beauftragte mich, eine Million DM an einen Notar in Innsbruck zu schicken, mit der Maßgabe, den Betrag auszuzahlen, wenn die Dame rechtswirksam für ihren Sohn auf alle Ansprüche verzichten würde. Das Geld nahm der Baron übrigens aus dem Uta-Topf, ein fast schon einmaliger Vorgang, denn sonst wurde daraus nur der sporadische Ankauf eines neuen Mercedes finanziert.

Als Ihre Frau Mutter Allsberg übernahm, erzählte ich ihr von dieser Episode und zu meiner Freude kannte sie die Chansons von Georg Kreisler, konkret die Telefonbuchpolka. Wir lachten uns halb schief. In dem Chanson geht es darum, dass die vielen tschechischen und kroatischen Nachnamen mit V, die im Wiener Telefonbuch stehen, immer an allem schuld sind. Auf so eine Idee kommt nur jemand wie Georg Kreisler. Natürlich war es reiner Zufall, dass die Kindsmutter Vodrupa hieß. Dennoch: Ihre Frau Mutter traute dem Frieden nicht.

Dank der Verbindungen, die der Graf Enzio nach

Österreich hatte, konnte bald nachgewiesen werden, dass es sich bei dem Malheurchen um einen blonden Buben handelte, dem man zum Zwecke der Fotos die Haare rot gefärbt hatte. Nur der Nachname der Dame Vodrupa stimmte tatsächlich. Das Geld musste rückerstattet werden und floss in Österreich wohltätigen Zwecken zu, so hat damals Ihre Frau Mutter entschieden. Das war die Geschichte mit der Telefonbuchpolka. Aber jetzt bitte kommen wir zum Ernst des Lebens zurück."

Anna berichtete, sie habe bei ihrer Beschäftigung mit den Finanzen der nunmehr Altspaurschen Betriebe festgestellt, dass die Gewinne aus dem bedeutenden Immobilienbesitz der Familie in Würzburg, aber auch der Profit aus der Ziegelei, die sich unterdessen zu einem regional wichtigen Baustoffproduzenten und -händler entwickelt hatte, nie entnommen wurden.

„Warum ist das so?"

„Na ja, ein wenig wurde schon entnommen, ich erwähne bereits den stets grünen Mercedes. Das hat übrigens Ihre Frau Mutter so beibehalten. Schmunzelnd sagte sie immer, das geschähe im Andenken an ihren Onkel Schorsch. Einmal wurde ein wirklich großer Betrag dazu verwendet, das Schloss in Allsberg zu renovieren. Und dann kam neulich das Geld hinzu, das an den Baron Carlos und Ihre Mutter ausgeschüttet wurde. War das nicht für den Kauf einer Finca auf Ibiza gedacht? Ansonsten aber haben Sie recht. Da hat sich seit dem Ende der Vierziger Jahre des vergangenen Jahrhunderts viel aufgestaut. Immerhin konnte ich den Baron Tröger dazu bewegen, das Geld anzulegen. Ich habe ihm verschwiegen, dass sich dadurch das Geld noch mehr vermehrte, denn nun kamen neben den Einnahmen aus den Betrieben auch noch Aktiengewinne hinzu. Das Vermögen wächst und wächst. Weder der Baron Tröger noch der Graf und die Gräfin Altspaur haben sich je dafür interessiert. Sie wollten es nicht wissen. Was das Vermögen betrifft, spielt Ihre Familie unterdessen in der Oberliga, na ja, in der unterfränkischen Oberliga."

„Herr Doktor Bendeler, ich nehme an, dass Sie nicht verstehen, was ich Ihnen jetzt sage. Ich will das Zeug loswerden, egal wie."

„Wie bitte? Ich dachte, Sie verstünden etwas vom Geld!"

„Sie haben mich schon richtig verstanden. Ich will alles, was mit den Uta-Betrieben zu tun hat, abgeben. Wie Sie wissen, werde ich mich ins Allsberger Eigentum mit Carlos Tröger teilen. Ich weiß nicht, wie er das sieht, aber meinen Teil an den Uta-Betrieben möchte ich nicht haben. Bevor meine Mutter an mich übergibt, möchte ich, dass sie zumindest ihren Teil wie auch immer weggibt. Seit wir das Vermögen meiner Tante Uta am Bein haben, verfolgt uns das Unglück. Sie kennen die Namen: Karl, Anton, Schorsch und am Ende mein Vater Enzio. Ich bitte Sie, ja ich beauftrage Sie in aller Form, einen Weg zu finden, dieses Vermögen von der Familie zu trennen, ehe ich übernehme. Dazu gehört auch die Kunst, die noch immer im Keller des Schlosses lagert. Das lastet auf dem Haus und auf der Familie wie ein Fluch, sogar das organisierte Verbrechen aus Süditalien hat Gefallen daran gefunden, mit uns Schabernack zu spielen. Sie sagten ja bereits, dass Sie die Sache aus der Presse kennen. Ob Carlos da mitmachen wird, steht in den Sternen, aber dennoch: bereiten Sie alles vor."

„Sie wissen aber schon, dass Ihre Familie über 100 Jahre aus dem Topf leben könnte, wenn sie immer an Weihnachten eine Million Mark entnehmen würde."

„Herr Doktor Bendeler, ich weiß, ich werde im September 17 Jahre alt, ich weiß, ich bin noch jung. Aber ich habe nun fast siebzehn Jahre lang beobachten können und zuhören können. Durch Tante Utas Heirat mit dem Nazi ist der Reichtum in meiner Familie ausgebrochen. Man hat das Geld nicht genutzt, aber sein schieres Vorhandensein wirkte beruhigend. Onkel Schorsch hat sich darauf ausgeruht und den Betrieb fast an die Wand gefahren. Der Wald war verwahrlost, die Landwirtschaft ebenso und die Weinkellerei war hoffnungslos veraltet. Er hat sich an den Besitz und seinen Status geklammert. Darüber hat er beide Söhne verloren und sich dann das Leben genommen. Die kurze Ehe meiner Eltern wurde durch den Tod meines Vaters beendet und danach hat der Betrieb meine Mutter daran gehindert, einen neuen Partner zu finden. Bei ihr war es zu keinem geringen Anteil die Raubkunst im Keller, die ihr Unglück gebracht hat. Verstehen Sie, ich will das Zeug weghaben, damit Carlos Tröger und ich, die wir nach meiner Mutter den Betrieb leiten werden, uns nicht ausruhen können. Ich möchte, dass wir unseren Unterhalt verdienen, indem wir das, was wir geerbt haben, anständig bewirtschaften. Ich möchte kein schlechtes Gewissen haben, weil 20 Meter unter meinem Schlafzimmer jüdischen Mitbürgern geklautes Kulturgut herumliegt. Erlauben Sie, dass ich Ihre Worte benutze: Ich will vermögensmäßig nicht in der Oberliga spielen mit Geld, das nicht ehrlich erworben wurde."

„Ich habe Sie akustisch verstanden, aber ich kann Ihnen nicht folgen. Überlegen Sie doch mal, was passiert, wenn Carlos Tröger seine Hälfte an dem Uta-Zeug, wie Sie sich ausdrücken, nicht abgeben will?"

„Wissen Sie, Herr Doktor Bendeler, ich bin da in einer

kommoden Situation. Sollte das passieren, dann werde ich auf meinem Weingut in Eppan wohnen und wirtschaften. Dann soll er sich um das kümmern, was uns gemeinsam gehört. Ich bitte Sie also, sich bis Mitte September dieses Jahres zu überlegen, wie wir, aber zumindest ich, das Uta-Zeug in andere Hände legen können. Bitte kontaktieren Sie zu diesem Zweck auch unseren Anwalt Dr. Robert Wagner, hier in Würzburg."

Am Abend rief Dr. Bendeler Katja an und gratulierte ihr zu ihrer Tochter.

„Wo hat sie denn mit ihren gerade mal 16 Jahren diesen Willen her?"

Herr Dr. Bendeler, das frage ich mich auch. Ich habe keine eigene Erklärung dafür. Neulich habe ich meinem Onkel, Peer Brunnmeister, eben diese Frage gestellt und er hat gesagt, Anna, die nur scheinbar immer mitgelaufen ist, die nie aufmüpfig wurde, die ein so angepasstes Kind war, habe all die Jahre ihre Umgebung ganz genau beobachtet. Sie hat einen messerscharfen Verstand und hat alles gespeichert. Die Jahre auf der Handelsschule haben ihr dann, so mein Onkel, das Rüstzeug gegeben, wirtschaftliche Zusammenhänge zu verstehen und entsprechende Entscheidungen zu treffen."

„Ich glaube, sie ist heute nicht zu mir gekommen, damit ich sie informiere, sondern um mir zu sagen, wohin sie will."

„Ja, das ist Anna seit etwa einem halben Jahr. Irgendwann ist bei ihr der Knopf aufgegangen und von jetzt auf gleich wurde sie erwachsen."

Sie verabschiedeten sich und als Katja aufgelegt hatte, hörte sie Peers Stimme:

„Habt ihr von Anna gesprochen?"

„Ja, das war Dr. Bendeler, der heute Nachmittag das Vergnügen von Annas Besuch hatte."

„Genau über sie wollte ich mit dir sprechen. Ich habe einen französischen Wein mitgebracht, aus dem Minervois, eines der ältesten Weinbaugebiete Europas. Gläser habe ich auch dabei."

Er setzte sich zu ihr und füllte die beiden Gläser.

„Prost Katja, trinken wir auf das Wohl deiner Tochter."

„Welch gute Idee!"

Die Gläser klirrten und beide schmeckten dem Wein nach.

„Wo hast du denn Brac gelassen?"

„Der langweilt sich mit mir, statt mitzukommen, hat er an Annas Tür gekratzt. Wie gesagt, über sie wollte ich mit dir reden, obwohl es mich wirklich nichts angeht. Ich bin ja nicht einmal richtig Mitglied der Familie, ich bin ein Neigschmeggder."

„Blödsinn, Peer! Du warst mir seit Enzios Tod und nach deinem denkwürdigen Angebot, eine Gesprächs-WG zu gründen, immer der wichtigste Ratgeber und, es ist an der Zeit, es dir mal zu danken: du warst mir seit Gromas Tod die wichtigste Stütze hier im Haus."

„Danke, Katja. Deine Worte tun einem alten Mann wohl. Ich fange noch mal von vorn an und wiederhole, dass es mich eigentlich nichts angeht. Ich habe auch das plötzliche Aufblühen Annas bemerkt. Seither frage ich mich, wie das eigentlich gehen soll zwischen ihr und Carlos. Wenn ich mich nicht täusche, ist er ein mediterraner Filou, der die Frauen, schnelle Autos, das gute Leben und das leichte Geld liebt. Er ist wie Anna zur Hälfte Italiener, aber er ist ein ganz anderer Italiener. Außer seiner roten Mähne bedient er aber auch jedes Klischee, das man von unseren cisalpinen Freunden haben kann. Er wurde jahrelang in Allsberg erzogen und beschult. Warum ist er so anders?“

„Er ist anders, weil er anders ist. Und, er ist erheblich unreifer als Anna. Gut, sein Unfall hat ihn etwas auf die Füße gestellt, aber dass das Leben seine ernsten Seiten hat, hat er noch nicht verstanden, verstehen müssen. Bei Anna ist es anders, die hat den Ernst des Lebens verstehen wollen. Das macht mir Sorgen. Wie kann man mit 16 nur schon so sicher und zielstrebig sein? Hat sie nicht ein Recht auf Leichtsinn, durchtanzte Nächte und die große weite Welt?“

„Ein Recht darauf hat niemand, aber Anna hätte die Möglichkeit dazu. Wer so früh den Ernst des Lebens erkennt, läuft immer Gefahr, mit dreißig zu denken, etwas versäumt zu haben. Daran zerbrechen dann Familien und daran kann auch die Zwangsgemeinschaft zwischen Anna und Carlos scheitern. Die haben es sich doch nicht ausgesucht, sich in all das hier teilen zu müssen.“

„Peer, versteh mich nicht falsch: Darüber kann man sich tatsächlich Sorgen machen. Man muss aber nicht! Dadurch veränderst du die Zeitläufte nicht. Mir kommt es ganz gelegen, dass Anna hier das Sagen haben will. Sie signalisiert mir dadurch, dass ich mir keine Sorgen zu machen brauche und endlich mit meinem Leben machen kann, was ich, ausschließlich ich, will.“

„Oh, dann gehen wir ja interessanten Zeiten entgegen.“

„Ja, darauf lass uns nochmal anstoßen.“

40. Kapitel

Eppan, im Juni 2001

„Mama, ich wäre dir dankbar, wenn du mit mir nach Eppan fahren könntest. Ich muss unbedingt mit Carlos über das Uta-Vermögen sprechen. Du hast sicher von Robert und Dr. Bendeler gehört, dass ich Auftrag gegeben habe, das Uta-Vermögen wie auch immer von uns zu trennen."

„Ich muss gestehen, dass ich etwas erstaunt war, als ich erfuhr, dass du bereits über mein Vermögen verfügst, bevor ich es an dich übergeben habe."

„Tut mir leid, wenn ich dich verletzt habe. Ich will nur sicherstellen, dass die Angelegenheit vorbereitet ist. Am schönsten wäre es, wenn die Sache abgeschlossen wäre, bevor ich Eigentümerin geworden bin. Nur das kann ich alles nicht machen, ohne mit Carlos darüber gesprochen zu haben. Wenn ich ihn vor vollendete Tatsachen stelle, beginnt unser gemeinsames Wirtschaften in Schieflage und je länger ich darüber nachdenke, desto mehr wird mir klar, dass ein Alleingang irreparablen Schaden anrichten könnte."

„Das ist doch selbstverständlich. Komisch, dass du da jetzt erst darauf kommst."

„Wenn du wüsstest, was mir andauernd durch den Kopf brummt, würde dich das nicht wundern. Womöglich liegt es auch daran, dass ich noch sehr unerfahren bin."

„Egal, jetzt rufen wir Carlos an und fragen, ob er bald mal Zeit für einen Familienrat hat."

Zwei Tage später saßen Katja, Anna und Carlos zusammen im großen Saal der Burg Altspaur.

„Schön, dass ihr mich besucht. Ich bin hier, ohne Eigentümer zu sein, der Gastgeber."

Anna lächelte geheimnisvoll.

„Carlos, mein Lieber, es geht um wichtige Weichenstellungen, über die wir Einigung erzielen sollten, bevor wir übernehmen. Vorab fällt mir da noch was ein. Du warst hier offenbar sehr beschäftigt, oder weshalb fandest du keine Zeit, mich nach Florenz einmal anzurufen?"

Er erwiderte nur lahm: „Du hast dich schließlich auch nicht gemeldet."

Innerlich aber war er sofort auf 180. Seit Wochen geht ihm diese junge Frau nicht aus dem Kopf, seit Wochen lebt er nun wie ein Mönch, seit Wochen grübelt er darüber nach, wie das weitergehen soll, seit Wochen fragt er sich, ob das Liebe ist und wenn ja, ob es eine erlaubte Liebe ist. Und dann kommt sie ihm so. Er merkte, wie er innerlich die Krallen ausfuhr. Als er wieder einen normalen Gedanken fassen konnte, hörte er, wie Katja davon sprach, dass Dr. Bendeler, der Steuerberater, schon immer dazu geraten habe, endlich etwas mit dem Geld aus den Uta-Betrieben anzufangen. Weder sie noch zuvor den Onkel Schorsch habe er dazu gebracht, mit dem Geld zu wirtschaften, man habe immer nur punktuell relativ kleine Beträge entnommen.

„Was sind relativ kleine Beträge?"

„Schau Carlos, Mama hat bald nach Onkel Schorschs Tod das Haus renovieren lassen. Das waren damals etwa 5 Millionen Mark. Dann alle paar Jahre ein neuer Mercedes.

Dazu kommen die 2 Millionen Mark, die hälftig an dich und Mama gezahlt wurden, du erinnerst dich, wegen der Finca auf Ibiza."

„Xisco hat noch nicht Ja gesagt. Ursprünglich wollte er umgerechnet 750.000 Mark. Aber seine Tochter bockt, sie will mehr. Aber abgesehen davon, das nennt ihr relativ kleine Beträge? Von wie viel sprechen wir hier eigentlich?"

Mutter und Tochter schauten sich kurz an, als ob sie aus dem Blick Kraft gewinnen könnten. Dann sagte Anna.

„Dr. Bendeler sagt, wir spielten vermögensmäßig in der Oberliga, zumindest in der unterfränkischen Oberliga."

„Was soll das denn wieder heißen, habt ihr denn keine Zahlen?"

Katja schaltete sich wieder ein:

„Carlos, das ist gar nicht so einfach zu beziffern. Das meiste Geld ist an der Börse angelegt und niemand weiß, wie viel es bringen wird. Aber Dr. Bendeler meint, es seien 100 Millionen Mark, womöglich erheblich mehr. Hinzu kommt die Keller-Kunst. Ich schätze, das ist erheblich mehr wert als das Kapital."

„Jetzt frag ich mich aber schon, weshalb mir niemand je gesagt hat, dass ich mehrfacher Millionär bin?"

„Weil du nie danach gefragt hast."

„Und", fügte Katja hinzu, „weil ich selbst nicht wusste, wie viel das alles ist. Ich wollte irgendwie alles loswerden, was mit Tante Uta in Zusammenhang steht, aber ich habe die Entscheidung vor mir hergeschoben."

„Und genau das muss sich jetzt ändern. Ich bin fest entschlossen, den Teil, den ich von Mama bei der Übergabe bekomme, auf eine Weise, die Dr. Bendeler und Robert noch prüfen in andere Hände zu geben. Das heutige Gespräch soll dazu dienen, dich zu überzeugen, auch deinen Teil abzugeben. Schau, das viele Geld lastet wie ein Fluch über der Familie."

„Ich seh da keinen Fluch, läuft doch alles super."

„Dein Vater, Anton, Onkel Schorsch, Enzio, nimm noch meine leiblichen Eltern hinzu. Das nennst du: Läuft doch alles super?"

„Bitte versteht mich richtig, aber anzunehmen, dass ein riesiger Batzen Geld, den man nicht angreift, Unglück bringt, das grenzt an Aberglauben."

„Nenn es, wie du willst. Ich jedenfalls möchte endlich einen Schlussstrich machen. Seit Jahrzehnten wird das Problem nicht angegangen. Carlos, du musst doch auch sehen, dass dies unrecht erworbene Vermögen nicht uns gehört. Und noch etwas: So was passt nicht zu uns, weder zu dir noch zu mir."

„Was heißt da unrecht erworben?"

„Hey, sag bloß, du weißt nicht, dass Tante Utas Mann, der ein großer Nazi war, dass er alles den Juden Würzburgs geklaut hat?"

„Wenn das so ist, dann ist das längst verjährt. Was wollt ihr eigentlich? Ihr kommt hier an, erzählt mir von einem sehr großen Vermögen und dann, nachdem ihr mir den Leckerbissen gezeigt habt, verlangt ihr von mir, ihn in den Müll zu kippen? Seid ihr eigentlich noch bei Trost? Diente deine Freundlichkeit, deine Zuneigung in Florenz nur dazu, mich gefügig zu machen? So arbeitest du also?"

Die beiden Frauen erschraken, als sie bemerkten, dass Carlos vor Zorn bebte. Katja wollte etwas sagen, aber Carlos fiel ihr ins Wort:

„Ich denke nicht daran, auf irgendetwas zu verzichten.

Geld ist kein Fluch, das ist doch Hokuspokus. Macht mit eurem Teil, was ihr wollt. Mich jedenfalls lasst aus dem Spiel. Du Anna, unterlass es, mir schöne Augen zu machen und du, Tante Katja, sag nicht dauernd ja und Amen zu dem, was deine übergriffige Tochter grad so denkt. Ich mach da nicht mit! Wisst ihr was? Ich kündige fristlos. Ich werde nach Ibiza ziehen und dort werde ich von dem leben, was ihr einen Fluch nennt. Man muss schon ziemlich hirnverbrannt sein, das zu verachten, was einen ernähren könnte. Ich packe meine Siebensachen und gehe. Adieu!"

„Aber Carlos …"

„Nix Carlos, mein Entschluss steht fest." Damit verließ er wutentbrannt den Saal.

Anna weinte noch immer und ihre Mutter versuche vergeblich, sie zu trösten, als sie hörten, wie Carlos mit aufheulendem Motor den Burghof verließ.

„Mama, was machen wir denn jetzt?" Anna sah ihre Mutter mit geröteten Augen schniefend an.

„Na, immerhin nennst du mich noch Mama, Carlos hat mir diese Ehre bereits entzogen, das trifft mich tiefer als du denkst. Aber weißt du was? Wir gehen rüber zur Khofler Burg, das haben Enzio und ich auch immer so gehalten, wenn wir Rat brauchten."

Schon allein der Weg durch die Weinberge hinüber zur benachbarten Burg wirkte beruhigend und so bedienten sie schon fast wieder fröhlich den Türklopfer mit dem Doppeladler. Nachdem das Tor mit dem berühmten Seilzug von anno dazumal geöffnet worden war, sahen sie oben im Fenster den unterdessen groß gewordenen Giovanni.

„Papa geht es schlecht", rief er in den Hof hinunter.

„Das auch noch!" Mehr brachte Katja nicht über die

Lippen, dann stürmte sie die Treppe hinauf, an deren Ende Alessandra sie in die Arme nahm.

„Alberto hat einen Schlaganfall erlitten. Der Arzt sagt, wir sollen beten, dass er sterben kann."

„Kann man das, darf man das?" Es war Anna, die das leise fragte.

„Ja, man darf das, wenn die Alternative jahrelanges Leid als hilfloser Pflegefall ist."

Katja war erstaunt, wie gefasst ihre Freundin war. Gut, dann lasst uns beten, etwas anderes können wir sowieso nicht tun."

Katja war plötzlich froh, dass es den Rosenkranz gibt. Ihn aufzusagen, ist Gebet. Bei den Trögers war es immer so, dass explizit ausgedrückt wurde, um was man Gott bittet. Gar nicht auszudenken, wenn sie vor Giovannis Ohren darum gebetet hätten, dessen Vater sterben zu lassen.

Am Nachmittag endete Albertos Leben in den Armen seiner Frau. Danach saß sie auf einem Sofa im Saal und weinte unaufhörlich. Nichts half. Sie war verzweifelt, sie war am Boden zerstört.

„Bitte bleibt hier, wenigstens bis zur Beerdigung." Sehr viel mehr sagte sie an diesem Tag nicht mehr.

Anna kannte den Verstorbenen als lieben Onkel, den sie dafür bewunderte, mit welcher Hingabe, der so spät zum Vater gewordene alte Mann, sich um seinen Sohn kümmerte. Als sie nach dem Abendessen mit Giovanni und Alessandra im großen Saal saßen, begann Katja davon zu erzählen, wie wichtig Albertos Rat gewesen war, der ihren Entschluss, Anna zu adoptieren, bestärkt hatte.

„Davon hast du mir nie erzählt." Anna war beeindruckt.

„Wenn du wüsstest, was er noch alles für dich getan hat!

Alessandra, darf ich es erzählen?“ Die Angesprochene nickte. Obwohl ihre Augen noch rotgeweint waren, schlich sich ein kleines Lächeln auf ihr Gesicht.

Katja beließ es nicht bei der Schilderung dessen, was sich nach der Klage der Familie Esposito abgespielt hatte, sie gab auch breiten Raum, die wunderbar Liebesgeschichte zwischen Alessandra und Alberto zu beschreiben. Anna und Giovanni waren fasziniert und amüsiert zugleich. So gelang es Katja, in Anna und Giovanni ein Bild des Verstorbenen entstehen zu lassen, das die Trauer um ihn in seltsamer Weise umleuchtete. Auch Alessandra ging getröstet zu Bett, dessen eine Hälfte nun leer war.

Einige Tage später auf dem Weg zurück nach Allsberg, fragte Katja:

„Sag mal Anna, hast du etwas von Carlos gehört?“

„Nein.“ Traurig schüttelte sie den Kopf. „Ich glaube, er wird sich nicht melden und ich glaube auch nicht, dass es sinnvoll wäre, ihn anzurufen.“

Carlos war nicht nach Ibiza gefahren. Er hatte zunächst bei Marta angerufen, die ihm eine höhnische Abfuhr erteilte. Ihm war klar, dass sie im Recht war, dies zu tun, schließlich hatte er wochenlang nichts von sich hören lassen. Wo sollte er hin? Der Nonno in Mailand war längst verstorben und nach der Erfahrung mit Marta traute er sich nicht, bei einer anderen seiner Verflossenen anzurufen. Er war an den Lago d'Orta gefahren. Weder der Blick auf den See noch das hervorragende Restaurant des Hotels Leon d'Oro konnten ihn aufmuntern. Er saß herum und blies abwechselnd Trübsal oder bekam innere Wutanfälle.

Als nach einer Woche sein Handy klingelte und er Xiscos

Nummer sah, war er erleichtert und froh. Er solle nach Ibiza kommen, der Verkauf der Finca könne jetzt über die Bühne gehen. Sofort fuhr er zum nahen Flugplatz in Malpensa und am Abend war er schon auf Ibiza angekommen. Seiner Mutter erzählte er nichts von dem, was vorgefallen war.

Am kommenden Morgen lief er hinüber zu Xiscos Finca. Der erwartete ihn bereits. Diesmal saß er nicht unter dem Feigenbaum, sondern vor dem Haus im Schatten des Porche. Auf dem Tisch vor ihm lag ein Stück Papier, das er nach der Begrüßung Carlos reichte. Es war ein privatschriftlicher Kaufvertrag. Preis 73.000.000 Peseten, umgerechnet 880.000 Mark Irgendwie hatte Carlos das Gefühl, jetzt auf den Tisch hauen zu müssen. Er fand, ihm sei in letzter Zeit zu viel zugemutet worden. Er schaute den geliebten alten Mann lange an, dann sagte er:

„Nur weil deine Fina denkt, Ausländer hätten keine Ahnung von dem, was eine Finca auf Ibiza wert ist, musst du ihr nicht nachgeben und versuchen, mich über den Tisch zu ziehen. Wir haben immer von 62.000.000 Peseten, also 750.000 Mark gesprochen. Daran halte ich mich. Wenn du dich nicht daran halten willst, okay, wir bleiben Freunde, aber dann kaufe ich nicht. Für Curro, meinen Lebensretter, finde ich dann schon eine andere Lösung."

Xisco antworte nicht gleich und Carlos befürchtete bereits, er habe das alles in den falschen Hals gekriegt. Doch dann huschte ein Lächeln über das Gesicht des alten Mannes und er brummte:

„In Geldsachen gibt es keine Freunde. Weißt du, wir Ibicencos sind eigentlich alle Phönizier. Auch wenn wir über viele Jahrhunderte wenig Geld hatten, was davon verstanden haben wir immer. Ich hatte schon gedacht, du lernst das nie.

Ich freue mich, dass du gelernt hast, dich zu wehren. Wir bleiben bei 62.000.000 Peseten, also etwa 750.000 Mark. Wenn der Notar fertig ist, gehen wir hin und dann gehört die Finca dir."

„Danke, Xisco. Ich bin aber nicht so sicher, ob das, was du über das Geld gesagt hast, stimmt. Ich weiß nicht, ob es sich immer lohnt, darum zu kämpfen."

Dann erzählt er Xisco sein Dilemma mit dem Erbe seiner Großtante Uta.

Xiscos Blick wurde immer ernster, manchmal schüttelte er den Kopf. Am Ende des Berichts fragte er nur: „Wie viel ist deine Hälfte wert, also nur der Teil, der in Geld rumliegt?"

„Das sollen über hundert Millionen Mark sein. Mir gehört die Hälfte, umgerechnet etwas mehr als 16 Milliarden Peseten."

Xisco pfiff durch die Zähne. Statt etwas zu sagen, fingerte er eine Zigarette aus der Packung. Bevor er sie anzündete, gab er sein erstes Urteil ab.

„Das ist sehr viel Geld."

„Ich weiß das, aber wie kann ich es behalten, wenn Anna ihren Teil abgeben will?"

„Gut und schön, Carlos, aber jetzt leg mal deine Karten auf den Tisch. Du redest dauernd von dieser Anna. Bist du in sie verliebt?"

Carlos antwortete nicht. Stattdessen bekam er einen roten Kopf. Dann kam unzusammenhängendes Zeug:

„Bis letzte Woche ... ich war mir nicht sicher ... mit der anderen hab ich Schluss gemacht ... gedacht habe ich immer an sie ... ist es nur Berechnung? Hast du die Frauen immer verstanden?"

„Ach, mein lieber Carlitos, setz dich neben mich und

lehne deinen Kopf an meine Schulter, so wie du es früher immer getan hast. Zu deiner Frage kann ich nur sagen, dass es schade wäre, wenn wir die Frauen immer verstünden. Wir Männer bewundern sie doch auch deshalb, weil sie nie ganz deutlich werden. Immer wieder versuchen wir, dahinterzukommen, und schon haben sie ein neues Rätsel aufgebaut. Ich habe dieses Spiel immer sehr genossen, es ist ein Spiel und wenn man es versteht, hat es viel mit Liebe zu tun. Dir merkt man an, dass du in diese Anna bis über beide Ohren verliebt bist. Jetzt musst du zwischen Liebe und Geld wählen."

„Anna meint, ich muss zwischen Anstand und Bequemlichkeit wählen."

„Hast du mir nicht zugehört? Anna ist genauso in dich verliebt wie du in sie. Nur, sie ist eben eine Frau und deshalb baut sie ein Rätsel auf. Anstand und Bequemlichkeit, Blödsinn! Was sie dir sagt, ist nichts weiter als das: Wenn du mich liebst, wie ich dich liebe, dann nimm mir das von den Schultern, was mich bedrückt. Glaub einem alten Mann."

„Du meinst also, dass man manchmal nicht ums Geld kämpfen sollte?"

„Ach Carlitos, mein Bub. Geld ist immer nur ein Mittel zum Zweck, nie der Zweck selbst. Geld wird immer da sein, auch dann noch, wenn wir beide längst gestorben sind. Aber du und ich, wir haben jeder nur ein Leben. Mit Geld kann man Glück und Liebe nicht erkaufen. Weißt du das nicht?"

„Hombre, Xisco, zuerst sagst du mir, ich soll um Geld kämpfen und dann sagst du, ich soll es wegen der Liebe aufgeben."

„Das habe ich überhaupt nicht gesagt. Ich habe nur die

beiden Seiten der Medaille dargestellt. Entscheiden musst du schon selbst. So und jetzt geh vor in die Bar Tixedo, trink ein Glas Hierbas oder zwei und denk nach."

Schon auf dem Weg zur Bar wurde sich Carlos darüber klar, dass er sich für Anna und gegen das Geld entscheiden musste. Aber wie sollte er ihr das sagen, ohne das Gesicht zu verlieren? Auch nach den beiden empfohlenen Gläsern Hierbas hatte er noch keine Lösung gefunden. Er fragte sich nur, ob Anna, wenn sie sich denn geirrt hätte, so sehr auf den Gesichtsverlust Acht gegeben hätte. Hacer el ridículo, sich lächerlich machen, das ging ihm immer wieder durch den Kopf. Und er hatte sich lächerlich gemacht. Man weicht Problemen nicht aus, indem man mit aufheulendem Motor vom Burghof fährt. An dieser Erkenntnis würde auch ein drittes Glas Hierbas nichts ändern.

41. Kapitel

Allsberg, im Juli 2001

Am 2. Juli 2001 wurde dem Konto der Kellerei ein siebenstelliger Betrag gutgeschrieben. Einzahler war die Gesellschaft „Constructora de Viviendas Padre Pio, S.L.U. Anna, die sich zur Angewohnheit gemacht hatte, alle Konten täglich durchzugehen, ließ den Betrag umgehend zurückgehen. Eine Woche später war die Überweisung wieder da, und Anna gab erneut die Anweisung, die Sache rückgängig zu machen. Es verwunderte Anna nicht, dass ein paar Tage später ein Anruf mit italienischer Nummer bei ihr einging.

Am anderen Ende war ein Mann, der italienisch sprach.

„Anna, ich bin dein Onkel. Massimo Esposito."

„Ich weiß nicht, wer Sie sind", log Anna.

„Dummes Mädchen, stell dich nicht so an, du weißt genau, wer ich bin, ich bin dein Onkel Massimo.

„Ich erinnere mich nicht, Ihnen das ‚Du' angeboten zu haben. Ich bin die Gräfin Altspaur, sprechen Sie mich bitte korrekt an."

„Okay, piccola Contessa. Wir haben seit Jahren ein Abkommen: Wir schicken Geld und ihr schickt Wein. Das klappt jetzt plötzlich nicht mehr. Schon zwei Mal ist das Geld zurückgekommen. Ich lasse mir von dir das Geschäft nicht kaputt machen. Ich komme nach Deutschland und dann regeln wir das unter uns, lo facciamo in famiglia."

Es machte klick und Anna war aufs Höchste alarmiert. Nach kurzer Überlegung war ihr klar, dass sie diesen Besuch zusammen mit Carlos empfangen musste. In Eppan wurde ja das gleiche Spielchen gespielt. Es kostete sie einige Überwindung, aber dann rief sie ihn auf seinem Handy an.

„Ich kann jetzt nicht, ich bin in Ibiza beim Notar."

Erneut machte es klick.

Anna wusste, dass sie ihrer Mutter nichts von dem bevorstehenden Besuch erzählen konnte. Ihre Reaktion wäre unberechenbar und das war genau das, was sie jetzt nicht gebrauchen konnte. Sie saß im Speditionsbüro auf dem Hof des Weinkellers und schaute durch das große Panoramafenster hinaus. Noch während sie darüber nachdachte, wie sie sich sinnvollerweise auf das angekündigte Gespräch vorbereiten solle, sprang Brac in ihr Gesichtsfeld und es dauerte nicht lang, bis Onkel Peer dem Hund nachfolgte. Sie öffnete das Fenster und pfiff. Wenig später kratzte Brac hinten an der Eingangstür. Onkel Peer stand neben ihm.

„Ich finde das toll, wenn man mit dir reden will, braucht man nur nach dem Hund zu pfeifen."

„Das Gute daran ist, dass ich mir so einbilden kann, dass ich nicht nach deiner Pfeife tanze, sondern Brac. Immerhin begrüßt du ihn liebevoller als mich!"

„Sei nicht beleidigt, dich küsse ich eben etwas später. So, Brac, und jetzt geh auf deinen Platz."

Er legte sich auf einen Sack in der Ecke, während der alte Diplomat zwei Wangenküsse bekam.

„Onkel Peer, setz dich zu mir, ich brauche deinen Rat."

Sie berichtete ihm, was vorgefallen war, und schloss damit, dass der letzte Satz Massimos ihr wirklich Angst gemacht hätte.

„Lo facciamo in famiglia, wir regeln das in der Familie. Onkel Peer, ich habe doch bei unserem Besuch in Palizzi beobachten können, wie dort die Männer das Sagen haben. Das Treffen mit meiner Nonna musste geheim eingefädelt und abgehalten werden. Was rätst du mir?“

Während Onkel Peer nachdachte, klingelte das Telefon. Anna reichte ihm den Apparat hinüber.

„Das ist Carlos. Bitte rede du mit ihm.“

„Carlos, lass alles stehen und liegen und komm sofort nach Allsberg. Gefahr ist in Verzug, mehr kann ich am Telefon nicht sagen. Es geht vielleicht um Leben und Tod. Komm so schnell du kannst. Ich muss mich auf dich verlassen und ich muss jetzt aufhängen.“

Anna sah ihren Onkel verblüfft an.

„War das nicht etwas zu dick aufgetragen? Wie gefährlich es ist, wissen wir doch gar nicht.“

Liebe Anna, ich bin Diplomat. Bei den Schulungen im Auswärtigen Amt haben wir wieder und wieder von der Emser Depesche gehört. Sagt dir das was?“

Anna schüttelte den Kopf.

Um es kurz zu machen, Bismarck stellte vor der Presse das Verhalten des französischen Botschafters gegenüber dem in Bad Ems kurenden preußischen Königs etwas übertrieben dar. Dadurch fühlte sich Napoleon III. provoziert und erklärte Preußen den Krieg. Genau das hatte Bismarck bezweckt. Er wollte diesen Krieg und wusste, dass sein König nicht zustimmen würde. Nichts anderes habe ich gerade gemacht. Ich habe Carlos zum Kommen provoziert.

Anna fiel ihm um den Hals.

„Onkel Peer, du bist genial. Wir müssen unbedingt alle Gespräche nach hier ins Speditionsbüro legen. Mama darf unter keinen Umständen eingeweiht werden, sie dreht mir sonst durch.“

Am nächsten Morgen sah Anna einen Mietwagen auf dem Schlosshof stehen. Sie wollte Carlos nicht in seinem Schlafzimmer treffen, deshalb rief sie ihn auf dem Handy an und bat ihn, noch vor dem Frühstück ins Speditionsbüro im Dorf zu kommen. Sie bat auch Onkel Peer zu kommen.

Anna war aufgeregt, sie hatte seit dem Treffen in Eppan Carlos weder gesehen und bis auf das kurze Gespräch gestern auch nicht mit ihm gesprochen. Wie sollte sie es angehen?

Es war dann ganz einfach, denn Carlos hatte Onkel und Hund auf der Straße getroffen und mit ins Dorf genommen. Auf der kurzen Fahrt hatte Peer Carlos ins Bild gesetzt. Im Büro bemerkte der alte Herr die etwas unterkühlte Begrüßung der jungen Leute nicht. Er hatte auf „action“ geschaltet und war ganz in seinem Element.

„Setzt euch, Kinder. Ich habe nachgedacht. Massimo sitzt in der Klemme. Wahrscheinlich machen die Weingeschäfte einen Großteil seiner Einnahmen aus. Er bekommt Druck von seinen süditalienischen Verwandten, die auch von dem Weingeschäft leben. Gefährlicher aber ist für ihn der Druck der Narcos, der Drogenbosse, die über ihn ihr Geld waschen. Es war bisher ein einfaches Geschäft, es ging um viel Geld und man hatte sich daran gewöhnt, dass alles läuft. Als Anna die übliche Überweisung zweimal hat zurückgehen lassen, klingelten überall die Alarmglocken. Massimo bekam unangenehme Anrufe, die ihm klarmachten, es wäre besser für ihn, die Sache wieder zum Laufen zu bringen. Das bedeutet, dass er allein kommen wird. Die anderen wollen unter keinen Umständen Spuren hinterlassen. Er wird versuchen, euch dazu zu bringen, den Weinhandel wie gehabt aufrechtzuerhalten."

„Nein, das geht nicht, wir können es einfach nicht. Es kann nicht sein, dass wir in Deutschland und Italien den Verdacht auf Geldwäsche anzeigen und dann munter weitermachen. Oder wie siehst du das, Carlos?"

Ehe er antworten konnte, piepste Annas Handy. Eine SMS war eingegangen.

„Kommt aus Italien, ich mach sie mal auf."

Anna las vor: „Chiedo la ripresa del commercio del vino. Er verlangt, dass der Weinhandel weitergeht. Genau, was du sagtest, Onkel Peer."

„Schreib ihm ein einziges Wort: No!" Carlos Stimme klang ungewohnt hart und entschlossen.

Kurz nachdem Anna per SMS geantwortet hatte, piepste es wieder.

„Er kommt morgen. Was machen wir?"

Die Spannung im Zimmer übertrug sich auf Brac. Er wurde unruhig und knurrte.

„Ich hab's, Kinder, ich hab's."

Onkel Peer war ganz aufgeregt und musste mehrmals von Neuem anfangen, weil er sich immer wieder verhaspelte.

„Verzeiht, mein Kopf ist schneller als mein Mundwerk, aber ich glaube, ich habe eine Lösung. Ich war ja einmal in Eppan. Ich habe damals zusammen mit Bonzo Katja begleitet, als die Familie Esposito gerichtlich versucht hatte, das Sorgerecht über Anna zu bekommen."

„Davon habe ich bis vor Kurzem nichts gewusst. Mama hat mir erst am Abend von Onkel Alberts Tod davon erzählt. Eine riesige Schweinerei. Vor Aufregung war sie aufgestanden.

„Setz dich wieder hin, das hier ist jetzt wichtiger. Am Morgen nachdem Massimo die Klage zurückgezogen hatte, kam er auf die Burg Altspaur. Katja und ich waren gerade dabei, auf dem Burghof ins Auto zu steigen, als er wutschnaubend über uns herfallen wollte. In dem Moment raste Bonzo kläffend und zähnefletschend auf Massimo zu. Der stoppte abrupt, kehrte um und verschwand sehr eilig vom Burghof. Der Typ hat Angst vor Hunden. Das ist der erste Schritt in unserem Schlachtplan. Der zweite muss sein, zu überlegen, was er will."

„Die Wiederaufnahme der Weinlieferungen?"

„Nein, Carlos, das wollte er. Er hat kapiert, dass wir da nicht mehr mitmachen, sonst hätte er mir nicht geschrieben, dass er morgen kommt."

„Richtig, Anna, er will dich zu etwas zwingen. Er glaubt, dich alleine anzutreffen."

„Will er Geld?"

„Genauso ist es, Carlos. Ihr erinnert euch nicht daran. Im April 1975 wurde die deutsche Botschaft in Stockholm von Terroristen gestürmt. Sie verlangten die Freilassung von in Haft sitzenden Gesinnungsgenossen in Deutschland. Im Nachtrag gab es für den auswärtigen Dienst endlose Schulungen, wie man sich in solchen Fällen zu verhalten habe. Ich habe damals in erster Linie verstanden, dass man mit Gewalt nie zukünftiges Verhalten, sprich Wiederaufnahme der Weinlieferung, erreichen kann. Der Erpresser hat daher ein kurzfristiges Ziel, etwa Entlassung aus der Haft oder Geld. Morgen ist Mittwoch. Annas lieber Onkel wird also sehr früh kommen, damit die Bank Zeit hat, das geforderte Geld zusammenzubringen. Und noch etwas habe ich damals gelernt: Der Erpresser muss vorfinden, was er erwartet. Wenn nicht, wird er panisch und schießt sich den Fluchtweg frei. Das bedeutet, Anna, du musst dich ihm alleine stellen."

„Kommt nicht in Frage, das lasse ich nicht zu!"

„Wie willst du es denn sonst machen, Carlos? Onkel Peer hat schon recht und wir können froh sein, ihn als Experten hier zu haben. Ich muss das allein machen. Er wird mich schon nicht erschießen, das würde ihm seine Mamma, die meine Nonna ist, nie verzeihen. Unangenehm wird es dennoch werden."

„Na ja, wir werden dich nicht allein lassen. In die Schreibtischschublade legen wir ein Handy, mit dem du vorher mein Handy anrufst und bitte nicht auflegst. Dann wissen wir immer, was hier drinnen los ist."

Annas Handy klingelte. Es war ihre Mutter, die ihr mitteilte, sie werde nach Würzburg fahren, mit Robert ins Konzert gehen und im Russischen Hof übernachten.

„Ein Problem weniger, Mama wird erst im Laufe des Vormittags zurückkehren."

„Gut, dann ziehen wir uns jeder ins stille Kämmerlein zurück. Vielleicht fällt einem von uns noch was ein. Anna, könntest du Ilaria bitten, uns etwas zum Abendessen vorzubereiten, dann besprechen wir den Rest."

Von all dem ahnte Katja nichts. Sie fuhr nach dem Frühstück nach Würzburg. Sie war für den Abend mit Robert verabredet und nutzte den Tag, das zu tun, was zu ihrer Lieblingsbeschäftigung geworden war. Sie malte sich aus, wie ihr Leben werden würde, wenn alle Verpflichtungen von ihr abgefallen wären. Sie schlenderte über den Markt, ohne etwas kaufen zu wollen. Später würde sie irgendwo eine Kleinigkeit essen und sich vielleicht etwas Schönes gönnen.

Plötzlich hörte sie ihren Namen rufen. Professor Berthold Sommer hatte sie erkannt und schien freudig überrascht. Statt sich zu freuen, erinnerte sich Katja sofort an das, was Enzio damals gesagt hatte, als sie erfuhren, dass der Kunsthistoriker sich beim Familiengericht dafür stark gemacht hatte, dass angesichts des minderjährigen Miteigentümers Carlos das Raubgut nicht ohne Einwilligung des Gerichts an die ursprünglichen Eigentümer zurückgegeben werden dürfe. Das war ein durchsichtiges Manöver gewesen, der Professor wollte mit von der Partie bleiben und in Kreisen seines Faches Renommee erwerben. Sie waren ihn damals auf sehr elegante Weise losgeworden. Enzio hatte gesagt, dass Rache ein Gericht sei, das kalt serviert werden müsse. Katja schoss durch den Kopf, dass der Erkaltungsprozess abgeschlossen und nun die Rache dran sei. Sie blieb abrupt stehen. Als der Professor, der in Begleitung einer jungen Frau war, nahe genug herangekommen war, blaffte sie ihn an:

„Berthold, tu nicht so scheißfreundlich! Ich weiß ganz genau, dass du es warst, der dem Gericht eingeflüstert hat, ich sei zu doof, allein zu entscheiden, welchen jüdischen Familien ich die geraubte Kunst zurückgeben könnte. Du wolltest dich aufspielen, damit der Name des Professors Sommer immer wieder aufleuchtet, wenn es um Nazi-Raubkunst geht. Du hast mich damals hintergangen. Deshalb haben wir dafür gesorgt, dass du schon bald nichts mehr zu sagen hattest. Aus der international renommierten Karriere ist nichts geworden. Ehrlich währt halt noch immer am längsten, und damit wünsche ich dir einen guten Tag."

Schnell weg, ehe er sich erholt und mich in ein rechtfertigendes Gespräch verwickelt. Soll ich in die Marienkapelle gehen oder gegenüber in die Castell-Bank? Sie entschied sich für die Bank. Dort lief sie sofort hinauf in die Direktionsetage. Die Empfangsdame fragte sofort, mit welchem der leitenden Herren Frau Gräfin denn sprechen wolle.

„Frau Seyfried, ich möchte zu niemandem. Ich flüchte hierher, um einer unangenehmen Situation zu entkommen. Wenn ich mich in das kleine Besprechungszimmer setzen darf und Sie mir einen Kaffee bringen, dann bin ich Ihnen rückwirkend bis zur Eiszeit dankbar."

Katja musste lächeln, das mit der Eiszeit war ein Spruch, den ihr Vater oft verwendet hatte. Wie lange hatte sie nicht mehr an ihn gedacht? Nie hatte sie sich überlegt, was er wohl zu ihrem doch sehr erstaunlichen Werdegang gesagt hätte. Wäre er, der Professor der Kunstgeschichte, milde mit ihr umgegangen, wo sie doch das Studium, mit dem sie seinen Spuren folgte, abgebrochen hatte? Während sie auf den Kaffee wartete, schien es ihr, als hörte sie ihres Vaters Stimme: „Zuerst kommt das Zeuch, dann kommt die Person."

In dem Moment kam Frau Seyfried mit zwei Tassen Kaffee herein.

„Darf ich mich einen Moment zu Ihnen setzen?"

„Aber natürlich, ich freue mich und habe auch gleich eine Frage an Sie. Darf ich Sie etwas Persönliches fragen?"

„Wenn's nicht zu persönlich ist", antwortete sie fröhlich lachend.

„Keine Sorge, ich wollte nur fragen, von welchem familiären ‚Background' sie herkommen."

„Also, mein Mann ist Elektriker und stammt von einem Hof, den sein Bruder geerbt hat. Mein Vater hat Schuster gelernt, hat aber später hier in Würzburg die Straßenbahn gefahren. Aber eigentlich waren seine Leut Bauern."

„Und wie ist es da, fühlen sich die Nachkommen, die den Hof verlassen mussten, noch verantwortlich? Würden sie einspringen, wenn der Hoferbe nicht mehr kann und keine Nachfolger hat?"

Frau Seybold überlegte eine kleine Weile, während sie in ihrem Kaffee rührte. Sie lächelte in sich hinein, als grabe sie in alten Erinnerungen.

„Also ich sicher nicht, ich bin schon zu weit weg, aber mein Mann, das ist die erste Generation und mein Vater auch. Beide sind vom Hof gegangen, weil der Bruder der Erbe war. Bei beiden war der Bauer noch der Vater und nicht der Opa wie bei mir. Die würden sofort alles stehen und liegen lassen, um den Hof zu retten."

„Zuerst kommt das Zeuch, dann kommt die Person. Kann man das so sagen?"

„Kürzer geht's nicht."

„Danke, Frau Seybold. Sie haben mir sehr geholfen, nicht nur mit dem Kaffee."

„Kommen Sie doch ruhig öfter mal vorbei. Manchmal ist es hier heroben schon a wengla langweilig."

Katja beschloss, den Einkaufsbummel aufzuschieben. Stattdessen ging sie in ihr Hotel und machte eine lange Siesta.

Sie fühlte sich euphorisch. Egal, ob das die Stimme ihres Vaters war oder nicht, sie fühlte, dass es richtig war, wie sie ihr Leben vom Zeuch der Trögers hatte bestimmen lassen.

Sie lag auf ihrem Bett und erinnerte sich. Es war viel Trauer dabei, viel Verlust, aber auch viel Liebe und Zuwendung, viel Lernen und viel Verstehen. Und da war Anna, ihre Tochter, die sie immer beschützend geliebt hatte, die nun gegen sie rebelliert hatte, die ihr nun eine Last von den Schultern nehmen würde und von der sie merkte, dass ihr Stolz auf sie von Tag zu Tag wuchs.

Am Abend traf sie sich mit Robert im Hofgarten der Residenz. Das Orchester spielte eine Symphonie von Mozart. Nach der Pause wurde die zweite Symphonie von Beethoven gegeben. Beim Larghetto nahm Robert ihre Hand. Sie ließ es geschehen.

Danach liefen sie zum Juliusspital und fanden „ihren Tisch" wieder frei.

„Robert, ich habe heute noch nichts Anständiges gegessen. Auch muss ich nicht zurückfahren, ich wohne gegenüber im Russischen Hof. Wir können heute einen draufmachen."

„Ist das eine Einladung?"

„Keine Einladung wie du jetzt denkst. Aber es ist eine Einladung, über uns nachzudenken. Du weißt ja selbst, dass ich am 15. September alles an Anna übergebe. Das ist der Moment, zu dem ich wieder so frei sein werde, wie ich es war, als wir uns damals kannten."

„Und liebten."

„Okay, ich hab's verstanden, aber das ist jetzt nicht das Thema. Ich denke darüber nach, was ich mit meiner neuen Gestaltungsfreiheit anfangen soll."

„Ich hätte da eine Idee …"

„Robert, steck's. Du riskierst damit nur, dass ich das Gespräch abbreche."

„Gut, dann lass uns was Gutes bestellen."

Sie einigten sich dann darauf, zuerst mal zusammen eine fränkische Brotzeit zu bestellen.

„Wenn's ned langd, wern die Herrschafdn sich scho mäldn," sagte routinemäßig der Kellner, als er die beiden Schoppen Abtsleite servierte.

„Gut, Katja, ich werde versuchen, dem Ernst der Lage gerecht zu werden. Welche Pläne hast du?"

„Das ist ja das Problem: ich habe noch keine Pläne. Immerhin weiß ich seit heute Mittag, dass ich meine Aufgabe erfüllt hab."

Sie erzählte Robert von Berthold Sommer, der Stimme ihres Vaters und dem Gespräch in der Castell-Bank.

„Weißt du, es ist schon ungemein beruhigend, wenn man feststellt, womöglich nicht immer das Richtige getan zu haben, aber es war wenigstens das Richtige im Sinne der Familie."

„Es nervt weniger, wenn du jetzt noch sagst, dass es im September aus ist mit der Familie. Schüttel dich mal!"

„Ist es so schlimm? Du weiß es wohl am besten, denn du hast mich seit Onkel Schorschs Tod immer begleitet, beobachtet und beraten."

„Ja, es war zeitweise schlimm. Vor lauter ‚Herrin auf Allsberg' hat man bisweilen die Katja nicht mehr sehen können. Erinnere dich, wir haben damals auch über unsere Zukunftspläne gesprochen. Da war bei meiner Katja nichts von Besitz, Tradition und Erhaltung derselben zu hören. Aber viel von Aufmüpfigkeit, Kreativität und Drang in die Welt hinaus. Warst du je weg von Allsberg?"

„Ja, neulich mit Alessandra und den Kindern in Florenz."

„Mach dich nicht lächerlich! Seit du mit Enzio zur Geburt von Carlitos auf Ibiza warst, bist du nicht mehr ernsthaft verreist."

Ja, glaubst du, es ist so rasend komisch, nach Rom, Paris oder sogar nach New York allein zu fliegen? Damit dich dort die Machos anstarren und verfolgen. Seit Jahren wünsche ich mir, diese Städte zu besuchen, mit allem, was sie bieten. Allein? Oder im Bus mit dem Diakonieverein?"

Katja schaute in ihr Glas und dann prustete sie los:
„Wie komme ich jetzt auf den Diakonieverein? Das ist doch absurd."

„Rideo quia absurdum est."

„Du eingebildeter Stenz! Glaubst du, das verstehe ich nicht? Natürlich lache ich, weil es absurd ist. Soll ich etwa weinen?"

„Man könnte auf die Idee kommen, wegen der vergeudeten Jahre zu weinen."

„Vergeudet? Und was ist mit deinen Jahren, während derer du dir den Hintern auf deinem Kanzleistuhl breitgesessen hast?"

Robert lachte.

„Du schwimmst dich frei und schau, die Leut mögen es!"

Tatsächlich waren die in der Nähe sitzenden Gäste dem lauter werdenden Gespräch gespannt gefolgt. Katja prostete ihnen zu und verkündigte dann fröhlich:

„Mir senn fei ned verheierd!"

„Des sichd mer", schallte es zurück.

Robert begleitete Katja bis zu ihrem Hotel und fragte nicht, ob er mit hinaufkommen dürfe. Sie war ihm dafür dankbar.

„Danke für den schönen Abend, Robert. Ich werde deine Frage beantworten."

„Ich hab doch gar nichts gefragt!"

„Tu nicht so scheinheilig! Schlaf gut."

42. Kapitel

Allsberg, 13. Juli 2001

In aller Herrgottsfrühe hatte Onkel Peer Anna das Handy, das er am Abend zuvor von seiner Schwägerin Donata ausgeliehen hatte, übergeben.

„Es ist aufgeladen. Wenn du im Speditionsbüro bist, rufst du mich an, stellst den Klingelton aus und legst es in die Schublade. Mach sie nicht ganz zu. Und jetzt kann ich nur sagen: „Gott behüte dich!“ Am Abend zuvor hatte es noch eine hitzige Debatte gegeben, weil Carlos nicht einsehen wollte, dass es das Klügste sei, Anna allein der Gefahr auszusetzen.

„Wenn Anna was passiert, hängt uns das ein Leben lang nach. Wir können das doch unmöglich verantworten. Ihre Mutter wird uns das nie verzeihen.“

„Das mag ja alles durchaus so sein. Dennoch, Carlos, wir machen es so, wie Onkel Peer vorgeschlagen hat. Je mehr wir Massimo in Sicherheit wiegen, desto eher hat unser Plan Aussicht auf Erfolg. Verzeih mir die kleine Spitze, aber diesmal muss es eben ohne die eingebildete männliche Überlegenheit gehen.“

„Die Rollen sind verteilt. Wichtig ist, dass du schreist, wenn's gekracht hat. Brac muss denken, seine Anna ist in Gefahr.“

Um acht Uhr setzte sich Anna ins Speditionsbüro. Die

beiden Männer und Brac versteckten sich gegenüber im Gebäude der Abfüllanlage. Von dort konnten sie gut durch das große Panoramafenster beobachten, was bei Anna passierte.

Zunächst aber passierte gar nichts, Anna wartete und tat beschäftigt.

Gegen neun Uhr fuhr ein gelber Fiat Spider vor. Der Fahrer schob die Sonnenbrille in die geölten Haare und suchte an der Fensterfront den Eingang. Anna machte ihm Zeichen, dass die Tür hinten zu finden sei. Kurz darauf erkannten sie, wie Massimo das Büro betrat und hörten undeutliche Worte der Begrüßung, die allerdings deutlicher wurden, als Anna ihren Besucher an den Schreibtisch bat. Sie setzten sich. Massimo mit dem Rücken zum Fenster.

„Das ist gut", flüsterte Onkel Peer.

„Mach die Jalousien runter. Dass wir hier reden, muss niemand sehen, und noch weniger hören." Massimo redete italienisch.

„Auch gut, so kann er uns nicht sehen, wenn wir kommen", kommentierte Carlos, als Anna mit der Fernbedienung den Sonnenschutz herunterrollen ließ.

„Nimmst du das Gespräch auf?" fragte Onkel Peer leise. Carlos nickte. Dann hörten sie zu.

„Anna, die Familie ist sehr erbost. Deine Nonna hat nur eine kleine Rente. Sie, ihre Schwester und noch einige arme Verwandte haben von dem bisschen gelebt, was wir mit dem Weinhandel verdienen konnten. Wie soll es nun weitergehen?"

„Oh, das tut mir leid. Das habe ich nicht gewusst. Ich werde meiner lieben Nonna regelmäßig Geld schicken."

Carlos kicherte. „Anna spielt das Dummchen!"

„Das wird nicht reichen. Wir haben Lieferverpflichtungen. Du bringst alles durcheinander. Du musst dich an unsere Abmachungen halten."

„Ich kann nicht. Die Polizei würde mich sofort verhaften."

„Die Polizei kann man schmieren, lass das meine Sorge sein."

Plötzlich wurde Annas Stimme lauter:

„Ich will Ihnen etwas sagen: Es wird keinen Weinhandel mehr geben. Es wird überhaupt keinen Kontakt mehr geben mit der Familie Esposito."

„Aha, la ragazza macht auf hart, das kann ich auch."

Irgendetwas Metallisches krachte auf die Platte des Schreibtisches.

„Jetzt hat er die Pistole ausgepackt." Onkel Peer nickte zustimmend.

„Pass auf, dann machen wir es halt so. Du gibst mir jetzt drei Millionen Mark oder du kommst hier nicht lebend raus. Zuerst schieß ich in die Luft, dann in deine Hand und dann in deinen Kopf. Sag deiner Mutter, sie soll zur Bank fahren, um das Geld zu besorgen."

„Meine Mutter besucht Verwandte in Frankreich. Ich muss Carlos anrufen, er hat Bankvollmacht, nur er kann etwas unternehmen."

Kurz darauf vibrierte bei Carlos in der Hosentasche sein Handy.

„Carlos, es ist etwas Schreckliches passiert. Massimo Esposito besucht mich gerade. Er will, dass wir die Weinlieferungen wieder aufnehmen. Ich habe ihm gesagt, dass das nicht geht. Jetzt bedroht er mich, mit der Pistole. Du sollst 3 Millionen Mark bei der Bank holen und ihm übergeben, sonst schießt er mir in die Hand und dann …"

„Stell dein Handy auf laut, damit der Herr hören kann, was ich sage."

„Okay."

„Signore, können Sie mich hören?" Jetzt sprach auch Carlos italienisch.

„Chiaro e preciso."

„Gut, ich bin in Deutschland, aber nicht in Allsberg. Die Bank ist in Würzburg. Ich rufe jetzt dort an, damit sie das Geld vorbereiten. In zwei Stunden kann ich in Würzburg sein, dann brauche ich noch eine knappe Stunde nach Allsberg. Sie müssen mir diese Zeit geben. Kann ich mich darauf verlassen, dass Sie so lange abwarten und Anna nichts geschieht?"

„Beeilen Sie sich, Mann."

„Ja Carlos, bitte mach schnell. Ich habe Angst. Der Herr meint es sehr ernst."

„Anna, mach die Leitung frei, ich muss jetzt bei der Bank anrufen. Hoffentlich haben die so viele Scheine im Tresor, denn Schecks wird der Herr wohl nicht annehmen."

„Carlos! Jetzt ist wirklich keine Zeit für dumme Witze."

„Okay, leg jetzt auf. Ich rufe an, wenn ich mit der Bank geredet habe. Das kann aber dauern."

„Warum?", fragte Massimo.

„Ich nehme an, dass die erstmal in den Tresorraum gehen müssen, um zu sehen, wie viel Geld sie vorrätig haben. Wie die das genau machen, weiß ich nicht. Ich bin ja kein Banker. Im Übrigen schlage ich vor, dass wir jetzt die Konversation einstellen. Ich habe Ihnen nichts mehr zu sagen."

„Ich würde dir raten, freundlicher mit Annas Onkel zu sein. Sie mag das Ding in meiner Hand gar nicht."

Dann hörte man nur noch Schnaufen und manchmal wurde ein Stuhl verrückt.

Carlos kappte die Verbindung.

„Sollen wir jetzt?"

„Je schneller desto besser, man weiß nie, ob da drin etwas eskaliert. Hast du die Kabelbinder?"

„Und du den Vorschlaghammer?"

„Los geht's." Carlos machte Brac ein Zeichen, dass er jetzt leise sein müsse. Von der Abfüllhalle liefen sie ins Lager, das sich im rechten Winkel anschloss. Von dort führte ein verschlossenes Tor nach draußen. Die großen Tanklaster benutzten es, um gleich vor dem Speditionsbüro ihre Papiere in Empfang nehmen zu können. Eine kleine Tür für Fußgänger gab es dort auch. Die Tür hatte etwas gequietscht, als die Männer und der Hund durchschlüpften. Deshalb musste es jetzt sehr schnell gehen. Während Onkel Peer Brac festhielt, holte Carlos aus und ließ den Vorschlaghammer auf die riesige Scheibe krachen. Mit ohrenbetäubendem Knall fiel das Glas in sich zusammen, und dann hörte man Annas laute Angstschreie. Onkel Peer ließ Brac von der Leine, der sofort laut bellend ins Speditionsbüro sprang. Carlos hechtete ihm nach und riss dabei Teile des Rollos mit sich. Er sah den Erpresser in einer Ecke stehend. Mit seiner Pistole bedrohte er zwar immer noch Anna, aber er schaute voller Angst auf den Hund.

Carlos schrie mehrmals „mordigli lo scroto", was der Hund nicht verstand, Massimo aber schon. Jetzt zitterte er vor Angst. Das ermutigte Brac. Er setzte zum Sprung an und Massimo schoss. Da war der Hund schon über ihm und verbiss sich in seinen Unterarm. Niemand pfiff ihn zurück. Die beiden Männer fixierten nun die Beine des Wimmernden mit Kabelbinder. Kurz darauf zog Onkel Peer an Bracs Halsband, sodass Carlos auch die Hände zusammenbinden konnte.

„Anna, ist mit dir alles in Ordnung?"

Als keine Antwort kam, stürzte Onkel Peer zum Schreibtisch. Annas Kopf lag bewegungslos auf der Schreibtischplatte.

„Anna, was ist los?"

Eine bleierne Stille senkte sich über den Raum. Es schien eine Ewigkeit vergangen zu sein, bis endlich Schluchzen aus Annas Kehle drang.

„Ihr wart mit dem Kerl ja auch nicht allein", flüsterte sie, während sie sich die Tränen abwischte.

„Du musst dich doch nicht verteidigen. Du hast deine Rolle wunderbar gespielt. Es hat alles wie am Schnürchen geklappt."

Brac wurde beauftragt, den Gefesselten zu bewachen.

„Dann setzen wir uns mal hin und beraten, was wir mit dem feinen Herrn nun machen."

Sie waren wieder ins Italienische gewechselt.

„Sollen wir die Polizei verständigen?"

„Unter uns Männern, Carlos, ich finde die Keller hier sind tief genug."

Das Wimmern aus der Ecke wurde stärker. Massimo verlangte, man solle seinen Unterarm verbinden. Niemand achtete auf ihn.

Erneutes Wimmern kam aus der Ecke, verstummte aber, als Brac knurrte.

Sie hätten Massimo noch weiter mit Wonne verbal gequält, allerdings wurden sie unterbrochen, weil der grüne Mercedes auf den Hof fuhr. Als Katja die Scherben und die im Wind flatternden, zum Teil zerrissenen Rollos sah, sprang sie aus dem noch rollenden Wagen und stürzte auf das Speditionsbüro zu. Als sie hineinkletterte, hörte man, wie ihr Mercedes gegen die Wand der Lagerhalle krachte.

„Was ist denn hier los?", schrie sie noch vom Hof aus.

Onkel Peer, ganz der weltläufige Gentleman, küsste ihr die Hand und zeigte auf den Gefesselten.

„Die Herrschaften kennen sich ja bereits."

„Massimo Esposito! Was hat der denn hier zu suchen?"

„Mama, wir hatten eine Meinungsverschiedenheit wegen der Weinlieferungen. Er wollte Geld."

„Und da fesselt ihr ihn einfach so?"

„Na ja, er hat halt vorher geschossen."

Carlos merkte sofort, dass Katja übel wurde. Er half ihr auf einen Stuhl und beruhigte sie.

„Jetzt ist ja alles gut. Wir überlegen nur, ob wir den Herrn ins Verlies unter dem Weinkeller stecken sollen oder doch lieber die Polizei holen."

„So geht das doch nun auch wieder nicht." Katja war besorgt. „Ihr könnt doch nicht einfach einen Mann fesseln, das ist Freiheitsberaubung oder so."

„Und den Hund haben wir auch noch auf ihn gehetzt. Brac hat denn auch erfreulich kräftig zugebissen." Onkel Peer grinste.

„Und da wollt ihr die Polizei holen? Die verhaftet doch eher euch als ihn."

Schweigend zeigten die drei auf die Decke.

„Und was ist das?"

„Sag's mir, Carlos."

„Das Loch da droben stammt aus dieser Pistole hier. Bevor wir sie ihm abgenommen haben, hat er damit Anna bedroht. Allerdings hatte er solchen Schiss vor Brac, dass er glücklicherweise nicht mehr zielen konnte."

„Und wenn er alles abstreitet?"

Anna holte Tante Donatas Handy aus der Schublade.

„Carlos und Onkel Peer wussten immer, was hier los war. Wir haben alles aufnehmen können."

Anna hob den Telefonhörer ab.

„Sind wir uns einig? Wir rufen jetzt die Polizei an und fordern für den armen Verwundeten auch gleich noch einen Krankenwagen an."

Unterdessen hatten sich ein Dutzend Allsberger aus den benachbarten Häusern eingefunden.

„Mir ham schon gedachd, äss die Russn kumma. An solchn Schlooch had's do scho lang nimmer gähm."

Carlos beruhigte die Neugierigen, während Onkel Peer mit Brac davonschlich.

„Hey, wo willst denn du hin, hast du Angst vor der Polizei?"

„Nein, wie zwei laufen jetzt zum Metzger, dort bekommt er einen großen Knochen und ich ein Leberkäsweggla. Ich hatte ja nicht einmal Zeit für ein Frühstück."

„Geht ihr alle zum Metzger und macht dort Brotzeit. Ich bewache so lange unseren Gast."

„Nein, Mama, ich bleib bei dir. Ich kann jetzt unmöglich was essen."

Es dauerte, bis die Polizei kam. Immerhin war der Notarzt schnell gekommen, sodass die Bisswunde an Massimos Arm verbunden werden konnte.

„Ins Krankenhaus muss er deswegen nicht. Wir lassen ihn hier. Soll die Polizei entscheiden, was aus ihm wird." Damit fuhr der Krankenwagen ab, diesmal ohne Blaulicht und Sirene.

Während des folgenden Durcheinanders, das durch polizeiliche Befragungen, Aufräumarbeiten und neugierige Journalisten entstanden war, saß Anna ziemlich apathisch hinter ihrem Schreibtisch. Als ihre Mutter bemerkte, dass sie nicht würde reden können, setzte sie sich neben sie und hielt ihre Hand. Carlos war mit seiner Brotzeit in der Hand zurückgekommen und stürzte sich in wilden Aktionismus, telefonierte mit der Glaserei, redete mit den Polizisten und erzählte allen, dass die Mafia versucht habe, Anna zu entführen, um Lösegeld zu erpressen. Die erzählten es dann weiter mit dem Erfolg, dass alle Regionalzeitungen etwas anderes berichteten. Später kehrten Anna und ihre Mutter zum Schloss zurück. Carlos blieb im Dorf und gab vor, er könne das Speditionsbüro nicht allein lassen, solange das Fenster nicht repariert sei. Als sich herausstellte, dass die Glaserei eine so große Scheibe nicht vorrätig hatte, räumte er das gesamte Büro in den Lagerraum.

Er wusste, weshalb er das tat, gestand es sich aber nicht ein: Er scheute das Gespräch mit Anna. Seit Eppan hatten sie kein persönliches Wort mehr miteinander gewechselt.

Als Carlos später auf dem Schlosshof ankam, sah er dort Onkel Peer in der Nachmittagssonne Tuba spielen. Er legte sich neben ihn auf den Rasen. Das beruhigte.

Er ließ die Ereignisse noch einmal durch seinen Kopf gehen und bemerkte plötzlich, dass er bei der ganzen Aktion schreckliche Angst gehabt hatte. Offenbar war es dieses Gefühl, das ihm die gigantischen Kräfte verliehen hatte, um das Glas mit einem Schlag zersplittern zu lassen. Aber wovor hatte er Angst gehabt? Wieder ließ Carlos den Kopffilm ablaufen und bemerkte, dass er nicht Angst vor etwas hatte. Er hatte Angst um eine Person, er hatte die ganze Zeit Angst um Anna gehabt. Wenn ihr etwas passiert wäre? Er wunderte sich, weil es nicht Verantwortung war, die ihn um sie bangen ließ. Er wollte sie nicht verlieren, er wollte sie um sich haben können, er wollte mit ihr zusammen all das machen, wozu sie ihr Erbe seit Kindestagen verpflichtete. Pflicht? Nein, Freude, all das mit ihr vollbringen zu können. Und er merkte auch, dass er ihre Schönheit weiter bewundern wollte. Er dachte an die nahen Momente ihres letzten Tages in Florenz. War das Liebe? Er getraute sich nicht, die Frage zu beantworten. Das war ihm schon in der Bar Tixedo so ergangen. Nur, wie konnte er mit ihr reden? Offiziell waren sie ja noch verkracht. Er hatte gekündigt und sie im Stich gelassen.

„Onkel Peer, bin ich mit Anna verwandt?"

„Und du denkst, ich hätte nichts bemerkt? Nein, du Glücklicher, du bist nicht mit ihr verwandt."

Onkel Peer packte seine Tuba zusammen und Carlos pfiff Brac zu sich

„Wir gehen noch mal in die Weinberge."

„Kommst du zum Abendessen?"

„Nein, ich glaube nicht, sag es bitte Ilaria."

Nachdenklich und innerlich rastlos streifte er durch die langen Reihen der Reben. Er brach störende Blätter ab und stellte fest, dass wenigstens hier alles in bester Ordnung war. Normalerweise beruhigte ihn der Weinberg. Die innere Unruhe blieb heute. Er wusste nicht, wie er sich Anna gegenüber erklären sollte. Das mit Florenz. Das mit Eppan. Das mit heute Morgen.

Onkel Peer hatte auf sie gewartet. Er wollte Brac mitnehmen. Der aber bellte kurz und blieb bei Carlos. Das Schloss lag dunkel vor ihm. Annas Schlafzimmer ging nach Süden. Ob sie noch Licht hatte, konnte er vom Hof aus nicht feststellen.

Im Obergeschoss angekommen sah er noch Licht unter Annas Türe durchscheinen.

Plötzlich fühlte er sich ganz sicher. Er zeigte Brac, dass er draußen warten solle, dann klopfte er an, wartete aber nicht auf eine Antwort. Kaum war er eingetreten, fiel alle vermeintliche Sicherheit von ihm ab. Im Bett lag Anna und schaute verwundert von ihrem Buch auf.

„Was liest du?"

„Ich hab Onkel Peer gefragt, was ich lesen soll. Er hat mir die maghrebinischen Geschichten von Gregor von Rezzori gegeben. Ziemlich amüsant, aber auch sehr altmodisch. Na ja, der Autor wurde 1914 geboren."

„Anna."

„Ja?"

„Ich muss mit dir reden. Ist das für dich okay?"

„Natürlich, wir müssen immer miteinander reden können, immerhin gehört uns das hier alles bald zusammen."

„Ja, aber das meine ich nicht. Ich wollte, ich denke ..."

„Du meinst Eppan?"

„Ja, Eppan und Florenz."

„Und?"

„Na ja, ich wollte mich entschuldigen. Mein Verdacht war blöd, meine Wortwahl war blöd, und dass ich abgehauen bin, war besonders blöd."

„Stimmt."

„Nimmst du denn meine Entschuldigung an?"

„Ja, und jetzt geh, es war ein langer Tag."

„Aber Anna, da ist noch etwas."

Er setzte sich auf den Rand ihres Bettes und berichtete ihr von seiner Angst, von der Erleichterung, als nach der grauenhaften Stille klar war, dass der Schuss nicht sie getroffen hatte, davon, wie er über sie nachgedacht hatte und ganz am Schluss gestand er ihr seine Liebe.

„Und was soll ich jetzt davon halten?“

„Na ja, erstmal, dass ich dich liebe.“

Er legte seine Hand auf ihren Arm. Sie ließ alle Zärtlichkeiten geschehen. Als seine Hand unter ihr Nachthemd glitt, fragte er: „Willst du das auch wirklich?“

Abrupt setzte sich Anna in ihrem Bett auf und zischte:

„Raus! Hast du etwa den Verdacht, ich ließe das nur zu, um dich wegen der Uta-Geschichte umzustimmen? Raus, aber sofort!“

Vor der Schlafzimmertür rumorte es. Nach einer Weile steckte Carlos seinen Kopf durch den Türspalt und flüsterte:

„Ich wollte mich vor deine Tür legen. Aber da liegt schon Brac. Bitte verzeih mir und lass mich wieder rein.“

Anna schien amüsiert zu sein. Sie strich die Bettdecke beiseite, stand auf und kam auf Carlos zu. Als sie vor ihm stand, schlang sie ihre Arme um seinen Hals.

„Küss mich, Dummkopf.“

Carlos schien es, als wichen alle Zweifel, alle Schuldgefühle, alle Angst und Anspannung von ihm. Er gab sich dem wunderbaren Gefühl hin, ihre Lippen auf den seinen zu fühlen, ihrer Zunge zu folgen. Als er merkte, dass Annas Hände schon lange unter seinem Hemd streichelten, fragte er diesmal nicht, sondern tat ein Gleiches. Die beiden tasteten sich ganz langsam, ganz behutsam aneinander, am Körper des anderen voran. Jeder neu entdeckte Zentimeter schien ein Tor zum Himmel aufzustoßen.

Überall im Zimmer lagen ihre Kleidungsstücke herum, als sie begannen, fast nackt ganz langsam miteinander zu tanzen. Sie ließen sich auf das Bett fallen und liebten sich zärtlich, vorsichtig und einfühlsam, als sei es für beide das erste Mal. Nun ja, für Anna war es das.

Als sie aufwachten, deutete Anna auf den roten Fleck auf ihrem Laken und stellte lachend fest:

„Im Orient müssten wir das jetzt aus dem Fenster hängen."

„Na, ich hab da so meine Zweifel, ob das dort auch für Liebende ohne Trauschein gilt. Deshalb schlage ich eine morgentliche Wiederholung vor, bevor hier die Mullahs das Sagen haben."

„Ja, unter einer Bedingung."

„Welche?"

„Sag mir, was ein Scroto ist."

„Ich zeig's dir lieber."

Anna grinste, als Carlos die Bettdecke beiseiteschob, dann stellte sie in sachlichem Ton fest:

„Ich nehme an, dass sich Männer generell ungern in den Hodensack beißen lassen."

„Anna, ich liebe dich auch deshalb so grenzenlos, weil man sich mit dir so schnell einig wird."

Später, beim Anziehen, berichtete Carlos, dass er nun Eigentümer der Finca seines Freundes Xisco auf Ibiza geworden war.

„Deshalb war ich beim Notar. Xisco kann dort lebenslang wohnen und Curro kann die Finca bewirtschaften, solange er kann und mag. Wenn Xisco stirbt, bekommt seine Tochter Geld. So ist allen geholfen."

„Und wir haben einen weiteren Klotz am Bein."

„Ich, nicht wir."

„Carlos, du wirst dich an das ‚Wir' gewöhnen müssen, auch wenn wir nicht verheiratet sind."

„Apropos Heirat. Willst du mich denn heiraten?"

„Ich denke, auch hierin werden wir sehr schnell einig:

Wenn, dann nicht in nächster Zukunft. Wir haben Wichtigeres vor."

„Du immer mit deinem Sinn für die Realitäten", brummelte Carlos. Und dann gingen sie hinunter zum Frühstück.

Katja erwartete sie bereits.

Nachdem sie sich alle einen guten Morgen gewünscht hatten, fragte Anna, ob sie am Abend Zeit für eine Besprechung habe.

„Natürlich, um was geht es denn?"

„Das sag ich dir dann, jetzt erst mal zu Wichtigerem: Carlos und ich werden heiraten, aber nicht jetzt."

Diese Ankündigung ließ beide sprachlos, denn Carlos hätte sich schon gewünscht, die Sache noch etwas gären zu lassen und Katja war überrascht, froh, besorgt, amüsiert – alles in einem.

„Na ja, wie gesagt, nicht gleich heuer, aber wir werden es tun, irgendwann."

„In Zukunft sollten wir aber schon etwas koordinierter vorgehen, oder?"

„Carlos, mach dich auf was gefasst!"

„Mama, der springt mir noch ab, wenn du ihn so verschreckst."

„Das wird er sicherlich nicht tun, aber ihr solltet nach Würzburg fahren, um Verlobungsringe zu kaufen. Enzio war damals so arm, dass es nur für einen für mich gereicht hat. Aber das erzähle ich euch ein andermal."

„Mama, die Geschichte hast du schon zig-mal erzählt. Du wirst langsam alt und vergesslich. Außerdem verlobt man sich heutzutage nicht mehr."

„Trotzdem ist es richtig, was Mama sagt. Wir fahren gleich nach Würzburg und kaufen einen Ring."

„Seit wann sagst du wieder Mama zu mir?“
„Seit heute.“

43. Kapitel

Allsberg, 14. Juli 2002

Für den frühen Abend hatte Katja die beiden Tanten und Onkel Peer in die untere Bibliothek geladen, ohne ihnen zu sagen, um was es ging.

Auf einem silbernen Tablett standen Gläser, im Kühler daneben erkannte der weltläufige Diplomat sofort das Etikett von Champagne Veuve Clicquot.

„Was gibt es denn zu feiern, noch dazu mit richtigem Schampus?"

„Ich hatte gehofft, dass Anna und Carlos schon wieder zurück wären."

„Also, wenn es um die beiden geht, dann weiß ich schon, was los ist. Gestern, als wir Anna aus den Klauen dieses Massimo befreien mussten, merkte ich sehr bald, dass unser lieber Carlos da nicht nur seine künftige Geschäftspartnerin aus dem Schlamassel rausholte."

„Du meinst …? Aber sind die nicht viel zu nah verwandt?"

„Donata, du bist von uns beiden die Ältere. Das merkt man gerade in Situationen wie dieser hier. Du kommst wieder mal aus dem Muspott. Selbst wenn Anna die natürliche Tochter von Katja und Enzio wäre, könnte von Verwandtschaft überhaupt nicht die Rede sein. Weniger verwandt als die beiden kann man überhaupt gar nicht sein."

Sie hatten nicht bemerkt, dass Anna und Carlos unterdessen hereingekommen waren.

„Aha, es hat sich also schon herumgesprochen, und drum begießt ihr die frohe Botschaft schon mal ohne uns."

„Nein, nein, Peer und die Tanten haben das selber herausbekommen. Sie haben vom Champagner über meine Bemerkung, dass wir noch auf euch warten müssen ihre Fantasie spielen lassen. Aber jetzt seid ihr ja da. Carlos, bitte schenke die Gläser voll und dann wollen wir anstoßen."

„Und wann wollt ihr heiraten?"

„Tante Huberta, wir wollen erstmal überhaupt nicht heiraten. Wir sind doch noch viel zu jung."

„Aber warum verlobt ihr euch denn dann?"

„Man verlobt sich heutzutage nicht mehr, liebe Tante."

„Was feiern wir denn dann?"

„Dass ich Anna liebe und sie mich."

Mit diesen Worten reichte Carlos das silberne Tablett herum und alle ließen das Paar hochleben.

Nachdem auch noch der Ring bewundert worden war, den Carlos Anna geschenkt hatte, beendete Anna die kleine Feier, weil, wie sie sagte, sie unter sechs Augen noch etwas Wichtiges zu besprechen hätten.

Kurz darauf saßen sie im Esszimmer am großen Tisch, auf dem Anna einen Haufen Aktenordner abgelegt hatte.

„Uns allen hat das, was gestern passiert ist, einen Schock versetzt. Das hat mir gezeigt, dass das, was ich mit euch bereits in Eppan besprochen habe, keinen Aufschub mehr erlaubt."

„Ihr wisst es ja: Bevor ich im September Mama ablösen werde, möchte ich Einigkeit darüber erzielen, was wir mit dem Betrieb machen."

„Anna, wir sollten jetzt das Gespräch von Eppan nicht wiederholen. Ich hatte genug Zeit, darüber nachzudenken. Es wird euch nicht wundern, wenn ich euch erzähle, dass Xisco mir dabei geholfen hat. Um es kurz zu machen, als ich ihm sagte, ich müsse entweder auf Geld oder auf Liebe verzichten, hat er mir gesagt, Liebe sei wichtiger. Und husch, husch, husch sind die Milliönchen weg!"

„Carlos, mein Lieber, da ist mir aber gerade husch, husch ein riesiger Stein vom Herzen gefallen. Danke Carlos. Heute bist du mein Held!"

„Und morgen?"

„Mal sehen."

Carlos dachte an Xisco und was er über Frauen und Rätsel gesagt hatte. Dann gab er sich einen Ruck und fragte:

„Aber wie bewerkstelligen wir das alles?"

„Ganz einfach: Wir gründen eine Stiftung und geben das, was mit den Uta-Betrieben zusammenhängt, hinein. Nur die Bodega del Medio GmbH & Co. KG liquidieren wir. Das ist nur ein Mantel, der nichts wert ist, wenn kein Weinhandel mehr betrieben wird."

„Anna, mein Kind, hast du dir schon Gedanken über den Stiftungszweck gemacht? Für mich liegt er eigentlich auf der Hand: Unterstützung des Aufbaus jüdischen Lebens in Deutschland. Damit meine ich in erster Linie Kultur, also Theater, Lesungen, Ausstellungen und Konzerte. Aber auch jüdische Schulen, Lehrstühle für Judaistik und natürlich – ganz wichtig – Provenienzforschung und Rückgabe der gestohlenen Bilder. Man könnte sogar daran denken, ein eigenes Museum zu gründen, in dem all das ausgestellt wird, was jetzt noch im Keller lagert."

„Und wie ist das steuerlich? Hast du das geprüft? Ich will

nicht auch noch Kosten tragen müssen, wenn ich schon auf so ein Vermögen verzichten soll."

„Wenn man über 100 Millionen Mark rumliegen hat, ist für das Finanzamt immer genügend Geld vorhanden."

„Ich frage mich, weshalb Dr. Bendeler mir diesen Lösungsvorschlag nie gemacht hat."

„Mama, verzeih, aber er hat genau gespürt, dass du dich das nicht getraut hättest. Du bist doch zu sehr Vertreter der Onkel-Schorsch-Tradition: Behalten und mehren."

„Und, nimmst du mir das übel?"

„Nein, ich will nur nicht, dass es so weitergeht."

An diesem Abend schickte Katja vor dem Schlafengehen eine SMS-Nachricht an Robert Wagner.

„Die Antwort ist: Ja!"

Hans von Rotenhan

Hans Freiherr von Rotenhan ist 1951 in Schloss Rentweinsdorf in Unterfranken geboren. Nach seinem Abitur studierte er in Marburg, Lausanne und München Jura. Während dieser Zeit arbeitete er außerdem als Taxifahrer. Nach Abschluss seines Studiums siedelte er nach Ibiza um, wo er Stiefelverkäufer, Radiomoderator, verantwortlicher Redakteur einer deutschsprachigen Wochenzeitschrift und Mitarbeiter der Kanzlei Estudio de Semir in Barcelona und Ibiza war. 1991 siedelte er ein weiteres Mal um, nach Palma de Mallorca. Hier erhielt er eine Zulassung zum Abogado, dem spanischen Anwalt.
Er ist seit 1981 glücklich verheiratet und hat zwei Kinder. Wann immer es seine Zeit erlaubt, arbeitet er als Autor. Schon lange träumte er davon, seine eigenen Erfahrungen über den Adel in einer Geschichte zu Papier zu bringen. Entstanden ist Allsberg, die opulente Trilogie um ein fiktives Schloss in Unterfranken, das es jedoch genau so hätte geben können.

Wie alles begann:

ALLSBERG
-1871-
Der Glanz der alten Zeit
ISBN: 978-3-948346-99-7

Zwei starke Frauen, der Kampf um das Vermächtnis für die nachfolgenden Generationen und um das, was Schloss Allsberg über die Zeit hinaus bedeutet. Ein bewegender Roman über die Kraft der Liebe und die immer neue Hoffnung auf ein erfülltes Leben in Glück und Frieden.

Und so geht es weiter:

ALLSBERG

-1980-

Der Klang der Vergangenheit

ISBN: 978-3-98679-001-1

Ein Generationenroman um eine starke Frau, über die Rollen, die einem das Leben oft überraschend zuweist, dem Glück, dem man eine Chance geben muss und der Kraft, die die Wiedergutmachung in sich trägt.